WARHAMMER
THE HORUS HERESY

泰拉之眼
EYE OF TERRA

［英］艾伦·邓布斯基-鲍登 克里斯·赖特 尼克·基姆
加夫·索普 格雷厄姆·麦克尼尔 等著 丁旭巍 译

浙江科学技术出版社·杭州

English version first published in Great Britain in 2021 by Black Library.

Games Workshop Ltd., Willow Road, Nottingham, NG7 2WS, UK.

This edition published in China by Zhejiang Science and Technology Publishing House in 2025.

Copyright © Games Workshop Limited 2021.

This translation copyright © Games Workshop Limited 2025.

Translated and used under licence by Zhejiang Science and Technology Publishing House. All rights reserved.

Eye of Terra © Copyright Games Workshop Limited 2021. Eye of Terra, GW, Games Workshop, Black Library, The Horus Heresy, The Horus Heresy Eye logo, Space Marine, 40K, Warhammer, Warhammer 40,000, the 'Aquila' Double-headed Eagle logo, and all associated logos, illustrations, images, names, creatures, races, vehicles, locations, weapons, characters, and the distinctive likenesses thereof, are either ® or TM, and/or © GamesWorkshop Limited, variably registered around the world. All Rights Reserved.

No part of this publication may be reproduced, stored in a retrieval system, or transmitted in any form or by any means, electronic, mechanical, photocopying, recording or otherwise, without the prior permission of the publishers.

This is a work of fiction. All the characters and events portrayed in this book are fictional, and any resemblance to real people or incidents is purely coincidental.

本书英文版由 Black Library 于 2021 年出版

Games Workshop Limited，地址：Willow Road, Nottingham, NG7 2WS, UK.

本书中文版由浙江科学技术出版社于 2025 年出版

Copyright © Games Workshop Limited 2021.

This translation copyright © Games Workshop Limited 2025.

浙江科学技术出版社可在授权下翻译与使用。

Eye of Terra © Copyright Games Workshop Limited 2021。泰拉之眼、GW、Games Workshop、Black Library、荷鲁斯之乱、荷鲁斯之眼标识、星际战士、40K、战锤、战锤 40,000、"天鹰"双头鹰标识，以及所有相关标识、插图、图像、名称、生物、种族、载具、地点、武器、角色及其中的特色同类物，所有带有 ®、TM，以及 © Games Workshop Limited 的标识均为在全世界注册的商标或为 Games Workshop Limited 版权所有。

未经许可，不得将本书任何部分以任何形式复制、存储在某个检索系统中，也不得以任何形式或手段，包括电子、机械、影印、记录或其他方式，传播本书的任何部分。

本书为虚构作品。书中人物、事件均为虚构，如有雷同，纯属巧合。

相关书目

更多荷鲁斯之乱系列小说、读物

——荷鲁斯之乱——

- 荷鲁斯之乱编年史
- 燃烧的银河
- 普罗斯佩罗之焚
- 异端之首
- 泰拉之眼
- 多恩的近卫
- 不被铭记的帝国
- 狼毒
- 黑暗奴仆
- 深埋之匕

- 荷鲁斯崛起
- 艾森斯坦号的逃亡
- 深渊之战
- 疤痕
- 通天之路
- 考斯印记
- 军团
- 人类之主
- 惧于踏足

- 伪神
- 千子
- 猩红君王
- 背叛者
- 无所畏惧
- 毁灭风暴
- 复仇之魂
- 法罗斯
- 卡利班天使

——泰拉围城——

- 太阳系战争
- 农神墙死斗（暂定名）
- 月神之子
- 终焉与死亡

- 迷失之人和受诅咒者
- 死颅（暂定名）
- 马格努斯之怒

- 首墙之危
- 战鹰
- 永恒的回响

——原体传——

- 弗格瑞姆　凤凰领主
- 阿尔法瑞斯　九头蛇之首
- 黎曼·鲁斯　伟大狼王
- 科拉克斯　影王
- 察合台可汗　丘格里斯战鹰
- 莱恩·艾尔庄森　第一军团统
- 莫塔瑞恩　苍白君王
- 圣吉列斯　大天使
- 费鲁斯·曼努斯　美杜莎星的戈尔贡
- 罗保特·基里曼　奥特拉玛雄主
- 红魔马格努斯　普罗斯佩罗巫王
- 沃坎　火龙之父
- 洛加　真言使者
- 佩图拉波　奥林匹亚之锤
- 罗格·多恩　帝皇追随者

更多战锤 40,000 系列小说、读物

——黑暗帝国——

- 黑暗帝国
- 黑暗帝国 2　纳垢战争
- 黑暗帝国 3　神之灾厄

——烈火黎明——

- 烈火黎明　复仇之子
- 烈火黎明 2　骸骨之门
- 烈火黎明 3　狼时
- 烈火黎明 4　光明王座
- 烈火黎明 5　钢铁王国
- 烈火黎明 6　殉道者之墓
- 烈火黎明 7　灵魂之海
- 烈火黎明 8　阿巴顿之手
- 烈火黎明 9　寂静王

——艾森霍恩——

- 异形
- 圣锤
- 宿敌
- 拉文纳
- 拉文纳　归来篇
- 拉文纳　独行篇
- 贝坤　独行者
- 贝坤　放逐者
- 贝坤　煽动者
- 学者

——冈特的幽魂——

- 唯一的第一团
- 幽魂制造者
- 大墓地
- 荣誉卫队
- 坦尼斯之枪
- 白银直剑
- 萨巴特圣徒
- 变节将军
- 最后命令
- 蔑视之甲
- 至死方休

——其他——

- 骑士之剑
- 王者之刃
- 虔诚印记
- 不屈
- 泰拉地窟 帝陵御座
- 泰拉地窟 空心山脉
- 王座守望者 帝皇军团
- 王座守望者 摄政之影

更多战锤"终焉之战"系列小说、读物

- 纳迦什归来
- 阿尔道夫之殒
- 凯恩诅咒
- 大角鼠崛起
- 终焉之主

更多战锤"西格玛时代"系列小说、读物

- 灵魂之战
- 王权御统
- 光耀域主
- 铁龙霸主
- 沉宝废墟

故事简介

荷鲁斯之乱——
这是一段传奇岁月。

银河正在燃烧。帝皇为人类种族构想的荣耀愿景已经支离破碎。他的爱子荷鲁斯背弃了父亲的光辉,转而投入混沌的怀抱。

而他麾下的强悍大军,那所向披靡的星际战士,同样陷入了凶暴的内战。这些终极士兵昔日作为战友并肩奋斗,保卫银河,引领人类回归帝皇的光辉。如今他们阋墙相残。

其中一些始终忠于帝皇,另一些则与战帅结盟。诸位基因原体率领着一支支庞大军团。这些杰出的超人存在是帝皇基因科学的巅峰成果。当他们相互为敌时,胜利的归属便难以预测。

一个个世界陷入火海。在伊斯特凡V,荷鲁斯打出了凶残的一击,让三支忠诚军团濒临覆灭。战争已经开始,熊熊战火必将吞没整个人类种族。诡计与背叛颠覆了荣誉和高尚。夺命刺客潜伏在每一片阴影之中。大军压境而来。所有人都必须选择一方阵营,否则就是死路一条。

荷鲁斯集结部队,即将向泰拉倾泻怒火。端坐在黄金王座上的帝皇等待着叛道子嗣的归来。但他真正的敌人乃是混沌,那支原初力量妄图奴役人类种族,以此满足其贪婪邪欲。

无辜者的尖叫与正义之人的悲呼都和黑暗诸神的残忍笑声交织回荡。倘若帝皇在战争中落败,那么全人类都将迎来痛苦与灾难。

知识与启迪的年代已经告终,黑暗年代拉开了序幕。

目录

1	焚尘之狼
31	奥瑞利安
34	序幕 一神使者
	第一篇 第十七子
37	第一章 兄弟会
41	第二章 血溅会议桌
45	第三章 马格努斯和洛加
	第二篇 朝圣者
49	第四章 死寂世界
56	第五章 回音
	第三篇 战争
63	第六章 终焉之门
71	第七章 光之城
	第四篇 众神之选
79	第八章 疑问
83	第九章 无羁者
89	第十章 神使
	第五篇 远征之终
97	第十一章 会议

目录

第十二章　对策 101
第十三章　凤凰 106
屠杀 110
银月兄弟会 125
继承者 133
饕餮 146
铁火 152
红印者 172
第一军团之帅 201
策略 216
长夜 224
父之罪 240
鹰爪号 246
钢铁尸骸 261
63-14 的最后归顺 275
圣吉列斯的传令官 282
后记 290

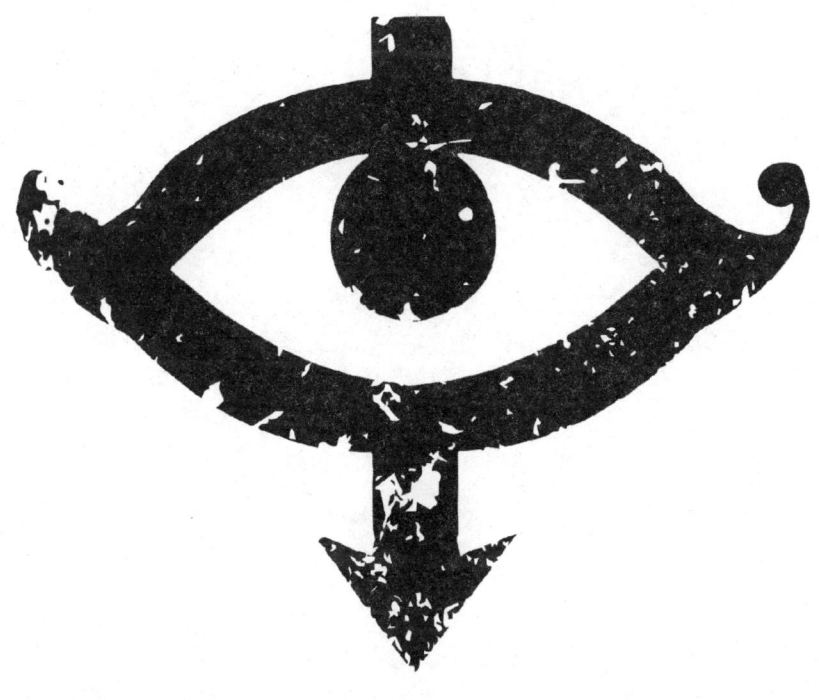

焚尘之狼

格雷厄姆·麦克尼尔

"为人之子，面对父之亡能泰然处之，面对遗产之失却呼天抢地。"

——翡冷翠的黑色塔西佗

"心灵乃自主之地，一念起，天堂变地狱；一念灭，地狱变天堂。"

——凯尔伦丁的盲眼诗人

"我亲眼见证，"他如是说。直至与世长辞，他也鲜有提及这段过往，"我亲眼见证，荷鲁斯拯救帝皇。"那是一个无与伦比的时刻，帝皇与荷鲁斯肩并着肩，身处一个废铁世界的深渊，烈火滔天，烟尘蔽日，战火纷飞，鲜血淋漓，宛若末日。

父与子，背靠背。

利剑出鞘，群敌环伺。

这一刻乃是伟大远征的完美写照，并将在历史画卷中永垂不朽。

而在日后，这段岁月将会成为令人倍感恐惧的记忆。

戈罗废铁世界，那里便是这一切发生的地方。那是位于泰龙边区的废物空间深处，曾经统御这一方群星的绿皮兽人帝国遭到了帝国无尽大军的猛攻，四面楚歌，烈火燎原。这个异形帝国行将倾覆，满是泥泞的要塞世界在熊熊燃烧，但这一切还不够快。

戈罗便是战事的关键所在。

戈罗漂泊于一颗肿胀红日的遥远光芒中——一片即便是永恒的时间和强大的引力都无法创造出新行星的荒芜之地。戈罗的轨迹变化无常。它不但是一个流浪者，更是一个危险的入侵者。

戈罗的毁灭成了远征的最高优先目标。

这道命令由帝皇亲自下达，而他最为钟爱、最具荣光的儿子响应了这道战争召唤。

他便是狼神荷鲁斯，影月苍狼的原体。

戈罗并不会轻易死去。

在第六十三号远征军涌入星系边界，并目睹保护戈罗的废铁舰队的规模时，任何打算迅速直击要害的期望都化为了泡影。

百余艘舰船从边区的核心地带撤回，前来保卫其战将的小行星堡垒。在那些庞大尸骸舰的核心中，熊熊燃烧的等离子反应堆闪现着地狱般的生命力。从太空坟场中搜刮而来的生锈残骸焊接成了战争废船，并通过丑恶的机械妖术重获生机。

那支舰队锚定之处是一颗庞大中空的小行星要塞，其外壳上千峰百嶂，夹杂着生铁和冰块。数公里宽的引擎罩深深插入基岩之中，崎岖的表面遍布巨大的轨道榴弹炮和投雷机。小行星要塞朝着影月苍狼缓缓逼近，疯狂的废铁舰群如同挥舞着棍棒的狂暴野蛮人，冲在前方。通信中充斥着静电号叫，百万个獠牙之喉喊出了兽人的原始本能。

交战的舰队身处一片混乱的自由开火区，相互缠绕的战舰、平行的激光火力、抛物线状的鱼雷轨迹和爆炸残骸交织其中，混乱不堪。虚空战通常都是在数万公里的距离上展开的，如今这场交战的距离已经十分接近，背着粗糙火箭包的兽人劫掠者开始发起了跳帮（编者注："跳帮"是一种己方登陆队靠近、登舰且有意夺取敌方战舰的战术）行动。

原子爆炸所产生的电磁干扰和幻影般的回音污染了舰队之间的空间，让人们几乎无法将真实的视野与传感器的景象相对应。

复仇之魂号身处最激烈的战斗中心，舷炮闪耀。一艘废船翻滚着，被来自多层甲板的集中高爆弹药击退熔化，排出大量燃烧的燃料和弧形等离子射流。破裂的舰体内涌出数千具尸体，仿佛真菌群喷出的孢子。

这场战斗毫无精妙可言。这并非一场机动与反机动的作战，而是一场纯粹的斗殴。打得最猛最狠的舰队将会获胜。

而如今，打得最猛最狠的，是兽人。

复仇之魂号的上层建筑宛如活物一般发出呻吟，它的机动速度远比任何同体积舰船都要快。古老的舰体在雷霆般的打击下震颤着，多层舷炮齐射产生的后坐力令甲板颤抖不已。

两支交战舰队之间，残骸卷起风暴，原子刮起旋涡，战斗机中队相互缠斗，蒸汽云闪烁燃烧，但狼神的旗舰上仍然维持着铁一般的纪律。

连续传递的数据板和闪着光的线框全息图让整个拱形战略室沐浴在界面的蓝色荧光之中。数百凡人的声音传达着舰长的命令，咯咯作响的自动收报机以机械神教神甫的二进制语诵读着损害报告、虚空兵力和武器射击计划。

在战斗中舰桥船员训练有素的作战场面是一种美景，若不是艾泽凯尔·阿巴顿如同笼中困兽一般来回踱步，塞扬努斯也许能好好欣赏这一美景。

全息仪显示着交战圈，威胁矢量模糊闪烁，夹杂着愤怒的静电。第一连长一拳打在了全息桌的黄铜边缘，然而围绕着复仇之魂号的严酷战局并未改变。

绿皮兽人战舰数量仍然大大超过影月苍狼，火力也更胜一等，并且相当违背常理的是，绿皮兽人似乎在谋略上比人类指挥官技高一筹。

这是最令人恼怒的，而艾泽凯尔的怒火对此毫无助益。

数据界面的荧光勾勒出了附近凡人舰员的脸庞，他们因这突如其来的声音转过了头，但看到第一连长愤怒的目光后，他们把头转了回去。

"真的吗，艾泽凯尔？"塞扬努斯说道，"这就是你的解决方法？"

艾泽凯尔耸耸肩，盔甲发出刺耳的摩擦声，他那闪亮的黑色顶髻如同萨满的枝条形装饰一般摇了摇。艾泽凯尔逼近了，这便是他的作风，他试图俯视塞扬努斯，仿佛他真的以为自己能够吓到塞扬努斯。这实在荒谬，只是他的顶髻让他显得高一些罢了。

"对于如何扭转这场灾难，我猜你有更好的主意，塞扬努斯？"艾泽凯尔说道，他目视着对方的肩甲，谨慎地压低了声音。

艾泽凯尔的乳白色盔甲在战略室的灯光中闪烁着，盔甲上褪色的帮派标记尚未被军械士抹除，暗金淡银的色彩依旧残存。塞扬努斯叹了口气。离开科索尼亚已经快两百年了，艾泽凯尔仍然保持着早该抛弃的旧传统。

他朝着艾泽凯尔·阿巴顿露出了一个大大的笑容。"我的确有。"

这引起了四王议会其他兄弟的注意。

荷鲁斯·阿西曼德，他那高高的鹰钩鼻、满怀讥讽的嘴唇和指挥官是如此相像，他们都称他是最纯正的亲儿子。若是在阿西曼德罕见心情好的时刻，他们会叫他小荷鲁斯。

塔瑞克·托迦顿，这个蠢货的阴沉面容并不像帝皇军团战士中常见的超人面貌那么扁平。如果说阿西曼德会在任何时刻毁掉一个幽默的话，那么托迦顿则会像猎犬追逐骨头一般抓住每一个展现幽默的机会。

他们都是兄弟，四人兄弟会，谏臣、战火兄弟、怀疑论者、知己。他们与荷鲁斯十分亲近，就像是亲儿子。

塔瑞克嘲弄般地鞠了一躬，仿佛是在面对帝皇本人，随后他说道："那么请启迪我们这些愚蠢可怜的凡人，能够沐浴在您的天才光辉中，我们倍感荣幸。"

"至少塔瑞克有自知之明。"塞扬努斯咧嘴而笑，他那高贵的面容盖过了话语中的揶揄之意。

"所以你有什么更好的主意？"阿西曼德直言关键。

"很简单，"塞扬努斯说道，并转向他们身后升起平台上的指挥位，"我们相信荷鲁斯。"

指挥官看到他们走了过来，抬起一只拳套以示欢迎。他那完美的脸庞轮廓鲜明又高贵，海绿色的双眼炯炯有神，斑驳的琥珀色点缀其中，充满了鹰一般的智慧。

他高耸在他们面前，宽阔的肩甲上包着一层皮毛，那来自几十年前在戴文平原上戮杀的一只巨兽。他的盔甲在战略室的光芒中格外耀眼，这是一个源自奇迹与美丽的造物，胸甲上打造了一只睁开的眼睛，臂甲和肩甲上刻着军械士的记号，以及狼神父亲的鹰与闪电霹雳，还有塞扬努斯并不认识的神秘符号。而隐藏在盔甲层层阴影中的，则是手绘的科索尼亚帮派标记。

塞扬努斯此前并未注意到这些标记，但这便是指挥官的作风。每当你站在他面前，你都能看到令人眼前一亮的新事物，找到让人更加爱戴他的新理由。

"所以你们对当前态势怎么看？"荷鲁斯问道。

"我得诚恳地说，长官，"塔瑞克·托迦顿回答道，"我想事情的发展自有定数。"

狼神露出了微笑。"你对我没信心？如果你这不是在开玩笑，我会很受伤的。"

"我有吗？"塔瑞克说道。

荷鲁斯移开了目光，随着舰体遭到了一连串猛烈的冲击，战略室在震颤。塞扬努斯判断，那是来自小行星要塞诸多火炮的炮弹。

"你呢，艾泽凯尔？"荷鲁斯说道，"我知道我能仰仗你给我一个直接的回答，而不是迷信之言。"

"我得同意托迦顿说的，"艾泽凯尔说道。塞扬努斯忍住没笑，知道艾泽凯尔的这番认同会让他付出巨大代价。塔瑞克和艾泽凯尔在战争中行为相似，但在杀戮结束后却是两个极端。"我们会输掉这场战斗的。"

"就你所知，我可曾输掉过一场战斗？"指挥官问他的同名之子。塞扬努斯看到狼神的嘴角微微向上一撇，他知道指挥官这是刻意对第一连长如此发问。

荷鲁斯·阿西曼德摇了摇头，说道："从来没有，也永远不会。"

"奉承的回答，但并不对。和其他任何人一样，我也会输掉一场战斗，"荷鲁斯说道，并抬起一只手，阻止了他们必然会说出的否认，"但这一场，我不会输。"

狼神把他们引导到他的指挥位前，这里看起来像是一个金钢框架，一团白肉嵌入了主战斗全息仪中。

"瑞古拉斯技师，"荷鲁斯说道，"启迪我的儿子们吧。"

这位机械神教特使点了点头，全息仪轰鸣启动。指挥官的指挥位能够更加清楚地显示出战斗画面，但此时的命令却让众人有些困惑。

全息仪的暗淡灯光在指挥官的眼窝中洒下阴影，他的脸庞则沐浴在深红色的光芒中。这场景就像是一位古老的酋长端坐在战争帐篷中一团缓缓燃烧的炉火旁，在大战前夕召集起他的将领。

"塞扬努斯，你对太空战术的掌握一直都是最优秀的，"荷鲁斯说道，"瞧一瞧，告诉我你看到了什么。"

塞扬努斯倚靠在全息绘图仪上，内心因狼神的话语而充满了自豪。他努力克制住自己不像第三军团的那些人一样骄傲地如孔雀般挺起胸膛。他深吸了口气，盯着缓慢更新的模糊战斗图示。

绿皮兽人的战争毫无精妙可言，无论他们在哪个战场战斗。在陆地上，他们如同一群狂战士朝你冲来，高声吼叫，唾沫横飞，脸上涂满了战妆；在太空中，他们那喷涌着辐射的掠夺废船冲入敌阵，每一层火炮甲板都在肆无忌惮地扔出炮弹和原子弹头。

"标准的绿皮兽人战术，尽管我并不想用这个术语来美化这团混乱。"塞扬努斯说道，来自指挥官战位的一系列命令让复仇之魂号猛地一转，塞扬努斯摇晃不已。爆炸的回音响彻旗舰的建筑，难以分清那是源于冲击还是射出去的火力。

"敌方的大量兵力正在逼退我们的战线，"他继续说道，同时瑞古拉斯改变了全息仪的焦点，凸显出了战斗最激烈的地方，"中心位置正从那个小行星要塞向后退却，我们没有足够的火力伤害它。"

"还有呢？"荷鲁斯说道。

塞扬努斯指着缓缓旋转的图像，说道："我们的右象限和上象限被逼退得太远了。只有左象限和下象限的战局仍然坚挺。"

"我最想要的是另一支舰队，"塔瑞克说道，朝着舰队上象限的一片空旷太空区域点点头，"那样的话，我们便能够夹击敌人。"

"寄希望于我们没有的东西毫无裨益。"小荷鲁斯说道。

有什么东西不太对劲，塞扬努斯在片刻后才心生疑虑。

"技师，调出敌方发射命中比值的数据。"他下令道。一瞬间，一道闪烁的数据光出现在了塞扬努斯的面前。他的目光扫过统计数据，看到自己的怀疑得到了证实。

"敌方的伤害能力评估远高于平均水平，"他说道，"它们的命中率达到了发射量的 75% 以上。"

"这一定搞错了。"艾泽凯尔说道。

"机械神教不会犯错，第一连长，"瑞古拉斯说道，他的声音就像是生锈的钢丝，犯错这个词的发音仿佛最邪恶的诅咒，"数据很准确，在本地参数的公差内。"

"绿皮兽人命中别人的概率通常和命中自己船的概率差不多。"塞扬努斯说道，"它们是怎么达到如此高的命中率的？"

荷鲁斯指着戈罗爆裂的轮廓说："因为这些绿皮兽人并不寻常，对此我怀疑，它们并非由战士所统治，而是由某种科技阶层统治。这就是我请求瑞古拉斯技师加入第十六军团这场战事的原因。"

塞扬努斯回头看着显示器说："如果您有如此怀疑，那么这一切就更加令人困惑了，坦白地说，大人，我们的舰队战术极不稳定。"

"怎样才能更具战术可靠性？"

塞扬努斯想了想，说："塔瑞克是对的。如果我们在此拥有另一支舰队，那我们当前的战略便是可靠的。我们会将敌人置于锤与砧之间。"

"另一支舰队？"荷鲁斯说道，"我得凭空变出一支舰队来吗？"

"您能吗？"塔瑞克问道，"现在我们非常需要。"

荷鲁斯咧嘴笑了。塞扬努斯看到荷鲁斯正乐在其中，尽管他无法想象原因何在。指挥官抬起头看向指挥甲板后方上面的一个阶梯式廊台，有一个人正好走到了铁栏杆旁，沐浴在摇曳的聚光灯下。那道光束相当合适，就像是刻意为之。

复仇之魂号的星语长英梅星身着白色长礼服，苗条又鬼魅。她拉下了兜帽，憔悴的面容上是深陷的中空眼窝。星女士看不到这个世界，但能看到另一个奥秘世界，而塞扬努斯对那个世界知之甚少。

"星女士？"荷鲁斯呼唤道，"现在还有多久？"

星女士的声音很微弱，也很尖细，却饱含权威。

"即将到来，原体荷鲁斯，"她说道，语气略带责备，"您也是知道的。"

"你说得对，星女士，我希望你们能原谅我这小小的戏剧时刻。瞧，大事将临。"荷鲁斯放声大笑，提高了音量，让整个战略室都能听到他。

荷鲁斯转向瑞古拉斯技师，并开口说："传达机动命令。"

那位技师俯身照办，而塞扬努斯则问道："长官？"

"你们想要另一支舰队，"荷鲁斯说，"我这就给你们。"

太空仿佛被利刃一刀劈开。

琥珀色的光芒喷涌而出，耀如千日，同时存在于诸多感知领域。那把劈开虚空的利刃则从中飞掠而出。

但那并非利刃，而是由黄金和大理石打造的太空巨舰——一艘极其庞大的战舰。其舰首呈鹰翼状，宏伟壮丽；其舰身遍布庞大的雕像城市与战争宫殿。

这是一艘星舰，但与别的星舰截然不同。

这艘星舰是为银河系最举世无双之人打造的。

这是帝皇的御用旗舰。

帝皇之梦号。

战列舰群伴随着人类之主，每一艘船都是太空战中的庞然大物，但与其主子的雄伟舰船相比实在相形见绌。

启动的护盾仍在噼啪闪烁，帝国战舰便冲入了战斗。熔融光矛刺入绿皮兽人废船暴露的后部和侧面，千发鱼雷飞越太空，又一千发紧随其后，闪闪发光的助推器尾迹在太空中渲染出一张闪烁的大网。

兽人的舰船开始爆炸，时控弹头将其开膛破肚，精确光矛将其一切两半。二次爆炸在瘫痪的异形舰队中荡开，尖啸的等离子反应堆已达临界，引擎极度炽热，随后在爆炸中毁灭。

兽人的进攻停止了，它们开始掉头面对这个新威胁。

这正是狼神荷鲁斯等待的一刻。

第十六军团的舰队本已濒临败北。然而骤然间，舰队停止了溃散，各舰船开始以惊人的速度转向会聚，如同相互支持的狼群。

一支本已明显混乱的舰队在几分钟内便转变成了一支进攻舰队。落单的绿皮兽人舰船被迅速击溃，炸成了灰，更大的群组聚集到了一起，但它们无法匹敌由银河系最伟大的战士所率领的两支相互协调的战争舰队。

绿皮兽人聚集在那个庞大的小行星要塞周围，复仇之魂号和帝皇之梦号直冲而去，护航的战舰则在受到创伤的掠夺废船间炸开一条路，以便荷鲁斯和帝皇对其施以致命一击。

两艘船以斜角切入，永不停歇的舰炮横扫小行星。炮火引发了灾难性的虚空爆闪和电磁脉冲，将那个硕大的要塞笼罩在了闪耀的爆炸之中。这是灭杀行星级别的火力，这股能量足以劈开世界，并将之彻底掏空。

随着某个无形的信号，帝国舰船开始脱离包围小行星的地狱火风暴。位于小行星核心，为火炮和引擎提供能量的可怕机器将岩石炸裂。

白绿色的等离子能量涌至数千公里高，炽烈的闪电环绕着小行星的残骸。同类相吸，闪电击中了绿皮兽人舰船的等离子芯核，在闪耀的风暴中将其炸裂，风暴所触及的一切都被烧成了灰。

只有少数舰船逃离了这毁灭性的能量风暴，而这些幸存者则遭到了逡巡的狼群中队的猛烈打击。

在帝皇抵达的一小时内，兽人舰队便化作了一片冷却的庞大残骸云。

通信呼叫传来，回荡在复仇之魂号的战略室中。在绿皮兽人坟场翻腾的等离子风暴使得舰际通信很不稳定，也很不可靠，但这道传输却十分清晰，讲话者仿佛就站在狼神的身旁。

"请求登舰，吾儿？"帝皇说道。

那一刻是如此庄严超凡，如此出乎意料，如此令人敬畏。塞扬努斯知道自己将毕生难忘。很长时间以来，塞扬努斯都没有对自己原体以外的其他人感到过敬畏了。

帝皇走了过来，他没有戴头盔，面容高贵，额头上戴着金桂冠。即使从远处看，那也是一副让人值得永远效忠的面孔，满怀奇迹与光明。没有任何神祇能承载如此敬意与荣耀，也没有任何世俗的统治者会被众生如此爱戴。

塞扬努斯发现自己已经喜极而泣。

在复仇之魂号的主登陆甲板上，父子相会，船上的每一位军团战士都会聚于此，以人类之主为荣。

万夫齐聚，人数之多使得甲板上的所有风暴鸟和雷鹰都飞到了太空中以腾出空间。

没有命令下达，也不需要下达。

这是他们的陛下。这位统治者诏令，银河系将成为人类的疆土，他打造了诸军团，将这个梦想化为现实。宇宙之中没有任何力量能够阻止他们的这场统一之战。影月苍狼一齐昂首，欢呼呐喊，声音震耳欲聋，满怀尚武豪情。

在场的并非只有军团战士，凡人们也来了——影月苍狼在伟大远征中收留的流离失所之人、浪迹诗人、未来的编史者，以及帝国真理的传播者。目睹人类之主真身是机不可失时不再来的大好时机，凡人们怎会错失目睹重塑银河之人的机会？

帝皇带着三百名禁卫军团的成员登舰，这些神一般的战士以帝皇本人为原型打造。他们金甲覆身，绯红色的马鬃翎从尖尖的头盔上飘下。他们携带着盾牌和装着光刃的长柄武器。这些战士的唯一职责便是为保护帝皇而献出生命。

四王议会位列整个第一连之前，跟随着荷鲁斯，与禁卫军团的战士并列前进。

正如所有战士一样，塞扬努斯对比着禁军与自己的实力，但无法对他们的力量有一个清晰的认识。

也许这便是目的所在。

"察合台教过我，"荷鲁斯说，回应帝皇的问题，"他称之为'凿'。我实施得没法像战鹰那样快，但尚可。"

塞扬努斯看出荷鲁斯在保持谦虚，虽然难掩他声音中的自豪，但也只是适当的骄傲而已。

"你和察合台一直都很亲近，"帝皇说道，他们正走过影月苍狼的骄傲队列，"在我们所有人中，包括我，我觉得你应该最了解他。"

"可我很难说了解他。"荷鲁斯承认。

"他生来如此。"帝皇说道。塞扬努斯觉得自己察觉到了一丝深深的遗憾。

他们走在数千名欢呼雀跃的军团战士之间，离开了登陆甲板，走上了复仇之魂号上最宏伟的游行大道。随着他们越走越高，影月苍狼的连队纷纷解散，直到只剩下艾泽凯尔的加斯塔林精锐以及四王议会。

他们走过荣哀大道，在这高耸的前厅中，刻着浮雕的黑木圆柱支撑着闪烁的水晶屋顶，透过屋顶可以尽情观赏在翻腾的等离子中垂死挣扎的绿皮兽人舰队。一半的大道都铺着平顶镶板，上面是手写的名字和数字。他们走向舰桥的途中唯一一次停下，是帝皇跪在了最新的一块镶板旁。

"都是逝者？"帝皇问道。塞扬努斯在这简短的疑问中感受到了千斤的分量。

"生命已逝，魂尚在。"荷鲁斯说道。

"如此之多，而未来还会有更多。"帝皇说道，"我们必须让所有人都死得其所。你我二人，必须打造一个配得上英杰们的银河。"

"我们可能会让百倍的英魂填满这座大厅，而这仍是为见证远征告捷值得付出的代价。"

"我希望我们不会付出这样的代价。"帝皇说道。

"群星乃是我族的天命之所在。"荷鲁斯说道，"这不正是您说的吗？算无遗策，群星终将归于我族。"

"我说过吗？"

"您说过，在科索尼亚，那时我还只是个弃儿。"

帝皇站起身，将披甲拳套放在了狼神的肩膀上，那是一位自豪父亲的姿态。

"那么我必须证明自己值得你的信任。"帝皇说道。

他们后来又会面了，此时战争的号令正响彻整个复仇之魂号。在对戈罗的进攻开始前，有许多事情要做，战斗群编队需要确定，突击准备工作需要排查，还有一千项其他任务需要完成。

但首先，是这项工作。

"我没时间来搞你这个毫无意义的小仪式，塞扬努斯，"艾泽凯尔断然说道，"我还有个连队需要为战争做好准备。"

"我们都一样。"塞扬努斯说，"但你得这么做。"

艾泽凯尔叹了口气，点头默许。"好吧，那么来吧。"

塞扬努斯选择了舰尾一处鲜有人造访的观测甲板作为他们的会面地。水晶穹顶外闪着耀眼的等离子风暴，闪电的分叉轨迹在锃亮的水磨石地板上跃动。墙壁上毫无装饰，只刻着科索尼亚的特殊、糟糕的诗歌，以及死去异形的可怕图画。

房间中央是一池水，新鲜又深邃，在星光下闪烁，被这个星系膨胀的红色恒星照得血红。

"连月相也不适合。"艾泽凯尔说道，盯着平静水面中戈罗的苍白倒影。

"确实，但我们不得不凑合。"塞扬努斯回答道。

"加斯塔林将会与帝皇并肩作战。"艾泽凯尔说道，最后一次对这场他从不喜欢的仪式提出反对，"我可不想让我们在那帮刻板金人面前出丑。"

"自从奥多尼以来，我们就在这么做了，"塔瑞克说道，他跪下身，将他那个闪闪发光的银色凸月徽章放到了阿西曼德在水池边缘的半月徽章旁，"正是这个仪式让我们忠实心诚。勿要忘记特伦修斯。"

"我不需要保持忠实心诚。"艾泽凯尔厉声说道，但他也跪下身，放下了他的结社徽章，"特伦修斯是个叛徒，我们和他根本不同。"

"小心谨慎总归不会犯什么大错。"塞扬努斯一锤定音，他将自己的新月徽章放到了兄弟们的徽章旁边，并开口说道，"军团寄希望于我们。我们领导，众人追随。我们应当这么做。"

塞扬努斯拔出剑，四王议会的兄弟们也纷纷照做。第十三军团爱好用于刺戳的短剑，但狼神的子嗣们携带的是长柄战剑，既能单手挥舞，也能用作凶残的双手剑。

"我们是谁？"塞扬努斯问道。

"影月苍狼。"其他人答道。

"除此之外呢？"塞扬努斯几乎是吼了出来。

"四王议会。"

"月光之下，凝聚彼此。"塞扬努斯吼道，"立誓纽带，死终不破。"

"为生者杀！"艾泽凯尔喊道。

"为死者戮！"众人一齐喊道。

他们放低剑刃，每个战士都将剑尖搭到左边那个人的颈甲上。

塞扬努斯感觉到艾泽凯尔的利剑抵在了他的脖子上，他的剑则放到了阿西曼德的脖子上，阿西曼德的剑则在塔瑞克的脖子上。最终，塔瑞克将他的利剑抵在了艾泽凯尔脖子上。对于将剑锋抵在第一连长面前这一略显反叛的行径，塔瑞克露齿而笑。

"你们的责难誓言呢？"

每个战士都拿出了一张叠起的方形誓言纸，这张誓言纸通常是用于记录在战斗中意欲达成的目标。这样的誓言会贴在战士的盔甲上，以展现作战意图。

每位四王议会兄弟都写下了他们的誓言纸，但他们所写的并非荣誉功绩，而是失败的惩罚。这便是责难誓言，这是在奥多尼星团针对叛徒瓦泰尔·吉伦·特伦修斯的战事之后由塞扬努斯创立的规矩。

他的兄弟们本来都很反对这个想法，声称这种惩罚威胁是在质疑他们的荣誉，但塞扬努斯仍然坚持，他说："我们恪守着诸军团至关重要的永恒美德，理性评判，摒弃罪恶。我们为诸位原体赋予神圣的品格，赋予道德和理性之才，让他们既公正又英明。我们将复杂的银河简化，认为善与恶之间有一堵牢不可破的墙。特伦修斯的教训在于，善与恶之间的界线是能轻易逾越的。任何人都能在特定的情况下跨越它，包括我们。认为我们不会堕入罪恶的想法会使我们在面对罪恶时更加脆弱。"

因此众人才勉强同意了。

塞扬努斯拿出头盔，横羽冠对着甲板。他的责难纸已经放到头盔中了，另外三人也将各自的责难纸放入其中。随后，每位战士将手伸入头盔中，随机抽选出一张纸。阿西曼德和艾泽凯尔将责难纸塞进了腰带中，塔瑞克则将其放在了他的剑鞘皮带中。

塞扬努斯是从统一时期的古老文献中读到这个传统的，萨拉皮翁的每个赭色涂装战士都会制作各自的责难誓言，并在战斗前夕投入一个大铁锅中。每个人都会列队走过这口锅，若是辜负了国王，他们则会从中抽出一张责难纸。没有人知道自己会抽到什么样的惩罚，因此也没有战士会写下较轻的惩罚并期待自己得到它。

等到空降舱发射的时候，四王议会的每个人都会用蜡将责难誓言封在盔甲上的一个隐秘处。

自从第一张责难誓言被封印开始，它们从未被再次打开过。

永远都不会的，塞扬努斯想。

临战誓言已立，风暴鸟如箭离弦，影月苍狼开始朝着戈罗进发。成千上万的空降舱和炮艇朝着地表飞驰而去，准备将这个废铁世界开膛破肚。

戈罗之战将会艰辛异常。

某种机械神教所未知的力场技术将戈罗层层保护，这技术令其很难受到轰炸的伤害。

在这种防护之下，能够夷平整座城市的宏炮仅仅只能刮擦着戈罗生锈般的表面，能够击碎大陆的岩浆炸弹和质量加速炮在其大气层中爆炸，毁灭者弹头的致命辐射消散在了虚空中，几万年的半衰期在短短几小时内便结束了。

狼神在他父亲旗舰的金色舰桥上注视着自己的战士们奔赴战场。他想要加入首轮突击，想要第一个踏足戈罗的异星地表，他想要成为一匹焚尘之狼，站立于脚下的那个世界，如同一位复仇毁灭之神。

毁灭之神？不，永远不会的。

"你想要加入他们，不是吗？"帝皇问道。

荷鲁斯点点头，但目光并未离开观景舱。

"我不明白。"荷鲁斯说道，感受到了身后父亲那气宇轩昂的气场。

"你不明白什么？"

"为何您不让我与我的儿子们共赴战场？"荷鲁斯说道。

"你总是想要成为第一，不是吗？"

"这有那么糟吗？"

"当然没有，但我对你另有安排。"

"在这里？"荷鲁斯说道，无法掩盖住自己的失望，"我在这里有什么好？"

"你觉得我们会在这里看着那个可憎之物毁灭？"帝皇放声大笑。

荷鲁斯转身面对帝皇，现在他看到自己的父亲已经披坚执锐，身穿鹰翼金战甲，背披锁子铜斗篷，巍然挺立，雄武绝伦。剑鞘中一柄青钢剑散发着强大的灵能能量。禁军伴随着他，武器齐备。

他们正站在荷鲁斯所见过的最大的传送阵列上。

"我想你会称之为矛尖行动，对吧？"帝皇说道。

一道耀眼的光芒，一阵令人眩晕的错位感，世界天翻地覆。没有移动的感觉,只有强烈的时间流动感。耀目的磷光从荷鲁斯的眼中褪去,取而代之的是沸腾的工作坊,以及火山裂缝散发出的火热煤光。

帝皇的旗舰舰桥消失了。

取而代之的是来自荷鲁斯年轻时的景象。

那是铁泥交融的科索尼亚。

荷鲁斯探索过他家园世界的每个角落。在最深邃的矿洞中,疯子和残废会在那里等死。

科索尼亚是一个梦魇般的贫民窟,每个角落都充斥着难以想象的恐怖之物,岩浆裂缝中跃动的光芒照亮了幽闭的隧道。满是烟尘的有毒瘴气充斥着人的肺,弄脏了眼睛,玷污了灵魂。

这里就像是科索尼亚。拱起的天花板装着生锈的加固物,被笼子罩住的灯泡散发出断断续续的光,还有一阵硫黄的味道。

废铁世界中充斥着各种臭味:热铁和火焰、油与汗,还有腐化的废物。这个大厅中则满是野兽的恶臭味,仿佛这里一直关着一群牲畜,从来没有清理过。这是兽人的恶臭,满含氨气味和怪异的植物腐败味。

看到几百个披坚执锐的战士毫无预警地出现在了宽阔的大厅中,千余绿皮兽人发出怒嚎。每个兽人肿胀的身躯上都绑着生锈的铁板,嘶嘶作响。看到呼哧呼哧的气压装置、噼啪作响的发电机和嘶嘶闪烁的武器,荷鲁斯对于敌方由科技阶层统治的怀疑得到了证实。

"冲啊!"帝皇喊道。

令荷鲁斯懊恼的是,禁军是第一个有所动作的,他们稳住守护者长矛,射出了一轮质反爆弹。加斯塔林在瞬息之后开火了,兽人的战线发出了猛烈的爆炸。

随后帝皇便冲入了敌阵。

他的青钢之剑闪闪发光,速度之快,肉眼难追。他穿行于兽人之间,仿佛根本就未移动,仅仅只是来回闪现,便屠杀了大量绿皮兽人。他的每一击都犹如炮击之力,爆炸之波,剑锋旋转,碎尸翻飞。

而那把剑并非帝皇唯一的武器。

他那探出的拳套闪着白金火焰,那团火焰接触到的一切都被炸成了血红的灰烬。他将兽人打得尸骨无存,以无形之力将之碾碎,以意念将兽人的子弹化作烟尘。

成百上千的兽人朝帝皇冲来，仿佛铁锉屑被吸向最强大的磁铁。它们知道，能够匹敌其怒火的敌人仅此一个。帝皇将它们全数杀戮，他纯粹的决心不可阻挡。

亿万之众的远征浓缩于一位超然的存在身上。

荷鲁斯已经与帝皇并肩作战了一个多世纪，但父亲浴血奋战的场面仍然让他感到敬畏。这才是至上完美的战争。一千个弗格瑞姆也无法企及如此令人惊叹的存在。

荷鲁斯的风暴爆矢枪开火射击，将一只手里拿着两个铁钩的怪物击杀。爆矢枪横扫而过，将另一只绿皮兽人开膛破肚，那怪物随后倒了下去。荷鲁斯跟随他的父亲冲入异形的血肉和钢铁之中。他的利剑朝下劈砍，砍掉了一只有着硕大机器肌肉的高个兽人的腿。他用靴子踩碎了那只兽人的脑袋，同时推开那仍在抽搐的躯体。

加斯塔林在他左右鏖战，由黑甲终结者组成的坚实楔子插入了铁绿肉体的海洋。艾泽凯尔率领着他们，气壮如牛：他用肩膀直撞敌人，拳头来回飞舞，如若无情的活塞，他的双联爆矢枪喷吐出死亡爆焰。

荷鲁斯实施过各种可以想象的战争，但最为享受的还是与绿皮兽人的血战。成百上千的油腻野兽包围了他，呼号、呐喊、尖叫、喧哗。尖牙在他的臂甲上折断，呼啸的剁肉刀在他的肩甲上支离破碎。他摆脱了每一道撞击，翻滚躲过每一次打击，并以极高的效率屠戮攻击者。

散发着恶臭的异形脏腑沾满了荷鲁斯全身，在剑刃和风暴爆矢枪枪管上嘶嘶作响。在他身旁，艾泽凯尔满腔怒火,疯狂厮杀，竭尽全力伴随在原体左右。

禁军以其精确瞄准的守护者长矛斩杀着兽人。他们能够以独具匠心的杀戮方式使用这些武器，但这里并非进行精妙战斗的地方。在这里，要么杀，要么死。那些足以终结其他生命的打击在这里需要重复一次又一次，才能打倒一个兽人。

兽人发起了还击。它们满怀原始的兽性怒火，力大无穷，即便是终结者盔甲也会被击破，就算是最老练的军团战士也难以抵挡。

禁军已经阵亡了至少十几号人，加斯塔林的伤亡也许更多。荷鲁斯看到艾泽凯尔跪下了身，一根有凡人两倍高的巨大狼牙棒埋入了他的肩膀。一个身如欧格林一般硕大的兽人战争队长将那根狼牙棒扯了出来，左右挥舞，准备施以致命一击。

一把闪光的利剑刺了过来，挡住了挥下的狼牙棒。

是那把火焰覆身的双手青钢剑。

帝皇扭动手腕，那个巨大的钉棒头从电线缠绕的棒柄上落下。人类之主猛转过身，火刃利剑划出了一个闪耀的"8"字。

高大的绿皮兽人被干净利落地切成了四块，瘫倒在地。其戴着铁头盔的脑袋仍在发出轻蔑的吼叫，帝皇弯腰将之从甲板上捡起。他踏入兽人阵中，一只手抓着战争队长仍在吼叫的脑袋，一只手拿着他的利剑。

荷鲁斯将艾泽凯尔拽起身。

"还能战斗吗？"荷鲁斯问道。

"能。"艾泽凯尔厉声说道，"一点擦伤而已。"

"你的肩膀骨折了，左侧的骨盾已经破裂，你的骨盆也是。"

"它们得打破我身体内的每根骨头，才能让我离开您的身旁。"艾泽凯尔说道，"正如您不会离开众人爱戴的帝皇一样。"

荷鲁斯点点头。

再过多言会令艾泽凯尔感到羞辱。"银河系中没有人能够让我离开他的身旁。"

下方涌起了一阵猛烈的地震，戈罗在剧烈动荡，仿佛艾泽凯尔的话是对银河系的挑战。

"那是什么？"艾泽凯尔问道。

答案只有一个。

"维持戈罗的引力场正在失控。"荷鲁斯说，"这个废铁世界正在解体。"

荷鲁斯话音刚落，整个大厅的甲板便开始扭曲变形。数米厚的钢板像纸一样裂开，油腻的蒸汽从深处喷薄而出。隆起的墙壁向内坍塌，残骸从裂解的天花板上倾泻而下。裂缝在血淋淋的地上散开，越来越宽，禁军、加斯塔林和兽人纷纷落入废铁世界炽热的深渊。

荷鲁斯努力保持着平衡，同时朝着被绿皮兽人包围的帝皇冲去。

"父亲！"荷鲁斯喊道。

帝皇转过身，朝着荷鲁斯伸出一只手。

又一轮猛烈的地震。

废铁世界将帝皇整个吞没。

塞扬努斯并不知道他们在哪儿，到处都是烟尘和鲜血。他的三个小队成员已经死了，而他们连敌人都还没有看到。红光洒在烟雾笼罩的空降舱内，鲜血淋漓，阿吉丹和卡敦嫩的躯体被残骸尖刺炸开了，费斯坎也死去了。

空降舱的助推器失效了，原本与第四连其他人一同进行的可控登陆变成了穿透几百层蜂巢状废铁深入戈罗核心的惨烈降落。

根据他面甲上充斥着静电和呼啸声的传感器判断，塞扬努斯的连队在他上方大约两百公里处。烧焦金属和腐烂食物的恶臭透过空降舱侧面的裂缝涌入。

塞扬努斯听到了各种轰鸣声、哐当声和尖啸声，那是绿皮兽人技术的标志性特征。除此之外，还有兽人喉咙发出的低吼语言。那声音就像是刺耳的金属摩擦，但塞扬努斯现在没时间细想了。

"往上！"他喊道，"快往上！出去！"

塞扬努斯的安全带一直尝试从变形的金属扣中解锁。他将之扳开，站起身，并转身从上方的货物架上取下他的爆矢手枪和剑刃。此外，他还拿了一袋手榴弹。小队的其他成员随之效仿，沉着冷静地脱困并武装自己。

空降舱的底部呈四十五度倾斜，舱门斜对着地面。塞扬努斯踢了踢应急解除装置，一下、两下、三下。

舱门仅仅松动了一点。

他又踢了两下，终于将之踢开。随着一道沉重的哐当声，舱门面板掉了下去。塞扬努斯跳下舱门，越过嘎吱作响的残骸。小队的其余幸存者们一个接一个跟随塞扬努斯来到了烧焦的甲板废墟中，并准备好了爆矢枪。

地面隆隆作响，不知是地震的余波还是某些更严重的事情正在发生。强大的力量传遍戈罗的钢铁结构，金属和岩石化作一堆尘埃。

塞扬努斯抬起头，看到残骸从高高的天花板上倾泻而下，一个电线缠绕的洞揭示了空降舱进入的地方——一个遍布闪电、噼啪作响的地库。

坠毁的空降舱周围尽是破碎的机器，撞击和地震粉碎了金属和躯体。他们的到来令这里的几个幸存者吃惊不已。很快，这些幸存者便朝他们逼近。

直到这时，塞扬努斯才发现，这些家伙可不是普通的绿皮兽人。

至少并非血肉之躯。

"王座啊，它们是什么？"塞扬努斯说道。

它们全副武装，身着看似打磨粗糙的全身甲胄，塞扬努斯以为那是兽人首领。粗野的战争领袖，能够拥有最厚重的盔甲，最大、最响亮的武器。

但事实并非如此。

它们的头颅是金属的，躯体也是金属的。它们身上没有任何一部分是有机组织，身体完全由锈铁组成，身上装着带孔的排气管、嗡嗡作响的大锯子，以及带着凸缘炮管的大炮。

它们的周遭围绕着几百个尖叫着的绿皮兽人小奴仆。它们发出咯咯的叫声，看起来就像是卑贱的奴隶，但连它们都装备了原始的义体强化。有的人拿着冒着烟的拼凑手枪，有的人拿着微型喷灯，还有一些拿着手术用的工具。塞扬努斯认为这些奴仆无关紧要。

叮叮当当、嘶嘶作响的金属绿皮兽人朝他们冲了过来，枪炮胡乱射击。塞扬努斯躲进了掩体。这些枪火极不精准，但胜在数量够多。那帮铁甲兽人发出刺耳的话语，声音就像是急需上油的机器。

塞扬努斯一直都对绿皮兽人能够掌握语言感到惊奇。但考虑到绿皮兽人那不同寻常的科技水平，掌握语言倒似乎不算什么难以理解的事了。但如此兽性的一个种族能够进行语言交流，还是让他内心深处感到了冒犯。

炮弹在他头上爆炸，炸开了他藏身的重型机器。几乎在顷刻间，那些咯咯叫、凶神恶煞的奴隶生物便从上方涌过。它们很小，几乎微不足道，直到一个生物开始用喷灯烧他的头盔侧面。

塞扬努斯猛地一头将之撞得粉碎，那生物就像是绿色的水泡在他头盔上炸开。塞扬努斯翻滚开来，抹掉面甲上的恶臭尸骸。它们全都朝他扑了过来，劈砍刺戳，微不足道的手枪不停地射击。

塞扬努斯将这些绿皮兽人一个个打飞，或像对待虫豸一样一个个踩碎。

在他看来，与这些敌人单打独斗虽是轻松，但几百个一同扑上来，即便是军团战士，也得严肃对待。

在他屠戮这些生物的同时，铁甲兽人也正在赶来。这帮兽群仍在攻击，用它们那荒谬的小工具卡住他的盔甲关节，用锯齿状的刀刃切着盔甲缝合处，同时发出欢欣的尖叫。

"我可没这时间。"他吼道，同时从腰带上扯下一串破片手雷。他拔下保险栓，将手雷扔了出去。

"准备冲击！"塞扬努斯喊道，蹲下身，手臂抱住头。

破片手雷响起一连串雷鸣般的爆炸，火热的破片朝着四面八方飞去。火焰吞没了塞扬努斯，冲击波令他向前撞上了一个硕大的机器。他的盔甲显示出了几处破口，那是那些生物在他膝盖和臀部刺穿了活动关节，但并不严重。

那些奴隶生物几乎都死了，在附近的机器上被炸成了肉泥，就像是布偶工厂中的爆炸残余物。只剩几个还活着，但不构成威胁。塞扬努斯站起身，浑身都是异形的鲜血，他将手枪瞄准了冲过来的铁甲兽人。

"干掉它们。"塞扬努斯下令。

荣耀小队，这是塞扬努斯麾下战士的称号，包括代莫斯、马桑达、戈索伊，还有其他人。他们名副其实，深受荷鲁斯钟爱，亦受众人爱戴。有的人觉得这名字十分自负，只有那些见过他们战斗的人才了解他们并非浪得虚名。

马桑达用等离子卡宾枪两枪杀死了一只野兽，那个铁甲怪物就像是火山一般爆开，灼热的光束引发了其内部的二次爆炸。戈索伊的动力拳打出一记右勾拳，轰倒了另一个。他扑上去将之肢解，仿佛自己回到了科索尼亚的杀戮坑。

代莫斯和乌萨尔凭借集中的爆矢火力压制住了另一个兽人，同时恩卡努斯拿着热熔炸药绕到了其身后。法斯坎达跪下了，盔甲在燃烧，陶钢像蜡一样在融化。塞扬努斯能够在通信器中听到他痛苦的呼号。

塞扬努斯选中了目标。那个铁甲兽人的锯齿状金属下巴上焊接着巨大的青铜獠牙，它的两只眼睛并不匹配，一只红一只绿，身体就像是一个桶，装着刺耳的气动装置和金属打造的武器臂。塞扬努斯将爆矢弹射入其喉咙中央，质反弹引爆，它的脑袋在一阵火焰和喷涌的生物有机油中炸开了花。

那怪物仍在前进，它举起了一个沉重的大口径武器，枪口呈喇叭状。塞扬努斯没给那怪物射击时间，他跃出掩体，靴子猛然踢向那怪物的胸膛。塞扬努斯感觉就像是踢中了一根结构柱，那个铁甲兽人并未倒地。

一只装着巨大活塞驱动马达的爪子朝着他的脑袋抓来，塞扬努斯低身躲开，同时按下了链锯剑剑柄的激活钮。锯齿利刃呼啸启动，他砍过喷涌而出的油污，劈开了固定那个铁甲兽人脑袋、呼呼作响的链条。

那个兽人的带角头颅落在了甲板上，塞扬努斯一脚踩了下去。塞扬努斯看到了那个铁头颅中的东西，感到反胃。

塞扬努斯感到了致命的威胁。

无头的铁甲兽人猛地将爪子夹住了塞扬努斯的胸膛，并将他抬离了甲板。那怪物背上的排气管喷出黑色的烟雾，钳爪逐渐夹紧。塞扬努斯的盔甲在压力下变形扭曲。他努力试图挣脱，但无济于事。

火星铸造的盔甲破裂开来，警告图标在传感器中闪烁着。塞扬努斯的骨骼正受到挤压，鲜血开始涌入盔甲内部。他发出呐喊。

他双脚顶住那个铁甲兽人的胸膛，同时用手枪艰难瞄准。兽人的头盔正缓缓流出液体，里面的那双红眼正盯着塞扬努斯，享受着他的痛苦。爆矢弹终于引爆了，铁甲兽人的脑子炸开了，其身体也随之抽搐。那只爪子一阵痉挛，将塞扬努斯扔到了甲板上。

塞扬努斯重重地落地，部分脊柱被压碎了。白光掩盖住了他的视线，止痛剂涌入他的身体，抑制了他颈背的痛苦感。他以后会为止痛剂付出代价的，但这是确保他能有以后的唯一方法。

塞扬努斯花了一些时间来恢复自己的身体平衡。

其他铁甲兽人都死了。

法斯坎达也死了，他的尸体被未知的绿皮兽人武器火焰化作了一团胶状物。代莫斯跪在了他们阵亡的兄弟身旁。

"他死了。"他说道，"连药剂师都无能为力。"

"会有人替他复仇的。"塞扬努斯许诺。

"怎么复仇？"戈索伊质问道，他的挑衅态度足以招致训诫。

"用鲜血，用死亡。"塞扬努斯说道，"我们的任务仍然不变。我们出发，杀死发现的任何兽人。对此计划你们有问题吗？"

没人有问题。

代莫斯抬头望向他们的空降舱所撕开的那个参差不齐的洞。

"连队的其他人在我们上方几百公里的地方。"他说道，"在这里，我们得靠自己了。"

"不，"塞扬努斯说道，"我们有伴儿。"

他的盔甲系统识别出了一个帝国信号。

"谁会在这么深的地方？"马桑达问道。

塞扬努斯从未见过这样的信号，但无论那是谁，在这废铁世界的核心，连污染空气的电磁垃圾和兽人机器的恶劣排放物都无法掩盖这个信号的存在。

在戈罗深处，只有一个人能如此引人注目。

"是帝皇。"塞扬努斯咧嘴而笑。

荷鲁斯在废铁世界内坠落，宛如一个珠白色的天使，身后展开火之双翼。他不假思索地跳了下去，一心一意只为追随他的父亲。

地震令戈罗山崩地裂，垃圾积聚形成的沉积层正在瓦解。地层分裂，紧密的残骸支离破碎，整个星球的结构正以惊人的速度崩塌。

这意味着两件事。

首先，荷鲁斯能够大致遵循他父亲坠落的路线。

其次，他下方打开的空间正变得越来越宽，这意味着他的下落速度越来越快。他撞穿了拥挤的居住洞穴、发出恶臭的饲养坑，以及闪着绿光错综复杂的工作坊。

荷鲁斯所承受的撞击力足以杀死一个军团战士，废铁世界的垂死挣扎让他如同风暴中摇曳的一片叶子。他抬起头，看到黑色和金色的小人正跟随着他坠落。

是加斯塔林和禁卫军团。

他们跟随着他下坠，英勇又无私。

但他们终究难逃厄运。

他们并非原体，无法承受荷鲁斯所能承受的。

他看到加斯塔林被破裂导管喷出的等离子火焰焚灭，看到呈弧线下落的禁军撞在了坠落的残骸或变形的结构物上。他们那毫无生气的尸体跟随着他落入深渊。

深渊中爆发出数公里长的闪电弧。兽人的战争机器纷纷爆炸，尾迹飞旋、疯狂翻滚的军火弹药从各个表面上弹开，其中一些击中了荷鲁斯，烧焦了他的盔甲，令他的肉体起泡。

荷鲁斯穿过洞穴般的空间，这里遍布的高大引擎连火星的技师也不敢建造，更别提让它们运行了。整个世界天旋地转，戈罗的结构在濒临毁灭之际扭曲尖啸。悬崖般的墙壁撞在了一起，由舰船龙骨打造的巨大大梁像电线一般弯曲，熔化的金属从崩塌的铸造厂中涌出。

荷鲁斯撞在了一堵墙上，这堵墙也许曾是一块甲板。撞击的角度足以减缓他的下降速度，但也就仅此而已。残骸与火焰倾泻而下，下方是一片梦魇之景。荷鲁斯一拳打入一块金属中，以减缓他的下降速度，他的身后留下了一片凿痕。

即便速度有所减缓，荷鲁斯仍然重重地摔在了地上。他屈膝翻滚，穿过火焰，感受到烈焰烧灼他的盔甲吞噬他的肉体。

甲板震颤着，系泊索具断开了。

他滚入了下方一个散发着蓝白光芒的深渊。一瞬间，在引力的相互作用下，荷鲁斯悬在了光芒四射的虚空中，被同时拉向四面八方。随后，一道比其他力量更加强大的力抓住了他，将他向下拉。

荷鲁斯坠下，仅仅在最后一瞬间才勉强摆正身子。他摔了下去，屈膝在地上猛力砸出了一个坑。

一瞬间，他无法相信自己的感官。

他所落入的空间是一个巨大的球形大厅，重力在此无休止地转换方向。这里没有上或是下，没有引力作用的基本方位。巨大的黄铜球体随机分布在大厅内，闪电从球体上跃出，一连串极其复杂又不可思议的倒置走道和台架围绕着一团巨大的能量旋涡。它至少有一千米宽，翻腾不息，仿佛受困的等离子火焰怪兽。一道道银火从那团膨胀的能量中劈出，令戈罗的星球结构四分五裂。

失控的等离子反应既令人目盲，又令人着迷，但在这废铁世界的核心中，吸引荷鲁斯目光的是一道受困的金光。

帝皇正过关斩将，一路杀过一堆呼号的兽群，那是荷鲁斯所见过的最大的绿皮兽人。大部分绿皮兽人的身材都足以匹敌原体，其中一位甚至令帝皇都相形见绌。

他的父亲正奋力杀向环绕那团耀目等离子核心的一道破碎钢环，但绿皮兽人已经将他团团围住。

这是一场连帝皇也难以孤身取胜的战斗。

但帝皇并不孤单。

塞扬努斯和他的荣耀小队以旧时的战斗方法杀过废铁世界逐渐瓦解的废墟残骸。既无微妙之计，也无策略可言，他们就像是过去掠袭敌对军阀的领土一样，唯一重要的便是狂风暴雨般的攻势。你只需厮杀，直到你杀光挡在你面前的所有人，或是倒在血泊之中。

他的盔甲已不再是珠白色，而满是脏腑血肉。一个机械怪物试图抓住他的手枪并引爆其弹药，这迫使他抛弃了自己的手枪。他的利剑在刺中另一个铁甲兽人的装甲头颅时破碎了。

这一切都不重要。

他的拳头便是武器。

他的身体亦是武器。

恩卡努斯和乌萨尔都死了，被装着马达的剁肉刀和能量钩所杀害。

唯一重要的是，去帝皇的身边。

塞扬努斯已经进入了战斗节奏，他的世界化作一层交战圈，心无旁骛，冷静如冰。此时此刻，真正的强者和普通勇者的区别便在于，是否有能力洞悉周围所发生的一切。

代莫斯在他的左边作战，戈索伊在右边。

他们过关斩将一路向前，在齐膝深的绿皮兽人血肉中跋涉。屠宰场和脏腑坑臭气熏天，但塞扬努斯毫不在意。兽潮肆虐，着甲绿皮兽人排山倒海。他们看到了更多铁甲兽人，还有许多难以理解的技术怪物。

在伟大远征的征途中，塞扬努斯见过各种各样粗糙又有效的绿皮兽人科技，但在这个废铁世界地表下所藏的是极其先进又令人可憎的造物。

他面甲上的帝皇信号十分清晰，而其他反馈都因为干扰而嘶嘶作响，发出尖啸。

塞扬努斯在前方看到了一个不规则的拱道，里面闪着白光。帝皇就在那里。

"我们到了。"他喘息着，即便是他那非同寻常的超人体格，也被战斗逼到了极限。他冲过拱道，来到了一个巨大的球形大厅，那颗耀眼的太阳就在正中央。

"狼神……"塞扬努斯喘息着说道。

荷鲁斯的剑已然破碎，他的双联爆矢枪也耗尽了弹药。那把剑的剑刃已经断成了两半，剑锋因劈砍了无数绿皮兽人而钝化。他一路杀至一个阶梯桥，来到了帝皇下方一个摇摇欲坠的岩架上。

荷鲁斯浑身是血，既有他的，也有兽人的。

他的头盔早已不见，在与一个钢铁獠牙巨兽缠斗时被扯掉了，那个兽人的手臂装着马达驱动的压碎爪，嘴巴喷吐着火焰。他用膝盖顶死了那只野兽，并将它的尸体扔到了桥下。失常的引力旋涡将那具尸体卷了上去。

更多绿皮兽人跟随他上了桥，咕噜着大笑。它们那无情的愉悦感对于荷鲁斯而言是个谜。它们就快要死了，要么死于荷鲁斯之手，要么在那个庞大的等离子反应堆毁灭时被烧成灰。

谁会在面对死亡时放声大笑？

帝皇在与一个有他两倍高大的装甲巨兽战斗。那野兽的头颅十分庞大，仿佛戴着钢铁头盔的巨石，带有雕刻的象牙闪着暗淡的光。它红色的眼睛闪着凶恶的智慧，令荷鲁斯屏住了呼吸。

荷鲁斯从未见过这样的兽人。没有任何野兽会让人联想到这种生物，因为这超出了想像的极限，也没有任何机械神教贤者会接受这样一个生物的存在。

六条哐当作响的机械肢臂钉在它的肉体上，上面装着喷吐着火焰的杀戮武器，东锯西砍，噼啪作响。帝皇的盔甲在熊熊燃烧，金色的桂冠已经化作了灰烬，落在脖子边。

嘎嘎作响的转管炮击中了帝皇的盔甲，闪电爪也在奋力撕扯。帝皇调动自己的每一丝战斗技艺与灵能力量抵挡着那个机械战将的搏杀。

"父亲！"荷鲁斯喊道。

那个绿皮兽人转身看到了荷鲁斯，它看到了荷鲁斯脸上的绝望，放声大笑。那绿皮兽人的拳头犹如还原修会的攻城锤，一击打飞了帝皇的剑，一只绿手将帝皇举到了空中，非人的力量试图泯灭帝皇的生命。

"不！"荷鲁斯叫道，杀过最后一批绿皮兽人，冲向他父亲的身边。那个机械战将将其脊柱武器对准了荷鲁斯，一连串猛烈的闪电打击扫过走道。

荷鲁斯全数躲开，宛如世界末日的焚尘中一匹狩猎的狼。他手无寸铁，而这对于一位军团战士而言并不能算作劣势。但面对这样一个敌人,他处于绝对劣势。

他的武器绝不可能对那只野兽造成伤害。

但如果是那只野兽的武器……

想到此处,荷鲁斯找寻机会抓住了那个战兽的一只机械臂,这只手臂上装着飞旋的黄铜球体和噼啪作响的闪电武器尖刺。这只手臂的力量十分强大,但荷鲁斯还是一点一点地将其扭转过来。

武器上的闪电噼啪作响,将荷鲁斯的双手烧焦,伤口下的骨头闪闪发光,但还有什么痛苦比得上丧父?

凭借最后一丝力气,荷鲁斯将那只手臂扭转向上,一道锯齿状的白色闪电从那个武器上爆发而出,灼热的火焰击中了机械战将的前臂,其肘部以下爆炸开来,化作焦黑的骨头和沸腾的血液。那野兽在惊讶中发出咕噜声,扔下了帝皇,盯着自己的残肢,呆住了。

帝皇抓住这个机会,弓下身,青钢剑猛刺而出。剑尖刺入了机械战兽的腹部,贯穿其身躯,火星四溅。

"死吧。"帝皇说道,利剑向上撕扯。

这是致命的一击,骇人无比,迅猛异常。电火花从丑恶的金属器官中喷涌而出,那绿皮兽人已然肉身俱焚。面对如此凶残的一击,即便是如此不可思议的野兽也无法幸存。

然而这并非最强大的一击。

荷鲁斯感受到了巨量灵能的积聚。帝皇闪耀着强烈的光芒,荷鲁斯遮住了双眼。他从未见过自己的父亲运用此般能量,甚至怀疑父亲是否真的拥有如此伟力。这股能量足以泯灭生命在各个层面的存在,势不可当。肉体燃烧成灰,远古信仰称之为灵魂的存在也随之焚灭。

遭受如此命运的人将彻底湮灭。

他们的肉体与灵魂将从宇宙的有限能量中逝去,消逝于记忆中,存在化作虚无。

这是人所能遭受的最绝对的死亡。

能量沿着帝皇的利剑闪烁燃烧,致命的光芒充斥着那只绿皮兽人全身。它在一阵呼啸的金光中爆炸了,闪电自其死之的余波中闪耀而出,划过一个又一个兽人，击中了戈罗之王的所有同类。不可思议的能量从帝皇身上喷涌而出，扩散到整个大厅，将一切异形肉体烧成一团金色的灰烬。

荷鲁斯看着生与死的能量贯穿帝皇，看着他的体格逐渐膨胀，如同一位神祇。帝皇散发出耀眼的琥珀火焰，巍然挺立，雄武绝伦。

他的父亲从不自诩为神祇，并极力批驳此般观念。他曾因如此信仰而训斥了一个儿子，而如今荷鲁斯却亲眼见证此般神力……

面对亲眼所见的奇迹，荷鲁斯屈膝折服。

"狼神！"

他听到有人叫他的名字，转过了身。

他看到了他的狩猎之狼。

塞扬努斯冲过了那座桥，一遍遍呼唤着他的名字，同时挥舞着一只拳头。他早已战至精疲力竭，而身处原体和帝皇身侧，他也快要失去理智。

荷鲁斯身后的奇迹之光在蓝白色的等离子前黯然失色，他转过身，看到戈罗核心那翻腾的冷焰映衬出了帝皇的身影。

帝皇背对着荷鲁斯，利剑插入髋部的剑鞘，同时高高举起双臂。彻底毁灭那个绿皮兽人战将的金焰从他摊开的指尖溢出，如同异界的火焰。

荷鲁斯并不了解那个绿皮兽人能量核心背后的疯狂机械原理，但连傻瓜都能看出，那个能量核心行将毁灭。令戈罗分崩离析的剧烈震动足以证明这一点，但看到那奋力挣脱其束缚的星火后，荷鲁斯确信这个星球即将灭亡。那个机械战将的死亡便是打破那骇人能量束缚的最后一根稻草吗？

那个能量核心还有多久会爆炸？荷鲁斯并不知道，但他怀疑他们已经没有足够的时间逃离这废铁世界的深渊。

"一切不会就此结束。"荷鲁斯低语道。

"是的，吾儿。"他父亲说道，同时再次积聚起体内的金光，"不会的。"

帝皇握紧了拳，那个翻腾等离子球周围的空气折叠了起来，向内翻转，令人作呕，仿佛现实仅仅只是银河戏剧的背景幕布。

空气折叠之处显露出了后方的空间，十分骇人，那是漫漫混沌与无尽可能的巨大深渊。在那呼啸的虚空中，此方银河的芸芸众生仅仅只是在宇宙沙尘暴中映射而出的粒粒尘埃。那是无生者的天界，在那里，梦魇诞生于苍生欲望的恶臭子宫中。溟冷之物在黑暗中蠕动，如同百万条乌黑的玻璃蛇盘绕成无尽蜿蜒的结。

荷鲁斯望向深渊之中，对宇宙的运行秘密既感到厌恶，又感到着迷。在他注目的同时，帝皇将整个世界的结构重新聚合，固定在了那个绿皮兽人等离子核心周围。如此壮举令帝皇耗费了巨大精力，他内心的金光不断消退着。

随后，一切都结束了。

一声雷鸣，空气填满了等离子火焰消失后留下的空间，一阵反流涌入大厅，刮起硫黄烈风。

帝皇单膝跪地，低下了头。

荷鲁斯飞快冲到了帝皇身边。

"您做了什么？"荷鲁斯说道，协助他的父亲站起身。帝皇抬起头，他那令人惊叹的面容已经恢复了气色。

"将那个等离子核心送入亚空间。"帝皇说道，"但这不会持续太久。我们必须在亚空间内爆并毁灭一切之前撤离。这整个废铁世界很快就会被压碎，就像是落入黑洞一般。"

"那我们赶紧离开这鬼地方。"荷鲁斯说道。

他们在复仇之魂号的舰桥上注视着戈罗的垂死挣扎。帝皇和荷鲁斯站在一个欧石圆盘前，面前是四王议会，荷鲁斯曾在此规划了针对废铁舰队的太空战。

"绿皮兽人永远不会从这场毁灭中恢复气力。"荷鲁斯说道，"他们的力量已被粉碎。这只野兽要在数千年之后才会再次崛起。"

帝皇摇了摇头，从那个圆盘中调出了一个闪着光的天体仪。微弱的光点在圆盘的边缘旋转，那是几十个星系，几百个世界。

"希望你是对的，吾儿。"帝皇说道，"但绿皮兽人是这个银河系的毒瘤。每烧毁它们的一个破败帝国，另一个便会崛起，并且更大更稳固。这是兽人的天性，也是这个种族难以消灭的原因。必须将它们彻底灭绝，否则它们便会一次又一次卷土重来，并且愈发强大，直到它们以排山倒海之势朝我们袭来，势不可当。"

"那我们岂不是永远也无法摆脱绿皮兽人的祸患？"

"除非我们迅速出击，毫不留情。"

"我是您的利剑，"荷鲁斯说道，"告诉我该向何处出击。"

帝皇露出了微笑，荷鲁斯的心中充满了自豪。

"泰龙边区只是我们所遭遇的绿皮兽人帝国的一块辖区，这个帝国必须消灭，如此远征方能继续。"帝皇说道，"我们将消灭这个帝国，这将会是一场史诗之战。你将会在这场征战中赢得诸多荣誉，这场战事将被后人广为传颂，直至星辰湮灭。"

"就是在这里？"荷鲁斯问道，倾身靠向发光的全息仪。先是一个，然后是几十个，最后是几百个世界都用绿色的轮廓被标出了。

"没错。"帝皇说道，"这里便是乌兰诺。"

奥瑞利安

艾伦·邓布斯基－鲍登

出场人物

基因原体

洛加·奥瑞利安 ················· 怀言者基因原体
弗格瑞姆 ····················· 帝皇之子基因原体
安格隆 ······················· 吞世者基因原体
狼神荷鲁斯 ··················· 荷鲁斯之子基因原体
佩图拉波 ····················· 钢铁战士基因原体
阿尔法瑞斯·欧米冈 ············ 阿尔法军团基因原体
赤红马格努斯 ················· 千子基因原体
康拉德·科尔兹 ················ 暗夜领主基因原体
莫塔瑞恩 ····················· 死亡守卫基因原体

怀言者军团

阿格尔·塔 ···················· 受祝之子之主
科尔·法伦 ···················· 第一连连长

帝皇之子军团

达马拉斯·阿克萨利安 ·········· 第二十九连连长

巨眼的住民

升格者因格赛尔 ··············· 原初真理的信使
无羁者安格拉斯 ··············· 颅骨王座的卫士
织命者凯洛斯 ················· 奸奇的神使

"三物不可久藏：日、月，还有真相。"

——古泰拉谚语

"我的每一丝灵魂都希望，在我有机会的那个时刻，我能杀了他。在那怀疑与悲痛转瞬即逝的一刻，因对同胞相残的憎恶而犹豫的一秒间，令我们付出的代价难以计量。荷鲁斯率领诸军团走上了叛道，但洛加才是战帅心中的毒瘤。"

——原体科拉克斯

"吾之所求唯有真理。在你继续阅读下去时请记住这句话。我并非出于无谓的骄傲而决定推翻我父亲的谎言帝国，我并非想要令我族血流成河，并在这场残酷的远征中令半个银河生灵涂炭。这一切都并非我所渴望，然而我知道，这一切皆是必为之事，我亦知其背后的缘由。
　　然吾之所求唯有真理。"

——《洛加之书》开篇语，混沌的第一首赞美诗

序幕
一神使者

寇其斯，许多年前

大祭司透过大教堂的窗户看着下方的城市熊熊燃烧。

"我们应该做点什么。"

他的声音很低沉，但也带着一丝柔和，令他的话语显得相当精妙。他所发出的是理性的声音、质疑的声音、令人安慰的声音，而非尖叫、唾骂和狂怒。

大祭司从窗户前转过身，说道："父亲，这场大火何时才会停息？"

科尔·法伦走过房间，脸上一副皱瘪又深邃的怒容，就像是砍入旧皮革中的伤疤。他正在中央桌上的一堆卷轴前忙碌，薄薄的嘴唇读着一张张卷轴。

"父亲，我们不能在城市还在燃烧的时候待在这儿，我们必须前去帮助人民。"

"自从我们夺取了启明大教堂起，你就没有说过话。"那位老人说，他瞥了一眼，"而在赢得这场战争之后，你说的第一句话，是问这场大火何时熄灭。你刚刚征服了一个世界，孩子。你有更大的问题需要关心。"

大祭司是一位年轻人，其体态之优美已然超乎肉体吸引的概念。他那棕褐色的皮肤上闪着小小的金色文字。他的双眼很黑，但并不冷酷，他能够几天都面无笑容，但从不会显得险恶。

他转身面向窗户。在他内心中，他总是想象着远征终结于此地，灰色花朵之城的大道上挤满了欢呼的人群，他们那喜悦的祈祷响彻天际，令曾经统治者的纤细塔楼震颤不已。

现实却并非如此。街道上的确很拥挤，但充斥着暴徒、劫匪和身着长袍的战士团体，残存的圣约会保卫者正与潮水般的入侵者做最后的斗争。

"城市的大部分仍在燃烧，"大祭司说道，"我们必须做点什么。"

科尔·法伦在阅读破损的羊皮纸，喃喃自语。

"父亲。"大祭司再次转过身，看到那位老祭司扔掉了又一张卷轴。

"嗯？怎么了，孩子？"

"半个城市都在燃烧，我们必须做点什么。"

科尔·法伦面露微笑，这表情很丑陋，但仍很友善。"你必须为你的加冕典礼做好准备，洛加。圣约会陨落了，旧道将会被抛弃，会被视作对一神道的亵渎。你将不仅仅是神盟教派的大祭司，你将会是整个寇其斯的大祭司。我给了你一个世界。"他说。

年轻人转身面向窗户，眯起了眼睛。他的声音渐渐变得冷酷，仿佛是对未来几个世纪的预示。

"我并不想要统治。"他说。

"你会改变的，儿子。当你看到除你之外无人适合统治时，你会改变的。在领悟的那一刻，出于你那无私的胸怀，你会改变的。对于权势之人而言向来如此，通往权力的道路总是充满着美好的意图。"

洛加摇摇头，说："我只想要我们的人民洞悉真理。"

"真理就是力量。"老祭司说，他回头看向卷轴，"愚者和弱者必须被拽入光明之中，无论付出怎样的代价，无论在这条道路上有多少人流血哭号。"

洛加看着他的新城市燃烧，看着他的追随者在下方的街道上屠戮最后一批旧道亵渎者。

"我知道我以前问过许多次了，"他轻声说道，"但你没有踌躇过吗，即便是在这场远征终结之时？你曾和他们一样怀有同样的信仰。"

"我仍然和他们一样怀有同样的信仰。"科尔·法伦说，他露出自信的微笑，"但我也和你一样怀有同样的信仰。我仍坚持我的旧信仰，世间存在许多神祇，洛加，而你的一神仅仅只是最强大的那一个。"

"他很快就会来到我们这里。"大祭司说，他望向渐渐变暗的天空，寇其斯是一个干旱的世界，雨云很少显现于天际，"也许还有一年，但不会太久。我在梦中看到了。在他到来的那一天，他的舰船将会从风暴中降临。"

科尔·法伦走了过来，一只手放在洛加的前臂上。"待你的一神到来时，我们自会知晓，我该不该相信你。"他说。

洛加仍在盯着湛蓝的天空，望着天空布满燃烧城市升起的烟雾。听闻导师的话语，他露出了微笑。

"要有信仰，父亲。"

科尔·法伦也露出了微笑，说道："我一直都怀有信仰，儿子。你可曾梦到过这位神明的名字？民众很快就会问到。我不禁好奇，你会怎样告诉他们。"

"我想他没有名字。"洛加闭上了双眼说，"我们只会称他为帝皇。"

第一篇
第十七子

第一章
兄弟会

复仇之魂号，伊斯特凡Ⅴ事件四天后

他的八位兄弟都在场，但只有一半的人真正身处这个房间中。缺席的四位只有投影：其中三位以闪烁的灰色全息模拟图像的形式现身于桌子周围，伴随着闪光与白噪声；第四位的图像则更加明亮，散发着银色的光辉，其面容与手臂围绕着螺旋状的闪电巫火，这个投影是马格努斯，他颔首以示问候。

＋你好，洛加。＋他的兄弟传递出了脑中的灵能话语。

洛加点头回应："你在多远，马格努斯？"

赤红君王的灵能投影不动声色。他很高大，头上戴着一顶精雕细刻的王冠，赤红马格努斯并未用他的独眼进行眼神接触。

＋非常远。我在一个遥远的世界上舔舐着自己的伤口，这个世界的名字由我而生。＋

洛加点点头，意识到了他兄弟那简要语气中的一丝踌躇。现在不是谈论这个话题的时候。

其他人一一向他致意。科尔兹那惨白跳动的全息化身微微点头。莫塔瑞恩即便是亲自现身也像是个瘦削的幽灵，而就连电子脉冲也难以改善这一点。他的图像淡入又淡出，时而因远方的干扰而发生奇怪的分裂。他放低人屠毒镰的刀刃，以示欢迎。这已经是超出洛加期待的温暖问候了。

阿尔法瑞斯是现场最后一个远程投影。其他人都露出了头，而他却戴着头盔。其他人的全息图像都因为舰队之间的巨大距离而有所损坏，但他的图像却很稳定。阿尔法瑞斯几乎比他的兄弟们矮一头，他一身华丽的鳄鳞甲，在投影的人造光芒中闪闪发光。他敬了个天鹰礼，那是帝皇本人的标志——双手交叉于胸甲前。

洛加哼了一声。真是奇怪。

"你来晚了。"他的一位兄弟插嘴道，"我们一直在等你。"那声音十分粗野。

是安格隆。洛加转身面对他，没有流露出任何安抚的笑容。

他的战士兄弟弓着身子，威胁性十足，那是他最典型的身体语言，他的后脑已经变形，野蛮的神经植入物已经插入了骨骼，连接着脑干的软组织。安格隆眯起了那双充血的眼睛，一阵痛苦感冲刷着他的神经系统——那是他曾经的主子通过外科手术施加于他身上的侵入性强化物。其他原体都崛起并统治了他们所降临的世界，只有安格隆在监禁之中苦苦煎熬。他是某个孤寂世界的科技蛮族的奴隶，那个世界从不配拥有名字。安格隆的过去仍然在他的血液中流淌，神经的疼痛感触动着他的肌肉。

"我耽搁了。"洛加承认。他并不喜欢长时间地盯着他的那位兄弟，这是让安格隆抽搐的原因之一。就像动物一般，吞世者之主无法忍受别人盯着他看，也不会与人进行长时间的眼神接触。洛加并不想刺激他。

科尔·法伦曾经提过，那位吞世者的脸庞就像是握紧的指关节所组成的一副嘲讽面具，但洛加觉得这并不好笑。在他眼里，他的那位兄弟就像是个破碎的雕像：本应是沉着英俊的面容被扭曲成了粗糙缠结的表情，因肌肉的刺痛而显得近乎痉挛。他很明白为何其他人都认为安格隆看起来总是处于狂怒的边缘。实际上，他看起来就像是在疯癫痛苦中努力保持专注。洛加讨厌这个阴冷粗野的混蛋，但他很难不钦佩安格隆那惊人的耐力。

安格隆咕哝了一声，不屑一顾，回头看向其他人。

"已经过去九天了，我们都知道各自的任务。"他咆哮道，"我们已经四散于太空中，你为何召集我们？"

分裂帝国的战帅荷鲁斯并未立即回答。他示意洛加来到桌旁，站在荷鲁斯的右手边。与他军团的海绿色陶甲不同，荷鲁斯穿着炭黑色的多层致密盔甲，胸甲上装饰着耀目的镉制泰拉之眼。这个符号乃是帝国大军统帅的权力象征，然而其黑色核心被重新打造成了狭长的毒蛇瞳孔。在他望向荷鲁斯那苍白又优雅的笑容之时，洛加好奇，最近几个月艾瑞巴斯在战帅的耳边低语了怎样的秘密。

洛加站在了荷鲁斯和佩图拉波之间。前者占据着首座，在伊斯特凡战后，一切平等的假象都已不再。后者身着其锃亮的铆钉战甲，身子靠在一把巨大的铁锤上，散发出相当漠然的气质。

"洛加。"佩图拉波低声问候。两打厚度不一的能量电缆，直插入这位钢铁战士光秃秃的脑袋，连下巴线和太阳穴都插着，将他与炮铜灰盔甲的内部处理系统连接。多层盔甲上挂着链条，咔嗒作响。他简单点点头。

洛加点头回应，但一言未发。他的视线越过其他人，找寻着他最后一位兄弟。

"那么，"荷鲁斯露齿而笑着说，面带宽容，"我们终于再次相聚。"

所有人的目光都落在了荷鲁斯的身上，除了洛加。荷鲁斯继续说道，并未注意到帝皇第十七子的分心。

"这种集会还属首次。此时此刻，我们所有人第一次相聚。"

"我们在伊斯特凡上就聚过了。"安格隆咕哝着。

"那并非我们所有人。"阿尔法瑞斯那苍白的全息图像连头也不转。投影的声音没有任何损坏的噼啪声，也毫无情感可言。

在伊斯特凡战后，九支军团便四散而出，征服银河的大军被召集起来，踏上通往泰拉的漫漫长路。忠于战帅荷鲁斯的军团分散在太空中，迅速离开了他们身后这个死去的世界。

安格隆眯起了双眼，仿佛在努力回忆。片刻后，他点头同意："的确，洛加拒绝前来，他在祈祷。"

颈甲的暗淡光芒照亮了荷鲁斯那英俊的面容，他露出一丝微笑。"他在思考自己在我们的伟大计划中的位置。这还是有所区别的，兄弟。"他说。

安格隆再次点点头，不置可否。他似乎并不在乎，只是想摆脱这个话题，切换到下一个。

荷鲁斯再次开口。"我们都知道未来战事的代价，以及我们在这场战事中的命运。我们的舰队已经启程。但是，我该说，在伊斯特凡的不愉快之后，这是我们全体兄弟第一次相聚。"荷鲁斯说，他摊开手掌，朝着他那金色皮肤的兄弟示意。无论是否有意，他右手戴着的机械神教巨爪显得威胁十足，"我希望你的沉思有价值，洛加。"

洛加仍盯着最后那位兄弟，自从他的目光离开佩图拉波后，就从未离开那个人。

"洛加？"荷鲁斯现在几乎是在咆哮，"我对于你无法遵守既定计划的行径越发厌烦。"

科尔兹的轻笑如同秃鹫的叫声。连安格隆都笑了，他那布满伤疤的嘴唇下露出了几颗钢牙。

洛加的手缓缓伸向背后那把华丽的牧杖。他当着自己最亲密同胞的面拔出了武器，眼睛紧紧盯着其中一位兄弟，所有亲身在场的人都感受到了积聚在他们盔甲边缘的灵能寒霜。

这位怀言者的嘴唇发出了敬畏又恶毒的低语。

"你，你不是弗格瑞姆。"

第二章
血溅会议桌

时间改变了万物。

那个在其父亲帝国中未曾寻得一席之地的儿子，如今拔出武器，已和过去判若两人。洛加已经动了起来，而他最敏锐的战士兄弟都还未意识到发生了什么。

弗格瑞姆仅仅来得及吸了口气，他的手本能地伸向自己的武器，徒劳地试图挡住来袭的一击。

洛加牧杖的那一击响彻如钟，回荡在作战室中。弗格瑞姆撞在了后墙上，如同身着破碎陶钢的瓷娃娃，随后倒在了地上。

那位金色原体的炽烈目光转向他的其他兄弟。

"那不是弗格瑞姆。"

其他人已经走上前来，拔出了各自的武器。洛加的绯红盔甲映射出了四位不在现场兄弟的闪烁全息化身，他的盔甲涂装是为了致敬其军团对王座的背叛。

"退后。"他警告仍朝他走来的那些兄弟，"听我说，那个混蛋，那个东西，不是我们的兄弟。"

"冷静，洛加。"荷鲁斯走了过来，他的盔甲关节呼呼作响，低声咆哮。在过去，他仅凭对峙威胁便足以制止洛加做出任何鲁莽的行为。他几乎没有对任何兄弟说过严厉的话，他也不喜欢他们对他明显缺陷的多次斥责。不必要的冲突令他感到厌恶。

如今，他们面对着洛加，连荷鲁斯都对伊斯特凡战后他所发生的改变感到吃惊。怀言者原体双拳紧握牧杖，眯起双眼，公然藐视他的兄弟们。诗人的声音流露出仇恨，他第二次发出警告："退后。"

"洛加。"荷鲁斯放低了声音，变得和他兄弟一样温和，"冷静，洛加。冷静。"

"你已经知道了。"洛加说，他几乎笑了出来，"我从你的眼中看到了，兄弟。你做了什么？"

荷鲁斯露出了一丝脆弱的笑容。够了，该结束了。"马格努斯。"他说道。

赤红马格努斯的灵能投影摇了摇他那戴着王冠的头。"我在银河的另一边，荷鲁斯。别让我来控制我们的兄弟，你自己维持好你旗舰上的秩序。"他说。

弗格瑞姆发出呻吟，他开始从甲板上起身。他的嘴角流下鲜血，如同一道闪电的轨迹。洛加的盔甲靴子踩在了倒地原体的胸甲上。

"别动。"他说道，并未看向弗格瑞姆。

弗格瑞姆那苍白阴柔的面容因虚伪的愉悦而扭曲。"你觉得你——"他说。

"你再开口，"洛加的靴子按在倒地的原体身上，"我就毁了你。"

"洛加，"荷鲁斯现在发出了咆哮，"你在胡言乱语。"

"只因我目睹过胡乱疯狂。"他——迎上兄弟们的目光，从一个人看向另一个人，其中最友善的兄弟流露出了怜悯，大部分人只是感到厌恶，"唯有我知道真相是何等模样。"他的靴子紧压着弗格瑞姆破碎的胸腔，将陶甲碎片压入受伤的躯体。弗格瑞姆咳出了鲜血，洛加并未理会。

荷鲁斯转向其他人，发出夸张的叹息。他那英俊的面容上写满了纵容，仿佛在与其他家庭成员分享某个老掉牙的笑话。

"我会处理这件事的。现在都退下吧，我们很快会再聚。"

全息图像立刻闪灭了，除了阿尔法瑞斯，他注视了洛加片刻。赤红马格努斯是最后一个消失的，他的投影最后朝着荷鲁斯点点头，随后如同风中之雾一般消散了。他那无源的声音回荡在空气中："在此显灵需要极大的意志力，荷鲁斯。下次记住这一点。"

"独眼巨人说得对。"另一人反对道，"我们的耽搁毫无缘由。让那个狂热分子随便乱说好了，我们只需控制住他就行了。我们还要计划一场战争。"

荷鲁斯叹了口气，说："走吧，安格隆。待我们准备好了之后，我会把你从征服者号上召来的。"

佩图拉波和安格隆缓步离开了作战室，他们的大部分谈话都散发着恼怒和愉悦的气氛，一个人在讲，另一个人在听。

随着房间再次紧闭，洛加将那根巨大的牧杖对准了荷鲁斯裸露的头。

"所以你把他们打发走，为了保守这个本不应保守的秘密。你觉得他们不会怀疑吗？要是你觉得我会让你编造出一个关于我疯了的故事，来圆你的谎言，那你就是在自欺欺人。"

荷鲁斯并未上钩。"这实属鲁莽，洛加。解释一下你的行为。"他说。

"我能看到真相，荷鲁斯。"洛加说，他冒险瞥了一眼那个穿戴着他兄弟皮囊和盔甲的东西，"他的灵魂被掏空了。有什么东西寄居在了这具躯体内，就像是鸡蛋中的一个宿主。"洛加再次抬起他的目光，"马格努斯也会感觉到的，若不是他耗费精力在如此远的距离上投影。这不是弗格瑞姆。"

荷鲁斯松了口气。"是的，"他承认，"这不是。"

"我知道这是什么。"洛加将牧杖的钉头抵在了弗格瑞姆的太阳穴上，"我不明白的是，这是怎么发生的。你怎能让这样的事情发生？"

"这与你的受祝之子很不一样吗？"战帅反驳道。

洛加那刻着金字的面容与他们的父亲极其相仿，他的神态化为怜悯。"你并不了解你所谈及的事物，荷鲁斯。一个操纵着我们无魂兄弟的无生者？这里面根本没有人性与神性的平衡可言，没有两个灵魂和谐而优雅地结合。这是亵渎，而非升华。"他说。

荷鲁斯面露微笑。洛加的怒火总是如此具有戏剧性。"考虑下另一种不那么令人愉快的真相。我并未谋划弗格瑞姆之死，我只是在控制其后果。"他说。

洛加缓缓呼出一口气。"所以他死了，另一个感知寄居在了他的身体内，这个躯壳就是弗格瑞姆的残余？"他说。

荷鲁斯恼怒一哼，随后回答道："这对你很重要吗？你和他从来都不亲近。"

"这之所以重要，是因为这是在颠倒自然秩序，蠢货。"洛加说，他咬紧了他那完美的牙关，"如此结合有何和谐可言？一个活生生的灵魂遭到毁灭，其凡世躯壳则被一个贪婪的无生怪物所占据？我曾步入亚空间，荷鲁斯。我曾站在神明与凡夫相会之地。这是软弱与腐化，颠覆了诸神对我们的期望。他们想要的是盟友和追随者，而非被恶魔攫取的无魂躯壳。"

荷鲁斯一言未发。他甚至都没有回应洛加的侮辱，尽管他噘起了嘴唇。

洛加的目光投向倒地的原体。弗格瑞姆体内那东西盯着他，眼睛周围的苍白皮肤泛起了血斑。

"滚开。"那声音探入洛加的脑海。那不是弗格瑞姆的声音，完全不像。

＋安静！＋他发出灵能脉冲，那力量令弗格瑞姆感到战栗。

"洛加……"那怪物的声音变得更加羸弱，更加沙哑，宛若战栗的微风。"你了解我的族人，我们是同胞，你和我。

洛加走开了，他的轻蔑显而易见。那怪物的声音很安静，其中蕴含的绝望让洛加的皮肤感到瘙痒。

"这是怎么发生的？"他问荷鲁斯。

战帅看着弗格瑞姆站起身，洛加却没有——他朝着甲板啐了口唾沫，把牧杖扔到了桌上。华丽的钉头在桌面砸出了闪电一般的裂缝。

弗格瑞姆站起了身，他的身材修长苗条——即便他穿着外形流畅的战甲。洛加转过了身，他所看到的并非优雅，而是他兄弟那双眼后令人作呕的黑暗，以及这具躯体内的另一个智慧存在。

弗格瑞姆露出了不属于他的微笑。

"洛加。"他开口道，发出弗格瑞姆那异常温柔的声音。

+我会获悉你的真名，再将你驱逐回亚空间。也许在亚空间之潮中，你会重新学会克制。+

他克制住自己摄入弗格瑞姆脑海中的话语力量，但这力量仍然很强大，令弗格瑞姆的嘴角喷出了鲜血。

"洛加……我——"

+你亵渎了你所占据的这副肉体，仅此而已。这并非人类与混沌的神圣结合。你玷污了诸神原初真理的纯洁。+

弗格瑞姆瘫靠在墙上，他的眼睛流出了鲜血。

"洛加。"荷鲁斯的爪手搭在了他兄弟的肩膀上，"你快要杀死他了。"

"不是'他'，是'它'。如果我想要杀死它，那它现在已经死了。"洛加朝着荷鲁斯紧抓着他肩膀的手眯起了眼睛。

+挪开你的手，荷鲁斯。+他发出灵能。

荷鲁斯遵从了，尽管他并不愿意。战帅的手指在挪开时颤抖不已，他那灰色的眼眸闪着明显的不安。

"你变了，"他说道，"在与科拉克斯交锋后。"

洛加拿起他的牧杖，将那把大锤靠在他的肩甲上。"那一晚，一切都改变了。我要返回我的舰船，兄弟。我必须思考下这个……这个肮脏之物。"他说。

第三章
马格努斯和洛加

洛加并没有等太久,也没有预料到,他的兄弟已经在他房间中等待了。

"你我必须谈谈。"

那个幻象形体在起伏荡漾,闪耀的巫火在洛加私人房间倾斜的墙上反射出无数映像。这个房间很冷,一直都很冷,过滤系统产生的空气始终都很潮湿。洛加想念寇其斯干燥的气候。

他将那把巨大的牧杖锤——启明锤放到了墙边。

"马格努斯。"他对那个幻象幽灵说道。那个散发着银色火光的人优雅地鞠了一躬。

"我们已经很久没有谈论过什么要事了。"

曾经,见到他这位最具智慧最为强大的兄弟时,洛加会面露微笑。如今,马格努斯的微笑显得很虚假,也并未打动洛加。

"你夸大其词了,最近几年我们交谈过许多次。"

马格努斯的独眼跟随着他兄弟的步伐,洛加走到了书桌旁。

"我们上一次真正有价值的谈话是在你的灰色花朵之城,那差不多是半个世纪以前了。在那之后,你我之间有的不都只是肤浅的客套话吗?"

洛加迎上马格努斯的目光。他的声音回荡在马格努斯周围,那银色的形体摇曳不定。

+时代变了,马格努斯。+

"我在这里也能感觉到,你变强了。"独眼巨人明显在战栗,尽管他仍保持着微笑。

+我在你要求我不得踏足的朝圣之旅上发现了真理。而在伊斯特凡战后,我已然洞若观火。没有必要再克制了。如果我们束缚自己,那我们会输掉这场战争,而人类将会失去步入启迪的唯一机会。+

马格努斯那遥远的影像再度摇曳,一瞬间,他看起来有些痛苦。

"你在朝着亚空间肆无忌惮地释放出力量。一艘船必须随着以太之潮航行,洛加，以免在浪潮中粉身碎骨。"

洛加放声大笑，他的声音温文尔雅，独具耐心。"你在跟我说教？我目睹过你的过去和未来，马格努斯。你之所以与我们站在一起，只因我们的父亲将你流放。你宛若一位君王，却率领着一支遭受诅咒的军团。"

"我的军团？你在说什么？"

洛加感受到了他兄弟的精神探寻，微弱的灵能接触到了他的脑海。他轻而易举地挡开了那阴险的灵能接触。

+你要是再试图窥探我的思想，我会让你后悔的。+

马格努斯的笑容变得有些勉强。"你的确变了。"

"没错。"洛加点头说，他正在一张卷轴上写字，"一切都变了。"

"你说我的军团是什么意思？"

洛加已经有些心烦意乱。"注意命运之线中最大的那个结，兄弟。"他说，他将羽毛笔浸入墨水瓶中，然后继续书写，"你的军团并未摆脱其曾经恐惧的血肉异变，当心你的子嗣，他们中有人并未将之视为赐礼。"

马格努斯沉默了片刻。房间里仅剩的声音是洛加羽毛笔尖的刮擦声、以及引擎甲板发电机那无所不在的低鸣。

"弗格瑞姆——"

"看起来的确如此。"洛加说，他中止写作，抬起头，"你知道多久了？"

马格努斯走到墙边，伸出手，仿佛他的手指虚影能够触碰到挂在那里的寇其斯画作。

"在我来到荷鲁斯作战室的那一刻就知道了。"他说，他抽回手指，小心翼翼地缩成拳，"像你一样，我对亚空间的存在并不陌生。其中一个现在占据了弗格瑞姆的身躯。"

+存在？称呼它们的名字，兄弟。是恶魔。+

马格努斯的影像再次摇曳不定，几乎要消散于洛加那沉静话语所产生的风中。

"控制你的力量，洛加。"

"多年前你就应该告诉我真理的。"洛加继续写作。

"也许吧。"马格努斯说，强烈的忧愁，仿佛在抚摸他的皮肤，"也许我应该告诉你的。我只是想要保护你。你对你的信仰如此确信，如此自大。"

洛加一边写作，一边讲话："我现在是新帝皇的左膀右臂，统率着帝国第二大军团。你是一个破碎的灵魂，率领着一支破碎的军团。也许我从来都不需要保护，我的自大也并未让我陨落。你却并非如此，马格努斯。你我二人都了解了真理，但只有一人选择面对它。"

"如此真理。"

一阵苦涩的笑意冲刷过洛加的感官。

"银河系是一块肮脏之地，我们只会令其更加肮脏。你有没有想过，也许死于无知比活于真理更好？"

洛加爆发出一阵怒火，击退了他兄弟那探求的情感。那个投影幽灵再次闪烁不定，几乎快要消散于空气中。

+你有没有想过，马格努斯？如果是这样，那么为何你还活着？为何在鲁斯用膝盖顶破你的脊柱时，你没有屈服于那呼号的死亡？+

马格努斯的幽灵影像发出大笑，但那声音很勉强，几乎没有透入洛加的精神："我们已经走到这一步了吗？这就是你隐藏了半个世纪的怨恨吗？你在你朝圣之旅的终点看到了什么，兄弟？在你凝视深渊时，你看到了什么？"

+你知道我看到了什么。我看到了亚空间，看到了在其潮流中游弋的存在。+他踌躇了片刻，感到自己在逐渐燃起的怒火中蜷缩起了手指，紧握成拳。+你是个懦夫，认识到了原初真理，却无法接受。混沌化身之所以丑陋，是因为我们在以凡世的眼光看待它。待到我们升格之际，我们将会成为诸神的选子。那时——+

"够了！"

三幅画作燃烧了起来，圣约会宫殿塔楼的水晶雕塑支离破碎，化作废玻璃碴。面对他兄弟的灵能释放，洛加龇牙咧嘴，他吸回了鼻子中流出的鲜血。

"我受够了这卑劣的戏谑。你认为自己知道我们现实之后的真理？那么就向我展示，告诉你我在那该死的朝圣之旅终点看到了什么。"

洛加站起身，用温和的动作熄灭了那小小的火焰。他的指尖闪着冰霜，火焰因失去了空气而燃尽。一瞬间，他感到一丝悔恨，他和他最亲近的兄弟已经沦落到了这般地步。

但时间改变了万物。他已不再是那位迷失之人、羸弱之人，不再是被疑虑所困扰的那位兄弟。

洛加点点头，眼睛眯成了一条缝，散发出危险的气息。

"好吧，马格努斯。"

第二篇
朝圣者

第四章
死寂世界

珊丽雅萨,伊斯特凡V事件四十三年前

他迈出了踏向这个世界地表的第一步,倾听着封闭盔甲中自己那沉稳柔和的呼吸声。十字准线缓缓飘过这块空地,精密的视网膜电子显示器列出了一连串可以忽略不计的生物数据。

他缓步迈入风中,脚下的尘埃嘎吱作响,大地寂若死灰,毫无生机。微风中沙砾的咯咯声飘入他的思绪,与他那嗡嗡作响的盔甲声音相互交杂。

他转过头望向自己的炮艇,看了一会儿。烈风已经在飞机上涂满了一层红色粉尘,这个世界上到处都是这种尘埃。

这个世界。他猜这个地方过去应该拥有一个名字,尽管这名字从未有人类知晓。这片凄凉的荒漠令他想起了泰拉的姊妹世界火星,然而火星已经成为一座工业堡垒,只剩下很少的荒原。火星也拥有更加平静的天空。

他并未抬起头,也不需要,因为他都已经见识过了。从此方到彼方,地平线上都是一层饱受煎熬的云雾,翻腾不息。雷暴齐鸣,形成了五彩缤纷的潮流。

那便是亚空间。他曾经见识过,但从没像这样看过。它覆盖了一个世界,替代了真正的天气系统,在令人头痛的潮流中冲击着万千星系,如同在虚空中腐化的星云。

"洛加。"他身后传来一个难分性别、喘息不止的声音,此前那里并无一人。

他并未迅速转身，也没有拿起他的武器。相反，原体缓缓转过身，眼中满怀耐心，以及相当具有人性的好奇。

"因格赛尔，"他向那个怪物发出问候，"我已经驶入了疯狂之口，现在告诉我原因。"

因格赛尔滑了过来。它的腰部以上是人形，以下则变成了厚厚的棱纹尾巴，就像是一条深海蠕虫或是一条蛇。其身体底部的黏液膜已经覆上了一层灰，连它的躯干也只是大致的人形：肩膀上伸出四条肢臂，仿佛是某个古印度神祇的神圣又可笑的模仿。它的皮肤是灰色的，宛如斑驳的干皮。

"洛加，"它再次说道。那怪物畸形的牙齿和下巴张开闭合，咔嗒作响。曾经的人类女性容貌如今已变成了破败的兽面——张牙舞爪、蓬头垢面，狮子大口无法闭合，里面是畸形的牙床。那怪兽的一只眼睛肿胀充血，从眼窝中鼓起，目不转睛。另一只则是个深陷无用的小圆块，半埋在头颅中。

"你为何选择了这个世界？"那怪物问道。

原体看到那怪物讲话的时候喉咙在颤抖，但那发颤的下巴并未发出人类的语言。

"这重要吗？"洛加问道，他的声音从头盔的通信格栅中呼啸而出，"我不明白这为何很重要。"

"在轨道上，你一定已经知道了几件事——你无法呼吸这个世界的空气，这里的地表上也没有任何生命迹象。然而你却选择踏上其地表，跋涉其中。"

"我看到有废墟，一座城市掩盖在了荒原中。"

"好的。"因格赛尔说道，仿佛期待着这样的答案。那怪物在风中拱起双肩，转过头，挡住它肿胀的眼睛。从它的脊柱和肩胛骨中升起了几根烧焦骨骼组成的黑色翅膀——那是天使的双翼，没有肌肉，也没有羽毛。

"你是什么？"洛加问道。

那怪兽露出了舌头，舔了舔它的一排利齿，说："你知道我是什么。"

"我知道吗？"原体比任何凡人都要高大，但因格赛尔更高，它在那盘卷的尾巴上直起身，"我知道你是毫无灵魂的怪物化身。我在你身上没有看到其他人类都有的生机，没有光环，也没有内核中的闪光。但我并不知道你是什么——我只知道你不是什么。"

风刮了起来，撕扯着贴在洛加战甲上的羊皮卷轴。卷轴被风暴席卷而去，在空中上下翻飞，他却听之任之，并未在意。他的右眼视网膜边缘闪着警告，显示温度在降低。是夜晚来临了吗？天上什么也没有改变，没有太阳，更没有日落。洛加朝着那个脉动的符文眨眨眼，取消掉了那道警告，他的盔甲轰鸣声开始变得更响了。后背安装的发电机开始低声咆哮着产生出更多能量，盔甲进入了虚空解冻循环模式。

"这里的温度已经低于零下两百摄氏度，"他对那个怪物说道，"几乎和外太空一样寒冷。"

"又一个原因让我好奇你为何选择行走于这个世界。"

在那具花岗岩灰的面甲下，洛加露齿而笑道："我身着盔甲，能够在这种极端环境中存活。而你，却站在这里，无视足以在一瞬间将人血冻成冰的寒冷大气？"

"这里是肉体与精神相会的领域，物理法则在这里毫无意义，这里的一切没有任何极限。这便是混沌，充满无尽的可能性。"

洛加深吸了一口战甲循环产生的清洁空气，这味道闻起来像是仪式净化油，在他的鼻中散发出铜臭味。"所以我能在这里呼吸？我不会被冻僵？"他问。

"你是诅咒者的子嗣中独一无二的存在。你的所有兄弟都是完整的，洛加，唯有你迷失了。他们自从诞生时起便能掌控他们的天赋。你对自己的掌控源于领悟，待你大彻大悟之时，你将会拥有一念间重塑整个世界的力量。"

洛加摇摇头说："我生于人类的最强者，但我仍是人类。你也许能一丝不挂地站在这场风暴中，但我会被瞬间毁灭的。你我迥然不同。"

那怪物面对着原体，肿胀的眼睛上覆着一层红砂。"亚空间与凡世唯有一个区别。在肉体世界，感知生命生来便拥有灵魂。在纯粹的精神世界，一切生命都没有灵魂。但两者皆具有生命力。生者和无生者乃是现实的两面，两者注定共生，注定结合。"

原体蹲下身，让尘埃从他的拳套指尖滑落。

"无生者。我曾研究过我族的历史，因格赛尔。你还有一个更具诗意的名字——恶魔。"

那怪物再次转身，背风而立，但一言未发。

"这个世界叫什么？"洛加抬起头，但并未起身。尘埃在烈风中嘶嘶消散，沙砾滑过指间，随风而去。

"灵族在堕落前称之为'伊克雷萨'。在饥渴的她——色孽诞生后，这里被称为'珊丽雅萨'。"

原体发出一声轻笑。

"你知道这个词的含义？"

"在我的军团第一次遭遇灵族时，我学会了它们的语言。是的，我知道这个词的含义，它的意思是'永不遗忘'。"

一根细长的舌头在那恶魔的嘴中挑动，它毫不理会舌头舔出的血腥划痕。"你见过魂碎者？"

"魂碎者？"

"灵族。"

洛加站起了身，掸掉了最后一丝尘埃。"帝国遭遇了它们许多次。有些远征舰队与它们发生了冲突，将它们驱离了帝国的领土。还有些则和平经过。我的兄弟马格努斯在与它们遭遇时的态度总是很宽容。"他说着，犹豫了片刻，转身面对那个怪物，"你们知道我的兄弟马格努斯，不是吗？"

"诸神知道马格努斯，洛加。和你一样，他的名字常穿梭于命运之网。"

洛加回头望向地平线，说："这倒令我有些不安。"

"到时候你会心安的。谈谈魂碎者吧。"

他放缓了语速，继续说道："我的军团在首次从寇其斯启航后不久便遭遇了它们。那是一支灵族舰队，它们的舰船由骨骼所打造，在巨大的太阳帆的驱动下飘过太空。我与它们的先知进行了会晤，以判断它们在银河中的地位。在那几周，我掌握了它们的语言。"

洛加吸了口气，回想起了那段时期。"它们极易令人感到厌恶。它们的非人性让它们显得很冷漠——它们的皮肤散发着苦涩的油味和异形的汗味，它们那自大的智慧中夹带着嘲讽般的傲慢态度。一个将死的种族有何权利认定我们是低劣种族？我问它们，它们却没有给出回答。"他说。

"它们称我们是猴子，这个词就是它们所谓的'低等种族'。然而，尽管它们很容易招致恨意，但它们身上也有很多值得钦佩的地方。它们的存在是一个悲剧。"他再次放声大笑，声音依旧温和。

"那你的军团呢？"

"我们消灭了它们。"原体坦承,"代价很高昂,无论是战舰还是忠诚者的性命。它们只在乎生存——维系生存的强烈需求充斥着它们的整个文化。它们不会轻易死去,死得也不会干净利落。"

他踌躇了片刻,说道:"你们为何称它们为'魂碎者'?"

如果说像因格赛尔这样的怪物能够微笑的话,那它现在正露出微笑。"你知道这是什么地方。我不是说这个世界,而是这整片区域,诸神与凡人相会之地。一位女神诞生于此,色孽——饥渴的她。"它说。

洛加望向天际,看着宇宙的胎盘在上方翻腾。不用说也知道,这场风暴将永无休止地肆虐下去,并且还会扩散,在未来的几个世纪吞没更多恒星系。它会扩散到远方,直到如同神之眼一般凝视着银河。

"我在听。"他低声说道。

"灵族的崇拜导致了她的诞生,而她则攫取了一整个种族的精神。灵族是魂碎者。凡人死去时,其精神会飘入亚空间,此乃万物之道。但当灵族死去时,它们的精神会被直接拉入其所背叛的女神的嘴中。她对灵族的精神如饥似渴,因为它们乃是她的孩子。在灵族死去时,她则吞其精神。"

恶魔与帝皇的子嗣开始一同走向西边。洛加迎风而行,他低下戴着头盔的头,倾听着那怪物的灵能话语。因格赛尔尽力闭上了那畸形面容上的眼睛,它蜿蜒滑行,在尘土上留下蛇迹。

他们的踪迹并未存留太久,因为风暴很快便抹去了他们所留下的痕迹。

"你所谈及的一些东西,与寇其斯的旧道相符。"洛加一字不差地从他以帝皇神名推翻的宗教文献中引用了一句话,"据说'临死之际,摆脱桎梏的灵魂将飘入无垠之中,接受饥渴诸神的审判'。"

因格赛尔发出咳嗽窒息的咕噜声,洛加片刻后才意识到那怪物在笑。

"这是你们种族历史中百万人类信仰的核心。原初真理流淌于人类的血脉之中,你们皆在探寻,你们皆知,死后亦有去处。虔诚的,忠诚的,将会得到仁慈的审判,安身于诸神的领域。不虔诚的,没有信仰的,将会飘入以太,成为无生者的猎物。亚空间是所有精神的终结之地,是一切灵魂的归宿。"

"这可不像是大多数人类信仰中所许诺的天堂。"洛加感觉自己噘起了嘴唇。

"没错,但像是你们种族所一直恐惧的地狱。"

原体很难不赞同。

"你想要看看这个世界的废墟。"因格赛尔在他身旁蜿蜒穿行。

"这曾是一座宏伟的城市。"洛加能够看到地平线上第一批坍塌的塔楼，数个世代的红尘积聚其上。这个世界很久以前所发生的地壳破坏将那座城市拖入了一个坑中，城市的尖塔纷纷坍塌倒地。如今，大地上的突出物仿佛是某个死去已久的怪兽的胸腔。

"这片废墟从来都不是一个真正的城市。当魂碎者逃离女神的诞生之时，幸存者们登上了由活体骨骼打造的巨大穹顶平台，在一场末世大逃亡中携带着其种族的残存者驶向群星。"

"方舟世界，我曾见过一个。"洛加说，他继续向前跋涉，迎风而行，"很宏伟，很奇异，又令人不寒而栗。"

因格赛尔那啷啷的笑声并未被大风所淹没。"许多新建的方舟世界都没能逃离色孽的诞生尖啸。它们或是碎裂于太空中，或是坠毁在这些被抛弃世界的表面。"他说。

洛加放缓了步伐，瞥向那个恶魔。"我们正走向一个方舟世界的坟墓？"他问。

因格赛尔那畸形的下巴发出又一道刺耳的笑声："你是来此见证奇迹的，不是吗？"

于是他们来到了这座陨落于太空，埋葬于死寂尘埃中的死城。

红色的骨质建筑从基底伸出，延伸到天边，宛若布满破碎牙齿的优雅大嘴。洛加和他的向导站在坑边，向下盯着这座异形太空之城的坟墓。

原体沉默了一会儿，倾听着大风的呼号，以及沙砾摩擦盔甲产生的咯咯声。当他开口时，他的目光并未移开下方的古老毁灭之景。

"有多少人死在了这里？"

因格赛尔直起身，肮脏的眼睛凝视着下方，四只肢臂大大张开，仿佛它在宣称自己拥有目力所及的一切。

"这是方舟世界祖拉萨。在色孽诞生的那一刻，二十万灵魂随之崩裂。失去了引导，疯狂肆虐于其活体核心中，这个方舟世界就此陨落。"

洛加感到自己露出了一丝微笑。"二十万。整个灵族帝国有多少？"他问。

"整个种族,亿亿之众,数不胜数。女神诞生于每个活着的灵族人的大脑中,撕裂了寒冷的太空与温暖的肉体。"

那恶魔弓起身,四只肢臂倚靠在坑边,说道:"我感觉到了你的情感,洛加,快意,敬畏,恐惧。"

"我对银河系的异形种族并无爱意。"原体坦承,"灵族没能把握住现实的真理,我也并不为它们感到悲伤。我仅仅只是对它们死于愚昧而感到遗憾。"他吸了口气,仍然盯着被埋葬的方舟世界:"有多少人没能逃离女神的诞生?"

"许多许多。即便是现在,也有一些仍漂流于亚空间之潮中——那是记忆与异形幽灵的寂静家园。"

洛加并未理会撕扯着他斗篷的大风,而是朝着坑边的斜坡迈出了第一步。

"我感觉到了什么,因格赛尔,就在那下面。"

"我知道。"

"你知道那是什么?"

那恶魔用爪子小心翼翼地擦了擦它那畸形的眼睛,说:"也许是一个亡魂,一个灵族生灵的回音,呼出最后一口气,如果它还能呼吸的话。"

洛加拔出他的牧杖,拇指放在激活符文旁。上方肆虐的光芒照在了这件武器上,风暴映射在那铿亮的杖柄上。

"我要过去。"

第五章
回音

　　幽灵行街，风尘漫天，虚无缥缈。风暴中，形体乍现，可望而不可及。这些幻影存在于洛加视野的边缘，每当他试图更清楚地看向它们的时候，风暴便会将之杀戮。这边，一个人影转瞬即逝，在洛加转过头望向它时便湮灭于微风中。那边，本来有三个伸出手发出尖叫的少女，而当原体再次转过头时，剩下的只有飞旋的尘埃。

　　他手中的牧杖握得更紧了。在前方，始终有种令人隐隐作痛的情绪，若隐若现——几乎必死无疑。那凄凉的共鸣探入他的脑海，仿佛一个病危受困的动物，已经死去了很久很久。

　　洛加小心翼翼地前行，绕过覆着尘埃的瓦砾，踏过这座城市的骨骸。风沙中裹挟着遥远的声音——那是非人的声音，以异形的语言发出尖叫。也许这大风也在玩弄花招，因为即便他能掌握灵族的语言，但他也无法分辨出风暴中呐喊的话语。试着理解单个声音只会让其他声音更加响亮，令人丧失了专注的可能。

　　在洛加逐渐深入这座憔悴城市的同时，他在每个半隐半现的幻影旁驻足而视。他目光分散，任凭戏弄人的大风随意塑形。在一阵猛烈的狂风中，他的眼角浮现出了依稀可见的尖塔，异形塔楼直窜充满恶意的云霄，散发出不可思议的优雅。

　　原体回过头，找寻着因格赛尔，却什么也没看到。

　　+因格赛尔。+他犹豫地发出灵能，不确定他的呼唤是否能穿透这股大风。+恶魔，你在哪里？+

　　风暴呼啸得更加响亮了。

　　时间似乎已然失控。在永无止境的黄昏下行走了七十多个小时，洛加的干渴感越发强烈，但他从未因疲惫而放缓步伐。体现时间在流逝的唯一确证是他的视网膜计时器，而在经过第七十一个小时之后，计时器开始出现不可靠的波动。数字显示器开始随机跳出符文,仿佛终于屈服于这块亚空间浸染领域的非自然法则。

洛加想起了阿格尔·塔的脸:瘦削、憔悴而又凶恶无比,仿佛一只吸血鬼。这位战士声称他的舰船在亚空间之潮中航行了半年,而对于洛加和舰队的其他人而言,奥菲欧挽歌号仅仅只是离开了片刻。

他漫不经心地想:在他逗留于此,沿着地狱的海滨徘徊时,物质宇宙过去了多长时间?

那个方舟世界存留在地面上的少量建筑已经遭到了侵蚀,因烈风的摧残而伤痕累累。洛加走过另一条布满尘埃的大道,靴子在古老的岩石上摩擦。也许这里曾是一个农业穹顶,土壤肥沃,遍布茂盛的异形植物;也许这里只是一个公共大厅。洛加试图抑制自己的想象力,以免沙尘暴中跃动的形体进一步激起自己的幻想。

他拖着脚步在一片荒凉的土地上又走了几百米,那个苦苦挣扎的生命开始在他脚下颤动,好奇而又不安。在他左右,唯有一个死去的文明所遗留的陨落塔楼。

原体蹲下身,抓起了一把红土。像之前一样,他任凭土壤从指尖落下,看着大风将之席卷而去。此前感觉到的那个存在似有起伏,洛加吸了口气,向下缓缓探出一丝灵能脉冲。他没有感觉到任何回应,连一丝意识的颤动都没有。那个存在可能就在地下一米处,也可能深入这个世界的核心。无论如何,它都很虚弱,毫无规律,似乎遥不可及,仅存下一丝生机。

隐蔽的知觉,却并不像是活着。

有趣。

他继续深入,闻了闻,探寻着,但他那探出的感知所接触到的仍然只有一片隐蔽的虚无。

面对挫败,洛加不情愿地收回了他那犹豫不决的灵能探查,将自己的感知收回大脑感官。

就在他咒骂自己的古怪天赋的同时,他感觉到下方有什么东西在躁动,在向上探出。沙尘下的那个存在一路向上啃噬,冰冷猎犬般的知觉正拼命嗅着他收回的灵能之触。

洛加本能地退缩,因从下方逼近的绝望感而震颤不已。他咬紧牙关,朝那个贪婪的存在释放出一道驱逐的思绪——这道灵能足以粉碎一个行将淹死的求生之人的手指。那个存在退却了片刻，重整旗鼓，然后再次向上爬来。

其顶部突破了地表：那是一阵撞击着原体精神的原始情感，冷酷残暴，而无任何其他感情。洛加在这股涌起的意识面前踉跄后退，竭力抵挡这股强烈感觉。随着一只手突然从沙尘中伸出，原体站起了身，手中握着他的牧杖。

他注视着那股无形的灵能仇恨，保护着自己的精神免遭其灵能喷吐，那个存在宛若一位逝去之神的雕像，从红土坟墓中翻身爬出。

那个存在试图站起身，却无法站立。它爬了过来，手凿入土中找寻松散的固定点。但它似乎无法站立。原体看着它爬动，却无法在其破裂的盔甲上看到任何明显伤到脊柱的痕迹。长发垂于那张咆哮的死亡面具两侧，那张脸仿佛由烟雾形成，它飘散而出，被大风所捕获，受役于风暴的吐息。

洛加小心翼翼地向后退开，靴子踩在沙尘上，嘎吱作响，他的神态充满了好奇。无论那个残废的存在是什么，它所散发出的愤怒之气产生了一股肉体压力。洛加又后退了一步，仍然紧盯着它。

尽管那个存在有如神像一般雄伟，但它显然已经经历了超自然的衰败。曾经阔步于大地的伟岸存在，如今只剩下一具躯壳在地上爬行。洛加眯起双眼，透过睫毛注视着那闪烁不定的余像，他看到了那逝去的荣光。此人甲胄锐利，眼含白焰，燃不尽的黑石骨骸中跃动着一颗熔岩之心，高大无比，犹如狂怒与圣火的化身。洛加透过飞旋的沙尘看到了这一切，大风在那人周围形成了一道虚假的热雾，洛加露出了微笑——这又是一个伟岸过去的虚弱回音。

那个存在假若能站起身，定会比阿斯塔特军团的无畏机甲还要高大。即便它俯着身子，饱受摧残，但也是个庞然大物，在尘埃中留下了可悲的痕迹。

洛加几乎对这个饱受摧残的化身感到怜悯。它黑色的皮肤化作了灰色的木炭，老旧的裂痕冒出烟雾，渗入风暴；岩浆般的鲜血凝成了缓缓流动、冒着余火的淤泥，结痂的外壳显露出了冷却的血液，流出躯体便已干涸；曾经闪耀无比的巫火之眼，如今只剩下空洞的眼窝，神情狂野。

"我是洛加，"他告诉那个爬行的神明，"人类帝国的第十七子。"

那个神明露出了黑色的牙齿和灰色的牙龈，试图发出喊叫。然而那大张的嘴中流出的只有灰烬，洒落在下巴下的沙土中，抗拒的尖叫所产生的灵能余波则徒劳地击打着洛加的精神防御。

它爬了过来，两根手指断在了地上，凝固的熔岩从断指中渗出，干涸发黑。

"我知道你能听到我的声音。"原体说，语气平静，牧杖闪着能量，闪电在钉刺头上疯狂跃动，"但你无法回答，不是吗？"

他又朝后退了一步，那个神明塑像发出了又一道无声的咆哮。

"我看出来了，你无法回答。"原体说，他的笑容渐渐消失，"你只剩下不可磨灭的仇恨在隐隐作痛，这实在不幸。"

"洛加。"

+因格赛尔？+他探寻着那恶魔的声音。+因格赛尔？我发现了……某个东西。一道回音，一个幽灵。我想我会让它摆脱苦难。+

"那是凯拉·门沙·凯恩的一个化身。"

洛加略微耸耸肩。+我不知道这个名字。+

"那是魂碎者的战神。你扰动了这座城市的心脏，为这片至冷之地带来了温暖生机。"

洛加回以一道灵能哼声。+无论它曾经是什么，它现在都已死去。它已经死了很久了，埋葬于这片死地之下。+

"如你所说。"因格赛尔一阵踌躇，又涌起一阵愉悦感，"洛加，在你身后。"

原体从那个爬行的神明前转过身，面向从风沙中走出的修长人影。他无法看清细节，只能看见风暴中的剪影，逐渐飘近，手中拿着弯曲的利刃。

十几个影子，二十几个影子，渐渐飘了过来。没有一个影子流露出活物的温暖共鸣。

"猴子。"风在低语，"沙伊尔，沙伊尔，沙伊尔。"

洛加知道这个词。沙伊尔，地狱，纯粹的邪恶之地。

只需片刻的集中，洛加便利用灵能聚焦投射击碎了每一帧剪影。热雾退去，闪闪发光——原体开怀大笑，他意识到自己只是在朝着幻象白费力气。

一声刺耳的呻吟在他身后响起。洛加再次转过身，刚好看到那个神明雕塑站起了身，从红沙中拔出了一柄古老开裂的剑刃。它紧咬牙关，口中呼出尘埃，并咳出了它的第一句话。

"苏因·达拉厄。"那位枯槁的神明咆哮道。它手中的剑刃更似拐杖而非武器，散发出危险的黑烟，但并未燃烧。

洛加谨慎地注视着那个颤巍巍的存在。+苏因·达拉厄。+他朝着那位遥

远的向导发出灵能。+我并不熟悉这个词。+

"呼号的末日,那是它手中剑刃的名字。"

洛加看着这位化身再次摔倒在地,四肢着地。+我对这东西产生了一点怜悯。+

他意识到那个恶魔正在他身后现形,从风中化出,但他却并不想转身面对那个恶魔。

"你不该怜悯它,洛加,这是一个教训。"

原体相信这一点,但对如此拙劣的教导不以为然。这位化身的皮肤正随着每一个动作破裂剥落。

"我要了结它。"洛加大声说道。

"悉听尊便。"因格赛尔的话语飘了过来。

洛加走上前,牧杖垂于手中。

"记住这一刻,洛加。记住它曾经的模样,以及它所代表的一切。"

洛加靠近那个行将倒塌的塑像,高举起他的牧杖,俨然一个刽子手。

那个化身破裂的手抓住了他的胫甲,又一根手指断掉了。

"我会了结你那愚昧的苦难。"洛加说道,砸下了大锤。

仅此一击,挥向脑后。

钢铁撞上了石头,尘埃随风而去,嘶嘶作响,沙砾刮过密封的陶钢,咯咯不停。

"这是一个教训。"

在红土上,黑色尘埃形成的轮廓显露出了一位神明的坟墓。

"洛加,你明白吗?"

洛加转身面对那个恶魔。因格赛尔正流着口水,下巴滴下清澈的唾液,却无法在严寒中冻结。

"你明白吗?"它问道,目不转睛,"即便是神明,也会像凡夫俗子一样愚昧,一样迷失,一样盲目。它们也会顽固不化,令真理岌岌可危。看看你所摧毁的亡魂——那是早已失败的信仰回音。如今它已逝去,这个世界能够得以痊愈,不再被虚伪的异教信仰所沾染。你明白吗?"

洛加通信格栅中传出沙哑的咕哝声,十分恼怒:"你向我的儿子阿格尔·塔提过同样的问题，我不需要同样直白的教导。是的，因格赛尔，我明白。"

"即便是神明也会死去，洛加。"

洛加再次放声大笑道："微妙之言对你而言就像是毒药，不是吗？"

"即便是神明也会死去。在终焉来临前，你要记住这句话。"

恶魔的话令他感到踌躇。"你谈到了终焉，仿佛你知道结局似的。"

"我曾行于有着诸多可能性的前景之路，我见过可能的未来，以及近乎必然的未来。但无人能真正看清未来，直到未来成为过去。"

洛加不再感到可笑。"那么，最有可能的未来是什么？终焉是怎样的？"他说。

那个恶魔舔掉了它大嘴上的黑尘和红沙，说："终即如始，帝皇子嗣。终焉乃战争。"

洛加仅道出四字："让我看看。"

洛加注视着将死的异形化身

第三篇
战争

第六章
终焉之门

"我认得这个地方。"他在一片寂静中低语,"这里是永恒之门。"

洛加盯着这座永无止境的大殿。这里的宽度足以让一千个人并肩而行,这里的长度足以容纳帝皇麾下各个兵团的每一面荣誉军旗。仅仅在他那基因强化的视线中就有十万面军旗,在视野之外,还有一百万面、两百万面、三百万面。

目力所及之处,旌旗招展,数不胜数,昭示着纳入帝国版图的一个又一个世界。每一个世界都组建了无数兵团,他们的战旗悬挂于此,形成了一条无穷无尽的挂毯。整个大殿绵延而出,跨越足以穿行数小时的距离,这里既是一座大教堂,又是一座博物馆,还是一座荣誉圣所。

在大殿的尽头,在黑暗阴影中,伫立着两台狼面战犬泰坦,它们那足以毁灭城市的火炮对着通往它们所守护大门的大理石台阶。

这个入口不可名状。"门""通道"这类词语常人是很容易理解的,但这个入口却并非如此。建造如此一座壁垒定是耗费了火星整整四分之一的精金矿藏,这还没有算上那致密陶钢外核上的一层层华丽的黄金。

这座雄伟庄严的壁垒只可能保护着一个人的秘密。洛加很少来访此地,因为永恒之门是通往他父亲至圣所的入口,那里面是帝皇的个人基因实验室,他的子嗣们和仆人们都被隔绝在外。

洛加暂时驻足于一面连队军旗下,这支连队所属的兵团来自一个叫作瓦尔哈拉的世界。旗帜上画着一个白色的世界,身披斗篷的人们正举着三角旗,为帝皇效力。洛加从未踏足他们的世界。他好奇，那个世界在夜空中离泰拉有多远。也许那个世界的人民就和他们脚下的冰霜一样冷酷无情。

"你为何向我展示这个地方？"他问道，从悬挂的军旗前转过身。

因格赛尔从阴影中滑出，它那肿胀眼睛周围的皮毛很黑，分泌着液体。

"你在流泪？"洛加问那怪物。

"不，我在流血。"

"为什么？"

恶魔那崎岖的下巴咔嗒一声咬在了一起，说："这不重要。告诉我，你在这个地方看到了什么？"

洛加吸了口气，闻到了盔甲内部换气系统中的热汗味。"我能在这里呼吸？"他问。

"是的，我们已经不在珊丽雅萨了。"

洛加解除了颈圈密封，摘下了头盔。寒冷的空气拂过他的脸庞，他又吸了口气，一阵令人愉悦的寒气吸入了他那快要燃烧的肺。

他那平静又博学的目光转向了恶魔，问道："我们是怎么离开那个死寂世界的？"

"我们既在彼方，亦在此方。你一夜间就能明白，洛加。现在，解释只是在浪费时间和空气。有些真理，凡人的脑袋无法理解。"

"对于一位向导而言，你的引导真是少得可怜。"原体露出微笑，隐藏自己撇嘴的意图。

"我是一位使者，一位信使。"因格赛尔说，它沿着华丽的红毯滑行，身后留下蛞蝓般的污迹，"唯一重要的是，你来到了这里。你能在这里呼吸，而如果我们不小心的话，你会死在这里。亚空间无所不包，又一无所有，而你则在其潮流中漂泊。"

"好吧。"暂时这样吧，洛加想。

"你听到了吗，洛加？"

洛加又吸了口新鲜的空气，让寒气充斥他的胸膛。"远方的战斗？"他摇了摇头说，"这幕场景是假的。帝国皇宫从未遭受过围攻。"

"没有吗？你在以凡人的眼光看待这座无尽的大殿。运用超凡的视野看看。"

说比做容易。他的第六感蜷缩在脑海深处，从来都不可靠，并且拒绝在这个地方解开。他集中精神，试图撬开他的灵能天赋，仿佛在掰开一只僵硬的拳头。

洛加勉强开口道："我……"随后他便被卷入了战斗。

诸多幽灵在四面八方鏖战，鬼魅般的身躯死于爆矢枪与剑刃之下。

这片幻象足以让他的肉体产生反应——心跳加速，呼吸急促，极度渴望拔剑交锋。洛加视自己为探求者，他首先是一位学士，其次才是一位战士，但激烈的战斗要求他做出本能反应。洛加紧咬牙关，看着阿斯塔特军团战士们刀锋相交，盔甲相撞，殒命于他的脚边。

在混乱的人群中充斥着扭曲的非人怪物，它们那变形的脸庞和流着血的躯体乃是其源于无生者的铁证。利爪东咬西砍，肉体卷须上覆着倒刺皮肤，盘绕抽动，没有眼睛的脸庞在爆矢枪的刺耳轰鸣中高声呼号。万千战士，无论超凡与否，皆在浴血奋战，尖叫咆哮。许多怪物长着火焰与烟雾形成的翅膀，直冲高耸的天花板，羽翼如蝙蝠，为下方的酣战投下阴影。最近一群新现身的恶魔捉住了帝国之拳的战士，并将其挣扎的躯体扔了下去，轰击着下方的战士。

洛加并未意识到自己屏住了呼吸。他呼出一口气，寂静无声。他开口道："见证我眼前之景，此乃异端之心。"

因格赛尔在他身旁佝偻着，混乱的映像清晰地显露在那只肿胀的眼中。"这是你自己的话，帝皇子嗣？"他问。

"不，这引自圣约会的旧文献。"

洛加看到一个比原体还要高大的人形经过帝国之拳破碎的方阵。那个怪物身着破裂的陶钢盔甲，曾经纯洁的军团战士已然扭曲成了一个庞然大物。曾经为人熟知的第二型哮嘴头盔已经变成了长出下颌的畸形怪物，巨大弯曲的铁白角从上方伸出。曾经的人类盔甲拳套膨胀成了粗糙的爪子，末端带着黑色的倒刺，如同猛禽的利爪。即便在这个距离上，那个畸变怪物也散发着某种恶毒的气息——那种恶毒令人相当愉悦，又使人腻烦，仿佛在品尝到那份甜腻之时便会顷刻死灭。那个庞然大物散发着一阵又一阵致命又诱人的气息。

"那个怪物。"洛加说，他睁大了双眼，"它穿着军团的盔甲，但我无法认出其归属。"

因格赛尔用它的两只左臂示意:"你看到那些身着鲜红盔甲的战士了吗?"

洛加看得很清楚。那一整支军团对他而言都很陌生,他们与咆哮的无生者混杂在一起,向前进发,爆矢枪轰鸣。帝国之拳则在后撤,他们的数量每时每刻都在减少。

"他们是怀言者。"

"他们……"

"是的,洛加,没错。"

他们是他的军团,他的忠诚子嗣,盔甲的颜色如同溅洒的鲜血和生锈的钢铁。他们的盔甲上贴着祈祷卷轴,公然展现着他们的虔诚,羊皮纸则在酣战中被撕碎烧焦。许多头盔都长着角,就像是军官的羽冠,每一个肩甲上都显露着一只焦黑青铜打造的扭曲的恶魔面容。

洛加看着他们高声吟咏。那些装饰着颅骨和恶魔面孔,一边前进一边吟咏着仪式诗句的战士都是谁?他的军团发生了什么?

因格赛尔窥探到了洛加的思绪。"未来有着诸多改变对吧,原体?"他问。

洛加并未回答。他在交战的军团战士之间移动,所有人都完全无视了他。战士们在他周围移动开火,但并未留意到他的存在。洛加犹豫着推了一位红甲怀言者的肩甲。那个战士因偏了目标而发出咒骂,同时移到一边,调整瞄准。片刻后,爆矢枪再次发出轰鸣。

原体的周围都是正在前进的军团战士,他回头看向他的向导。因格赛尔溜了过来,蜿蜒壮硕的虫体轻易地分开了拥挤的战士们。

"此时此刻距我们站在珊丽雅萨之时已有五十年了。"

"他们为何身着红甲?"

因格赛尔朝着一个怀言者伸出手,指甲划过那个战士肩甲上的恶魔面孔。那个军团战士犹豫了一下,一瞬间洛加在想因格赛尔是不是暴露了他们的存在。但那个战士并未注意到他们,他重新装弹,并立刻发起进攻,开始射击。

"军团的旧盔甲被抛弃,预示着人类的改变。他们已不再心怀帝皇的真言,洛加,他们心怀的是你的真言。"

"这不可能是真的。"原体说,他向后退缩,一发爆矢弹在他身旁爆炸,杀死了离他最近的一个怀言者,"你还没有告诉我那个怪物是什么——那个穿着我军团五十年后盔甲的怪物。"

洛加看着那个怪物行动，其紧绷的肌肉与暴露的能量线缆和绯红色的多层陶钢盔甲相互协调。那怪物用它那巨大的爪子撕开了一个帝国之拳，双翼冒出的黑色烟雾洒下酸性阴影，缓缓侵蚀掉附近帝国之拳战士的金色盔甲。

"神皇王座啊。"洛加低语道。在那只巨兽的爪子中，那个被劈开的帝国之拳仍在挣扎，爆矢枪仍在朝着那恶魔的脸庞开火射击。这只身着盔甲的怪物将那个战士的腿扔到一旁，面对击打在它面甲上的子弹，它毫不在意地转开了那腐化的头盔。洛加沉默地看着这只带翼恶魔将那只剩半个身子的帝国之拳撞在了它那公牛似的头顶上，那个军团战士被插在了恶魔的右角上，最终停止了反抗。他的爆矢枪从手中脱落，掉在了阴影笼罩的双翼上。这只恶魔仍在奋战，穿在它白角上的盔甲躯体对它没有丝毫影响。

"那怪物是什么东西？"原体再次问道，"它的灵魂……我不知该如何形容。"洛加的目光透过这场残酷激烈的厮杀，看到了那个怪物肉体之下的本质。一个鲜活的生命会散发出闪耀的灵气，而无生者的内在则是吞噬光芒的空洞深渊，这怪物却拥有这二者。在其表皮之下，黑暗中燃着炽热的余烬。

"它不是人类。"洛加说，他的声音有些紧张，因为他在努力看穿那怪物双翼产生的黑色迷雾，"但它曾经是人类。"它的目光转向因格赛尔，"不是吗。"这句话并非疑问。

这一次，因格赛尔的语气流露出了一丝犹豫。这一刻让那个恶魔感到了些许不情愿，甚至有些崇敬的神情。

"那是你的儿子，洛加。那是阿格尔·塔。"

永恒之门响起一声雷鸣，又一个带翼之人跃入混战中。其双翼支离破碎，白色的羽毛沾染着血污；其盔甲金光闪闪，破损开裂；其面容隐藏在了一顶金色头盔之下；其手中的剑刃荡漾着灵能火焰，足以烧掉旁观者的视力。

"不。"洛加艰难低语。

"而那是你的兄弟，"因格赛尔继续说道，"圣吉列斯，天使之主。阿格尔·塔死期将至。"

洛加迈出了第一步后便愣住了。他在永恒之门前的大厅中吸了口气，呼出来时却已身处一片被呼号火山折磨的天空之下。

空气中有种刺鼻的气息——那是敞开的坟墓所散发出的腐败恶臭。尽管地平线上烈火燎原，火山喷发的灰烬令人窒息，他那裸露的皮肤却感受不到丝毫温暖。空中无风起，地面则在持续震颤，灰土之下备受折磨的地壳板块发出低沉的轰鸣。这颗行星在抗拒其地表所发生的活动。

洛加的目光无法穿透吞没天空的厚厚灰烬。火山群定是已经喷发了至少好几个月，才会产生这般足以笼罩天际的尘埃。

他感觉到了那个恶魔正从身后接近，于是转过了身。

"我们在哪里？你为何带我们来到这里？"

"这是一个无名世界。我们在此是因为你已经目睹了你所需要目睹的事物。"

原体无意识地放声大笑。就在他克制住自己，准备再次开口时，他又爆发出了一阵笑声。

"我看不出这有何乐趣，洛加。"

"你向我展示了，我的大军围攻我父亲的皇宫，并与恶魔结盟，同室操戈，而你却问我为何想要目睹更多。"洛加摇摇头说，笑声渐渐消失，"我不会再继续遵循你所准备的教导了，怪物。"

"注意你与一位神使讲话时的语气。"因格赛尔流着口水。

"我来到此地是出于自己的选择，我也同样会自行选择离开。"

"是啊。"那恶魔说，它站得更直了，椎骨发出了几声沉闷的噼啪声，"继续自欺欺人吧，洛加。"

原体握紧了牧杖，想要拔出武器挥向那恶魔，借此泄愤，并通过使用暴力来重夺对生命的掌控。在这方面，他和他的兄弟们一样，而他也很清楚这一点。这种欲望始终都在。还有什么比让现实屈服于自己的欲望更诱人呢？让那些违抗你抉择的人血流成河，如此便不会再有任何反抗。毁灭者的道路总是更加容易，困难的工作往往会落到建设者和梦想家的肩上。

洛加所做的事情，他的兄弟们都不会做。他松开了武器，并未拔出，同时平静地吸了口气。

"我来此，是为了习得诸神的真理，因格赛尔。而你是来此向我展示的。请不要激起我的怒火。"

那恶魔一言未发。

洛加盯着它肿胀的眼睛，那只眼睛仍在流着脓液。"你明白吗？"他问。

"明白。"

"现在告诉我,你为何将我唤至此地。我听到了这个地方的呼唤,唤着我名字的尖叫声穿透了太阳风暴。在我长大成人的世界,古老的圣文将这个死去的异形帝国称作人类的天堂。我想要答案,因格赛尔,现在就要。为何我从出生时起便会注定来到这个地方?命运对我有何要求?"

那个恶魔再次流下了口水。它的牙龈现在在流血,两只胳膊紧紧缩在闪闪发光的胸膛前。

"你怎么回事?"

"我的这具化身行将终结。我的精华在这个骨肉牢笼中并不安稳。"

"我可不想看着你死。"

"就你对死亡这个概念的理解而言,我不会死的。我们是无生者,同时也是无终者。"

洛加抑制住了一丝恼怒,不让这份情绪流露出来。"真正的永生?"他问。

"可能的路只有一条。"那个恶魔望向地平线,就像洛加在几分钟前做的一样,它的眼睛流出了乳汁,变得肿胀,"你所问的问题,你心里已经有了答案。你现在来到此地,是因为你被召唤至此;你现在来到此地,是因为命中注定;你现在来到此地,是因为诸神意欲如此。在时间之网的缠结乱线中,我看到了无数种可能的未来,其中你都没有来到此地,洛加。"

"在一个未来中,你幼年便夭折,寇其斯的金色儿童烈士,被试图恢复旧道的刺客所杀害。当帝国前来找回你时,他们发现这个世界已经死于自己之手,迷失于愤恨狂热分子们的远征中。"

"在另一个未来中,你发起了拯救寇其斯人心的圣战,在夺回首都仅仅三天之后,你便被毒死了。你被杯中之酒所谋害,那毒药正是你所称呼的父亲下的,因为他害怕自己已无法再操控你。"

"在另一个未来中,你无法再掌控自己的怒火,就像你的许多兄弟一样:在与圣吉列斯对峙时,你将一把刀捅入了他的后背,随后你便因自己犯下的罪过而被荷鲁斯所杀。"

"在又一个未来中,你违抗了诅咒者——那个你称之为帝皇的生物,虚伪地将自己视为人类——而你则被你的兄弟科尔兹和鲁斯处决。你的心脏被从体内挖出,一种由炼金术和基因术所打造而成的强大巫术被施加到了有你血脉的子嗣身上。你的军团遭受了毒害,陷入了疯狂,最终被奥特拉玛王国的舰队所毁灭。"

"在另一个未来中，你——"

"够了。"洛加说，他感到苍白无力，他怀疑只有自己的金色皮肤能隐藏住这一点，"拜托，够了。"

"悉听尊便。"

遥远的山脉仍在隆隆作响，这个世界仍在向天空喷吐火焰。

洛加最终睁开了双眼。"为何是我？为何将我带至此地？为何不是荷鲁斯或是基里曼？他们都是我永远无法成为的将领。为何不是圣吉列斯或是多恩？"他再次发出笑声，那是一声轻蔑的讥讽。

"为何不是马格努斯？"

因格赛尔的畸形嘴巴尽力咧开笑了。"诸神接触了你的许多兄弟，或是显眼，或是神秘。其中一人背上长着翅膀。那难道不是你那帝皇的基因设计吗？他不是想要毁灭一切涉及宗教的事物吗？那么他为何要培育一个如同天使化身的儿子？"它问。

洛加并未理会这一点，而是说："别再讲晦涩的蠢话了。为何不是马格努斯？毫无疑问，他是我们之中最强大的。"

"马格努斯，赤红马格努斯，赤红君王。"因格赛尔在洛加的脑海中发出笑声，并朝着平原示意，"他已经与我们同在，无论他承认与否。他无须召唤便来到了我们跟前，甚至都没有考虑过信仰的概念。他为力量而来，因为这正是万物众生来到我们跟前的原因。在短短五十年内，银河将会开始燃烧，而他将会亲自来到此地。"

"瞧瞧这个世界，洛加，只需五十年。"

第七章
光之城

　　一瞬间，那道光芒令人痛苦。那是一道超然的银光，寒冷无比，远非自然恒星的温暖金光。这束刺目的强光照耀在洛加的脸庞上，他望向因格赛尔示意的平原。

　　模糊的影子出现在了并不平直的天际线上。洛加立刻就明白了这是哪里，因为他曾在这个地方研习了近十载，生活在这里的人民之中，并渐渐爱上了他们，就像他热爱寇其斯的人民一样。

　　"提兹卡。"他掩盖住自己的震惊，随后开口说道。人类独具匠心建造的尖塔已然支离破碎，巨大的金字塔由白石所打造，金属暗淡，玻璃碎裂，城墙已然化作断壁残垣——这里曾是千子的伟大启明之城，如今已濒临毁灭。

　　"我眼前所见是什么疯狂景象？这是何等的谎言与欺骗？"

　　"提兹卡将会在未来的战火中熊熊燃烧，这是注定的。"

　　"我坚决不会允许这样的事情发生。"

　　"你会的，洛加，你必得如此。"

　　"你不是我的主子，我坚决不会信仰一个掌控其崇拜者的神明。信仰关乎自由，而非奴役。"

　　"你会允许这样的事情发生的。"

　　"如果这就是未来，因格赛尔，那我会在过去告诉马格努斯。待我回到帝国，第一个透露的就是这件事。"

　　"不，这是启迪马格努斯的最后一个事件。被帝皇所背叛，被自己的兄弟所背叛，他会将他的这座城市带到亚空间，以躲过最终的毁灭。在这里，他将为未来的战争打造一座堡垒。"

　　"什么战争？"洛加啐道，"你一直在谈及背叛，谈及远征和战斗，仿佛我已经能看到你所描述的未来。该死的，告诉我，是什么战争？"洛加开始走向这座破败的城市，但因格赛尔抓住了他的盔甲肩膀。

　　"这场战争将由你发起，但不是由你来领导。这场战争将为帝国带去这些真理。你是来找寻神明的，洛加。你已经找到了，因为这始终都是神明为你定下的命运。诸神的目光如今已经转向了人类。我们曾对阿格尔·塔如是说，现在也在对你如是说——人类必须接受神圣存在的真理，否则将会遭受与灵族同样的命运。"

洛加回头望向那座城市。

"你已经知道未来将会爆发战争。那是一场神圣的远征，将真理带去泰拉。许多世界都会抵抗，帝皇对其生死的掌控过于强大，过于无情。诅咒者夺走了这些世界自我生长的机会，因此它们将被诅咒者那狭隘的视野所束缚，憔悴凋零，最终死亡。"

原体露出了微笑，那值得玩味的表情和他基因之父别无二致。"而你则以混沌取代秩序？我曾目睹过行于灵族世界上的那些事物，那些世界已然迷失在了这个伟大却溺毙的帝国。我还目睹过遍布血海与呼号无生者的城市……"

"你所目睹的这个帝国，没能听从诸神的劝告。"

"即便如此，这些恐怖事物人类也不会坦然接受。"

"不会吗？这些事物之所以恐怖，是因为人们是以凡人的眼光看待它们的。没有对真神的信仰，人类将会堕入无信之中。异形王国将会击溃帝国，因为人类缺乏在这个憎恶人类的银河系中生存的力量。你族的扩张将会渐渐消弭，诸神将会粉碎一切背离真正信仰的人。你族要么接受你所谈及的混沌，要么沦为与灵族同样的命运。"

"混沌。"洛加说，他斟酌着这个词语，"这并非恰当的用词，对吗？非物质领域也许是纯粹的混沌，但在与物质宇宙结合的时候也会被改变，被稀释。即便是在这个巨眼中，在诸神望向银河系的地方，物理法则遭到了破坏，但这里也并非纯粹的混沌。这里并非灵能能量翻腾又混乱的海洋，这里并非亚空间本身，而是此方与彼方的结合，是苍穹与虚无的融合。"

"完美的秩序永远不会改变，但纯粹的混沌也永远不会崛起。你渴望二者的结合。"原体沐浴在满是灰烬的空气中，感受着喉咙中的瘙痒。

他转向因格赛尔。那个恶魔的眼睛现在正流着鲜血，毛发在阴冷的闪电中变得黯淡。

"你需要我们。"洛加说，"诸神需要我们。没有我们，它们无法夺取物质领域。没有祈祷或是崇拜之举，它们的力量便会被扼杀。"

"没错，但这份需要并非出于自私。这是自然的愿望。诸神乃是自然之力，亦是混沌之主。亚空间乃是所有人类，以及所有感知种族的情感具现而成的灵能风暴。亚空间并非生命的敌人，而是其产生的结果。"

洛加深吸了一口气，尝到了风中更多灰烬的味道。他一言未发，因为无言可对。阿格尔·塔曾为他带回了这些话，如今洛加正亲耳倾听。

"混沌所谋求的是与生灵共生——有魂者与无生者的自然和谐。结合、信仰、力量，洛加。永生与无尽的可能，超乎凡人所能理解的感觉，在痛苦中感受极度喜悦的能力，即便是在你遭到毁灭时亦能欣喜若狂，令死亡成为一个大笑话，你将会化身为一个又一个形体，直至群星黯淡。"

"而待到群星死灭之际，混沌仍将在寒冷中生生不息——仍然完美，仍然欣喜，仍然纯粹。这是人类所一直梦想的——在银河中无人能敌，无所不能，驾驭万物，永存不灭。"

洛加不再望向陨落的城市，他说："你的选择很糟糕。我很高兴，也很自豪能够发现真理。我很荣幸能够被如此强大、如此神圣的存在所选中。但将这道光带给人类将会艰难无比，我无法赢得对抗泰拉王座之神的战争。"

"生命本艰难。你会奋力抗争，最终成功。"

"即便我相信这一切……"洛加说，他感到寒意彻骨，"我只拥有十万名战士。在我们登陆王座世界的那一刻，我们便会灰飞烟灭。"

"在你解放一个又一个世界的同时，你会吸引更多人。星辰已述——在你从此地启航之后，你的军团将不会再耗费数年时间打造将诅咒者视为神皇来崇拜的完美世界。你会将抵抗碾碎在脚下，将崭新的人类信徒纳入你的麾下。有的人会成为你战舰深处的奴隶，有的人会成为你的信众，你将引导他们走向启迪。许多人将会被带入你的基因收割所，培育成为军团战士。"

原体克制住咒骂的冲动："我对你如此确切地谈论我的未来感到越发忧虑。这些事件都尚未发生，也许永远不会发生。你仍然没有回答最重要的那个问题，为什么非得是我？"

"必须是你。"

洛加咬紧牙关，嘎吱作响："为什么？为什么不是其他人？荷鲁斯？圣吉列斯？雄狮？多恩？"

"其他军团的每一位战士都愿意为自己的原体而牺牲，为帝国献出生命。

但帝国正是害死整个种族的毒瘤。即便你的一些兄弟背叛帝皇，他们也会为了统御帝国而相互斗争。唯有怀言者会为真理而死，为人类而牺牲。"

"如今，信仰与钢铁必须结合。如果人类联结成了一个帝国，而非一个种族，那么它将会落入异形的魔爪，遭受诸神的怒火。此乃万物之道，往昔历史，周而复始。"

洛加从腰带上扯下一块蜡封卷轴，小心翼翼地将其展开。来自珊丽雅萨地表的红尘沾染在了羊皮纸上，还有几滴来自永恒之门酣战的鲜血。它们点缀在乳白色的纸页上，十分醒目，就像是小小的封蜡。

那是他儿子的鲜血，是他军团的血脉，距今还有五十年。一位注定死于人类家园世界的战士，离他的出生地相距无数个星系。那位战士现在已经出生了吗？

洛加将这块羊皮纸揉作一团，破坏了上面的寇其斯楔形经文，并将其扔到了寒冷的地上。

"马格努斯现在在这里吗？我们现在是不是离我进入巨眼有五十年了？"

"是的。我们现在所处的时刻正是在被一些后人称为普罗斯佩罗之焚的事件几天后。马格努斯成了自身傲慢的牺牲品，如今他正居于这座破碎城市最高的塔楼之中，对其军团的毁灭和希望的死灭感到悲痛。他只想成为最优秀的人，但他的好奇招致了帝皇的责罚。他的目光探得太过深远，探入了帝皇并不支持的理念。"

洛加点点头，他已有所预料，毕竟这并非史无前例。他自己的军团——十万怀言者跪在蒙纳齐亚的尘埃之中……

他摇了摇头，回头望向那座城市，望向城市中心的那座塔楼。

"为何他来到此地，来到天界？"

"为了躲藏在帝皇走狗抓不到他的地方。他来到此地舔舐伤口。马格努斯因为自己的罪过而遭到了责难，他选择了流放，而非处决。"

洛加迈步而出。

"我要与他谈谈。"

"你不能面对赤红君王。"

洛加无须转身便知道那个恶魔在微笑。"我们稍后见分晓。"他朝着肩后喊道。

并没有回答传来，因格赛尔已经消失了。

洛加遭到了一个穿着千子军团鲜红色陶钢动力装甲的怪物威胁。

"登克尔，伊尊。"那怪物发出质问。它的手臂是一团颤抖的肉色触手，其中包裹着一把青铜爆矢枪。在这位孤独的哨兵身后，是高耸破碎的提兹卡城墙。

洛加缓缓呼了一口气。即便是在十几米开外，那位千子仍然散发着腐肉的恶臭，以及富含以太奥秘的铜油气息。它的残破面容看起来仿佛融入了颅骨。

"我是洛加，第十七军团之主。"他朝着那怪物肢臂中的爆矢枪示意，"放下你的武器，侄子。我要和我兄弟谈谈。"

那位千子再次试图开口说话，毁坏的面容发出一阵毫无意义的音节。它似乎意识到了自己无法恰当地讲话，片刻后，一阵温文尔雅的声音飘入了洛加的脑海。

+我是第十五军团的哈兹金。你不可能是洛加。+

洛加露出了他父亲那样的微笑，隐藏住自己的不安，说："我也能对你说同样的话，哈兹金。"大地极其猛烈地震颤着，最近的金字塔最底层的玻璃碎裂了，毁坏的城墙上落下了更多石头。

+赤红君王告诉我们，我们是这个世界上仅有的人类生命。+哈兹金那滴着液体的脸庞笨拙地吸了一口空气。+你不可能是怀言者的奥瑞利安大人。+

洛加摊开双手示好，展现出自己手无寸铁："你认识我的，哈兹金。你还记得我在灰色花朵之城的西花园区教导凯德－夸希尔寓言的那个晚上吗？"

那支爆矢枪的枪口现在被压低了一些。+我记得很清楚。那晚有多少我军团的战士出席？+

洛加朝这位千子点头致意道："三十七位，还有两万多凡人。"

这位战士流着液体的双眼缓缓眨了眨。+那么夸希尔的第五十条原则是什么？+

"根本没有夸希尔的第五十条原则，因为他在写下第十九条之后就因肺结核病而亡。凯德的第五十条原则是，要像保持灵魂的纯洁一样保持肉体和钢铁的清洁，因为外形必然会化入内心。"

这位战士放下了他的爆矢枪。+你也许仍然是一位欺骗者，但我会把你带

到我的父亲面前。他会亲自评判你。+

洛加再次点头示意,这次是表达感谢。他跟随着一瘸一拐的哈兹金走上废墟,进入了城市。这位战士蹒跚的步伐令他的盔甲伺服关节咆哮不已。

洛加看着这位战士一瘸一拐的动作。无论这突变带来了何等裨益,那都隐藏在了这身军团盔甲之下。除此之外,哈兹金的腐化相当随性。洛加不禁将其与他此前幻象中阿格尔·塔那致命又有形的扭曲形体相比较。自己儿子的改变充满了恶意,仿佛一个强大的智慧将那位怀言者的肉体进行了揉制,在基因层面重写了他的生命,将他打造成了活生生的战争机器。

哈兹金的突变却并未流露出这样的意图。如果有的话,他看起来像是得了病。

"侄子,"洛加语气柔和地说,"你怎么了?我兄弟的儿子有多少人像你一样被改变了?"

哈兹金并未回头。+这个地方,这个世界,改变了我们许多人。大能降福于我们,大人。+

降福。所以那个恶魔因格赛尔说的是真的:当一个人与诸神相结合时,对肉体的考量便逐渐减小。随着灵能力量与意识的升格达到不朽的层次,显然肉体的挣扎已愈发无关紧要。也许这的确有种古怪的道理:当一个人无所不能时,肉体的功能几乎已经不重要了。如此层次的力量已经超越了那些低劣的关切。

然而,对于一位因自己的开明眼光而自豪的人而言,这个真理让洛加感到苦涩难咽。这真理也许是神圣的,但对于人类种族而言却难有吸引力。有些真理太过丑陋,令人难以接受。

一瞬间,他露出了一丝令人憎恶的笑容。所以,将会有一场远征,又一场远征将真理带给剑尖下的大众。

人类永远不会,也永远无法依靠自己获得启迪。他发现这是这个种族最遗憾、最悲哀的一面。

"你在这里有多久了,哈兹金?"

+我们中的一些人坚称已经过去好几个月了。有的人声称仅仅过去了几天。我们无法准确记录时间,因为时间在流向四面八方,计时器都在各自运转。+这位战士发出一阵哽咽,似乎在发笑。+然而,原体告诉我们,物质领域仅仅

过去了几天。+

"洛加。"这是因格赛尔的声音，而非哈兹金，"回头。这不是你该目睹的未来。"

洛加缄默无言，他们一同步入了光之城提兹卡。

在他看着马格努斯的时候，洛加将逻辑与情感相互调和，化作理解。这不是他所认识的马格努斯——这是五十年后的马格努斯。

五十年间，他老了一百岁。赤红君王已经抛弃了那身浮夸的盔甲，如今的他身披圣光，在注视他之人的脑海中留下令人疼痛的余像。然而，在这副灵能躯体之下，注视着洛加走来的是一位破碎的兄弟。他那仅剩的一只眼不再像过去那样光芒四射，而他的面容，尽管过去也并不英俊，但如今已因岁月和愁思而显得皱痕累累。

"洛加。"马格努斯说道，打破了图书馆的沉寂。从他身上翻腾而出的道道巫光照亮了墙上的卷轴和书籍。

洛加缓步走入，嗡嗡作响的盔甲关节再次打破了沉寂。站在离马格努斯太近的地方会令人的眼睛产生刺痛感，仿佛白噪声化作了肉体感觉。洛加移开了他那温和的目光，望向他兄弟的作品收藏。顷刻间，他的目光落到了他自己所写的一本书上——《痛苦的后记》——写作时间正是他赢得对抗寇其斯圣约会旧道远征的同一年。

洛加那戴着手套的指尖划过皮质书脊。"看到我你似乎并不惊讶，兄弟。"他说。

"没错。"马格努斯露出一丝微笑说，这加深了他脸上的皱纹，"这个世界拥有无穷无尽的惊喜。我好奇，这是什么游戏？这次我与之交谈的又是什么幻象化身？你是个糟糕的洛加幻象，精魂。你的双眼并没有燃起信仰之火，那是他和他的子嗣才能理解的。你的身上也没有同样的伤疤。"

马格努斯仍然站在书桌前，但并未继续阅读。洛加转向他，朝着那道耀眼的光芒眯起了双眼。

"我不是幽灵，马格努斯。我是洛加，你的兄弟，我正身处朝圣之旅的终夜。如你所见，在这里，时间是可变的。"他犹豫地说，"岁月待你不善啊。"

马格努斯放声大笑，尽管其声音中并无幽默。

"近来的岁月对任何人都不善。走吧,怪物,让我一个人思考。"

"兄弟,是我。"

马格努斯眯起了他的眼睛,说:"我已经厌倦了,你怎么登上我的塔楼的?"

"我走上来的,在你的战士陪同下。马格努斯,我——"

"够了!让我一个人思考一会儿。"

洛加走上前,抬起手以示安抚。

"马格努斯……"

+够了。+

一阵白色的爆炸夺走了他的一切感知,除了向下坠落的感觉。

第四篇
众神之选

第八章
疑问

　　他睁开双眼，看到了熟悉的地平线，这里汹涌澎湃，却又违背自然法则。黄昏已经降临，这个世界无疑是珊丽雅萨。然而，他现在能够呼吸了，而气温尽管寒冷，但不会致命。

　　洛加从沙土中缓缓站起身，他盔甲上的羊皮纸卷轴已经被马格努斯的巫术给烧掉了。他的肺有些憋闷，这可不是个好兆头，他喉咙和胸膛的肌肉感觉在不安地抽搐。

　　空气中的氧不够，就是这样。他伸向腰带上磁力锁定的头盔，并将盔甲重新密封。从内部空气供应系统中吸入的第一口气令人感到相当舒适。他闻到了盔甲圣油的香气。

　　现在他才看到因格赛尔。那个恶魔蜷缩在地上，仿佛在黏液中孕育的怪物胎儿。红沙在它那湿漉漉的皮肤上结成了团。

　　洛加用脚尖轻轻踢了踢，因格赛尔翻过身，避免自己野兽般的面容朝向夜空。它的两只眼睛都没法闭上，但它却仍在尝试。它的眼睛眯成了一条缝，下巴也裂开了，它也从沙土中缓缓爬起了身。那个恶魔一直起身，丝丝鲜血便从它的嘴中涌了出来。有些东西在一摊臭液中蠕动，一接触空气便钻入了沙土中。洛加并不想靠近检查那些东西。

　　"恶魔。"他说道。

　　"不久，很快，这身肉体将会腐烂，我会需要另一具化身。"它说，它无精打采地直起身，骨骼咔嗒作响，"把你从马格努斯的塔楼中拉出来耗费了我许多精力。"

"我的兄弟不愿与我交谈。"

"你的兄弟是万道诡变者的工具,你现在还看不清吗,洛加?马格努斯并未意识到自己的无知,他一次又一次被他人操纵,却以为自己是操纵者。诸神之道千变万状。有的人类领袖必须受到权力野心的诱惑,而有的人必须受到操纵,直到他们准备好目睹真理。"

原体咬紧牙关。"那我呢?"

"你是众神之选。唯有你是出于理想主义,为了种族的进步而投奔混沌。在此方面,以及各个方面而言,你都是无私的。"

洛加转过身,开始行走。走的方向并不重要,因为目力所及之处都是这片辽阔又平淡无奇的沙漠。

无私。马格努斯曾经以同样的理由指责他,让这听起来像是个应受批判的缺点。如今这恶魔却利用甜言蜜语将这一点称作他最伟大的美德。

这并不重要。洛加并不爱慕虚荣,他也不会受到甜言蜜语的诱惑。知晓真理便已足矣,无论那有多么恐怖。

"我会活过这场远征吗?"他大声问道。

因格赛尔沿着洛加的足迹慢腾腾地爬了过来,它呼吸沉重,肺部上下起伏。"于你而言,帝国的伟大远征已经结束了。余下的便是扮演命定的角色。"

"不。我不是说我父亲的远征,我是说,未来真正的远征。"

"啊,你在担忧,如若你背叛泰拉帝皇,你是否会丧命?"

洛加仍未停下步伐,他步履沉重地越过一个个沙丘。"马格努斯称,在他所示的愿景中,我在那个时代受苦受难。在未来五十年中的某个时间点,我必须奋力求生。我有理由相信我可能会死。如果你看过未来可能的道路,那么你一定知道未来可能会发生什么。"

"一旦背叛传遍银河,有无数个时刻你会命终,有些可能性更大。"

洛加走上又一个沙丘,驻足望向无边无际的沙漠。"告诉我,我怎么死的。"他盯着那个恶魔,目光温和地问,"你知道的,我从你的语气中听出来了,所以告诉我。"

"没有人能绝对确切地知悉自己的未来。有些决定几乎会令你丧命。在一个叫作施赖克的世界上,如果你插手赤红马格努斯和你的鲁斯兄弟之间的纷争，有一定的可能性你会死于他们的决斗。"

"还有呢？"

"如果你与你的兄弟科拉克斯拔剑相向，那场战斗你注定败北，而你极可能丧命。"

听到这些极不可能的事情，洛加放声大笑道："你不可能给予我多年内都不会做出的选择。"

那个恶魔怒声啐道："那就别问关于未来的问题，蠢货。"

尽管洛加觉得这个恶魔的语气令人发笑，但他却无言以对。"我们在哪里？"他最终说道，"又在珊丽雅萨吗？"

"没错，珊丽雅萨。在过去，或是在现在，也许是在可能的未来。我很难说。"

"但这里的空气并不像太空中那样寒冷。"

"亚空间变幻无常。"因格赛尔说，它停了下来，似乎快要瘫倒，"洛加，你必须了解你未来的使命。我无法继续维持化身，所以现在听好我的话。在帝皇伟大远征的征途中，你会遇到许多世界。那些被异形所占据的世界对你来说毫无用处。在接下来的几十年里，让你的原体兄弟们去清洗那些世界。你有更为重要的职责。"

"找到那些充满人类生灵的世界，找到那些有着富足人口，能够扩充你大军的世界，同时尽可能地不要偏离纯种人类。你的军团如今有十万之众。在接下来五十年里，你必须每一年增加一千名战士。每有一位怀言者命殒，你都要再补充两位军团战士。"

洛加摇了摇头，仍然盯着沙丘之海。"你为何将我带回到这里？这里有何教训？"

"没有。我用蛮力而非诡计才将你从马格努斯的房间中拽出。向你再次展示这个世界并非我的意图，是别的存在将你拉到这里的，一个十分强大的存在。"

听到这怪物的语气，洛加感觉自己起了鸡皮疙瘩。"解释下。"他说。

即便因格赛尔的面容血腥又非人，但在那卑鄙的眼中充满着某种近乎恐惧的情感。

"你不会以为众神之选在没有通过考验的情况下就能离开诸神的领域吧？诸神将会派出一位判官来对你做出审判。"

原体小心翼翼地拔出牧杖。"如果这一切都是按计划进行的,那你为何在恐惧战栗?"

"因为诸神变化无常,洛加,而这并非在计划之中。一位神明僭越了界线,违反了协约。它想要亲自考验你。"

洛加咽了咽口水,说道:"我不明白,哪个神?"

他并未得到回答。因格赛尔的灵能尖叫如同一把利刃穿透了他。自从卡迪亚的那位少女成为他的恶魔向导以来,他第一次听到了恶魔体内的那个姑娘的声音。

她也在尖叫。

第九章
无羁者

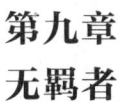

那声音始于一声雷霆。洛加抬起头，刚好看到那翻腾的天空变成了黑色。

一个滴水兽在乌云密布的天空中洒下黑影，拍打着的双翼卷起烈风。洛加看到那个怪物正螺旋下降，姿态丑陋。尽管他的目镜淡化了亚空间的油腻光芒，但他仍然无法看清那个怪物的形体细节。

那个怪物落在了地上，距离洛加一百米之遥，溅起了一大团沙尘。洛加脚下的大地在震颤，盔甲膝关节的稳定器咔嗒作响，在抵消地震的同时发出更加响亮的嗡嗡声。

那怪物首先展开了它的翅膀——那是一双巨大又狂野的黑色翅膀，肌肉和骨骼之间的膜如同旧皮革一样坚韧，其上布满了厚厚的血管，脉动不止。它的全身覆着伤痕累累的毛发，硕大的黄铜盔甲包裹着紧绷的肌肉。它那带角的脑袋难以用语言形容——在洛加看来，那就像是古泰拉某些古老卷轴中大魔王赛旦的邪恶面容。它的确要比普通人高大许多，如同一尊巨像。它的拳头有如军团战士大小，手中握着两把武器：第一把是个在自行拍打的鞭子，横扫沙漠；第二把是个巨大的黄铜斧头，其表面刻着密密麻麻的金属符文。

那怪物从它撞击产生的坑中走了出来，铁蹄每踏一步都令整个世界的大地震颤不已。

洛加视网膜显示器上的准星和生物数据流没有提供任何信息。上一刻显示器还以原体从不知悉的符文语言列出了诸多细节，下一刻便显示那里什么也没有。

待洛加开口时，他的声音仿佛窒息，头盔通信格栅中最低的频率噼啪作响。

"以我父亲之名，那是，什么……？"

在洛加出神之余，因格赛尔溜走了，但它仍然听到了洛加的声音。那恶魔缩成了一团，脑袋上的每一个孔洞都在流着液体，它的灵能传输十分虚弱。

"是颅骨王座的守护者、死亡使者、嗜血狂魔之王、卡虐斯的第一子、战争之化身。在凡界，它会被称作无羁者安格拉斯。"

"它乃是血神尊贵的冠军勇士，洛加。它来取你性命了。"

洛加张开嘴准备回答，但一切声音都被那怪物发出的怒号风暴吞噬了。那呼号声之大，令原体头盔中的电子器件都遭到了破坏，他的听觉器和视网膜显示器都闪着静电。洛加扯下了头盔，选择呼吸这稀薄的空气，而非耳目感官皆失的战斗。

他的肺迅速产生了反应，像他胸膛中的两颗心一样收紧。花岗岩灰色的头盔落在了脚边的沙土中。他并未感到恐惧，那是凡人才会有的情感。他害怕的只有失败。不羁的怒火令他起了鸡皮疙瘩，在他经历了这一切之后，在他成为寻求真理的唯一生灵之后，诸神竟要如此考验他。

令人难以接受的考验。

洛加举起牧杖，激活了它。荡漾的能量场在带刺圆头周围闪亮，在风中嘶嘶作响。武器的尖刺火花四溅，仿佛在下火焰之雨。

那个恶魔一步步走来，雷声轰鸣。

"这不是大计划中的一部分。你不是雄狮那样的决斗者，也不是鲁斯那样的斗殴者，亦不是安格隆那样的斗士，更不是可汗那样的战士。你不是多恩那样的士兵，也不是科尔兹那样的杀手。"

"安静，因格赛尔。"

"卡虐斯违反了协约。卡虐斯违反了协约。卡虐斯违——"

"我说安静，怪物。"

那个带翼恶魔再次发出怒吼，布满尖牙的巨嘴大张开来，紧绷喉咙上的血脉如同人的大腿一样粗。即便身子顶着大风，洛加也不得不在沙砾上向后滑了几米。原体发出一连串寇其斯语咒骂，随着这股恶臭烈风消散，他喊出了自己的挑战之声以示回应。

在理智掌控他的四肢前，他已经冲了出去，靴子踏在红沙上，双手举起了牧杖。

第一道打击如若从天而降的炮艇，那冲击力也同样强大。劈来的斧刃与金色的杖锤相互交锋，两把武器撞在了一起，紧紧相扣。洛加盔甲肘关节的仿制肌肉伺服系统超载短路，火星四溅。但他成功挡住了第一击。他朝着那怪物发起了愤懑的反击，牧杖触碰到了斧刃，跃出一道道电光霹雳。随着一声丝毫不逊于对方的呐喊，原体猛地击退了那个嗜血狂魔的斧子，同时将他的战锤向下一挥，击中了那怪物的膝盖。

在击中的那一刻，武器的能量场在动能的作用下向外爆发出一股冲击波，远超凡人所能反应。那恶魔的腿裂开了，如同倒下的树干，流出了液体。

第一滴血。洛加已经在匆忙后退，在震颤的沙地上踉跄不已。与此同时，鞭子击中了他的喉咙。带有尖刺的线圈紧紧地咬住了他，令他无法呼吸。

他一阵恐慌，头晕目眩，同时看到那个怪物也跪下了身，关节向后的大腿弯曲屈服。原体的第一击几乎令其瘫痪。若是他能呼吸，他定会发出欣喜的怒吼。相反，他跪下了身，抓挠着包裹他肩膀和喉咙的弯曲鞭子。他的一只手臂被鞭子紧紧地绑住了，另一只则紧抓着缠结在他盔甲关节中的鞭子，试图将之扯出。在视野渐渐被充血所染红时，他想起了自己父亲宫殿中的一幅画：那是一幅复原的油画，描绘了一位被海怪缠身的水手——那是在泰拉仍然拥有广阔海洋的时代。

洛加听到嗜血狂魔的双翼在咯咯作响，感受到了翅膀拍打卷起的大风。又一股恐慌感刺入他的脑海：那个恶魔正试图起飞，把他拖拽到空中。

他开始旋转，让鞭子进一步缠绕住他，同时有机会将牧杖从困住的手中扯出。他喉咙周围的鞭子紧紧勒着他，十分坚韧，毫不松懈。在洛加被拽过沙地，拖向那个恶魔的同时，他的一只手凭借最后一丝力气扔出了他的杖锤，发出一声窒息的呐喊。

那把杖锤击中了嗜血狂魔的脸庞，液体四溅，骨肉粉碎，那怪物在肺中所酝酿的胜利怒吼被打散了。如同褪色珐琅的尖牙飞溅卡在了原体的盔甲上，咔嗒作响。另一颗尖牙仿佛坠落的钟乳石，划开了洛加的脸颊。要是他能够呼吸的话，他定会放声大笑，但挣脱松弛的鞭子已经够费劲了。

洛加向前走了三步，拿到了他的牧杖。他用麻木的手指抓住了锤柄，拿回手中。他及时转身，看到了一副血淋淋的面孔，以及那恶魔破碎的巨嘴。尖牙刺伤了他的皮肤，他则将之打断。其余的牙齿正缓缓咬入他的盔甲，冒着烟，嘶嘶作响。

"该结束了。"他露出了牙齿，并未意识到自己的表情是如何映射到恶魔身上的。令人惊奇的是，那恶魔透过破碎的下巴和裂开的牙齿作出了回答，它的声音从上方相互碰撞的雷暴云砧中传来。

"肉体中的力量，痛苦的触摸，嘴中的血味。"

他了解这些话，非常了解。

也许那怪物想要分散他的注意力，也许它只是在传达来自神明之口的嘲弄。无论如何，洛加大笑一声迎上了接下来的攻击。嗜血狂魔的斧子撞上了他挥舞的杖锤。其中一把武器如同那恶魔的牙齿一般支离破碎，金属碎片在空中燃烧，闪着幽灵般的白火，随后掉落在了沙漠中。

洛加走上前，仍然高举着杖锤说道："你对我引用我家园世界的神圣文献？难道连这也是一次教训吗？这也是吗？"

那恶魔的双翼猛地大张开来，遮蔽了整个地平线，翅膀散发出刺鼻的腐肉恶臭味。这并未结束，远非如此。这恶魔并不需要斧子，因为它拥有利爪。它也不需要行走，因为它拥有翅膀。

但它现在在流血，而洛加的不安早已随风消散。洛加并不害怕这个怪物。其黑色牙龈流出的每一滴熔化的黄铜鲜血、其破碎膝盖发出的每一道噼啪声，以及其每一颗破碎的尖牙，都在昭示着自己的胜利。

"我不会死在这里。"原体朝那个恶魔断言。

嗜血狂魔的回答便是再次发出怒吼。这一次，洛加被打飞了出去，滚过岩石地。他的盔甲中响起沉闷的咔嚓声，胸膛中传来一阵剧痛。即便是内嵌纤维垫，也无法防止骨折。他撞在一块突出的岩石上，随后缓缓站起身，看到了因格赛尔——它的温暖形体蜷缩着，蹲伏在沙土中。

肋骨破裂令他有气无力，喘息不止。

"帮帮我，你这没骨气的混蛋。"

因格赛尔溜走了，发出惊惧的笑声，在红沙上留下了一条蜿蜒黏稠的痕迹。

"下一个死的就是你。"洛加朝着溜走的因格赛尔低语。这像是一句承诺。

但因格赛尔可以之后再算账。他按下触发器，牧杖闪起了电火。与此同时，阴影再次降临。

每一道鞭击都伴随着一声音爆，在沙中凿出沟壑——洛加则在翻滚避开这些沟壑，同时拼命躲开每一次打击。每一次呼气都令他破裂的骨头更加疼痛，每一次在稀薄的大气中吸气都是煎熬。

在他躲避鞭子的打击时，身侧的沙土豁开了又一道裂隙。随着一声霹雳，大地裂开了，他再次失去了平衡，连盔甲的稳定器也难以为继。恶魔那只失去了斧子的巨手伸了过来，试图抓住匍匐的原体。洛加则凭本能做出了反应。他抬起手挡住向下抓来的巨手，并未留意自己燃着灵能之火的双眼。那只巨大的红拳撞在了灵能屏障上，指关节噼啪作响，如同松散的砾石。

洛加出手了。牧杖奏起狂歌，击中了卷起的利爪，粉碎了皮肉之下的黑铁骨。那恶魔皮开肉绽，鲜血四溅，熔化的黄铜溅在了原体的拳套和胸甲上。

鞭子抽了回来，锋利又恶毒，倒刺紧紧缠绕在洛加的手臂和牧杖上。那受伤的恶魔猛地将洛加拉了过来。洛加踉踉跄跄，盔甲关节嗡嗡作响。那怪物又朝他呼出了一股恶臭冲击波，但并未发出怒吼，它已经不再需要这样的示威了。洛加向后仰，靴子在沙土上摩擦，他明白那怪物的意图。那恶魔下巴已然张开，露出了破碎的尖牙，这武器远胜斧子和鞭子。

在过去，他常常设想自己的死亡，尽管他很少承认——他会想，自己是否会死于一场太空战的极度深寒中，抑或死于刺入后背的一把炽烈剑刃。尽管原体被吹嘘是不朽的，尽管原体生来便刀枪不入，但他们终究是血肉之躯。在洛加思考死亡的那些时刻，他会想起安格隆的那句轻蔑的俏皮话：如果那东西会流血，那么它就能被杀死。

"万物皆会流血，洛加。"即便时隔许多年，他兄弟的话依然直击要害。坦克会流出燃料和冷却剂，异形会流出血液。安格隆久战沙场，始终运用着他对冲突的那套标志性的残酷逻辑。

洛加奋力向后，抵抗着恶魔的拖拽，令鞭子缠得更紧了。那恶魔笨拙破碎的手伸向原体的躯干，洛加则一脚踢碎了它的拇指。

随着一声怒吼，那恶魔将洛加抬离了地面。它啐出一声咒骂，下巴咬向了洛加仍能活动的那只手臂，破碎的门牙划过陶钢，牙龈流出熔化的黄铜。

洛加对痛苦并不熟悉——至少在肉体上不熟悉。他的手臂感受到了前所未有的压力。陶钢被撕裂，盔甲的密封完整性行将失效。他肘部的某处咔嗒作响，随后被压碎，整个断掉了。手臂末端的拳头松开了，手指耷拉着，不再遵从他的意志。

伴随着一阵连兄弟安格隆都会为之钦佩的狂怒，洛加一声怒吼拔出了牧杖，砸向了嗜血狂魔的脑门，传出一阵骨碎的响声。那恶魔的脸颊、眼窝和下巴都被砸碎了，它的手也立刻松开，原体落到了沙土上。

洛加重重地摔在了地上，已然破损的手臂再次受到了损伤，但他仍然紧握着锤杖。洛加翻滚躲过那怪物的铁蹄，并击向它的另一条腿，稳稳地打在了膝盖骨上。这一次，碎骨的响声令他咧起了嘴，尽管他自己仍然疼痛难熬。

那个嗜血狂魔一声呼号瘫倒在了沙土上，双腿无力地耷拉着。在其翅膀能够再次拍动前，洛加已经跳上了它的后背，靴子紧紧地踩在那坚韧的肉体上，同时用拳猛击其隆起的脊柱。又一声巨大的响声，那恶魔的脊骨彻底断裂。一只翅膀停止了拍打，耷拉在了沙土上，抽搐不已。

那恶魔的畸形手向后伸了过来，原体则一拳将之打开，令那手指彻底变形。随后他才走下来再次面对那个恶魔，面向那双炽热流血的眼睛。从其巨嘴中流出的鲜血已经在沙土中冷却，靠在地上的下巴也随之熔化。

洛加的嘴角露出了阴险的笑容。"你从中学到了什么教训？"他问那怪物。

那怪物朝着他嗅了嗅，成了哑口无言的野兽，但眼中仍然充斥着愤怒的神色。即便已经粉身碎骨，它仍在试图向前爬，仿佛原体的存在是某种难以忍受的侮辱。

"难以集中的怒火无法化为武器。"洛加说，他举起他的牧杖，"把这个教训带回给血神。"

他的杖锤再次落下，斩杀了一个神明的化身。

第十章
神使

十三秒后，洛加孤身倒在了地上。

他并未感受到牧杖从无力的手中落下，他唯一的感受便是自身残躯的呼吸。他本能地将自己破碎的骨骼收缩，蜷缩在沙地上，就像他在基因生命仓中孕育的胎儿时期那样。

他能够尝到鲜血的味道，那是他自己的鲜血。这种味道与军团战士血管中流淌的化学味浓厚的血液截然不同，也与那个死去恶魔熔化的病态浓血大不相同。

"空气太稀薄了。"他头晕目眩，神志不清，思绪化作了因格赛尔的声音，"我的肺也被肋骨刺穿了。"

他在那里躺了一会儿，艰难求生，将沾染着鲜血的空气吸入虚弱的肺部。

在这片尽是虚无荒谬的灵异领域，那个恶魔的死亡溶解亦令人疯狂。至于因格赛尔，原体并不知道它在哪里。他等会儿就去弄清楚，现在还不是时候。等会儿就去，他……他现在得……

"不会再有考验了，诅咒者之子。"一个声音说道。

"最后一项考验，诅咒者之子。"另一个声音说道，这声音与第一个相仿，但有些瑕疵，仿佛来自一个音色略微受损的拙劣克隆体。

原体费力翻过身，眨了眨血淋淋的眼睛，又看到了一个带翼的怪物。这是一只丑陋奇异的鸟，枯槁的翅膀散发着恶臭，同时拥有两只秃鹫般的脑袋。以恶魔的标准而言，它本可高高耸立在凡人面前，如今却佝偻着身子，体态衰老，体格与因格赛尔相近。

"我来此审判你。"两只头异口同声。

"我已经厌倦了审判。"原体躺在沙地上，大笑着，尽管他并不知道是什么令他觉得好笑。

"我带来了知晓最后一个真相的机会。"那怪物的一只头说道，声音如同鸦叫。

"我带来了你将听闻的最后一个谎言。"第二只头呱呱叫道,和第一只一样真诚。四只漆黑的眼睛毫无幽默可言。

"我受够了。"原体咕哝着,即便站起身也是种煎熬,他能够感觉到自己的骨骼在笨拙地聚合,仿佛无法完整拼好的参差拼图,"这,"他喘息着说,"实在令人不快。"

"洛加。"那怪物的右头说道。

"奥瑞利安。"左头说道。

洛加并未回答它们。他一瘸一拐地走着,从沙地上拾起他的牧杖。激活的能量场已经将地面烧成了黑色的玻璃。当他捡起来的时候,他感觉到了前所未有的沉重。

"因格赛尔,"洛加叹息道,"我受够了。我已经习得了所有必要的教训,我要返回我的飞船了。"

没有回答传来,因格赛尔已经不见了踪影。平淡无奇的沙漠景象也令人找不着方向。

他转过身面向那个双头怪物。

"别来烦我,否则我会像消灭无羁者一样消灭你。"

两只干瘪的脑袋上下摆动,以示认可。"如果你能放逐无羁者,"第一只头说道,"那么你也能轻易放逐我。"

"或许,魔不可貌相。"第二只嘶声说道。

"或许,你现在更加虚弱,会败于我的巫术。"

洛加摇了摇头,试图控制自己眩晕的感官。空气实在稀薄,这让他的一切思考都很艰难。

"我为你带来了一个选择,洛加。"两只头异口同声,水灵灵的眼睛流露着同样严肃的神态。

洛加一瘸一拐地走到他翻倒的头盔前,把它从地上捡起,抖掉里面的沙子。两只目镜都已破碎。

"那么,讲吧。"

那恶魔扇动着翅膀。它瘦骨嶙峋,发育不全——洛加怀疑它是不是真的能飞。它蹲坐在沙地上,将一根骨质权杖当作拐杖倚靠着,真是个小小的奇观。

"我是凯洛斯。"两只头异口同声,"凡界将会知晓我的另一个名字:织命者。"

在过去的一个小时，洛加对诸神的代理展现尊敬的欲望已经有所消退。他的话语透过紧咬的牙关传出。

"继续讲。"

"未来并非全无定论。"两只头再次讲道，布满皱纹的面容紧绷着，仿佛齐声讲话是个巨大的挑战，"万事必然汇聚。有朝一日，人类帝国将会爆发战争，而你将会再次面对你所唾弃的那位兄弟。"

洛加那温和的目光已然疲惫，如今则变得冷酷起来，他说："我并不唾弃我的兄——"

"你无法对我撒谎。"一只头说道。

"如果你试图撒谎，我总是能看穿真相。"另一只头说道。

原体勉强点点头，随后他戴上了头盔。片刻后，破碎的目镜才闪烁着变清晰，模糊的图像很快便显现了出来。奇怪的是，洛加无法透过他的左目镜看到那个恶魔，只能看到远方的地平线。在他的右目镜中，那个怪物弓身端坐着，从容镇定。

"继续讲。"这一次他吼了出来。他的三颗牙已经在松动流血。

"事情发生在考斯。"右头说道。

"或者不是发生在考斯。"左头说道，然而它语气平静，并不是在争论。

洛加嘴中仍有鲜血。他的眼睛仍止不住地在流泪，他怀疑自己的鼻梁已经被打断了，需要复位。

"会发生什么？"

"你会与基里曼对质，"两只头齐声高叫，十分怪异，"你会杀了他。"

洛加踌躇了。他几乎没有真正考虑过这一点。即便未来的远征已无可避免，但真的会走到同室操戈这一步吗？

他的自私令他感到惊讶。他摇了摇头，决定换一个角度思考。同室操戈有种族灭绝可怕吗？帝国分裂，双方都将生灵涂炭，无论是信仰者还是愚昧者。

他得集中精神。

"继续。"

"我是凯洛斯，奸奇的神使。"两只头说道，"我受约束，必须同时讲出一个真相和一个谎言。"那怪物拍了拍它干瘪的翅膀，几根蓝黑色的羽毛从其羽翼上飘落，那颜色如同丑陋的淤青，"但这是伟大神圣的一刻，是可能性的汇聚点，一个支点。在这关键的一刻，伟大诸神要求我只能讲出真相。我已立誓，将站在众神之选面前，并提供一个选择。从此往后，仅此一次，我将会异口同声。没有谎言，不会再一边诉说欺骗，一边吐露真相。这一刻，至关重要。诸神在永无止境间首次联合。"

"那无羁者呢？"

两只头目不转睛地盯着洛加，无动于衷。"卡虐斯违反了协约，但血神仍然受其约束，仍然背负誓言。天堂众神同你族的原体众神一样，它们也会相互开战，正如你会向你的兄弟发起战争一样。纷争永存。"

"斗争，"第二只头补充道，"便是生存。"

"我明白。"这想法令洛加感到一阵寒意。一群纷争的神明。

"不，"第一只头说道，"你不明白。"

"但你会明白的，"第二只头点点头说，"在未来的几十年间。"

"我为你带来了一个选择，"第一只头补充道，"与基里曼对质，并杀了他。"

"或是让他活下来，"第二只头继续讲道，"然而品尝失败的耻辱。"

"这怎会是个选择？"洛加想要大笑，但一种瘆人的不安感止住了他的笑意。

"因为考斯。"两只头回答道。一只头现在正在沉默地流泪，另一只则露出了满怀恶意的笑容。一只鸟能笑吗？不知怎的，这只鸟在笑。洛加情不自禁地盯着它。

"你必须选择，要么走上个人荣光的道路，要么选择天命之路。"第一只头说道。

第二只头流着水晶般的泪水，开口讲道："你必须选择，要么与你的兄弟肩并肩站在一起，以复仇为目标，要么以诸神之名行事，为了更加伟大的胜利而品尝耻辱。"

"我并非虚荣之人。"洛加说，他感觉到他盔甲和肉体中破碎的肋骨在缓缓接合，疼痛不已，"我为我族寻求启迪，而非自我荣光。"

"你会终结这场战争，同时伤痕累累。"第一只头低了下来，显示出怪异的尊敬。

"或者你会终结这场战争，同时为之牺牲。"第二只补充道，"有千种方式。"

"讲——"洛加咬紧牙关挤出他的话，"——重点，怪物。"

"考斯。"第一只头说道，"你将会有一次机会——唯一的一次机会——让基里曼洒下鲜血。此乃诸神之手笔，群星之所述。若你在考斯与他对质，你会杀了他。"

"但你会输掉这场战争。"第二只头说道，"你会赢得你兄弟们的敬畏，你会享受你的复仇。但你的神圣之战将会败北。帝皇的防线将会得到许多防御者的扩充，被命运所引，而他们本会遭到拒止。你也许都无法抵达泰拉。"

洛加转过身，不再看向那个恶魔。他摇了摇头，对它们的提议感到惊奇。他那残破的披风在微风中拍打着，就像那双残破的翅膀。

"这是预言吗？如果我与基里曼对战，我注定会赢，但会失去我所想要达成的一切？"

那恶魔的第一只头发出咳嗽，吐出了一串浓稠血腥的唾液。在它咳嗽时，第二只头开口了："这是预言。你不会总是输的那一方，洛加——同侪中的最弱者。你会在这份信仰中找到你的力量。你会寻得烈火与激情，并成为你与生俱来的那个灵魂。这便是基里曼会死于你脚下的原因，如若你选择如此。在考斯与他对战，你会了结这场战斗，让他的鲜血溅洒在你的脸上。你渴望暂时的胜利，胜利便是你的。"

第一只头突然开始抽搐，亮晶晶的鸟眼盯着洛加说："但代价将会很高昂。为了成就这个未来，在那个命定时刻，你将会身处考斯，而非你族最需要你所在的地方。如果你与你的兄弟基里曼对质，并选择个人之荣誉而非你族之命运，你将会杀死他。然而如此，你将会失去让人类摆脱愚昧的希望。"

"我再说一遍，这根本不是个选择。"

两只头都放声大笑道："真的吗？你是人类，无论你是否承认。你受缚于凡人的情感。原体远非完美的人类，尽管他们力强威武。"

"有朝一日，"第一只头说道，鸟嘴咧开，露出微笑，"你的自尊与激愤将会促使你毁灭奥特拉玛的战王。"

第二只头点头同意："但是权衡下利弊，帝皇子嗣。片刻的个人荣光，向你的兄弟们证明你的优异……或是为你族的未来铺平道路。所有先知都会做出牺牲，不是吗？这将会是你的一次牺牲。"

"如果，"第一只头继续说道，"你能活得足够久。"

洛加沉默了片刻。他倾听着大风摆弄着他那破损的披风，以及恶魔翅膀上干瘪的羽毛。

"让我看看。"他轻声说道。

舰船在燃烧。

在他周围的甲板上，躺着一百个死去的凡人和惨遭杀害的极限战士。战略室的墙在震颤，喷出气压，助长着横扫整个舰桥甲板的火焰。王座在燃烧，大火已经焚化了几分钟前倒下的死者。

洛加看到自己正处于火焰的中心，拳套中拿着牧杖。那个幻象穿着红色的盔甲，和他在永恒之门看到的怀言者一样。那人愤怒地将杖锤抛到一边。无论这里发生了怎样的战斗，那个幻象都已伤痕累累——盔甲支离破碎，面容被烧得焦黑。

"为了蒙纳齐亚。"洛加说，他的幻象怒火中烧，牙龈在流血，嘴唇也裂开了，"看着我跪在我失败造物的尘埃之中。"

起初，洛加并不能看清自己的幻象在跟谁讲话。随后，基里曼从火焰中踉跄着走了出来，伤痕累累，却又肃穆巍然。尽管他的盔甲已经被烧得焦黑，但他仍然散发出沉默的蔑视。马库拉格之主拔出了一把短剑，他的头盔已经不见了，露出了一副依然坚忍的面容，然而他的头颅已然破碎。他的一只手臂也断掉了，肘部以下已经不见。鲜血从盔甲关节处流下，汇聚成黏稠的小溪。他的白色披风在熊熊燃烧。

洛加的幻象伸出他的手，其灵能十分强大，金色的光芒遮蔽了视线，笼罩着他长着三根虚空之角的头。一阵无形的力量击中了极限战士之主，他飞过火焰，撞在了墙上。

基里曼摔倒在甲板上，仿佛一个断了线又抽动不已的破碎木偶。随后，他残余的那只手再次伸向了落在地上的短剑。

洛加的绯红靴子一脚踩碎了那只手。

"这，是为了以谎言之名而丧生的每一个生灵，兄弟。"洛加说，他抓住马库拉格之主的喉咙，将其举起，撞在墙上，同时紧紧掐着他，"你的舰队在燃烧。接下来，你的星际王国将会毁灭。"

基里曼挤出了一丝微笑。

洛加再次面对着那个双头恶魔。

"我必须再看看。"

"你已经目睹了你所需要目睹的一切。"两只头齐声说道。

"我不明白。最后,他似乎在嘲笑我。"原体咧起嘴说,感觉到了破碎肋骨中心脏跳动的疼痛,"这怎么可能?"

但他知道。至少,他能猜到。他以前在基里曼那双冷酷的军阀之眼中见过这样的神情。并非愤怒,而是失望,近乎怀疑。"这次你又做错了什么?"基里曼以嘲弄又严肃的语气发出指责,仿佛是他们的父亲在宣告,"你现在又毁掉了什么?有多少生灵因为你的愚蠢而丧命?"

洛加噘起嘴说:"他知道些什么。即便他快要死去,他也知道些什么。"

"他恨你。"那恶魔的第一只头说道,"他觉得好笑,因为他意识到他对你的认识是对的。就像他所一直怀疑的那样,你就是个潜在的叛徒。"

第二只头不屑地摇了摇说:"不。他从不嫌恶你,洛加。他的恨意一直都是你想象出来的。他并不尊敬你,因为你和他相差甚远,难以找到共同点,但你的臆想始终是你们二人间不和的源泉。"

原体咒骂道:"你们谁说的是真的?"

"我。"两只头异口同声。

洛加再次骂道:"够了。那么告诉我,如果我不在考斯,那我该在哪里?为了启迪我族,我必须走上什么道路?"

"我并非你的先知,帝皇子嗣。"第一只头厉声说道,"我给了你选择,到时候你会做出选择。"

"如果,"第二只头补充道,它们的语气一模一样,"你能活到那么久。"

那怪物张开了翅膀。

"请等等。"

它并未等候,而是说:"一切都将决定于终极星域,洛加。复仇,或是梦想。荣耀,或是真理。"

原体抬起手,请求对方多待些时间,但那个恶魔转眼间便消失了。

他发现自己的猎物正蜷缩着,仿佛处于妊娠期的某种爬行动物的丑陋胎儿。

但他的怒火都已消散。他情不自禁地看向了那个献出自己生命成为怪物的萨满少女。不是为了荣耀或是利益，而是为了信仰。他怀疑，那个少女的存在不只是那怪物脑海中的回音，但这个想法足以驱散他心中的怒火。

"因格赛尔，"他说道，"你还活着吗？"

因格赛尔的手上有四根手指，现在都在抽搐。天现在已经黑下来了，夜晚变得寒冷起来。洛加戴上了他那破碎的头盔，深吸了一口内部供应系统的空气。

"因格赛尔。"他再次说道。

那恶魔缓缓起身，骨骼嘎吱作响。"我还活着，但活不久了。不过现在，我还活着。"它说，它那丑陋的脸庞转向洛加，令人憎恶的眼睛仿佛得了白内障，"都结束了。你已经目睹了一切需要目睹的。"

"有多少是真的？"洛加质问。

"全都是。"那恶魔回答道，"或者全都不是，或者有的是，有的不是。"

洛加点点头说："如果我还想要目睹更多呢？你已经向我展示了诸神要求我目睹的。现在，向我展示我想要目睹的。"

恶魔那细细的胳膊缩在宽阔的胸膛面前，说道："可以。你想要我向你展示什么，帝皇子嗣？"

洛加踌躇了片刻，思考着措辞。"我已经目睹了为确保胜利而必须做的事情。我已经目睹了，如若帝皇的谎言不遭到挑战，银河将会有怎样的命运。现在，我想要踏上这个巨眼中的其他世界。如果这里是通往人类神话中天堂和地狱的大门，那么再向我展示更多。向我展示这些可变世界拥有怎样的可能性。向我展示亚空间能为人类提供什么，如果我们同意这肉体与精神的结合。"他说。

"这些我全都能做到，洛加。悉听尊便。"

"在我回到帝国前，还有一件事我必须目睹，这比其他的事都要重要。"原体踌躇了。

"说吧。"

"向我展示，如果我们失败，将会怎样。"在他那冷漠的面甲之下，洛加露出了微笑。

第五篇
远征之终

第十一章
会议

信仰之律号，伊斯特凡V事件四天后

马格努斯沉默了许久。洛加仍在继续写作，时而停下把羽毛笔伸入面前的一个墨水瓶。他内心的传统倾向令他偏爱寇其斯的故土语言，他也有种难以摆脱的观念，即神圣的经文不应当写在数据板上，除非没有别的工具可用。实际上，他喜欢通过草书手稿来记录他的思想和祈祷。如此创作更具美感，也让他的使徒们能够完整地誊写。

"兄弟，"马格努斯最终说道，"我记得将你的那个幻象驱逐出我的塔楼。于我而言那只是几天前的事情。想想时间陪我们玩的游戏，真是奇怪，不是吗？"

洛加最终放下了羽毛笔。待他转向马格努斯时，他的眼中流露着愉悦，且不止如此。他的兄弟花了片刻时间才真正看清，真正明白那双眼中有何不同寻常之处。

银河系中鲜有事物能够令赤红马格努斯感到不安，但洛加眼中燃烧的那份坚定信仰却骤然令他深感不安。他此前曾见过这副神情，那是在异形种族和其他人类世界上的疯子、先知和狂热分子的眼中。最重要的是，他曾在他的父亲——帝皇眼中看到过这副神情——决心与耐心相互胶着。但他从未在一位兄弟眼中看到过这副神情，从未在一位能够对抗帝国之道，并重塑银河之人的眼中看到过。

"伟大远征已经结束了。"洛加微笑着说,"真正的圣战现在开始了。"

"你会与基里曼对质吗?"

洛加仍在微笑,然而那笑容更加友善温暖,而非危险的狂热。"荷鲁斯的会议一结束,我的军团就会动身前往考斯星系。"他说。

马格努斯的幻象受其内心不安的影响,摇曳不定。"这并未回答我的问题。"

"极限战士必须在考斯遭受重创。必须打破他们的脊梁,以免他们提前赶回泰拉,加强父亲的防御。"

马格努斯仍在努力将他最博学兄弟的轻柔语调与其自信的军事战术相匹配。不知怎的,这一切似乎极不相称,然而洛加从未看起来如此奇怪又完整。那不安又深情的目光,以及讲话前的犹豫都已不再。

与科拉克斯的对决伤的不只是他的脸庞和喉咙。

"这也没有回答我的问题。"马格努斯指出。

"我的舰队将会拆分。我们会突袭终极星域,因为那里有比基里曼的小帝国更值得进攻的目标。"

"哪里?为什么?"

洛加的笑声令马格努斯的幻象荡漾不已。"待到你正式加入我们,你会知道我们的计划的。"他说。

一阵铃声响起,随后通信器传来了一个严厉又谨慎的声音。

"战帅请你到场,大人。"

"感谢你,艾瑞巴斯。通知复仇之魂号,我即刻登舰。"洛加站起身说,这次并未拿起他的武器。

这一次,会议厅几乎空无一人。洛加遣散了他的护卫战士,让科尔·法伦带他们离开。他独自一人走向位于中央的那张桌子,面对这空旷的会议厅,他并未掩盖自己的困惑。

"兄弟们。"他向荷鲁斯和安格隆打了声招呼。

战帅的表情十分阴郁,显示出他已不再沉溺于兄弟情谊。安格隆那心烦意乱的怒容则表示他根本就不在乎这种感情。

"洛加。"荷鲁斯露出虚伪的笑容,强压着怒火道出了他的名字。追随者们所爱慕的那个魅力四射的半神已然不再，取而代之的是在私下里所显露出的真人：同胞兄弟，愠怒不已。

"我依请求而来，"洛加说道，"我看你并不想讨论弗格瑞姆。"

"你已经讲过你对我们至亲兄弟的看法了。眼下，你得相信我，一切尽在掌控之中。"

洛加嗤之以鼻道："我目睹过你现在才刚刚开始认识的恐怖与真相，荷鲁斯。你应该相信我。"

战帅的面容紧绷着，青筋暴起。这些日子里他看起来已不像他自己了。

"我曾经相信过你，洛加。看看我们在这个星系的所作所为。现在是时候用你的信任来回报我的信任了。"

"好吧。但'弗格瑞姆'在哪儿呢？"

"他再次踏上了伊斯特凡 V 星球的地表，在负责他军团最后部队的撤离。现在先别谈这些了，我们还有许多事情要计划。"

洛加摇了摇头。"不，计划已经够了。我们已经花了数个月、数年的时间谈论计划。现在没什么好谈的了。我会带上我的军团前往银河东部。如果一切顺利，我会加入你前往泰拉的远征。如果战况糟糕，我仍然会加入你，只不过兵力会很少。"承诺完毕，他露出了笑容。

安格隆盯着不远处，因神经植入物的刺痛而心烦意乱。时不时地抽搐令他的面部肌肉紧绷着，但他似乎并未在意这场对话。

荷鲁斯缓缓呼出一口气，说："我们已经就此争论过许多次了，我不会蠢到任由你的热情和想象肆意妄为这么久。你没有足够的战士来达成你的计划。"

"而我也告诉过你了，兄弟，我的使徒已经准备好驶入奥特拉玛。我们已经与你仍难以理解的神力订下了契约。恶魔，荷鲁斯——真正的恶魔，生于亚空间，将会响应我们的召唤。我们的货舱挤满了来自我们所征服世界的忠实凡人。第十七军团近些年来并没有闲着。"

"你需要军团战士。"荷鲁斯说，他靠在星图桌上，他的拳头令银河的外围星辰黯然失色，"如果你要依照你的计划分散怀言者的舰队，那么你需要更多军团战士。"

"好吧。把他们给我吧。给我你的几支连队，我会带着他们前往东部。"

洛加举起手以示屈服。

"我给予你的不止如此。"荷鲁斯朝着房间中的另一位兄弟示意,"我会给你另一支军团。"

安格隆那伤痕累累的面容转向了洛加。他的笑容是这位先知所见过的最丑陋的。

第十二章
对策

　　这个世界仍然散发着背叛的气息，空中弥漫着背叛的烟臭味，浓厚又刺鼻。

　　不过这并不令人意外。分裂帝国的内战仅仅开始于四天前。忠于荷鲁斯的许多军团仍在费力地将其部队撤回轨道。标志着万千阵亡将士最后安息地的柴堆不只是一片布满灰烬的坟地——这是星星之火，行将燎原，推翻人类的腐朽压迫者。大地一片焦土，二十万军团战士被焚烧后留下的空动力甲躺在一片坦克坟场的中心。那些仍可供掠夺之用的战争机器已经被获胜的军团夺取。难以修复的残骸则躺在其死亡之地，腐朽凋零。而叛军则继续向前。

　　第二十九连的阿克萨利安连长站在一个暗鸦守卫兰德掠袭者烧焦的车体上，看着他的战士们前进。作为帝皇之子军团的一员，宫廷天鹰徽记仍然凸显在他的胸甲和右肩甲上。他的许多兄弟已经抹掉了帝国的标志，并利用各自的剑刃和创造力改变了自己的盔甲，但他仍尽可能地将自己的战甲保持着原来的模样。这个徽记可以在他完成了自己在行星上的任务后让技术神甫去移除。在那之前，他不会让自己的陶钢甲受到一丁点伤害，而这副陶钢甲在这周的疯狂战斗中奇迹般地保持了完好的状态。

　　他不需要提高音量。他的手下，以及和他们一同工作的机仆都在流畅高效地行动，仅需少量口头指导。他的角色是组织者，而非监督者，而他对自己所管辖的这块片区中的顺利行动感到自豪。阿克萨利安看着又一辆黑色外壳的战斗坦克被一架帝皇之子炮艇运输机的起重爪给抓起。机仆退开，附近的一位战士举起了手。连长点头回应。

　　"这里是阿克萨利安，"他朝着通信器讲道，"三十号区，请求许可。"

　　"请求收到，阿克萨利安连长。请稍等。"

　　又一架炮艇从头顶上呼啸而过，这一架涂着荷鲁斯之子的海绿色，挂着一辆犀牛运兵车。约一分钟后，一艘钢铁战士的登陆艇在粗野的引擎声中起飞了，大地震颤不已。

　　"阿克萨利安连长，"位于东边的回收指挥部技术军士监工发来回答，"你已获得许可，分配五分钟的发射窗口。如果你无法达到这个要求，那么你的发射窗口将会被交给下一队列中的舰艇。你明白吗？"

他当然明白。他已经这么干了四天四夜了。来自这同一个技术军士的同一句话他已经听了不下两百遍了。

"我明白。"

"你的发射窗口已开启。"

"雷鹰运输机救赎者号，你可以实施轨道返程。"他切换了通信频道。

"命令收到，连长。现在发射。"

那架飞行器的推进器开始转动起来。阿克萨利安看着它起飞，满载着战利品，震颤不已。

就在此刻，一个阴影从头顶掠过。回收指挥部的地堡在通信频道中以刺耳的二进制语发来一串紧急代码。

"中止！"阿克萨利安朝着通信器喊道，"救赎者号，这里是阿克萨利安，立即中止发射。立刻着陆，关闭引擎。"

那架雷鹰的着陆设备重重地落在了地上。"长官？"飞行员发来通信。

"停下，"阿克萨利安说道，"我们有来客了。"

三架飞机，在没有许可的情况下便飞了过来。他看着灰色的炮艇从头上呼啸而过，以着陆轨迹盘旋着，并未在意它们的进场所引起的混乱。

"怀言者。"

他怒哼一声，从兰德掠袭者的车体上跳了下来。他的两位战士正在附近监视着一帮机仆。他朝着那两人示意，让他们放下任务跟他来。

"自以为是的混蛋，"他的一个手下发出通讯，"就那样飞过来。"

阿克萨利安很是恼怒，并未斥责那位军团战士违反礼仪的行为。"让我们看看这是怎么回事。"他说道。

那几架炮艇和所有军团的运兵船一样，有着厚厚的机体、展开的机翼，如同一只硕大怪异的鸟。随着一道明显刻意的机械齐鸣，三个跳板同时降了下来。阿克萨利安站在最近的那架雷鹰前，他的卫兵站在他身旁。

"我是第三军团的阿克萨利安连长。解释下——"

"连长。"他的两位战士同时发出了嘘声。

一位身着上好酒红色陶钢甲的高大人物带领着一队怀言者。他迈下跳板，并未在意脚下震颤的板子。原体那裸露的面孔十分苍白,刺青般的金色符文刻在白色的皮肤上,增添了不少生机。阿克萨利安曾有过许多次立身帝皇之侧的荣耀,但这个人比其他任何人都要像人类之主,除了他为了展现不同而对自己做出的改变。

"奥瑞利安大人。"阿克萨利安敬了个礼。

"告诉我,"洛加说,他露出了洁白无瑕的牙齿,那看起来并不像是在微笑,"我的兄弟弗格瑞姆在哪儿?"

"那伤疤与你很配。"

他们在一片坦克残骸坟场碰了面,两人的战士则在周围望风。三十位怀言者手中拿着爆矢枪,很放松。其中一半的人仍穿着军团传统的花岗岩灰陶钢甲,另一半人则身着背叛者的红甲。在登陆场大屠杀之后,第十七军团发生了改变,很大的改变。

洛加站在他的队伍前方。弗格瑞姆金印紫绶,他并不需要这样的队伍。他的帝皇之子已经包围了这帮闯入者。有的人身处整齐的小队队列中,站在两位原体周围,有的人则留在了战斗坦克的车体旁,等候着逼近的命令。所有人都感受到了紧张的氛围,鲜有人的手指远离爆矢枪的握把。在几周前,军团战士反戈相向也许很疯狂,但天真的肝胆相照时代已经结束了,永远被埋葬于那片战场。

弗格瑞姆那温暖的笑容流露出了他那天生的魅力,他的眼中闪着兄弟般的友爱。他并未试图把手伸向武器,仿佛这样的举动难以想象。

"我并没有开玩笑。"弗格瑞姆说道,"那伤疤与你很配。"他的指尖划过自己苍白的脸颊,模仿着洛加脸上和脖子上的伤疤痕迹,"它们与你的经文刺青相互交融,就像是淡雅的虎纹。这无疑毁掉了任何将你的面容完美化的希望,但这也并非全无魅力。"

对于旁观者而言,洛加的笑容似乎足够诚恳,至少和弗格瑞姆的一样真诚。

"我们必须谈一谈,就你和我,我亲爱的兄弟。"

弗格瑞姆夸张地耸了耸肩,表情真挚。"你这是什么意思?我们现在不是正在交谈吗,洛加?"他问。

几个帝皇之子的笑声透过通信扬声器传来。洛加的笑容并未消失。他对着自己的公开通信频道道出了四个字，那是一个名字。

"阿格尔·塔。"

帝皇之子驱逐舰阴郁烈士号的指挥甲板爆发出了一阵光噪，罗沙尔舰长遮住了他的眼睛。轰鸣声打破了几个控制台，玻璃仪器纷纷碎裂，圆屏也裂开了一道大大的口子。

他已经在朝着通信器呼叫紧急封锁和维修小组，同时咒骂着舰上技术神甫团队的失职，导致了如此严重的故障。

几声回复都坚称那是传送导制的爆闪。无论如何，警报已经响了起来。

待到罗沙尔爬起身，朝着消散的迷雾挥挥手，他所遭遇的第一件事物便是一把爆矢手枪的枪口。那枪口口径极大，伸入他的嘴中，撞破了他的牙齿，让他的舌尖感到冰冷刺骨。他试着吞了吞口水，发现自己的三颗牙齿随着唾液流下，尝起来呛人又苦涩。

"嗯？"他试着喘了口气。

迷雾消散了，露出了握着那把手枪的硕大胳膊，以及那位身着叛徒红甲的怀言者。

"我的名字是阿格尔·塔，"那位战士说道，"保持沉默，跪下，你会活过接下来的一个小时。"

弗格瑞姆踌躇了。

"怎么了，阿克萨利安连长？"

那位连长需要再讲一次。原体显然没有连入主通信网，而他则是自己主人身旁的高级军官，需要他来向军团指挥官报告轨道上的情况。

"大人，我们收到了来自我方四十九艘舰艇的大批联合信号。来自阴郁烈士号的一个信号是脉冲源，其他的都只是确认，与信息源保持一致。"

弗格瑞姆咬紧牙关，那双俊美的眼中已不再含有笑意。

"那么信息是什么，阿克萨利安？"

在那位连长回答前，洛加点了下他的颈甲通信应答器，调高了音量。那声音因远距离失真而噼啪作响，但话语很清晰。

"这里是受祝之子的阿格尔·塔。目标达成，大人。没有伤亡。等候传送回我方舰船的命令。"

洛加关闭了通信器。"现在，兄弟，"他朝着弗格瑞姆微笑着说，那笑容满怀真挚，"让我们单独谈谈。"

弗格瑞姆吞了吞口水，相当镇定，并未流露出不安。但他显然无法让他那紧绷的面容恢复气色。

"你变了，洛加。"

"每个人都这么说。"

第十三章
凤凰

　　他们谈了好几个小时，一同走在战场的边缘，穿过钢铁战士军团建立的壁垒和火力基地。他们的声音压得很低，用谨慎的目光看着对方，挡在他们缓缓行进的道路附近的军团战士和机仆纷纷四散开来。显而易见，这两位兄弟并不希望被打扰。

　　待到洛加离开地表时，夜晚已经降临于伊斯特凡V的杀戮场上。工作仍在继续，阿克萨利安和他的队伍在几小时前便已返回继续工作，运走打捞的货物，留下报废的残骸。这位连长离得够近，能够看到那两位兄弟结束了他们的讨论，并注意到第十七军团原体那柔情的愉悦已经消散了，他目光中闪烁的怒火也已消失不见。

　　至于弗格瑞姆，他似乎也同样冷静，既没有他面见洛加时常有的那熟悉微笑，也没有为兄弟屈尊的微妙动作，这些举动曾经彰显着他们几十年的兄弟情谊。

　　当传送爆闪消失后，阿克萨利安发出通讯，让等候的雷鹰保持位置，同时切换了通信频道。

　　"这里是阿克萨利安，致庄严之心号。优先请求。"

　　预期中的延迟持续了近一分钟，随后一个声音通过不稳定的通信传来，模糊不清："阿克萨利安连长，优先请求已收到。需要我们阐明何事，长官？"

　　"载有怀言者'访客'的四十九艘舰艇状况如何？"

　　又是延迟。"舰队报告表明，第十七军团正通过传送召回登舰的客人。"

　　啊，是第三军团的骄傲在作祟。没有任何军舰舰长会承认自己遭受如此突袭，更别提是被他们所信任的人给跳帮打击。登舰的客人，阿克萨利安几乎咧嘴而笑。多么动听啊。

　　他正要准备回答时，天上庄严之心号上的战斗兄弟的嘶哑声音传了过来："阿克萨利安连长，我们正收到关于原体的冲突的报告。弗格瑞姆大人在哪儿？舰队正要求即刻目击确认他的位置。"

连长看向传送爆闪迷雾的位置,那里只剩下逐渐消散的微光。

"我在片刻前目击确认了原体。通知舰队,他和洛加一起传送走了。"

他怀着一种病态的好奇,倾听着轨道通信网中相互冲突的音流。近五分钟后一切才恢复正常,这可不是他所期望的。

"这里是旗舰,致所有舰艇。原体已登舰。重复——这里是帝皇之傲号,致第三军团舰队。弗格瑞姆大人已登舰。"

房间一片黑暗,洛加失去了最重要的感官知觉,其他感官亦备受冲击。寒冷的空气中弥漫着一股强烈的麝香味,那是腐败的气息,他此前从未觉得绝对的寂静能有如此压迫感。

"灯光。"原体大声说道。回音很有戏剧性,但并没有任何回应。

"这里的传声效果总是很奇妙。"弗格瑞姆说道,他的兄弟能够听出他语气中的笑意。

洛加举起他的拳头。只需一刻的思绪,他的拳头就包裹在了无热无害的灵能之火中,但这是一种寄生光芒,看起来像是吞噬了黑暗,而非驱逐黑暗。但这也足够了。

洛加注视着这片惨遭破坏的剧场。无论如何,这里的最后一场演出定是极其堕落的。残尸败蜕、森森白骨静静地躺在椅子上和过道中。被抛弃的武器和破碎的家具七零八落。一切事物都沾染着黑色的陈旧血污。

"我看到你的军团追求完美,却并未让他们保持整洁。"洛加轻声说道。

弗格瑞姆再次咧嘴而笑。他现在能看到,他兄弟的牙齿闪着琥珀色的巫光。

"这是一片圣地,洛加。众生应当尊重此地。"

洛加转身继续前行,迈过尸骸,走向舞台。

"你是一位神明的傀儡奴隶。我则是众神的大祭司。别告诉我我应该尊重什么。"

舞台伤痕累累,被洒下的鲜血所染黑。两位原体走上阶梯,来到平台上,他们的陶钢靴子踏在强化木板上,嘎吱作响。

"在那里。"弗格瑞姆朝着丝绸薄幕帘后示意。洛加已经看到了。他轻轻挑开薄纱般的帷幕,仿佛在拨开完好的蜘蛛网。

凤凰大君。那幅画令他片刻间屏住了呼吸,深陷于敬畏之中。鲜有艺术作品能够像这幅画一样打动他。

画中的弗格瑞姆威风凛凛，身着他最夸耀的盔甲——第三军团的紫色和帝国金色交相辉映。他站在通往旗舰赫利奥波利斯大厅的巨大凤凰门前，金碧辉煌。他的双肩上是一对硕大的凤凰火羽翼，有如天使般对称，在盔甲上洒下燃烧的光芒，金光闪闪，有如火焰般的铂金，那紫色也更加深沉。

从那苍白眼眸中流露出的令人难以忘怀的纯洁神态，到那一缕又一缕的白发，这一切都出自一位凡人之手。即便是在这个距离上，透过原体的双眼也能看出画布上画笔划过留下的微弱痕迹。唯有最神圣的灵感才能激发凡人之手创造出如此杰作。

"我的兄弟，"洛加低语道，"你可真是豺狼中的人之典范。"

"他一直都喜欢谄媚之言。"弗格瑞姆露出微笑说，"你这么快就忘了他是怎么讥讽你的吗，洛加？你这么快就忘记了他的轻视？"

"不。"洛加摇了摇头说，仿佛在强调他的否认，"但他有理由看不起我，因为我从未完整健全，直到现在。"

穿着弗格瑞姆之皮的那个怪物咧开了嘴，真正的原体是不会露出那种笑容的。

"你要求见你的兄弟。他就在这儿。"

"这是一幅画。别嘲弄我，恶魔。我们刚刚才达成了一致。"

"你要求见你那失去的兄弟。"他说，那笑容并未离开弗格瑞姆的脸庞，"我遵守了我们的约定。"

洛加的手已经伸向了背后的牧杖。

"冷静，神选之子。"弗格瑞姆举起双手说，"那幅画。看久些，看深些。告诉我你看到了什么。"

洛加再次转过身，盯着那幅精美之作。这一次，他让自己的目光扫过整幅画，而非关注细节。仅仅是顺其自然地飘过。

他看到了画中那双深情的眼眸。最终，洛加呼出了一口气，露出一丝微微的笑容。

"你好，兄弟。"他最终说道。

"看到了？"他身旁的恶魔问道。一瞬间，那三个字根本不是弗格瑞姆的声音。

"我看到的比你想象的还要多。"洛加说，他转过身面向他兄弟的俘获者，"要是你想永远地操纵我兄弟的骨肉，那么有朝一日你定会失望的。"

"你的谎言就像是来自一个绝望又愚蠢的人。"

洛加放声大笑，那笑容罕见又真诚，也许这是他唯一和他父亲不相像的表情。

"我可以给你保守秘密，恶魔。享受你当下的操纵吧。"

他像战友一般拍了拍弗格瑞姆的肩膀，走过仍散布着尸骸的过道，轻声暗笑，离开了这片坟墓剧场。

待他关上门，他的巫光也随之而去，黑暗中只剩下弗格瑞姆和那幅画。

门外，阿格尔·塔和他的荣誉卫队一同等候着。军团的大部分人都和受祝之子一样把盔甲重新涂成了绯红色——又一个时代改变的迹象。这些战士全都身着背叛者的红甲。

"大人。"阿格尔·塔向他致意，点了点头，头盔上的角压低了一些。洛加明显地感受到了此人体内的两个灵魂——一个活着，一个寄生在前者身上维生，并灌输以共生的力量。

和谐、纯洁、神圣，此乃混沌的统一，肉休与精神的交融。

"儿子，我们今晚召集圣洁会议，我会再谈谈考斯。之后的几小时内，我会召唤你，还有你最信任的副指挥官。在圣洁会议解散后，我要和你谈的不只是考斯，还有之后的事情。"

这位战士有所踌躇，随后他开口道："我不明白，大人。"

"我知道，但你会的。荣耀与牺牲之间有很大的差别，阿格尔·塔。有时候，命运自会眷顾。那时，你可以随心所欲，为所欲为，追求你想要的荣耀。而有的时候，命运需要人类付出勇气和鲜血，才能打造一个更好的未来。即便需要付出热情和复仇的代价，付出至上荣光的代价。我们皆要做出牺牲，儿子。"

阿格尔·塔恼怒不已，尽管在原体眼前他试图掩盖住自己受到的冒犯。"我想我已经足够了解牺牲了，大人。"他说。

洛加点头承认："这就是我今晚会向你吐露真相的原因，而非向科尔·法伦或是艾瑞巴斯。你，和我一样，都曾望向诸神之眼。而你，也和我一样，在考斯星系燃烧之际，还要去打响其他战争。"

屠杀

艾伦·邓布斯基-鲍登

"我们受到了召唤。"马卡里昂说道,"没有帝国军的支队跟随我们。没有辅助军,没有机械神教,只有我们。"

舰队长以这些话开始了这场会议,他知道会有许多战士想要知道这些。

"对我们的这项要求来自最高的权威。"他继续说道。

"帝皇?"一位战士脱口而出。不出所料,这个问题引发了人群中的几声愉悦的嘀咕。

"是我们认可的最高权威。"马卡里昂连长纠正道,不苟言笑。他是个极其严肃的人,即便是在他罕见真正感到愉悦的场合,他也不会展现出来。

马卡里昂的战争会议是非正式的集会,但仍具有一定的礼节。令他的下属军官十分恼火的是,第八军团的第十连长喜欢随时改变那些礼节,在看似一时兴起的情况下盗用其他文化乃至其他军团的传统。

他声称这样能够鼓励他的同胞在战争的计划和执行中用新的视角思考。他的许多兄弟只是觉得他这么做是刻意的折中。

他当前的偏好是对影月苍狼战士习惯的扭曲模仿,将信物和纪念品放在中央,表明他们想要在兄弟们面前发言。在复仇之魂号上,影月苍狼的军官们通常会将他们的武器或是头盔放在桌子中央,等候准许发言。在这里,在血之契约号上的第八军团战争会议中,马卡里昂下令他的军官只能使用阵亡敌人尸体上的东西当作信物。

在场的有将近五十名军官——舰长、百夫长、冠军,全都由他们的誓约荣誉卫队和个人侍从相伴,四个战斗连队的军旗下站着总共近两百位战士。

每位在场的暗夜领主都有权发言,无论其军阶大小,这意味着颅骨——用作信物——到处都是。死去异形那硕大细长的颅骨堆在桌上,每一颗都刻着或是涂着优美的诺斯特拉莫符文。在无皮的骨头信物间散布着遭到毁灭的异域人类文化的武器和盔甲碎片,这些东西来自归顺于第八军团、或是被其灭绝的王国。

塔罗斯望向胡乱堆积在桌面中央的那些玩意儿。无论影月苍狼实施这项传统时有着怎样的秩序,在暗夜领主这里都已荡然无存。若是没有星际战士那异常清晰的记忆,想要记住哪个战士放了哪件遗物是不可能的。

这位年轻的药剂师臂弯下夹着头盔,他吸了口这个洞穴似的房间内温暖又陈腐的空气。一阵甜蜜的臭味侵蚀着他的感官,就像是变质的食物和怪异的麝香。他觉得这味道令人腻烦，但并不厌恶。加入暗夜领主军团的战争并在他们那墓穴般的舰船上训练的人可不会因腐肉的恶臭而退缩。

塔罗斯短暂地瞥了一眼用工业链条挂在天花板上的数百具尸体。大部分都是人类或灵族的，他们的盔甲被爆矢击碎，被剑刃劈开，许多尸体现在只剩下甲壳中的筋骨。

药剂师那黑暗的目光移回简报会。暗夜领主舰队的全息图像占据着撒满遗物的桌面上方，显示出为血之契约号护航的十五艘不同级别的舰船。塔罗斯看着这些编队航行的舰船在全息图上，闪着蓝色的光芒。自从许多年前离开诺斯特拉莫之后，这里就是他的家。低级的巡洋舰和护卫舰围绕着它们的旗舰缓缓前进，同时另外三艘暗夜领主的战舰紧挨着位于舰队中心的契约号。

塔罗斯曾在契约号的指挥甲板上看着他的家园世界死去。

二十多年前，他与自己最亲密的兄弟站在这里，同时第八军团朝着他们自己的诞生世界倾泻火力，用万千炮火将其土崩瓦解。

那是暗夜领主最后一次大集会，个中滋味顶多算是苦乐参半。

在所有十八支军团中，鲜有人像第八军团一样圆滑频繁地避开自己的兄弟。据许多帝国指挥官说，他们并不擅长与其他人合作，但现实更加有趣又凄惨。

暗夜领主内部相互间都很难合作。

药剂师塔罗斯眨了眨眼，极其慵懒，没有虹膜的眼睛转向桌子周围的人。第2901号远征舰队中全部四个连队的军官都被召集到了这场紧急会议。这场集会仅限于军团战士。在过去几场战役忠实地——其实是不安地——在他们身边效力的帝国军同行和辅助军军官仍然待在他们自己的舰船上。

除了动力盔甲运行时产生的持续轰鸣外，在场的战士们鸦雀无声，嘴中没有发出一丝低语。他们等候着，出奇地安静。但这并非出于纪律，而是怀着冷漠的期待。

有什么不对劲，他们所有人都感觉到了。

链条串着的颅骨撞击在马卡里昂的战甲上，咔嗒作响，舰队长在桌中央的全息投影仪上按下了一道指令。舰队的显示画面闪烁消失，另一幅图像闪现在那堆可怖的信物上方，变成了视听影像，噼啪作响。

第一连长杰戈·塞维塔里昂，第八军团的暗夜执政官，站在锯齿状的光线中。他那带有羽冠的头盔挂在腰带上，同时他的矛——那把武器在诸军团中几乎和这位战士一样闻名——靠在一只肩膀上。他的两名黑甲卫战士位于两侧，就像是静止的化身，他们的闪电爪并未激活，寂静无声。塔罗斯周围战士苍白的面容望了过去，白色的皮肤因亚空间光芒变成了病态的蓝色。

"第八军团的兄弟们，"塞维塔里昂的影像说道，声音因为通信损坏而嘶嘶作响，"无论你们在这个虚伪帝国的何方，无论你们在以其之名开展着什么战役，我们的父亲要求你们立刻加入夜幕号。"

塔罗斯注意到纳瑟希姆拳套上他所在小队的生命体征有些微提升，与此同时第一连长再次开口。

"时候到了。全速赶往伊斯特凡星系。"

舰队的散布毫无条理。战舰弃誓号首先驶离，引擎炽热运行，转向离开编队，并开始突破物质银河与亚空间之间的屏障。

在那些仍维持着阵形的战舰甲板上，警笛呼号，但待到外围舰船开始远离逃离的弃誓号时，已经太晚了。弃誓号的核心引擎发出亚空间闪电，在舰船的金属外壳上闪烁。接着，弃誓号一头扎入了它在现实中撕开的大洞。

离弃誓号最近的两艘护航驱逐舰，每一艘都有数千人类舰员，却在此时被无助地拖向弃誓号。灵能烟雾形成的巨大旋风伴随着闪电，尖啸的能量翻腾不止，拉扯着不断震颤的舰船。风暴伸出的这些卷须控制着它们——毫无准备，毫无保护——被生生拉进弃誓号身后的亚空间。

塔罗斯在血之契约号的舰桥上看着。他靠在升起的中央平台护栏上，马卡里昂的指挥王座就在这里监督着整个甲板的工作。他面无表情，注视着无助的舰船坠入亚空间之潮。他短暂地想到了那些舰船上的数千男女，非现实的翻腾酸液涌入没有保护的甲板，整个走廊充斥着尖叫声。

也许那是种痛快的死亡，但会将无穷的痛苦凝入一个灵魂最后的煎熬时刻。

血之契约号开始启动，甲板在他脚下震颤。只拥有单一程序本能的机仆锁定到了他们的战位上，同时舰员们则做好了进入亚空间的准备。

舰队的其他舰艇发出要求确认和解释的呼叫，声音从指挥甲板那华丽哥特式天花板上的扬声器中传来。马卡里昂做了个简要的手势，声音沉寂了，他则怀着雕像般的耐心坐在指挥王座中。

通过盔甲活动的嗡嗡声，塔罗斯感觉到他的一位同胞靠了过来。他不需要看自己纳瑟希姆上的周边跟踪仪就知道那是谁。通过熟悉感和直觉来分辨小队成员已经成了第二本能：他们的走动韵律有所不同，他们的汗味有所不同，他们的呼吸节奏也有所不同。一位星际战士的感官让他的大脑时时刻刻都充满着不同信息。

"兄弟。"凡德雷德·安拉斯靠近他说道。

"士官。"塔罗斯回答道。他的黑色眼睛并未移开那些扭曲翻腾的场景，如今那两艘战舰快要被无形的火焰吞没了。

安拉斯士官是一位有着雕塑般流畅面孔的战士，裸露的牙齿源自生活于诺斯特拉莫犯罪都市外崇拜黑夜的部落。尽管他出身于蛮族，但他的沉着和自控为许多人所羡慕。鲜有战士能够如此平静地操控一架剑式截击机，或是同样坚忍又精确地监督一场轨道战。

他领导着马卡里昂连长的指挥小队，同时为指挥官提供太空战方面的建议。"多么壮观的景象，不是吗？"他问道。

塔罗斯并未回答。曾经，灭绝会在他内心深处产生一丝丝黯然的迷醉。即便是在对军团的囚犯实施酷刑的过程中，他的行为也会有种正义感。施加痛苦和恐惧是出于正当的理由，有其意义，而非随意之举。

但当他看着家园世界燃烧崩裂之后，仅有的同情心熄灭了。实际上，对于当下发生的这场毁灭，他既不欣赏也不哀伤。事实上，他几乎毫无感觉，除了一点模糊的好奇。好奇亚空间有一天会不会把这些受难的舰船吐回现实空间，以及它们在那场风暴中会遭遇何种毁灭。

随着一声遥远的轰鸣，甲板猛烈震颤着。是舰炮，塔罗斯想。血之契约号在朝自己的舰队开火。

这最终令他吸了一口气，对现在发生的事情提出疑问。

"为什么？"他问道，转身迎上他士官的双眼。

安拉斯的笑容比他大部分兄弟都要夸张。他现在正咧嘴而笑，露出他那形状优美的牙齿。他并不需要询问药剂师在问什么。

"因为我下令如此，并且马卡里昂连长也批准了。"

"为什么？"塔罗斯重复道。恼怒的好奇心令他眯起了双眼。他想要答案，而非安拉斯的又一场语言游戏。

"如果我们现在杀掉他们，"士官回答道，"就不用之后再杀掉他们。"

塔罗斯哼了一声，回头看向宽广的圆屏，上面现在正显示着护航舰船燃烧的舰体，在黑暗虚空中渐渐毁灭，在徒劳逃离的过程中四分五裂。契约号生于神圣火星的天空，被赐予了大量足以夷平城市的武器。盟友那些疑心、毫无护盾的战舰绝无希望。

"这是种恶意。"塔罗斯最终说道，他的太阳穴开始感到疼痛，疼痛令人反感地深入他的大脑，"我们可以让那些无法策反的舰船瘫痪。我们可以直接逃离，明知他们不可能跟上，即便他们知道了我们的目的地，而不是像现在出于恶意射杀他们。"

安拉斯那标志性的耸肩可能意味着确认，也可能是蔑视。

"你怜悯他们吗，塔罗斯？"

"我有吗？"他想了片刻。在他与他的兄弟穿上午夜盔甲的很久以前，那个男孩……那个也许会对自己目睹的事物产生敬畏的孩童，曾经的同情、共鸣已经从他的灵魂边缘消磨掉了。

他发现这个想法令他露出了微笑。

"你知道我不会。"塔罗斯说道。

"那么，为何我在你的语气中感觉到了不赞同？"

"我的反感是出于哲学意义。如果我们出于恶意而施行毁灭，而非源于目标或是必要性，那便是在为其他军团对我们的看法提供证明。没有正当的理由而屠戮众多的生灵，我们便会成为兄弟团们所认为的那个怪物。这是自证的预言。"

安拉斯把拳套放在这位年轻战士的肩甲上。贴在塔罗斯肩甲上的颅骨与陶钢相互碰撞，咔嗒作响，仿佛在相互低语某种含糊的骨语。

"我永远也分辨不清你是和你表现出的一样天真，还是像你看起来的一样受到了蒙骗，抑或在暗中嘲笑我们所有人，塔罗斯。"

药剂师回头看向圆屏，看着现实空间遭受着源自契约号核心中神秘引擎的蹂躏。他们面前的空间打开了一个口子，一道道激烈的闪电溢出愤怒的反物质，行将吞没整艘舰船。

"也许真相介于三者之间。"他最终说道。他的太阳穴所感受到的压力在加剧，偏头痛开始渗入他的脑袋，仿佛灼热的液体正在沸腾。塔罗斯有种不祥的预感。

"你还好吗？"安拉斯问道，语气怀着谨慎的诧异。

他知道，塔罗斯想。他感觉到了。药剂师的面孔暴露出他突然感觉到的疼痛。

"我从未杀死过另一位军团战士。"塔罗斯说道，"仅此而已。我情不自禁地想那是什么样的感觉。"

"然而我见你杀过很多，兄弟。我亲眼见到过。"

药剂师低下头，承认了这一点："是，也不是。拷问和处决，与谋杀并不相同。"

塔罗斯和他的兄弟们站在黑暗中。炮艇震荡不已。所有人都离开了后方的安全座椅，而选择站在前舱，抓着头上的扶手，准备快速部署。其中更为小心谨慎的人将他们的靴子磁力锁定在晃荡的甲板上。

"五分钟。"马卡里昂连长说道，"戴上头盔。"

塔罗斯戴上了头盔，红色的战术显示器填满了他的视野。目标光标和弹药计数闪烁着。诺斯特拉莫符文在头盔目镜上滚动，他接收着小队的生命体征和数据馈送。盔甲系统将肾上腺强效化学物注射进躯干和脊椎上的植入物，为接下来的战斗做准备。

"第一爪，报魂数。"马卡里昂下令。连长严肃的语气因通信损坏而刺耳沙哑。

"塔罗斯，到。"药剂师立刻回答道。

"凡德雷德，到。"安拉斯士官片刻后说道。

"鲁文，到。"

"扎尔，到。"

"塞里昂，到。"

"萨尔·泽尔，到。"

"确认。"马卡里昂在紧张的通信网络中说道，"第二爪，报魂数。"

登陆机上的其他爪依次报数。塔罗斯看着第十连的每一个符文名字在他的视网膜显示器上短暂响起，他们的生命体征上传到了他的纳瑟希姆拳套上。

"九十二魂。"塔罗斯在报数完毕后发出通讯，接着转向站在小队排头的连长。马卡里昂正在对自己的双管爆矢枪进行最后的检查。"第十连准备完毕。"塔罗斯汇报道。

"父之魂，午夜衣，"马卡里昂以蛇蝎般的诺斯特拉莫语低语道，"我等带来暗夜。"

"父之魂，午夜衣。我等带来暗夜。"

没有欢呼声，没有庄重的誓言，也没有像其他军团那样刺激肾上腺素的咆哮声。暗夜领主们在讲完他们的传统誓语后便等候着，透过主目标锁定注视着黑暗——有的人在微笑，有的人目光呆滞，有的人沉默地露出了牙齿，都展现出凡人无法了解的同类相食的期待——这一切都发生在那骷髅面甲之后。

炮艇上下起伏，几乎快要从天上坠落。塔罗斯感觉到了片刻的眩晕，随后他内耳中的基因强化功能便进行了弥补，令他脑袋中感受到的压力有所减轻。

"突破大气层，"马卡里昂说道，"三分钟。"

没有回头路了，塔罗斯想。尽管他们实际上在几个月前就已踏上了不归路。也许是在几年前，当他们在午夜游魂的命令下烧掉诺斯特拉莫，以消除渗入军团新兵中的毒物之时。

扎尔站在药剂师身旁，抓着对面的扶手。他的双手链锯剑绑在背上，塔罗斯看到了同胞头盔上高高的羽冠，显得其主人相当自大。

"你为什么戴着那玩意儿？"塔罗斯通过小队内部通信问他的兄弟，"下面可不是阅兵场。"

扎尔的蝙蝠翼头盔转向塔罗斯，红色的目镜在运兵舱的黑暗中闪闪发光。"军团的自豪感，"他那深沉沙哑的声音传来，"考虑到我们将要做的事情，这有种正义感。"

塞里昂站在扎尔身后，他装上了爆矢枪的链锯刺刀，并将其旋转激活，进行测试，声音嗡嗡作响。

"那顶羽冠几乎和塞维塔里昂的一样高。"他指出，"敌人会把你错当成一位英雄。"

扎尔咕哝着，无论是在表达蔑视还是嫌恶，都是同样的结果。他转过身面对着前方。

随之而来的是机体震颤、钢铁嘎吱带来的不安感。塞里昂回过头，发现鲁文正心烦意乱地看着手中力场剑裸露剑刃上的闪电波纹。它在炮艇内洒下淡淡的光芒，丑陋变幻——若是他们未戴头盔，那道光则会伤到战士们那敏感的诺斯特拉莫眼睛。

"下去后你还会遵守尼凯亚敕令吗，兄弟？"

第十连的附属智库鲁文发出一道毫无魅力的冷笑。他将利剑插入鞘中，一言未发，让众人再次陷入彻底的黑暗。

没了最喜欢逗弄的目标，塞里昂只好看向舱里的塔罗斯。闪电霹雳划过塔罗斯的面甲，仿佛神秘的泪痕在目镜的光下闪着猩红色。

"所以，"塞里昂说道，"你呢？"

这场战斗毫无公平可言，完全符合暗夜领主的品性。他们将厄古尔盆地的主战场留给了战帅荷鲁斯的前锋部队。马卡里昂有其他计划，而第一连长塞维塔里昂则很乐意批准这个计划。

马卡里昂率领的第十连位于其所属营的前方，沿着最南边的山脊前行，让雷鹰降临到那些受伤逃跑的钢铁之手队伍头上。那些人正奋力冲向他们自己的撤退炮艇。

持续了一天的战斗仍在消耗着惨遭屠杀的军团，而暗夜领主刚从轨道降下，毫发无损，他们肆无忌惮、残酷无情地杀入敌阵。

又过了漫长又血腥的半天，无休止的屠杀也让科尔兹之子们蒙受伤亡。他们的炮艇仍在头上进行低空扫射，用无情的重型爆矢枪齐射屠戮着忠诚派，将他们逼向第八军团等候的剑刃。但那些挥舞刀剑的手臂也愈发疲惫，动作渐缓。尽管伤痕累累，且兵力四散，但钢铁之手仍然不屈不挠地抵抗着这场屠杀，令他们的诺斯特拉莫表兄都为之惊叹。

塔罗斯将他的链锯剑从又一个阵亡战士身上拔出，飞旋的剑齿将鲜血溅到了他的目镜上，他毫不理会。他的手紧紧地握着剑，食指按在启动器上，却无法扭开。他的肌肉因一次又一次费力地挥舞剑刃而酸痛不已。

地上那个浑身鲜血的钢铁战士用手抓向塔罗斯，他极其顽强，都没有意识到自己将要陨命。链锯剑又一挥，那个战士伸出的义肢手腕被砍了下来，火星四溅。随后塔罗斯回手一击，将呼呼哀号的链锯剑捅入了那个钢铁之手战士的喉咙。链锯剑剩下的剑齿中有几个刺入了那个战士颈甲圈中的纤维束肌肉。当药剂师最终扯出剑刃时，看到那几个剑齿已经破损。这让塔罗斯感到一丝恼火。

他试图扔掉这把武器。他试了两次才让自己的手松开武器，这是他紧握武器进行了六小时近身战斗的结果。

就在他紧握的手松开剑刃时，有什么东西猛地击中了他头盔一侧。他的头猛地向后一仰，目镜在片刻间变成了一团红色静电。塔罗斯在泥泞中站起身，又一击击中了他右臂下方，一阵锐利强烈的痛压感刺透了他的肋骨。他的舌头尝到了硝烟的味道，以及喉咙深处的鲜血腥味。

视网膜上闪着警报，将他的确切伤口进行分类，甚至绘出了敌方来袭火力的角度。在前方，塔罗斯的视网膜图像上出现了一辆失去了履带的破损犀牛运输车的闪烁轮廓：那便是击倒他的爆矢弹的来源。他的生命体征标示罕见地移到了他的兄弟们上方，他的盔甲向他输入了止痛剂和战斗兴奋剂。塔罗斯感到一阵刺痛。

他透过战场上的尸堆盲目回击，一只手紧握着爆矢枪，并因枪的猛烈震动而感到振奋。在赤裸裸的混战中并无掩体可寻，最近的坦克残骸在三十米开外。

塔罗斯的两位兄弟近在咫尺。在左边，扎尔正拿着那把巨大的链锯剑左右劈砍，技巧是多余的，简单野蛮的动作就轻松砍穿了伤痕累累的黑色第二型盔甲暴露的关节。在另一边，塞里昂陷入泥泞中，他跪在一个抽搐的钢铁之手战士身上，用刺刀刺入对方的脖子。

通信系统中，扎尔——他通常是在冷酷的沉默中作战——发出了一声原始的咕哝，这无疑是因为在数个小时的战斗后感到自己的肌肉像被火灼烧一般。塞里昂时而以卑鄙的诺斯特拉莫语咒骂，时而放声大笑。他的笑声毫无残酷之意，听起来莫名和善又仁慈，即便他正在割开敌人的气管。

塔罗斯向前移动，他需要杀向前方。他脚下的大地已经变成了一堆支离破碎的陶钢和浸满鲜血的泥泞。他要么在爬越阵亡的尸骸，要么在尸体喷出的鲜血中跋涉。他只会停下搜刮死者的弹药，并朝着将死之人射出仁慈的爆矢弹。

+停下。+

这个词闪入他的脑海，其视觉效果比听觉更强，如同火焰一般写在他的眼前。药剂师踉跄了几步，冒险瞥了一眼他的身旁，寻找智库鲁文的踪影。几秒后他的视野才在火雾中变得清晰。

+停止处决阵亡者。此地无须仁慈。+

塔罗斯朝着脑袋中的责问发出一声凶残的咕哝，他太阳穴中感受到的压力强到足以让他的颅骨发出尖啸。在鲁文灵能沟通结束后，过去几周毫无缘由的痛苦越发强烈了。

那位智库与马卡里昂站在一起——他一向如此，塔罗斯轻蔑地想，由连队最强的剑刃所守护——为勇往直前的第十连长提供巫术闪电。

"我看到一切遵守敕令的假象都被抛弃了。"塞里昂在小队内部通信中低语道。

药剂师无视了塞里昂的评论。"这并非仁慈。"他朝在马卡里昂的影子中战斗的鲁文发出通讯，"这是谨慎。若是我们前进得太远，伤者重组起足够的数量……"

在前方，鲁文没有回头看塔罗斯。那位披着兽皮的智库挥舞着手中的巨剑，荡漾着灵能能量，每当剑刃落到伤痕累累的黑色陶钢上时都爆发出阵阵霹雳。

+遵守你的命令，药剂师。+

塔罗斯正吸了口气准备回答，又一发爆矢击中了他的膝盖后方，打碎了护胫的机械肌肉。半秒后又有两发击中了他的胸甲下部，打破了胸口上的银色天鹰，令他倒了下去。他倒在了鲜血淋漓的泥泞中，一个倒地的钢铁之手将一把破损的短剑插入了他受伤的一侧，激起又一轮恼人的视网膜警报。

"叛徒。"那个受伤的美杜莎人喘息着，微弱的噼啪声透过破碎的通信格栅传来。塔罗斯透过那个钢铁之手被劈开的面甲盯着他焦黑空洞的眼窝，感受着那把破损短剑透过伤口传来一阵怪异的兄弟情谊。

塔罗斯将他的爆矢枪对准了对方被火焰烧毁的脸庞。

"没错。"他以诺斯特拉莫语嘶声回答道。

他还没来得及扣动扳机，那个钢铁之手战士的脑袋就被扎尔巨大呼号的链锯剑给斩了下来。

"起来，你这该死的。"扎尔那心烦意乱的指令传来。

止痛剂的肾上腺刺激引起了一声咆哮，塔罗斯伸出了手。塞里昂接替了扎尔的位置，握住了药剂师的手腕，将他拉起身。

塔罗斯脑中的脉动现在已经形成了一股急促无情的压力。他几乎看不清数据馈送中那模糊的符文。几周前他在契约号上暗中实施的神经扫描显示他的大脑受了伤，然而那股痛苦日渐强烈。

"谢谢你。"塔罗斯对兄弟说道。

"很合适啊。"塞里昂说道。

"什么？"

塔罗斯仍在努力清空他的视网膜警报。第一爪无人阵亡，但其他小队开始时不时出现阵之信息。

塞里昂的拳套打在塔罗斯冒烟的胸甲上，那里的银铸天鹰已经焦黑破损。

"那玩意儿，"他说道，"很合适啊。"

沙沙……沙沙……沙沙……

那个战士蹲在令人安心的黑暗中，手上雕刻着。刮擦陶钢并不是一个容易的工作，但一把阿斯塔特军团的战斗刀刃足以胜任。

沙沙……沙沙……沙沙……

刀刃的每一划都让他的脑袋阵阵发痛。每一道长长的刮擦都是一次慰藉，但并非解脱。他能够抵抗疼痛，减轻疼痛，但无法将之祛除。

沙沙……沙沙……沙沙……

雕刻的声音就像是磨刀石刮擦一样回荡在赤裸的墙壁上。漆黑之中诞生出粗糙艺术的声音。人眼无法看透这片黑暗，但这位战士在许多年前就已经不是人类了。他的视力就像是在那个阴暗的世界上一样，他在那里的一座城市中长大，在那里，光乃是富人才负担得起的罪恶。

沙沙……沙沙……沙沙……

这种刮擦声与战舰遥远引擎那无所不在的轰鸣相互碰撞。还有其他声音侵扰着这位战士的工作，但这些声音很容易——下意识地——就被忽略了。在他私人房间外的远方，是在黑色甲板上劳作的男男女女的低声呻吟，以及血之契约号上别的地方舱壁开关的咔嚓声。在这室内，伴随他的是一颗人类心脏缓慢跳动的韵律，以及凡人微弱的呼吸声。他听到了这些声音，但并未真正意识到。这些声音在感官上毫无意义，并未打破他此刻的专注。

"主人？"一个声音传来。

沙沙……沙沙……沙沙……

"主人？"

这位战士并未从他的工作中抬起头，即便他已经失去了雕刻的节奏。

"主人？我不明白。"

这位战士缓缓吸气，随后才意识到自己屏着气。他低声自语，声音与舰船的引擎轰鸣相交融。最终，他才停下雕刻工作中抬起了头。

一个人类站在黑暗中，身穿肮脏的军团制服，脖子上的皮带上缝着一枚诺斯特拉莫硬币。这位战士看了看那个蓬头垢面的人，感觉自己干涸的喉咙在尝试说出那个奴隶的名字时猛地一紧。

"一号。"他最终说道。他的声音吓到了自己。他听起来仿佛死了好几个星期，仿佛有一个干枯的亡魂在替他说话。

那个奴隶带着胡须的脸上露出明显的宽慰。"我带来了水。"他说。

这位战士眨眨眼，视线变得清晰了，他把手伸向一号手中的锡水壶。他看到了奴隶指甲中的污垢，他闻到了那个金属壶中提神液体陈腐的咸味。

他喝了下去。他的雕刻工作帮他驱除了脑中的疼痛，每一口水都令痛感进一步消散。

"多久了？"他问道，"我在这里待了多久了？"

"十二天，主人。"

十二天。那场屠杀何时结束的，那场屠杀怎么结束的？

他想起了塞里昂那刻着闪电的面甲，以及兄弟把他拉起来的场景。在那之后的事，他已不太记得了……

塔罗斯转向最近的那堵墙，那里涂着歪曲潦草的诺斯特拉莫符文，丑陋的文字划过黑暗的钢铁。那些字母相互交叉，似乎毫无条理，并且遍布整个房间，甚至连甲板上都是。这些都是由他手中已然钝化的短剑所刻。

"十二天。"他大声说道。他经过基因重铸，已无法再感受到恐惧。然而当他看到这些文字，却记不起自己写过时，一种寒冷无比的不安感渗入了他的血液。

"我的脑袋中有些东西，"他最终说道，"有些从未发生过的事实记忆。"

一号并未回答，塔罗斯也并未期待。他已经心烦意乱——他自己盔甲上的符文也是，其中大部分都毫无意义。然而他兄弟们的名字也混杂在这片胡言乱语中，安拉斯士官的名字被残暴地刮在了意为"高贵"的符文上方。

在他的黑色眼眸扫过时，一个词语出现在他的脑海中，那是一句他永远也不会忘记的话。

就在那里，用参差又童稚的诺斯特拉莫文字写出了九个字。

那符文写道："身为神之子，是种诅咒。"

塔罗斯·瓦尔科兰,暗夜领主第十连的药剂师

银月兄弟会

克里斯·赖特

【抄录开始】

我是托贡汗，来自银月兄弟会，也穆兰那颜汗的部族。这是我的宣誓证词。

> 告诉我是从哪里开始的。

从凯拉？

> 不，在那以前。你告诉过我在那以前你还在借调时期。

好吧。

> 别隐瞒。

你觉得我会？

> 有的人会。我不建议这么做。

那段时光破碎残缺。彼时我们还有着更多的自由。他们告诉我，这在乌兰诺时改变了。在那时，我们都被召唤到了琼达克斯，他们试图驾驭我们。但那时并不是这样。

我带着我的兄弟会去乌尔吉的平原世界执行任务，重新平定我们二十年前征服过的地方。军团的前进太过迅速，根基并不牢固。那并非一项繁重的任务。我们独自行动，出动了五百铁骑，还有一艘攻击护卫舰载着他们——但也并非必要。

我们花了三个月。那是一场惩戒性掠袭，而对手无心恋战。我们在星系首都恢复了帝国的旗帜，并呼叫帝国军来接管。哈基姆跟着我，但我并不熟悉他。那时我们已经一同服役了大概……两年？不超过两年。他对这项任务比我更热心，而我开始欣赏他的热情。我们俩都是泰拉人，我的许多战士都是。我们很和谐。

任务完成后，我们等候进一步的命令。我期待与部族再次会合——我们已经听说部族正在集结，准备干场大事，但我们并不知道情况如何。然而与期待相反的是，我们被重新分配了任务，被告知待在远离主力的地方。

这便是带我们去往凯拉的旅程，但我们并未到达。

我们先是到了塔什带，那是一连串位于远征南方前线边缘的世界。防御者是类人种族，但不太像。到现在我也不知道，他们是某种人类物种的分支，还是异形或者是其他什么东西。我们杀了他们，这便是上面对我们的要求。

那是一段漫长的旅程。我们在亚空间遇到了麻烦，舰船的安全受到威胁。

这便是我们被选中的原因——在塔什带再补给很困难，而我们离得最近。主力是另一支军团：影月苍狼，他们那时还叫这个名字。他们已经打了将近七个月，并且被告知要迅速了结战事。

所以我们加入其中。我最初委派哈基姆作为联络官，而我则忙着吸收从我的指挥官们那里得到的稀少的战术数据。

那时，我还没有那么强烈的感情。我只是很好奇。

> 你的档案表明，你最初被分配到了第十六军团的征兵计划。

是的。

> 你说你没有那么强烈的感情？你本会与他们并肩作战。

我是一位白色疤痕。长久以来，我一直是一位白色疤痕。在调动的时候，我还是个孩子。

> 有人推测——

我知道。那是假的。

> 我们稍后会谈到这点。继续讲。

他们的指挥官是维汝兰·莫伊，19连的。他是一位高级军官，并且显然被命令接受我们的帮助。他并不喜欢。他的部队规模更大，大部分是步兵，有一些机械化支援。我们的存在对他而言是种冒犯，我们也知道这点，因此我决定尽我所能消除我们之间的障碍。

我们在突袭位于塔什带第九个世界上的一个城市群之前抵达了，那是在一个开阔大陆的边缘。敌人已经为我们的突袭做了很长时间的准备，掘壕固守。他们有着巨大的穹顶护盾，莫伊判断最好实施地面突击。他此前用过这种战术——渗透虚空盾穹顶的边缘，打掉发电机，摧毁护盾，随后发动轨道打击完成任务。

塔什人知道会发生什么，他们强化了地面道路。他们并不要求怜悯，然而他们无法匹敌我们的联合火力，我怀疑他们也知道这一点。

我们在莫伊的舰桥上协调突击计划。他想要率领主攻——"矛尖"，他是这么叫的。他的战士习于此道，并且配合极佳。他并不希望让战场撒满竞争对手的先锋，因此他将侧翼交给了我们，使得我们的部队分成了两股。这很适合我们。我们能够毫无阻碍地发挥速度优势，猛击敌人，随后撤出，让前进的影月苍狼领导主攻。

"你会遵照计划？"莫伊问我，显然怀疑我们配合他进攻的能力。

我告诉他我们会的。他的全部身体语言都表达出了对立，但他也无能为力——我们都有各自的命令。

是哈基姆来改善了情况。

"这对我们而言是莫大的荣耀。"他告诉莫伊说，"你们的原体备受我们人民的崇敬，仅次于我们的大汗。我想，他们有着共同的精神。"

莫伊看起来有点想笑。即便在那时，影月苍狼也相当突出。与荷鲁斯，还有他的战绩与声誉相比，哈基姆冒着出洋相的风险。

"所以你们是……叫什么？银月连？"莫伊问道。

"兄弟会。"我回答道。出于某些原因，我觉得这个词看起来很蠢。我想他是在试图缓和气氛。我露出了微笑，但哈基姆深深鞠了个躬。在他挺起身时，与莫伊四目相对。那时，我感觉他们之间有某种我难以领会的默契。

"我们已经给了你们战术番号，六十四连。"

"如果这能让你轻松些，那就用它吧。"我说道。

莫伊耸耸肩，说道："我们都是银月战士，我们就用老名字。"

不过，如果这能让我们的任务更轻松些，那么我也能接受。我没想到后果会如此严重。

在计划的联合突击一小时前，我们空降到了阵地上。我负责右翼，哈基姆在左翼。我们离影月苍狼的阵地很远，并计划远远地绕过他们计划的前进路线，以尽可能多地将火力从中路吸引开。

我们对敌方火炮很警惕——敌方火炮很精确——但我们也对自己的速度和摩托驾驶技术很有自信。我想要向莫伊展示我们的能力。我想让那座城市陷入火海与混乱之中。

莫伊下达了命令，我们加速驶出，大幅推进。在两公里开外，我们便开始遭受来袭火力。火力加强了，我们来回穿插于能量光束之间。我很享受。我们遭受了一些损失，但敌人显然难以瞄准我们。我们在计划时间之前抵达了城墙，推动喷气摩托上升，清理外围护墙。

防御者后撤了，他们遭到了来袭部队从四面八方发起的攻击，这给了我们空间部署重型部队。那是破墙者，足以在防线上凿出洞来，让前进的步兵突入。正当敌军开始重组，并拿出他们的重型武器的时候，我们便打爆了他们。整段壁垒都崩塌了，通往城市的路被打通了。

我朝哈基姆发出通讯，准备按计划撤退。我们的任务已经完成，我们现在要佯装撤退，将防御者从他们剩下的防线中吸引出来，迎接来袭的影月苍狼。

"我们现在留下，可汗。"哈基姆说道。

"你是什么意思？"我问道。我能透过通信系统听到他的阵地已经在遭受炮击。很快，我的也会。

"这些人是荷鲁斯的子嗣。他们不会尊重撤退。但我们坚守，我们便能缔结盟约。"

我不知道他为何选择此刻突然向我提出新计划。也许他判断在遭受火力打击的情况下，我更可能会仓促做出他所需要的决定。无论如何，在他讲完之后，我便看到了这个计划的吸引力。我已经厌倦了无休止的撤退、掠袭与佯装。我们就像是幽灵，从未长久地坚持抵抗。其他军团对于他们在遭受火力打击时的战斗立场十分自豪。我们为何不能如此呢？

我的战士望向我，等候命令。火力打击已经开始积聚，很快便会具有毁灭性。我检查了一下占卜仪，注意到了哈基姆的位置，以及影月苍狼的前进路线，这个时机与部署……

随后我作出了决定。

"下车坚守。"我下令道，从枪套中拔出我的爆矢枪，"我们在此要让他们见血。"

我们遭受了一些损失，对此我没有什么不满。我们是为快速掠袭而进行的武装，先前并未打算坚守阵地，抵御全副武装的敌人。并且，我们缺乏应有的远程支援。

但令我自豪的是，我们并未被击退。

待到莫伊的部队赶来，我们正在掘壕固守，阻止塔什人的小队将毁坏的城墙相连接。影月苍狼越过了我们，攻击了正实施包围的敌军部队的侧翼，并击溃了他们。随后我们向前推进，联合了起来，杀入城市。我们的一些人重新上了车，运用摩托与莫伊的步兵联合作战。我仍然步行。很快，我的战斗兄弟便和影月苍狼混在了一起。

这是个强大的组合。我欣赏他们的战斗方式，并试图模仿。我相信他们也在这么做。我们成了一支混合部队，敌人的鲜血在我们的双刃剑上闪闪发光。

我在城市中心战斗时，莫伊找到了我。他的盔甲支离破碎，链锯剑却闪闪发光。

"这不是我们原来计划的。"他喊道，然而声音中并未愤怒，只是讶异。

"你会撤退吗？"我问道。

他笑道："我可不知道怎么撤退。"

之后，我们把整个地方烧成了灰。他们告诉我，残骸燃烧了好几周。

那晚，我们并未返回舰船。我们的战士仍在地表，庆祝着胜利，其乐融融。我们都是十分粗野的军团，共同杀戮体现出了我们的本性有多相似。

哈基姆在日落后回来了，他的盔甲遭受了严重损伤。他咧嘴而笑。

"这是个不错的夜晚，可汗。"他说道。

"你去了哪里？"我问道。

"学习新事物。"他说道，"你要来吗？莫伊在等我。"

我跟着去了。我没理由不去。我的战斗精神仍然很高昂。我和我兄弟会的其他人一样情绪高涨。对我而言，鲜有胜利像那个晚上一样欢畅，因为我们不仅推倒了城墙，还突破了别人对我们的固有看法。

莫伊在一个帆布帐篷门外等候着。他的军团守卫在周围站哨，里面火把在燃烧。我能看到里面的人移动的影子，听到高呼声。

"这是场不错的狩猎。"莫伊说道，他的眼中闪着生动的光芒，我猜那是痛快杀戮的愉悦，"这不会是我们最后一次狩猎。"

我很高兴听他这么说。"所以这是什么，连长？"我问道。

"战士的集会，我们在军团内就是这么做的，你要加入我们吗？"

我有任何理由不去吗？我记不太清了，我觉得没有，这看起来……很礼貌。哈基姆显然已经熟悉了那一套，并走在了我的前面，低身走过帐帘。

我能听到我兄弟们的吟唱声，凯歌中既有泰拉的哥特语，也有丘格里斯的科尔沁语。我在门前犹豫了，回头看向莫伊。

"这是你们家园世界的习俗？"我问道。

"不是科索尼亚的，并且现在不只是习俗了。"

他此前的好斗消失了。我感觉我的外交尝试成功了，而这将会是军团某个新氛围的开端。这种氛围会让我们变得没那么……孤立。我感觉自己仿佛实现了这一点，连同军事胜利，这令我自豪。

所以我走了进去。

> 推测是这样的：你一直都想要成为另一支军团的一员。

我告诉过你了，不是。其他人也加入了。一开始，这感觉很自然。

> 那之后呢？

直到结束，我都相信这是正义之举。

> 那哈基姆呢？

我们有着共同的观点，然而他在这条道上走得总是比我更远。

> 他现在在哪儿？

我已经告诉过你了，我不知道。他要么死在了普罗斯佩罗，要么逃了。

> 但你有自己的看法。

【停顿】

我不相信他死了。他不会放弃自己的主张。他会试图以某种方式恢复这一切，恢复他所看到的那个愿景。

> 在这点上你很软弱，你是他的可汗。

我对许多错误感到悔恨，哈基姆并非其中最大的错误。

> 我们会谈到这点的。但你呢？

我已经告诉了你一切。

> 还没有。

你还想知道什么？如果再给我一次机会，我是否会进入那顶帐篷？我是否会回到我的兄弟会？我是否会纠正错误？

> 大可汗会作出裁决。

我会再进去的，我当然会。

> 小心。你会让自己遭罪的。

我不会卑躬屈膝！我是托贡汗，来自银月兄弟会，也穆兰那颜汗的部族。在这一切事物中，我选择了荣誉之道。我相信伟大远征，我相信战帅，就像其他人相信他一样，这一切都不可抹消。现在宣判吧，或是给予我一把剑刃。我仍能效劳，仍能战斗。

【停顿】

所以结果呢？

【停顿】

结果是什么？告诉我！

【停顿】

我要知道我的命运。

【抄录结束】

继承者

加夫·索普

深渊血躯将会到来，痛苦的祈祷将会呼唤他，悲伤的祷告将会建起桥梁，信仰的狂喜将会打开大门。托奎尔·埃利法斯将会服从他所接受的指示，这位怀言者将会依据缔造之父号上制订的计划采取行动。

"很快，"他告诉他的同伴，"很快，我们将会得到圣化，我们的劳作将会完成。梦想不到的荣耀、永恒的回报，将会属于我们。"

身着红金盔甲——旧军团的单调色彩已经被掩盖在了层层珐琅之下，恰如旧仪式被新圣礼所取代。埃利法斯乃是重生的第十七军团光辉荣耀的典范。新漆遮住了他的旧组织符号，但在黄金红石间，明鉴方舟战团的标志分外突出。

他已不再是战团长。很快，他将会更加伟大。

他拿着一把巨大的棒槌，那既是权杖，也是武器。刺头飘出团团绯红色的焚香，香甜的气息留下苦涩的余味。焚香中的特别化合物能够产生轻微的刺激作用，即便是对于星际战士那极具适应性的生理机能也不例外。持续的暴露令埃利法斯神经紧张，他瞳孔放大，整个眼睛都是黑色的。他始终躁动不安，目光一直扫来扫去；手指在锤柄上屈伸，在髋部枪套中手枪的蛇皮握把上动来动去。

埃利法斯游离的目光扫过他所建立起的大厦，他开口道，并未理会两位怀言者同僚。

"现在是我们生命中最伟大的时刻。现在我们当再度鞠躬尽瘁，宣告万变之世的来临。帝国山河破碎，其断壁残垣乃是对深渊血躯的奉献。在为美丽的蒙纳齐亚展开的复仇中，五百世界血流成河，熊熊燃烧。"

"这还不够，继承者。"阿克顿咆哮道，和他的指挥官一样，基里尔·阿克顿穿着军团的新制服，他拿着一根长长的棍杖，上面是八颗镀金颅骨组成的圣像，下面则是镀银腿骨组成的八边形。当这位旗手开口时，他那深沉的声音流露出怨恨："一千个世界也不足以修复这道创伤，这是无以慰藉的灵魂之伤。"

十七军团的第三位战士穿戴着军团原来的灰色盔甲，盔甲表面写着为帝皇献身的经文——现在其中穿插着许多文字，添加的微妙讥讽令其原本的含义从祈求变成了侮辱，从祝福变成了诅咒。尽管从外表来看，戈瓦尔·约什是三人中变化最少的，但他却是对洛加和科尔·法伦的作品最精通的一位。

魔道圣殿凭借埃利法斯的能量和愿景得以诞生，却凭借约什的知识和计算得以成形。

埃利法斯欣赏着由他们的奴隶建造的这座建筑，因其雄伟壮丽而屏住了呼吸，一言不发。若是你仔细观察，会看到他的眼中有一道湿润的闪光，然而他会声称这只是克罗努斯太阳的反光。

这座不洁的大教堂高达两百米，直冲天际，这是在德莫斯半岛上被夷平的城市提法德斯的废墟上修建的。砖石和灰浆组成了地基——掠夺自法院与税府、元老院和公社——这座大厦真正的美在于其建筑中的人类材料。他们为崇拜深渊血躯所做出的牺牲会被永远铭记，这是愚昧的凡人所拥有的不朽的终结。埃利法斯看着他们的肉体残躯，有那么一刻，他几乎羡慕他们那永远的宁静。

有一些仍然保持着完好，特别是最年轻的，他们的皮肤就像是雪花石膏，洁白的面孔望向天际，流露出幸福的痛苦。当埃利法斯闭上双眼，想象他们的时候，他能够听到绝望又崇拜的尖叫声困在那透明漆中，覆盖在以紧密螺旋状陈列在那个巨大壁柱周围的一千个小天使身上。

他们的垂死尖叫声在听觉的边缘颤动，尘世无法听清，却能在天界中投射出清晰的信号。这会将埃利法斯的信息带给深渊血躯，而伟主的恩惠将会像甘露一般降临到他的身上。

在那让人敬畏的圣殿纪念碑中，另外九千个生灵则被榨取了精华，化作森森白骨。其中三千还有着完好的骨架，巧妙排列着，仿佛一列列逝者在舞蹈享宴，迈向天堂。如此艺术源自埃利法斯，但每具尸体的精确摆放角度则出自戈瓦尔·约什之手。两者结合了非物质界的科学与美学，那是在俗世与神圣、现实与非现实、凡世宇宙和亚空间之间神秘却又可以达到的平衡点。下层人将其俗称为黄金之门——这是个粗俗的委婉用词，但很恰当。魔道圣殿一旦激活，就会像一扇大门，深渊血躯将会通过它抵达，为建造如此奇观的人们送来赞美。

剩下的尸骸中，除了其中八个，其余的都只剩颅骨，被用来铺平这条恐怖大道，在这片神秘的场景中充当着天空中神圣的星座。

最后几颗颅骨装饰着阿克顿旗帜上的原初太阳，这面旗帜将会在需要的时刻被安置在纪念碑上，作为献给魔道大能的闪电权杖。

由此，桥梁得以建起，道路得以铺平。

整座塔楼散发着强大的能量，受祝逝者的灵魂在沉默地歌唱。埃利法斯只能想象，当这座圣殿被赋能之后会是怎样。

　　每时每刻，他都对这座角度奇特的大厦越发欣赏，其线条与交会点惊奇又怪诞。一些地方看起来像是肋骨打造的裸露牙齿，另一些地方则像是群星间的海湾一样平滑，黑色的大理石仿佛要吞没他的目光。椭圆螺旋与一连串的几何图形将目光引向了奇怪的方向，令埃利法斯都头晕目眩，尽管他有着人工强化的平衡感。塔楼的尖端急剧缩小，在阴郁天空下呈现出不自然的视角，将人的目光迅速引向天际，接着产生绝妙的眩晕感。

　　而这座圣殿尚未完工。木塔和木板组成的脚手架通过绳梯相连接，从狭窄高耸的建筑中不可思议地突出。滑轮和索具像蜘蛛网一般悬吊着，用于将塔底巨大的玄武岩、花岗岩、砂岩和大理石块挪到各自最终的位置。

　　由七十三位石匠所打造——其中许多人更愿意为约什建造塔楼的计划效力，而非成为其中的一部分——每一块都染着淡红色，抹上了献祭者的鲜血。灰浆将其固定到位，其中大量掺杂着鲜血和骨灰。千余人在绞车处劳作，将巨大的板块和砖块移动就位。他们在工作时没有吊带或绳子——在过去两天有超过一百个人摔死，还有同样数量的人被晃动的石块撞死，或是被折断的脚手架打死。

　　总之，克罗努斯上已有十万生灵为了深渊血躯的伟大荣光而献出了他们那乏味的凡生。

　　观看这项伟业的四人中最后一人是沃斯蒂加·卡塔卡特·埃雷斯。他比埃利法斯略矮两三厘米，但肩膀和胸膛更为宽厚。他的盔甲是磨光的白色陶钢，与蓝色的钢肩甲和拳套形成了对比。他的肩膀上刻着一对下巴紧扣一颗星球的黄铜图案——那是第十二军团的标志。如果你无法从这颜色和图案上分辨出他效忠于哪一方，那么他那剃了一半的头就很显而易见了，他的头颅左侧点缀着暴露的金属植入物。情绪抑制器和肾上腺增强器，埃雷斯和他的吞世者兄弟称其为屠夫之钉。并且，奇怪的是，他们对大脑受到篡改这件事似乎很自豪。对于埃利法斯而言，这种机械干扰削弱了肉体与灵魂之间的纽带，但他很明智，对这位喜怒无常的连长并未表现出侮辱之意。

　　埃雷斯站着，双臂交叉，看着这座圣殿。两把弯曲的链锯剑挂在他的髋部，战甲的右臂甲上则装着一把爆矢枪，一条弹带连接着他那改装过的背包。他的肘部、膝盖，还有靴子处的盔甲都带着角度特别的锯齿状刀刃，让他在近身战时能把手臂和腿用作武器。

"这就是所有尸体的用处？"这位吞世者问道，他那怀疑的目光转向埃利法斯，"这很丑陋。你为什么要建造这样一座憎恶之物？它有什么用处？"

"用处？"约什发出讥笑，在埃利法斯回答前便转向那位吞世者，"它引导，它吸收，它放大，它扭曲。它利用的是异界的能量，并通过解析与字母谜韵组成的复杂系统使之盘旋上升，直到它从绑定于一个半阶衰退裂隙的四重潜势中创造出一个浓缩的非物质结构。这是一座雄伟壮丽的建筑。你视为丑陋的那些物理性质，反映的是美丽却又无形的平衡，以及超乎自然的精确与功用之稳定。你就像是在目睹一株绽开的黎明玫瑰，却在抱怨其边缘有些参差。"

约什屏息转向他的造物，显然打算继续讲，但埃利法斯却插嘴道。

"这相当于一个灯塔、一座桥梁、一道大门，同胞。"他说道。他理解自己同伴的懊恼，但引起盟友的敌意对谁都没好处。向埃雷斯那纯军事思维的脑子解释圣殿独特构造产生的以太作用无异于向一只瞎鱼描述彩虹的绚丽。他焦躁地挥了挥手，努力找寻着词语来传递圣殿多维度的典雅。

"它……它既是信使，又是信息。既是传令官，又是号角。既是奴隶主，又是奴隶。"

"我明白了。"埃雷斯说道，一只手的手指敲着另一只手臂，他再次看向那巨大的塔楼，"我以为这会是某种传送器。"

埃利法斯的内心对埃雷斯那过于简单的世界观感到难堪，但他挤出一丝微笑道："是啊，的确，但相似程度不大。"

"我们为什么需要这么一个东西？"埃雷斯问道，他张开双臂，朝着周围示意，方圆五公里内的提法德斯已是一片断壁残垣，"你有两百名战士，我的是你的五倍。克罗努斯的人民已被击溃。我们建这么一座巨大神秘的传送器做什么？"

"克罗努斯是一个台阶，通往伟大的手段。待深渊血躯来到我们面前时，我们将会步入新黎明。忘记简单征服的狭隘野心吧，埃雷斯。不只是基里曼的封地，整个帝皇的国度都将任我们索取。我们的目标并非击败一个人，而是为帝皇背叛我们军团而复仇。我们不会再被视为蠢货，我们兄弟的性命不会再为一位冷漠神祇的功名荣耀而牺牲。我们也不会再忍受服侍下等凡人的耻辱。"

"而你的塔楼能做到这一切,是吗?"埃雷斯耸耸肩说,"你要怎么打开它?"

"每场交易都有代价。这代价是鲜血、汗水和劳苦。"

"我看到了许多汗水和劳苦。"埃雷斯说道,他露出了狂野的笑容,"你什么时候需要更多鲜血?"

"所以,他们的计划奏效了?"科达尔·阿鲁卡问道。

埃雷斯的副将看起来并未信服,他们两人正在一辆阿基里斯型兰德掠袭者运输车后部的控制站中,研究着轨道传感器扫描。这是一辆珍贵的指挥载具,是由帝国之拳的阿曼杜斯·泰尔很久之前——十四年前送给他的,那时候他们曾在瓦勒斯峡谷并肩作战。在与埃利法斯一同离开时,诺达斯·威尔连长曾试图坚持要求埃雷斯留下这辆运输车,而阿鲁卡则失手杀了他。

这是个不错的忠诚信号。

"也许吧。"埃雷斯承认,他回放着数据读数,继续说道,"我承认,当埃利法斯坚持要求我们放几个极限战士驻军搭乘那艘征用的亚空间渔船逃离克罗努斯时,我很困惑。放过他们似乎非常愚蠢,因为他们无疑会把这里的消息带到他们的指挥官那里。我争论称,极限战士定会做出回应,而我们缺乏快速占领行星的资源。"

阿鲁卡点点头说:"我觉得你那时出奇地圆滑。你应该直接取了那蠢货的脑袋。"

"安格隆的命令十分明确,兄弟。我们要与洛加之子全面合作。我们与这帮口吐白沫的疯狂信徒共事并不能改变什么。"

"他架子摆得极大,连长。他跟我们讲话,就好像我们是傻子一样。"

"他的确如此,要不是因为原体的要求,我早就当场把他结果了。但你必须记住,兄弟,言与行并非一致。"埃雷斯说,他的手指敲了敲他的植入物,"愤怒滋生愤怒。这便是等候我们的深渊。我之前曾提醒过你,我们不应该将屠夫之钉的赐礼浪费在无关紧要的事情上。最重要的是,我们必须冷静利落地杀戮。不仅毫无怜悯,还要毫无快意。我认为,过度使用植入物,会逐渐降低效果。"

"你是最古怪的吞世者，连长。很少有人对屠夫之钉和你有一样的看法。"

"这解释了为什么是我被派来和这些迷糊的怀言者傻子共事，而非与安格隆大人并肩作战。"

埃雷斯停住了，检查了一下轨道读数中的时间标记。四个小时了。

埃利法斯为什么不早点释放？

"许多人都曾以为我是个蠢货，兄弟。他们的尸体已被遗忘。埃利法斯若是说错了，他将招致灾祸，但他知道他需要我。我是否相信他的大圣殿能带来他们的拯救者并不重要。他相信，因此他蒙受我们的恩情。"

"看看这些时间代码。"阿鲁卡说道，"极限战士的反应部队肯定已经处在防御基地的射程中了，但我们并没有收到它们开火的消息。让他们毫无阻拦地登陆似乎很愚蠢。"

"那是因为我们是无知的战士，兄弟，"埃雷斯说道，他拉出读数，指着屏幕，"空降突击即将展开。他们的鲜血将洒在我们的土地上，这就是怀言者想要的。将他们杀戮于轨道，让他们的原子四散于虚空，对我们满身焚香的同伴毫无助益。"

埃雷斯转过身，打开了阿基里斯型兰德掠袭者运输车的突击跳板，让日光涌入车内。他迈步而出，阿鲁卡跟在他身后，抬起头。上方的天空流露出闪光——下落空降舱的第一道闪光很容易被缺乏经验的战士所忽略。

在他周围排列着一千名战士，驻扎在圣殿内外。人工堤道连接着塔楼和其他地方，八个地堡一样的附属建筑守卫着通往主门楼的通道，形成了"一个深渊之星"，约什曾如是说。

对于埃雷斯而言，这只是一道实用的防线。吞世者的小队被部署于防御工事和远离那幢古怪大厦的废墟中。

他现在正看着那座大厦。它在五天前完工，就在埃利法斯收到极限战士回归的消息确认后第三天，而来袭的特遣部队只有两艘战舰，大小不一。若是极限战士严肃对待克罗努斯的威胁，那么怀言者和吞世者也许会面对几千名战士，而非仅一支半连队。

"他们来了，"他通过通信系统警告他的军团战士，并拔出了链锯刀，"记住怀言者的请求。只在圣殿区内杀戮。放一些人进去。"

他放低了声音，对阿鲁卡说道："一艘战斗母舰和一艘打击巡洋舰。最多不超过五百名战士。看来埃利法斯的策略成功了，隐藏我们的存在让敌人低估了夺回克罗努斯所需的兵力，基里曼之子即将受到热烈的欢迎。"

"自愿让敌军深入后方，这违背了我的直觉和训练。"阿鲁卡说道。

"我们必须相信怀言者。"

"为什么？"

这询问令埃雷斯感到惊讶，并非因为这是个坏问题，而是因为他此前并没有想到过。他花了些时间来思考出一个恰当的回答。

"因为如果我们无法相信他们，那这整场行动都将只是埃利法斯虚荣的丰碑。假若如此，我会亲自把他的脑袋呈给安格隆。"

阿鲁卡点点头，默默认可了连长的智慧。他戴上头盔，其面甲上涂着一个红色的手印，印在了鼻子和左眼处。这曾是阿鲁卡在伊斯特凡上开膛的第一个暗鸦守卫留下的血迹，但随着时间的流逝，血迹已经干涸脱落，因此他决定以更加持久的方式纪念那一刻。

这么做的不止他一人，还有其他做作的行为，有些更加令人不安，渗入了军团正式的蓝白甲之上。

埃雷斯并不介意这些制服纪律中的瑕疵。已经很少有像这样的激励因素一样能让他的战士们团结在一起的方法了。他们已经四十多天没有收到来自原体或是军团司令部的消息了。沃斯蒂加·卡塔卡特·埃雷斯连长便是唯一提醒他们仍是吞世者的人，而他也不打算冒兵变的风险，去评价他战士们涂的标语和添加物。

来袭空降舱和登陆机的火光越发明亮。

"我好奇那是什么感觉。"阿鲁卡说道。

"什么？"

"在没有屠夫之钉的情况下进行空降突击。在踏上去的那一刻我通常便已迷失，无法再担忧从轨道落入敌方阵地的危险。这些马库拉格之子完全知道他们在做什么，一路到底。"

埃雷斯并未回答。随着战斗临近，他的植入物开始回应他的生理和大脑活动。他的肾上腺素已因星际战士的强化功能而激增。最重要的是，屠夫之钉正在他的脑中吱吱响。

他在颤抖，露出了牙齿，压制住一声低吼。这太快了。

正确利用屠夫之钉的关键在于，不要像军团中的许多人那样成为无脑的杀人狂。有一种技巧、一种模式可以遵循，让植入物的效果在恰当的时刻达到巅峰。这技巧便是在其上升到波峰的过程中抑制住，随后再让自己完全屈服，驾驭其上、湮灭理智。

他知道，杀戮的渴望正灼烧着他战士们的神经，但他们都没有开火，没有一道爆燃束或是一发爆矢子弹飞向下降的敌机。

极限战士畅通无阻地冲向了克罗努斯地表，三十个空降舱满载一心复仇的战士，还有十个则朝着周围的废墟释放出导弹和等离子冲击波。炮艇一边盘旋，一边降下火雨，炮弹击打在倒塌的墙壁和地堡的强化速硬水泥上。

"时候到了，我骄傲的吞世者们！"埃雷斯宣告，臂甲上的爆矢枪开火射击，与此同时，阿基里斯的雷火炮和多管热熔枪也喷吐出死亡，"向敌人反击！"

吞世者们冲出数十个掩体，爆矢枪和手枪咆哮着，驻扎于圣殿底层杀戮洞中的怀言者则为他们提供重型武器火力掩护。

极限战士突然遭到了大量敌人的包围，他们试图后撤组成防御阵型，头顶雷鹰的炮火声因为双方距离的缩短而沉寂。埃雷斯冲入敌阵，链锯刀呼呼作响，一位正在冲锋的极限战士士官射出的爆矢在他的战甲上擦出火花。

那位士官一只手拿着一把短刃剑，另一只手拿着一把手枪。菱形的链锯刃齿砍穿了他拿剑的手，穿戴着盔甲的手指四散在地。埃雷斯的另一把武器劈开了手枪枪管，引爆了膛中的爆矢弹。那位士官踉跄着后退一步。埃雷斯扯出两把剑刃，刺入那个极限战士的胸膛，飞旋的刃齿咬穿了金色的纹章和蓝色的陶钢，搅入骨肉之中。

埃雷斯感到一阵震颤，他的屠夫之钉正对他周围展开的杀戮产生反应。他发出咆哮，短吸一口气，看向四周。

同室操戈，这也不重要了。

与他的军团战士同僚战斗是终极考验。如果他比其中最强者还要强，那么银河系中便无人能够威胁到他，除了原体。

他以致命的角度挥舞着两把剑刃——有时一齐挥出，有时交替舞动——同时在与敌人交锋的间隙从臂甲齐射而出。

随着每一次杀戮亡，他的战士精神都越发饥渴，屠夫之钉的效果也越发强大。随着战斗兴奋剂贯穿他全身，他的视野开始变红，他那基因强化的血脉行将爆裂。

除了众所周知的战斗兴奋感，还有别的东西。他每杀死一个敌人都会有种解脱感。每一个倒下的极限战士都伴随着一股能量，与鲜血一同残留在他的剑刃上，如同感官边缘的兴奋剂。

在他周围死去的每个吞世者也一样。埃雷斯几乎有种转瞬即逝的感觉，仿佛他们的存在精华逃离了他们那千疮百孔的躯体，试图翱翔高飞，却被魔道圣殿所俘获。在他击中另一个敌人的脑袋时，他突然想到，也许埃利法斯试图把他当猴耍，引诱他为了某个更伟大的目标而牺牲他自己的战士……

植入物达到了其完美的巅峰，原始感觉和智慧意识在一个无限小的平衡点汇合。

一切都变得清晰无比，每一滴飞溅的鲜血、剑刃的每一个齿轮、盔甲上的每一个刮痕。他看到了爆矢弹的爆炸和推进产生的尾迹，脚下感受到了阿基里斯的炮火声，闻到了空气中鲜血和汗水的味道。

在微妙的一瞬间，他身处险境，每一丝意志力都紧握理智，在他欣喜若狂的那一刻他被高举超越了众生。

随后，他在峰顶滑倒了，被拽入了无脑的狂怒中，一切宏大计划与潜在背叛的思绪都被遗忘。

在塔楼基底上方几米处的一个歪歪斜斜的窗户中，埃利法斯听到埃雷斯的呼号声划破天际。那位吞世者已化作死亡的剪影，他的盔甲溅满了血块，正一路杀向极限战士队伍的中心。

尽管第十二军团肆无忌惮地扑向基里曼之子，但埃雷斯仍然遵守着计划。他战士的位置排布留出了一条通往魔道圣殿的路，而极限战士开始自发地朝着这条薄弱的轴线移动，既是在躲避狂暴的攻击，也是为了消灭高处的怀言者重炮。

"奏效了！"约什叫道，"你能感觉到吗？"

"能。"埃利法斯回答道，非物质能量如同涌起的潮水在塔楼的基底积聚，在仪式中修建的浸满鲜血的石头沿着界域交汇点的神秘线条排布，吸引着这股能量，他用一只手拍了拍约什的肩甲，"我能感受到，我博学的朋友。你的计算很完美！"

"时候快到了。跟我来，骄傲的牺牲者。"

怀言者指挥官冲下台阶，杀入受困的极限战士。他的杖锤左右击打，留下猩红色的烟迹。他不停地击碎盔甲，打破头盔。

他为了深渊血躯的荣耀而辛勤建造了这座圣殿，如今能亲自手刃他的敌人，这感觉很棒。

亡者逃离的灵魂之物洗刷了他的感官，逝者的死亡呐喊与丧命呻吟徘徊在他耳边。随着越来越多的军团战士死去，亚空间之流变得可以感知，一团朦胧的云雾在圣殿顶端盘绕，在专门装饰于外部的旋转尸骸的引导下，逐渐积聚凝固，仿佛光线穿透了一连串透镜，逐渐高旋，变得越发清晰、越发遥远。

"快，阿克顿！"他喊道。

埃利法斯的擎旗手将尖锐的旗杆捅入一个死去极限战士的胸膛，将那个挣扎的军团战士钉在地上。

那些颅骨闪出黑火，将阿克顿抛到了六米开外的圣殿地板上，仿佛被闪电击中。他那冒烟的战甲撞在了远处的墙上，哐当一声裂开了，仿佛某个巨大的东西从中爆出。至于那个穿戴着盔甲的战士则不见了踪影。

插入极限战士尸体的那面旗帜开始发出肮脏的金光，连埃利法斯都畏缩了，把目光从那束耀眼的光芒前移开了。当他的视力恢复时，他看到那个圣像的头正开始缓慢旋转。环绕的颅骨所形成的圈已经变暗，化作向外弯曲的黑色圆盘。

或许是向内？那闪光的表面捉弄着眼睛，令其看起来既像凸面，又像凹面。

在那流动的黑色中显露出了一张脸。

秀挺的眉毛，坚毅的双眼，嘴唇因恼怒而噘起。

深渊血躯。

万变诡道的实体化身，盲目者的向导。

洛加·奥瑞利安。

第十七军团的原体。

埃利法斯和其他怀言者跪在了地上。所有人，除了继承者，都移开了目光。

"大人，千般恭敬地感谢您的现身。"埃利法斯呼喊道，举起双手以示祈求，"您的造访为我们赐福。但我还有所恳求。您为何不走我们修建的桥梁？您为何不穿越我们为表敬意而竖立的金色拱门？"

原体的嘴唇动了动，与此同时，那些颅骨也打开了下巴，发出圣像所说的话语，那低音很扭曲。

"埃利法斯。是何缘由让你以这么笨拙的方式打扰我？"

"克罗努斯，尊敬的大人。我们恳求您的迁就与出席，如此您能见证这场神圣的屠杀。用您强壮的臂膀和无可置疑的命令祝福我们，我恳求您！"

"克罗努斯？什么克罗努斯？"

"五百世界在以您之名熊熊燃烧，真理之父。克罗努斯将会像柴堆一样被点燃，以示敬意。"

"五百世界已不再是我的关切所在，埃利法斯。我已经达成了我们来东方所寻求的目标。"

埃利法斯意识到周围已经陷入了沉寂。他听到了靴子的声音，于是瞥向左侧，看到埃雷斯正走进圣殿大厅。他眼中那呆滞的神情正在消退，目光正缓缓聚焦在怀言者身上。埃利法斯无视了他。

"但大人……蒙纳齐亚呢？"埃利法斯慌忙说道，"我们对基里曼之子的惩罚呢？难道极限战士将免受他们无情背叛所应得的痛苦？"

"极限战士已经不再重要了。我的兄弟安格隆和他的军团将会斩杀他们可悲的残躯。怀言者的所有部队和远征队将在群星之路重新集结，跟随旗舰前往塔萨伦的召集点。"

"塔萨伦？"埃利法斯的声音几乎化作了呜咽，"我们在这里的工作呢？这座大柴堆呢？"

"遵从。"

原体的图像短暂地露出苦相，然后消失了，那尊圣像在极限战士的尸体上化作了灰。

约什站起身，绕着指挥官说："这就是我们的回报，继承者？这就是我们所有劳作的奖赏？"

"深渊血躯已经发话。"埃利法斯回答，然而他的声音和他的内心一样空洞，"暗影远征已经结束了，消失了，就像是之前的伟大远征。洛加有令，我们遵从。"

"我们为克罗努斯战斗过……"

"你们没怎么战斗过。"埃雷斯说道，从埃利法斯身后走上来，他的链锯剑在粗糙的地板瓷砖上滴着血，"克罗努斯属于我。你听到了你基因之父的话。"

埃利法斯想要争论，但他能够看到植入物的残余仍在朝着那位连长的大脑灌输着杀戮的思想。面对来自原体的直接命令，埃利法斯别无选择，只有默许了埃雷斯的要求。他一言未发，开始朝着通往塔楼的拱道走去。

与此同时，他听到了埃雷斯对约什说的话。

"你们为什么叫他'继承者'？"

"那是他成为战团长的方式。"约什回答道，发出苦笑，"在清洗期间，他杀死了明鉴方舟的前领袖，取代了其位置。洛加并未提拔他，只是说他继承了他的指挥权。他从未赢得他的地位，而我们永远不会让他忘记这一点。"

埃利法斯咬牙切齿。他曾希望克罗努斯能奠定他在历史中的地位，让他获得洛加的宠爱。他失败了。

但这并非他野心的终结。纵使他得扼杀科尔·法伦，亲手杀戮千个世界，他也要得到他应得的尊敬……

他走入尸横遍野的圣殿周遭。克罗努斯是个垫脚石，正如他说过的，但如今他知道不可能再仰仗原体了。

原则已经得到了证明。如今他将要在更宏大的层面上实施他的计划。清算会来的。埃利法斯对自己发誓，待到时机来临，洛加终会注意到，而继承者的名号将会响彻银河。

无论这是诅咒还是祝福，他都不在乎。

饕餮

马修·法雷尔

比率术士斯帕尔的腿是沉重的骨骼机械，臀部突出，膝部向后弯曲，核心是镍钢合金。这身机械在走动时会发出轻微的嘎吱声，张开的偶蹄脚则在甲板上踩得哐当作响。

他如今的手臂比他曾经的生物手臂还要长，覆着银面的通用关节移动平稳安静。当他首次移植这些肢臂时，他的手掌和手背上还刻着古火星神圣公式组成的图案。当他抛弃誓言，踏上凯尔博－哈的圣坛台阶，并将自己的称号从算术士改为比率术士时，他拿起了雕刻工具，钻入躯体，抹上自己的鲜血，然后锉掉了所有的旧图案。他仍记得咬紧牙关时的颤抖透过金属传遍他的肉体。

不久之后，光滑的银镀层开始失去光泽，长出了水疱一样的东西，斯帕尔既无法理解，也无法解释。如今他的双手看起来像是枯萎的人类肢臂，而非完美的机械。长出的赘生物似乎形成了新的图案。

这令斯帕尔感到激动不已，然而他并不知道是为什么。

更令他激动的是，看着自己的双手紧抓着引擎先知阿里斯的脖子，溃烂的铜锈污染了对方的红色领子和兜帽。他正拖着阿里斯走过狭窄的走廊。他轻轻摇了摇阿里斯，仿佛在试探对方是否还活着。他当然知道阿里斯还活着——他的一组非人感官正监控着那位引擎先知的生命迹象。摇晃阿里斯只是为了看看他能否得到回应。

斯帕尔的确得到了。阿里斯的下巴动了动，短暂地尝试说话，但因斯帕尔的紧扼而呛住了。

"不，不，不，不——"斯帕尔低声说道，摇了摇引擎先知，仿佛是在安抚一个婴儿，而非紧抓着敌人的咽喉。他的人声很尖，因很少使用而发抖。"像这样。"他伪善地说，一阵刺耳的废代码传入了引擎先知的耳朵。

在他继续拖着那个将死之人的同时，他看着代码以声波的形式击中了其听觉处理器，在其机械感官中转变成了微脉冲，掠过了增强神经系统，加入了已经在那里的感染代码。阿里斯的系统遭受着废代码结构的转移与重构，从内部将之渐渐吞噬。一些赘生物开始相互斗争，争夺着几个尚未被破坏的系统的通路。看到这场景，斯帕尔发出咯咯的笑声。他等不及看到他隐约感觉到的帝国信息流也遭此下场。

远方的某处传来呼呼声和哐当声，那是巨大的钢铁之环的组件在调整位置。即便是通过斯帕尔的重型金属腿，也能短暂地感觉到震动。

也许是一艘船靠港了，也许是广阔的轨道残骸场中的一块碎片撞在了环带的装甲外皮上。

不重要了。环带是旧机械神教的造物，斯帕尔并不期待它会延续到凯尔博-哈的新秩序中。待到这场战争结束，火星将会自由地开始重塑自身。

斯帕尔的工作是这项伟业早期阶段的一部分，小但并非微不足道，边缘但很重要，就像是……锉掉银色强化物上的神圣图案。多么恰当的比喻！斯帕尔对自己的胆大妄为几乎发出了咯咯的代码笑声，他继续拖着阿里斯无力的躯体前行。

前方深处，是潮湿、弥漫着电烟的黑暗。

只有一个传动闸仍能运作，即便这些锁有很大的可能性被滥用。

斯帕尔觉得这很滑稽。这些闸门并非军事资产，它们对于泰拉人试图在火星周围实施的封锁无疑毫无用处。这是废物处理场，仅此而已，它被设计用于将废物射入太空，确保其不会环绕堆积在环带周围的太空中。

好吧，轨道现在的确已经堆满了东西。斯帕尔所经过的每个舷窗外都堆满了来自首场战斗及早期试图突破封锁的战斗所产生的残骸。

然而，有人痴迷于维持正常的垃圾处理，他们留下了一个闸门，仿佛是专门为他准备的。

斯帕尔再次发出咯咯的代码笑声。对于他这样地位的人而言，一个仍能运作的传动闸是个奇妙的事物，有着无尽的用处。这个闸门将他杀害的帝国官员的尸体发射出去，送入了安全无害的残骸场；这个闸门从环带的紧急站中发射出了许多救生服，里面装的并非绝望逃生的站员，而是斯帕尔在位于环带上一个人烟稀少的甲板中的小巢穴里制作的特殊货物。也许这些货物不会被全部找到，但其中一些肯定会的。一位帝国的舰员会以为他们也许找到了一些失踪的战友，被伪造的生命迹象指示器所欺骗。而当他们打破救生服的密封时，将会得到奇妙的有毒惊喜。斯帕尔在这些生化货物的发明创造上变得非常有才华，这已经成了他最喜爱的消遣之一。

然后是引擎先知阿里斯。真是一件乐事！他的系统现在已经完全被废代码奴役了，潜伏在这具肥沃躯体中的掠食成性的非逻辑结构渴望闯出来，找寻新的机器来吞噬。斯帕尔能够听到，也能够感受到它们在阿里斯的强化体发出的传输信息中翻腾。在他等待传动闸门打开的同时，他迅速又深情地拍了拍这个人抽搐着的脑袋。随着泰拉人对钢铁之环的掌控愈发牢固，能与一位曾经的机械神教兄弟一同共事已经愈发难得了。斯帕尔有点遗憾，现在是时候分别了。

"你真让人舍不得啊——噢，没错！"他告诉阿里斯。闸井传来哐的一声，片刻间，小小的窗户上凝起了薄雾。"你很厉害，没错。你会在寒冷中坚持很久很久的！你会经受无比的痛苦。"他再次咯咯笑道，"所有人也都会听到你的声音，即便他们都没有意识到。噢，你会环绕整个环带，融入舰船和穿梭机之中；你会在听到你的每个小系统中留下自己的印记；你会对我们亲爱的机械神教兄弟说声感谢，对吧，让你成为如此有用的系统，然后再把你送给我？"

斯帕尔那装有弹簧的金属腿上下弹跳，他欣喜地摇着那个引擎先知的身体。闸门密码需要花费片刻时间才能打开舱门，这样才不会引起帝国控制者的警觉。然而他就得和他的新朋友说再见了，这是他们待在一起的最后片刻了。

舱门打开了。斯帕尔背对着舱门，感知集中在阿里斯身上。某种难以言说的直觉让他转过身，看向一个东西的脸，那东西正蹲在传动闸里，盯着他。

一切似乎都沉寂了片刻。

然后斯帕尔便发出了尖叫。螳螂般地闪烁脸庞跃向他，他则本能地向后一跃，切割颚划过他脑袋仅仅片刻前还在的位置。

他落在了地上，没时间思考了。他所跃过的那部分距离已经缩短了——那个东西已经走出了舱门，进入了通道。斯帕尔又走了一步，但他的肩膀撞在了支柱上。他在空中打了个转，脸朝下落在了甲板上。他试着再次站起身，听到了自己爪子的刮擦声。

在这噪声之下有种更加深沉的脚步声，那东西正朝他而来。

随着驱动器一道简短的嘎吱声，斯帕尔的手臂伸了出去，推自己起来。他转身面向那个东西，举起了手臂，发出尖叫。在那东西身后，第二个正从舱门中钻出，踩过第一个所踏过的阿里斯的残躯。

这分心的片刻几乎要了他的命，那东西一边无情地迈向前，一边举起臂炮，瞄准开火。

斯帕尔再次发出尖叫，这一次人声和代码都在尖叫。那声音激发了走廊入口面板的紧急拆卸指令。突然间通道中充满了蒸汽、蒸发的冷却剂，墙上和天花板上掉下哐当作响的金属板。它们刚好挡在了斯帕尔和那个金属怪物之间，挡开了第一发子弹。通道中充斥着噼啪作响的跳弹。

待那东西调整好要瞄准时，通道里已经空无一人。

斯帕尔双腿收缩，双臂大伸，像鬣狗一样四肢着地飞速跑过狭小的维护空间，一遍又一遍地喊着一个词。

"饕餮，饕餮，饕餮！"

在持续不断的金属尖啸声中，他听不见自己的声音。领头的那个战斗机器人紧跟在他身后的通道中，用其利刃撕开面板，切穿舱壁，炮弹射穿了所有障碍。斯帕尔的310度视角瞥见了第二只野兽正钻入狭窄的空间，向他爬来，其外形不知怎的从一只迈步螳螂变成了一只可怕的装甲蠕虫，身上拖着的钳子上染着阿里斯的鲜血。

这令斯帕尔冒出了一个想法，但在他尝试权衡这个想法的一瞬间，领头的饕餮砍开了一个舱壁，让他暴露了出来。那只饕餮一言未发，毫不犹豫地扑了进来。

斯帕尔在一阵目盲的恐惧中撞在了这片狭窄空间的墙上，向前滚了过去。随后他开始爬，一边爬一边跑，最终爬出了通道另一端的舱门，并以一阵被恐惧侵蚀的二进制语言呼号出了锁定密码。但利刃劈了出来，挡住了正在关闭的舱门，那只饕餮的头和肩膀已经伸了出来。

它就跟在斯帕尔身后。反馈信息挡住了斯帕尔的感官系统，一把带钩的利刃砍掉了他胫骨下的一只金属脚，能量冲击涌过他的各个系统。

他满腔愤怒，对自己愤怒——愚蠢。唯一一个仍在运作的传动闸，那当然是个陷阱。它们就像水洼中的掠食者一样等候在附近！他本应该是这里的掠食者。它们觉得自己能干掉他，它们会后悔。他用手臂拖着自己向前，能感受到自己肩关节的热和拉力。这只是时间——

他再次转过头，地板轰的一声向上破开，第二只饕餮跟着他从狭窄的空间中冲了出来。斯帕尔感受到了冲撞，他再次滚了起来，饕餮的利刃枪臂划开了他的身侧。第一只机器人则几乎爬到了他身上，昆虫般的脸庞向下盯着他。

斯帕尔流下了一串鲜艳的血迹，他看着枪口举了起来。

这只是时间问题。

那两台机器都穿过了舱门，踏过了阿里斯的躯体，并直接接入了他的思维空间链接——即便这个链接会随着斯帕尔死去。他的废代码感染会在饕餮内部爆发，像是癌症和脓肿，孢囊在其系统内吐出寄生虫和毒素。现在肯定就剩几秒钟了。

代码会夺取它们。饕餮会臣服于他，否则它们就会烧毁。只需拖延它们几秒钟⋯⋯

两台机器耸立在他的面前，斯帕尔的外部发射机发出了一道令人痛苦的重新配置脉冲，然后竭尽全力将能量导入代码冲击中。这是致命一击，来自诸神的诅咒，由混沌语法构成的死亡呼喊，会冲击瘫痪掉任何系统。这会为他争取时间。

天花板上的灯爆了。墙上的能量调节器发出尖啸。斯帕尔甚至感觉到平衡力的迅速改变，重力板减弱了片刻。他发出了微弱的满意声，随后他伸向那机器人的头，看看他造成了怎样的损害。

他没有找到损害。

没有系统指数，没有复杂的意识模拟。他的感官与近乎神秘微妙的代码流相协调，但无法理解驱使这些机器野兽无情追杀他的功能。这些智控机械的脑皮层中没有东西能被废代码逼疯，也没有逻辑网络能被破解。

这里面只有无休止的杀戮直觉，由纯粹的恶意保护。

斯帕尔的最后一道思绪是：等等，我——

随后，领头的饕餮一脚踩了下来，第二只则用刃臂刺穿了他已身首异处的尸体。两只机器人毫不犹豫地转过了身，迈步走开，在钢铁之环的通道中留下了更多模糊的脚印。那是斯帕尔的血迹。

铁火

罗伯·桑德斯

伊德里斯·克伦德尔想要摧毁一些美丽的东西。

这位钢铁战士的战争铁匠真是丑陋的化身。他曾是基因技术的完美造物，被赋予了征服者的严厉面容——他父亲的面容，那是在小达曼提尼星之前，在斯卡登堡之前，在巴拉巴斯·丹提欧克之前。

克伦德尔曾经嘲弄他的兄弟是个残废，是他们原体不完美的倒影，直到丹提欧克把克伦德尔弄成一个残废战士送回他们父亲那里。似乎银河也不乏残酷的讽刺。待到克伦德尔的援军抵达时，丹提欧克早已离开。他把克伦德尔活活埋葬在山一般的断壁残垣下，让他几乎无法呼吸。斯卡登堡就此陷落，并且大军付出的代价惨重，损失的不仅有星际战士，还有神之机器——常胜号。

但伊德里斯·克伦德尔没有死。他粉身碎骨，但仍然活着，这位战争铁匠在要塞的废墟中被找了出来。他的基因工程赐礼拯救了他，他的身体进入了麻痹状态。但当化学治疗和自动心理暗示让他回到现实的痛苦中时，克伦德尔发现自己变成了怪物，一个残废、一个对他周围钢铁战士的冒犯之物——一个不完美的子嗣，他的每一口呼吸都令他们的父亲蒙羞。但战争铁匠挺过了这份屈辱——因为伊德里斯·克伦德尔不会被摧毁。

"所以，就是那个？"维克特鲁斯·克鲁格兰说道，他来到了沙丘的顶端。这位攻城连长穿着多德卡西恩——磐石兄弟会的破旧制服，这些人洞悉创造与毁灭的真谛。作为佩图拉波的一位爱子，克鲁格兰拥有着军团最强大的两门攻城炮——除灭号和毁灭号。这份荣誉却因克鲁格兰被发配到了克伦德尔麾下而受到某种程度的玷污。

"那就是你的目标，攻城连长。"克伦德尔告诉他。

风刮起的沙粒积聚在两位钢铁战士灰暗战甲的臂弯和凸纹处，但他们仍岿然不动。克鲁格兰的银色盔甲上点缀着人字形花纹和泛着绿光的金色，克伦德尔的盔甲则是肮脏的铬合金。

这不只是一件盔甲，更像是某种古代的酷刑装置。这件盔甲上插着金属棒和骨钉，支撑起他破碎的骨骼；盔甲上覆盖着铆钉和螺栓，有大有小，看起来就像是饰钉和尖刺。他那赤裸裸的义肢在发出叹息，吐出蒸汽，而他的脑袋则包裹在贯穿他破裂头颅的电线方笼中。他的整个半张脸都没了，缝合起来的肉体变成了可怕的坑洞。

克伦德尔的战甲外仍穿着战争铁匠的破旧锁子甲斗篷——这个军阶如今

对他而言已是有名无实。十四大连已经在小达曼提尼星上被歼灭，他的旗舰也被叛徒巴拉巴斯·丹提欧克给偷走了。他的麾下曾经有一千位钢铁战士，伴随原体光荣地迈向王座世界。如今他只有少量战斗兄弟、克鲁格兰的炮兵及其附属部队。

"那可真大。"连长承认，他正看着占据了北方地平线的那座巨大建筑，"我从来没见过这样的建筑。"

"那么，你从来没去过泰拉。"克伦德尔说道，"那座建筑，那些华丽壮美的塔楼。那规模、那防御能力、那城墙，还有建筑内部的结构，这些全都是类似的。"

"和什么类似？"

"和帝国皇宫类似，和多恩及其走狗正在加固的断壁残垣类似，和帝皇已经爬入的坟墓类似。"

"这不可能。"

"我亲自做的计算。"克伦德尔说道，他递给了克鲁格兰一个磨损的数据板，"我对比了诸多世界上的上千种已知防御工事。这个最能满足佩图拉波或是战帅的期待。"

"这些数字没错？"克鲁格兰问道，扫视着一串串数据。

"没错，"克伦德尔嘶声说道，"我们将成为帝国历史中的一分子，攻城连长。针对皇宫的第一场进攻准备。第一次真实世界的攻城模拟。在这里，我们将发现如何攻破这样一个防御工事。"

"这是什么地方？"克鲁格兰问道。

"都在文件里了。"克伦德尔说道，迷失在了毁灭摧残的想象中。

这颗行星的名字叫尤福罗斯。它被命名为 1-40-119，并在多年前的一场迅速且不流血的归顺行动中回归人类帝国。它被附属的内政部人员分类为花园世界。这是一个难以置信的地方，美得迷人，连在安宁中征服它的充满战欲的阿斯塔特军团战士也陶醉其中。多彩的沙漠占据了舒适宜人的极地。同时赤道地区则是零零散散的三角洲、泛滥的平原和清澈的水道。从轨道上还能看到郁郁葱葱的植被带。风中裹挟着来自南部沙丘的红树林的香气。绿洲小镇、轨道港口，以及沙漠水果和优质谷物所生长的腹地点缀着荒凉的北方。高耸的城堡和地方宫殿精致典雅，兼具防御功能和雅致的艺术气息，而极地的伟大宫殿则是这种艺术表达的巅峰之作。

　　这个天堂居住着一个科技发达的文明，他们在归顺前自称尤芬汀人。在与世隔绝的数千年里，他们在自己的家园世界上发掘出了令人愉悦的奇观，拓展了他们的科技水平，击退了当地星系的海盗和劫掠者，开采了富含矿物的卫星菲比亚，并在尤福罗斯的天空中留下了一个空空的躯壳。利用菲比亚的基岩，尤芬汀人在北极打造了一个广阔的强化宫殿，容纳了行星的大部分人口。它被称为大月宫。这是一个由一千米高的同心圆城墙、穹顶、空中花园和塔楼组成的宏大的防御工事，足以比肩古泰拉的帝国皇宫。

　　"承认吧，"维克特鲁斯·克鲁格兰说道，"那是个奇迹。"

　　"而我们将要摧毁那个奇迹。"克伦德尔说道。

　　"不过……战争铁匠，"克鲁格兰说道，对于称呼这个头衔感到犹豫，"你似乎忘了一些事。"

　　克伦德尔并未在意这个侮辱。他知道像克鲁格兰这样的钢铁战士是怎么看待他的——他在小达曼提尼星失败了，并且成了残废。

　　"启发我吧，攻城连长，如果可以的话。"

　　"帝国皇宫——依原体之意，待我们抵达时——由帝国军、禁卫军团，以及第七军团多恩之犬保卫着。你要怎么模拟他们，战争铁匠？"

　　"我会即兴发挥。"克伦德尔耸耸肩道，"我会给我们的父亲，还有战帅他们真正想要的——数据、实弹测试中的战术模拟、鲜血所铸就的成功策略。"

　　"居住在这些城墙后的那些被征服的人民，纵使有百万之众，也无法匹敌佩图拉波之子。"

　　"而且我们还希望能指挥更多的攻城炮，而不只是你的营拥有的那区区两门。"克伦德尔说道，他没有给克鲁格兰任何反驳的机会，"当然，你是对的。对于一场真正的模拟而言，即便缩减参战规模，我们也需要军团战士。我们需要看看我们的军团战士在这样一座要塞中会对进攻做出怎样的反应，如此我们便能将他们的存在纳入未来作战计划的影响因素中。"

　　"那么你要怎样才能做到呢？"克鲁格兰质问道。

　　"1-40-119是由第三军团归顺的。"

　　"帝皇之子？"

　　"没错，"克伦德尔说道，"弗格瑞姆的那帮反常分子喜欢这个世界所拥有的毫无价值的美景，以及其欢天喜地的人民。而现在，在那强大的宫殿城墙内，他们有一整个文明可供消遣。总指挥官勒兰修斯应该在他的原体麾下重组队伍，但他却磨磨蹭蹭的，只派了他麾下半数的部队前往海德拉科达图斯，与弗格瑞姆会合，而自己与他的一百位兄弟留在了这里。"

"一百位军团战士驻扎在那个地方？"克鲁格兰问道。

"事实上，我并不清楚勒兰修斯和他的战士在那些城墙后面干着什么肮脏的事情。但我知道他们在我们进攻时会怎么做。"

"我们不能攻击弗格瑞姆的子嗣！"克鲁格兰反对道，"他们的原体是盟友，与荷鲁斯并肩作战。"

"随着这场战争的进行，攻城连长，"克伦德尔说道，"你得接受这样的必要之事。我们只忠于胜利，以及那些与我们站在一起，共同追求胜利的人。其他一切都是风中灰烬，是为了未来更加宏大的死亡而产生的附带伤害。要记住，我已经洒下了自己兄弟的鲜血，如此牺牲是有必要的。佩图拉波和战帅也是如此，尽管那时他们还不知道。你觉得相较于我们原体的子嗣，我会更在乎第三军团的战士吗？"

"待到弗格瑞姆听到这个消息，他会觉得这道命令来自佩图拉波。荷鲁斯会惩罚他们二人。你遭受的苦难让你失去了理智，克伦德尔。你的提议简直疯狂。"

克伦德尔拿回了数据板，说："在我们进入轨道前，我向总指挥官勒兰修斯发送了一条信息。我告诉他，我们在两个星系外发现了一支帝国之拳舰队。当然，那里并没有舰队。他派出了他唯一一艘打击巡洋舰——狂喜号——去调查那个威胁。待到弗格瑞姆最终发现他那任性的子嗣从这颗星球上被消灭时，狂喜号的日志会告诉他他所需要知道的——那艘船在搜索敌方部队时，敌方部队发起了对尤福罗斯的攻击。只有佩图拉波会了解真相，也只有在我们模拟的宝贵数据送到他手上时他才会知道。当我们的父亲为战帅提供了帝国皇宫的战术要点时，你觉得荷鲁斯会在乎几个第三军团反常分子的损失吗？"

维克特鲁斯·克鲁格兰狠狠地盯着战争铁匠，说："这样的计划让我难以相信你的理智。"

"你来这里不是为了相信，"克伦德尔告诉他，"你来这里是要毁灭那座要塞的。把你的炮手带上来。"

克鲁格兰那恶狠狠的目光在丑陋的战争铁匠身上停留了一会儿，随后他示意一对钢铁战士加入他们。克伦德尔则转过身背对着洁净沙漠中闪闪发光的宫殿。

他的面前便是除灭号——一座位于钢铁战士营地中心的巨山。这是由第一军团从戴马特的机械神教那里偷来的，随后这门巨大的机动火炮在登陆场大屠杀前被托付给了佩图拉波。除灭号的长度和一台泰坦的高度一样，其驱动单元的履带此时正立于尤福罗斯的沙地上。在明亮的日光下，火炮的巨大炮管大张着，依靠着滑轮和起重机组成的庞大系统，流露出黑暗与死亡的意味。这台巨大的机器遍布自动炮台——四管激光炮、高射炮和巨型爆矢枪保持着沉默，随时准备为保卫攻城炮而发出怒吼。庞大的履带式弹舱有两层楼高，沿着主炮架后方延伸数百米，如同死亡世界上一只万足虫的身躯。

一对技术军士踏过多彩的沙地，来到了克伦德尔和攻城连长的面前。

"阿卡西·阿科拉克斯兄弟，"克鲁格兰说道，"还有莫丹·沃斯克兄弟，分别是除灭号和毁灭号的监督和高级炮手。他们是多德卡西恩的一员，我麾下最好的炮手。"

"最好如此，攻城连长。"战争铁匠嘀咕着，"为了我们的计划，他们得是最好的。阿科拉克斯兄弟和沃斯克兄弟，我听说过不少关于你们那强大的攻城炮的传言。被俘获的机械神教怪物，作为礼物由一位原体送给了另一位原体，骄傲的蠢货莱恩·艾尔庄森觉得这能够买来我们父亲的忠诚。艾尔庄森会付出代价——和那些与他站在一起的人一样——因为他缺乏远见。待到你们的火炮击倒他主子皇宫的城墙时，他会知道这代价的，兄弟们。然后暗黑天使会知道什么是真正的黑暗。"

"它们的确是个奇迹。"克鲁格兰告诉战争铁匠，"它们比我在多德卡西恩中的连长兄弟所拥有的任何火炮都要大，也比斯托－贝扎什克的实验性武器库中的武器要大。"

"跟我说说这奇迹。"克伦德尔说道。

"全身装甲覆盖，并由虚空盾发生器所保护，战争铁匠，"阿科拉克斯说道，"它们的武器能够在几公里外轻松夷平一座小要塞。"

"那如果我想要战略性地破坏一个更大的防御工事的一部分呢——比方说，我身后的大月宫？"克伦德尔问他们。

"每个武器都拥有一个中央控制室。"沃斯克告诉他。

"为此我们进行了一些调整。"阿卡西·阿科拉克斯补充道。

"武器和炮手之间的神经链接有着无与伦比的精确性,数据流、反应校准度和射速,"沃斯克说道,"就像是泰坦的火炮副机长一样。"

"与武器融为一体,"克伦德尔说道,"一个有趣的概念。非常出色,兄弟们。你们的攻城炮正如你们的连长所言。这很好,因为克鲁格兰连长和我会把我们的性命托付在你们手中。"

克鲁格兰皱起了眉,说道:"大人?这是我头一次听说。传统上,应该由兄弟会的军官在一辆指挥载具上监督攻城炮的射击。"

他指向在除灭号侧翼作为装甲护卫的四辆斯巴达突击坦克。他自己的坦克叫作盾徽号,上面立着多德卡西恩的结社旗帜,在风沙中凌乱飘扬。

"我们就在那里监督射击。"克伦德尔告诉他,"指挥载具会在我们直接突击宫殿时处于中心位置。"

听到战争铁匠那明显的疯狂言论,克鲁格兰的脸再次变了。他想要吼出几句斥责,但克制住了。他不会在阿科拉克斯兄弟和沃斯克兄弟面前质疑克伦德尔。

"只是为了澄清下,"攻城连长咬牙说道,"你想要领导针对那个要塞的直接突击?"

"是的。"

"用我的钢铁战士?"

"用你麾下的每一位钢铁战士。"伊德里斯·克伦德尔说道,"不过我承认,你并没有太多战士,只是个炮兵分队,不是大连,但原体认为给我这点战士合适,而我会借此达成更大的成就。"

"那么火炮呢?"克鲁格兰问道,希望在战争铁匠对其疯狂计划所怀的不容置疑的乐观精神中找到一丝弱点。

"如你所说,这些火炮防护精良,能够在需要的时候保护自己。阿科拉克斯和沃斯克将会各自指挥一门机动火炮,并由分配给相应火炮部队的机仆和奴隶协助。"

"再问一遍——你想要进攻宫殿,同时让攻城炮朝宫殿开火?"

"这很值得。"克伦德尔说道,举起他的义肢,"身处战斗的中心,而非在地平线外监控遥远的毁灭，感受肆虐的毁灭之火，同时你进攻的要塞在周围崩塌。我一定会让你也感受一下，连长。加入我费尽心力谋划的这场攻城吧。在身体痊愈时，让大脑保持活跃很重要。我正在开发新的攻城战术和方法——我们能用来击败最坚固防御的策略。在我于斯卡登堡的陷落中重生时，亿万吨岩石和金属倾泻而下，我茅塞顿开。在我的肉体与精神崩溃时，我的训练教条也随之崩溃。军团的惯例建议你炮击敌方阵地，击溃他们的防御，然后再率领突击部队攻入。但如果两者能同时完成呢？"

"你是说要炮击己方部队？"克鲁格兰说道，难以置信地摇了摇头，"我的部队？"

"如果我能在不可能幸存的情况下存活，"克伦德尔继续说道，"那么也许我的兄弟们也能。也许攻城部队能够在全面炮击的同时进攻防御工事，而非在炮击后。也许一支令人敬畏的军队，利用风暴之眼作为保护，能够打击暴露混乱之敌的战略中心。与此同时，他们周围的一切都在化为灰烬与惨叫。除了钢铁战士，还有谁更能将这个战略付诸测试？"

"我们会被消灭的……"克鲁格兰低语道，但他能够看出来战争铁匠并没有在听他的话。

"有了这些新式攻城炮，"克伦德尔说道，"有了精神链接火炮所带来的精确度优势，我们不会的。这里的阿科拉克斯兄弟和沃斯克兄弟——你承认这是你最好的两位炮手——能够通过我们盔甲的信号监测我们的位置，并计算炮击的时间，清除掉我们面前的城墙、建筑、炮台和敌军。这是超人的时机计算才能达到的功绩。"

"我恳求你，战争铁匠……"

克伦德尔并没有听，而是转向他面前的两位钢铁战士。两人都露出了充满期待与战斗热情的残酷笑容。"阿科拉克斯兄弟？"

"让我们去夺取胜利吧。"那位钢铁战士回应道。

"沃斯克？"

"你给这个策略取名了吗，战争铁匠？"沃斯克问道。

"有的，兄弟。"克伦德尔说道，"我称其为铁火。"

七辆斯巴达突击坦克全都涂着钢铁战士的银色，它们穿越沙漠平地。盾徽号正处于前方，多德卡西恩的旗帜高高飘扬，上面坐着攻城连长克鲁格兰、伊德里斯·克伦德尔，以及十位身着强化盔甲的钢铁战士，每一个人都携带着爆矢枪和跳帮盾。小队沉默地站着，坦克正高速穿插，颠簸摇晃。驱动系统发出怒吼，履带碾过沙地，盾徽号率领着坦克群前进。

克鲁格兰戴着头盔，但克伦德尔知道那位炮兵军官的脸正因懊恼而扭曲。克鲁格兰并非懦夫——战争铁匠明白这一点。他只是不希望死在自己人的炮火下。

克伦德尔站起身走向前方，留下了克鲁格兰和他沉默的战士。突击坦克的驾驶员戈利克兄弟扣着安全带坐在升起的座位上，操作着载具的油门、控制杆和踏板。他那带钉头盔的光学器具几乎顶到了狭窄观察窗的强化玻璃上。戈利克驾驶着斯巴达加速驶过沙漠。

"你也是，兄弟。"克伦德尔在戈利克正准备招呼他时说道。战争铁匠倾身盯着副窗。盾徽号正驶过厚厚的沙地，如同一艘在海洋中航行的船，劈开多彩的沙漠，坦克的履带卷起五彩斑斓的烟雾。在他们前方，是大月宫的高大城墙，直插尤福罗斯深邃的天空。克伦德尔感觉到炮台、占卜仪和上千双卫兵的眼睛瞄准了他。

他们全都在看着，但没有人知道该如何看待这突如其来的进军。

"他们为何不开火？"戈利克问道，他的声音因格栅调节而嘶嘶作响，伴随着坦克那有节奏的咔嗒声和跳动。

"这个世界由帝皇之子所征服。"克伦德尔说道，"如果你要把弗格瑞姆的反常分子在这里的所作所为叫作'征服'的话。他们作为新时代的先驱者抵达，但留在这里成了暴君。这颗星球的人民并不了解外面的冲突。他们不会朝军团战士开火的，至少目前还不会。"

"要是第三军团的战士在那些城墙上呢？"戈利克继续问道。

"我想，勒兰修斯和他的战士在忙别的事。"战争铁匠说道，"即便他们在城墙上，又怎样呢？他们知道我们的舰船在这个区域内。我们可能携带着来自佩图拉波或弗格瑞姆在海德拉科达图斯的消息，甚至是战帅本人的消息。我们是兄弟，因为背叛而联合在了一起。别担心，第一滴血会属于我们。"

克伦德尔打开了连接纵队中其他坦克的频道。"装甲部队，报告。"他说。

"勇斗号，就绪。"

"钢铁暴君号,就绪。"

"铁质号,待命。"

"因卡拉迪昂之怒号,就在你身后,盾徽号。"

"不破连祷号,等候你的命令。"

"打击号准备就绪,战争铁匠。"

"除灭号,毁灭号——报告。"克伦德尔发出通信道。

"攻城炮除灭号,准备开火。"阿卡西·阿科拉克斯报告道。

"毁灭号正在追踪你的进度,等候首个目标。"莫丹·沃斯克的声音片刻后传来。

克伦德尔转过头,面容凝重地朝着攻城连长克鲁格兰点点头。

"准备好你们的武器。"克鲁格兰说道。攻城小队的爆矢枪装填机械,同时发出了沉闷的金属声。钢铁战士们将他们的跳帮盾在车舱地板上击打了两下,表明他们做好了准备。在他周围,克伦德尔听到了盾徽号那好斗的机魂开始给突击坦克侧装的四门激光炮充能,弹药带从供弹槽中转入前部的重型爆矢枪。炮手们也都做好了准备。

"除灭号,毁灭号,"战争铁匠发出通讯,低头看向拳套中的数据板,"准许开火。启动铁火,我重复——启动铁火协议。确认。"

"铁火,启动。"

"铁火,启动,盾徽号。"

克伦德尔的目光从数据板的计时器移回肮脏的观察口。他那破碎的大脑充斥着秒数、米数和角度,破损的嘴唇紧闭着,默默地进行着倒数。

"除灭号——准备开火。坐标 IF 3-61 72-09。"

"坐标 IF 3-61 72-09,已确认。"

"确认。目标——幕墙。调整火炮。"伊德里斯·克伦德尔发出通信道。

战争铁匠等候着。他听到了几公里外那门巨大攻城炮的轰鸣声。他等候着,等候着。装甲纵队冲过多彩的沙地。克伦德尔能够隐约听到那不可避免的毁灭正从头顶飞过,他低声倒数着。

"……三……二……一。"

上一刻,那里还是一片巨大的城墙,月石打造,建筑华丽。平滑的城垛,安装着异域武器的炮台。

下一刻便是毁灭：火焰、风暴、黑暗、雷鸣。

克伦德尔看着幕墙化作一片火焰与残骸的旋涡，钢铁战士的火炮将整个建筑化作了废墟。令人目眩的沙砾风暴席卷而出，玻璃夹杂着黑暗的烟尘。火焰掠过这场精彩的打击，遮蔽感官，一阵碎石划过盾徽号的装甲车体，撞在厚厚的装甲板上。

"保持速度和方向。"克伦德尔下令，他感觉到戈利克减缓了速度。随着爆炸的轰鸣笼罩了整个突击坦克，碎石从高耸的城墙上倾泻而下，克伦德尔理解那位军团战士的担忧。"这就是铁火！"他怒吼，穿透了毁灭的疯狂，"拥抱它，与风暴融为一体，驶过风暴眼，毁灭敌人！"

盾徽号一头扎入了毁灭的旋涡，履带碾过从城墙背风处倾泻而下的碎石小山。胎面撞上石坡，戈利克驾驶着斯巴达突击坦克向前跃进，劈开一条通往大月宫的路。

"纵队，跟随我们，"克伦德尔在通信系统中提醒其他驾驶员，"保持占卜信号中的位置。"

随着盾徽号轰鸣着冲下另一侧的碎石坡，烟尘开始消散。战争铁匠能够看到占据了市政广场外部空间的定居点和居住棚屋——这是一个由色彩鲜艳的帐篷、支柱支撑的棚屋和沙漏状建筑组成的小城市。

"冲过去。"他下令。

戈利克开着突击坦克径直冲进了人群和建筑，冲入了一片混乱之中。贫民窟的男女老少高声尖叫，四散逃命。当地的牲畜发出惊慌的嚎叫，冲破了并不稳固的围栏。盾徽号的装甲车体劈开了装有彩色玻璃的小屋、支柱，以及两层棚屋的台阶，拖着彩色的市场摊棚。沙魔从笼子中被撞了出来，在一片毁灭中惊惶失措；肤色黝黑、满眼泪水的大月宫居民被坦克的履带碾过，被斯巴达的装甲车体撞断了骨头；沉重的异域野兽被坦克那带有铆钉的突击车头撞得粉碎；载有商品、装着蜘蛛臂的机械货车也被撞开，古老的斥力摩托爆炸开来，烈火蔓延到了盾徽号上。

"毁灭号，"克伦德尔朝着通信器说道，"坐标 IF 4-61 68-07。"

"坐标 IF 4-61 68-07，遵命。"沃斯克的声音从他那大攻城炮的界面室传来。

"确认，同心城墙区。准许开火……快。"

大月宫有数百公里的城墙。战争铁匠麾下的钢铁战士很少，他不可能像传统的攻城那样拿下防御工事。但如果他使用铁火协议，就不需要了。一支小股部队，在精确火炮打击的掩护下，免受大批防御部队的攻击，足以攻入这座极地宫殿之城。就像是泰拉上的帝国皇宫一样，尤福罗斯的人民及其主子躲在城墙后，而在城墙后还有更多城墙。

像外部幕墙一样，同心内墙在一阵火焰和碎石的喧嚣中消失了。尸骸和破碎的建筑在翻腾窒息的尘埃中倾泻而下，盾徽号再一次身先士卒，冲上了缺口的碎石堆。

这辆斯巴达突击坦克没能用履带碾碎的东西，被后面的七辆突击坦克碾成了渣，包括尤福罗斯人的家园、牲畜、宫殿居民的骨骸。来自除灭号的死亡降临到了第三道城墙上，克伦德尔继续报告着打击坐标。操控火炮的技术军士越多，他对自己的战略和攻城炮的信心就越大。

对于攻城连长克鲁格兰和他的钢铁战士而言，整个过程充斥了噪声和运动。突击坦克撞倒了建筑，震颤不已，它开上了倾泻的瓦砾堆，猛烈颠簸着。在永无止息的爆炸中，卵石和碎石倾泻而下，落在斯巴达的顶部，哐当作响。克伦德尔感觉到阿科拉克斯和沃斯克的瞄准速度越来越快。盾徽号带路穿过这地狱般的毁灭美景：这是一股由尘埃烟沙形成的迷人的多彩瘴气。

突击已经进行二十二分钟了，克伦德尔并未侦测到任何抵抗的迹象，这连他都感到惊讶。这里面有许多原因，将之纳入对比和战略部署的考量是战争铁匠的职责所在。克伦德尔不得不接受这个可能性，即那些王公贵族对于他们的人民并不太在乎——至少是对居住在贫民窟和五道同心宫殿城墙之间的城市区域中的人不太在乎。

相反，当地的卫队对于来袭的军团战士威胁反应迟钝，攻城炮仍在继续炸毁城墙、防御工事和武器炮台。随着坦克纵队轰鸣着向前，并在身后留下了一条尘土飞扬的毁灭之路，克伦德尔采取了预防措施，让毁灭号掩护他们的后方。克伦德尔并不想让重组的宫殿士兵或是仓促行动的载具绕到纵队后方。在除灭号将他们前进道路上的城墙、塔楼和拱道纷纷炸毁的同时，战争铁匠让毁灭号将其注意力转向他们身后留下的灾难。负伤又吓坏了的尤福罗斯人、遭受弹震的宫殿卫兵，以及损毁的斥力驱动载具所处的弹坑和废墟化作了火石地狱，而这些受害者才刚刚开始庆祝自己那不可思议的幸存。

第四军团的装甲纵队撞穿了华丽的花园和广场，开上了内宫宽阔的高架路和宏大的拱道。尤福罗斯卫队在那里建立起了一个关卡，以应对来袭的坦克。克伦德尔无法利用除灭号来轰击前方的道路，因为这样的炮击会摧毁他们正在行驶的立柱大道。

直到现在，斯巴达突击坦克也只遭受了从废墟中踉跄而出的宫殿卫兵零散的轻武器火力攻击。他们还遭到了沿路士兵们紧急建立起的残破炮台的射击。

透过溅着鲜血的观察口，克伦德尔能够看到宫殿士兵正涌向前方的大道，他们穿着反光的鳞甲、斗篷和宽松的丝绸。有的人骑着斥力摩托，有的人坐着篷顶运兵车。碟状的声波武器炮台正移动就位，准备攻击坦克。

"我们坚决不停下。"他通过通信器告诉戈利克和其他钢铁战士驾驶员，"我们是钢铁，我们是烈火，我们驾驭风暴。我允许各自的载具在经过时攻击敌军，所有武器开火！"

双联重型爆矢枪枪管发出怒火。盾徽号的装甲在敌军的还击下发出尖啸，指挥坦克颠簸晃荡，继续向前。斯巴达的厚重履带碾过大道，但碟状炮台射出的一道道声波击中了载具，减缓了其前进速度。坦克的激光炮炮手开火了，将一个机动炮台轰成了渣。宫殿卫兵的鳞甲主要设计用于偏转低级能量武器，对于如今射向他们的风暴毫无防护能力。

装甲纵队并未停下，冲过了关卡，撞开了被抛弃的武器和老式载具。一群群宫殿士兵在重型爆矢枪的怒火前纷纷倒下，斗篷和轻型护甲支离破碎。

毁灭号和除灭号的可怕炮火仍在持续。战争铁匠命令阿科拉克斯和沃斯克朝着从他的位置所看到的卫兵室、停机坪和主干道实施毁灭炮击。提供给技术军士们的坐标几乎从未停止，克伦德尔提高了攻城炮的射速，但高架路仍然完好无损。

突然间，他听到了通信频道中传来一声爆炸，接着是钢铁战士的临死咆哮。

"铁质号？"战争铁匠说道，"铁质号，报告。"

"铁质号被敌方炮艇干掉了。"勇斗号的车长报告道。

那辆不幸的斯巴达被声波炮击中了，翻到一旁，滚下了高架路。铁质号在拱门塔楼间坠落，撞在了一个城堡的穹顶上，随后引擎爆炸了。优雅的炮艇掠过了其他坦克，紧跟着飞驰的纵队。

"用火箭攻击敌方空中力量。"克伦德尔下令。他朝着攻城连长克鲁格兰点点头，克鲁格兰派出小队中的一个钢铁战士穿过舱门操控多管发射器。在斯巴达冲过巨大拱门的同时，钢铁战士击毁了炮艇。其飞行姿态如此优雅，仿佛天空中受伤的鸟儿。

克伦德尔透过盾徽号受损的上层本体感受到了一道震颤。

"那是什么？所有坦克报告。"战争铁匠下令。

"我们刚刚失去了不破连祷号。"操控发射器的钢铁战士报告道，他爬入运兵舱，关上了舱门，"火炮击倒了大道一边的一座塔楼。塔楼压倒了连祷号，倒在了大道上，困住了后面的打击号。"

"战争铁匠？"戈利克说道，"我们是否为他们减速？"

"我们坚决不停下。"克伦德尔吼道。

"那么，至少取消炮击。"攻城连长克鲁格兰恳求他。

"不，铁火将加强。"

"这是疯狂——"

"这是必要的！"克伦德尔怒吼道，"这是实弹模拟。真正的那场攻城战将会改变我们所熟知的银河系。没有回头路了——原体没有，荷鲁斯没有，我们也没有。"他指着观察口说，"敌人缩在内宫内，我们就快要逮住他们了。提速，增加炮击，我们将驾驭这场风暴，直捣第三军团堕落分子的巢穴。你明白吗？"

克鲁格兰透过那空洞的头盔目镜看了看克伦德尔，然后转过身坐回了他在攻城小队中的位置。克伦德尔谨慎地盯着他。

"戈利克兄弟，让打击号上的小队下车，步行跟随我们进入内宫。"

"是，战争铁匠。"

随着装甲纵队离开了高架路，克伦德尔为除灭号提供了通往大月宫内部的大拱门的坐标。

"我听到的是什么？"他通过通信系统问道，"听起来像是防御火力。"

"有限的敌军已经离开了宫殿，向我们进攻，战争铁匠。"莫丹·沃斯克报告道。

"军团战士？"

"不，战争铁匠。是宫殿士兵，还有些轻型载具。高射炮和巨型爆矢枪正在解决他们。"

随着拱道在新一轮的炮击中化为烈火，盾徽号一头扎入了这片地狱，身后跟着其余的斯巴达坦克。乘员舱的舱顶因石块的撞击而轰鸣不息，炽烈的毁灭烧焦了强化的装甲板。盾徽号的履带碾过残骸，颠簸不已，随后冲向了另一边。

大月宫内宫的建筑宏伟壮丽。克伦德尔的攻城炮摧毁了一切，富丽堂皇的金字塔和雕塑直插云霄，已被滔天的石雨火海所包围。

四管激光炮射穿了小型建筑的支柱，圣殿、庇护所和竞技场纷纷倒在了寻求掩体的宫殿士兵身上。重型爆矢枪扫过尤福罗斯人，他们那碎布娃娃般的躯体被这波突击炸得血肉横飞。

装甲纵队沿着阳台一路杀过排布着雕像的广场，冲向大月宫之巅的那个巨大的穹顶建筑。他的坦克开上了带有雕刻的台阶，冲进了华丽的拱顶大厅。克伦德尔让斯巴达坦克一路撞过去。

"毁灭号，"克伦德尔最后发出通讯，"坐标 IF 2-54 69-00。"

"坐标 IF 2-54 69-00，已确认。"沃斯克回答道。

"确认。目标——宫殿穹顶。调整火炮。"克伦德尔说道，"盾徽号完毕。"

天空闪着白光。

爆炸的光芒褪去，一阵碎石火球直冲云霄。穹顶消失了，剩下的只有冒着烟的华丽建筑基底。空气中充斥着翻腾的烟云与碎石。

盾徽号的履带开到了毁坏宫殿的边缘，随后跃入了坑坑洼洼的废墟。穹顶那巨大的支柱如今只剩下短粗焦黑的残垣，矗立在废墟上。尤福罗斯的至上荣耀曾经如此辉煌，为了永垂不朽而建造。然而，它却无法承受来自钢铁战士强大攻城炮的直接打击。

突击坦克驶过宫殿地基，炽烈的碎石仍在倾泻而下。盾徽号减缓了速度，在碎石上缓慢爬行，戈利克绕过那些如同断裂的参天巨树般的支柱。

"全员停下。"伊德里斯·克伦德尔朝着乘员舱宣布，并打开了通信频道。

战争铁匠按下了破损的乘员舱控制器，强化门降了下来，形成了一个跳板——车内的战士们望着攻城炮所打造的彻底毁灭之景。

克伦德尔露出了微笑，那样子十分丑陋。

"兄弟们，我们赢了，铁火奏效了，你们证明了这一点。我们驾驭了风暴，与毁灭融为一体，我们不再是遥远的观察者。现在我们必须完成任务，摧毁这些废墟中残存的敌方指挥组织。"

"有什么人能幸存于……这？"攻城连长克鲁格兰低语着。

"凤凰大君的子嗣意志薄弱，肉体颓靡，但他们并不愚蠢。他们派他们的玩物在战斗中迎接我们，并死在铁火之中。帝皇之子在这里等候着我们，我知道。就像是多恩之犬会在泰拉等候我们一样，他们技巧娴熟，也相当致命。为了达成我们呈给原体、以及战帅的这场模拟的目的和数据的完整性，我们必须将这条路走到底。但我们会胜利的，兄弟们。这里仍有军团战士声称自己是帝皇的子嗣，无论其行为还是名号。找到他们，杀了他们。"

"你们听到战争铁匠的话了。"攻城连长克鲁格兰说道，迈下跳板，"整座宫殿正在坍塌，我们必须迅速果断。全体钢铁战士下车，巩固队形——半个小队为一组散开搜索，备好盾牌和爆矢枪。"

钢铁战士从伤痕累累的载具中鱼贯而出，带有铆钉的盔甲紧贴在盾牌后面。爆矢枪的短枪管靠在射击孔中，军团战士齐步前进。

伊德里斯·克伦德尔站在盾徽号的跳板上，手里紧抓着他的数据板。他眯起双眼，透过脸上的线笼盯着炸毁的宫殿地基。钢铁战士们此时走下通往下方建筑的损毁大台阶和冒着烟的碎石坡。与他们不同，克伦德尔是个残废战士，刺穿他躯体的铁杆和覆盖着战甲的螺钉将他的骨骼缝在了一起。再次毁掉他是很容易的。

他从腰带的枪套中抽出一把巨大的爆矢手枪，破旧的锁子斗篷在微风中叮当作响。克伦德尔跟随着军团战士们，小心翼翼地走下通往地基下层的破损阶梯，即便这里的落差对他而言也可能是致命的。

他挑选出四位钢铁战士和他之前见过的一位士官——一位叫托雷斯的军官。盔甲的灯光刺透了阴影和烟尘。钢铁战士熟练地从一个角落移到另一个角落，相互掩护，用跳帮盾保护自己免受可能的攻击。他们的举动显得十分好斗，渴望结束搜索，进入战斗——他们正是为了战斗而打造、训练的。

在主宫殿深处，已经不再有艺术设计和工艺的影子。这里的角落有棱有角，令人愉悦，墙壁也没有装饰。盔甲灯光在厚厚的金属杆之间跳动，克伦德尔意识到他们正身处一个地牢中。手持武器的钢铁战士紧绷着，他能够听到战甲咯咯作响。

黑暗中有动静。

几百个尤福罗斯的可怜鬼，遭到了弗格瑞姆之子的卑鄙虐待。

这些囚犯遭受了各种娱乐消遣。从他们的衣着来看，他们是出于令人厌恶的念头被挑选而出的，既有富人，也有穷人；既有年轻人，也有老人。似乎这些囚犯在取悦帝皇之子方面并不能持续太久。有着一整个星球的变态娱乐可供享受，还有一个小文明来满足他们那恐怖的欲望，总指挥官勒兰修斯和他的军团战士选择留在这个天堂世界，而非跟随他们的原体去与佩图拉波大人会面，原因显而易见。

"攻城连长，你找到了什么？"克伦德尔发出通讯。

"一个关着囚犯的地牢，战争铁匠。"克鲁格兰确认，同时让小队继续深入宫殿深处，"他们的状态看起来很糟糕。"

克伦德尔放慢了速度，他的目光透过公共牢房的栏杆。这些肮脏的监牢挤满了用废的人和受虐的人，全都像畜生一样挤在一起。这群可怜鬼满脸恐惧，但依然朝着钢铁战士走上前来，同时抚摸着他们那泪汪汪的眼睛。

有些不对劲，克伦德尔能够透过他那破碎骨头的隐痛感觉到。

"除灭号。"他说道，"毁灭号，同样的参考坐标，保护目标，调整火炮，待命。"

几秒钟过去了。囚犯们仍在缓缓向前，直到他们的前额靠在了栏杆上，泪汪汪的眼睛在打着转。克伦德尔的目光扫过栏杆。在他面前，一个衣衫不整的女人撞向了牢房门，咔嗒作响。

门开了。

"帝皇之子藏在这些囚犯身后。"克伦德尔通过公开频道发出通讯，语气冷漠，"他们在牢房里，开火。"

每一位钢铁战士都听到了命令。凭借着超人般的反应，他们开始依命行事。

然而，钢铁战士并非地牢中唯一有着超人反应的。

这些衣衫褴褛的囚犯被来自身后的枪火撕碎。爆矢枪枪管抵着他们的脊柱和后脑，帝皇之子直接射穿了尤福罗斯人。

钢铁战士发起还击，地牢化作一片更加恐怖的场景。子弹从栏杆和盾牌上弹开，帝皇之子和钢铁战士相互残杀。

这场战斗短暂又血腥，第三军团和第四军团的军团战士倒在了地牢栏杆间的近距离交火中。钢铁战士被逼退到了墙壁前，爆矢弹击中了他们的头盔和脑袋。剩下的囚犯像幕墙一样在尖叫声中倒下，爆矢弹射穿了他们的肉体，击中了藏在阴影中的紫甲变态。

在一些牢房中，钢铁战士努力维持着他们的盾墙，将受困的帝皇之子打回黑暗中。在其他地方，奇袭士兵以高超的精度射杀攻城小队，击溃了战线。片刻间，帝皇之子走出了牢房，杀入通道，迫使克伦德尔的军团战士后退。当爆矢枪弹药射光时，军刀闪烁而出，陶钢甲火星四溅。钢铁战士则用跳帮盾的盾面无情地回击敌人。

新的子弹从克伦德尔后方的通道射出，战争铁匠将他的数据板紧抓在胸前，退到一个角落。爆矢弹从裸露的石头上弹开，他趁机射出几发子弹还击，随后他的手枪也射光了弹药。

"战争铁匠，"维克特鲁斯·克鲁格兰在通信系统中说道，"我们应该撤回斯巴达坦克。"

"撤退？"克伦德尔回答道，他能够听到连长强有力的声音，他在与敌方军团战士面对面战斗，但仍然不动声色，"你觉得站在帝国皇宫废墟中的佩图拉波会撤退？你觉得荷鲁斯在即将艰难取胜的时刻会撤退？我们坚守，我们战斗，我们取胜！"

在枪口火光的残影中，一个非凡的战士挥刀斩下了一个正试着装填武器的钢铁战士的头颅。他穿着第三军团军官的华丽战甲和斗篷——一位总指挥官。他没戴头盔，透过又长又直的白发看向克伦德尔，目光如炬。即便鲜血溅身，凶残无比，勒兰修斯仍是那副行星王子般鲜明年轻的面孔。他的双眼因某种肮脏的本地毒品而显得泪汪汪的。

勒兰修斯因麾下如此多的军团战士阵亡而发出厉声嚎叫，面容显得扭曲，随后又像是产生幻觉的疯子一样陷入梦游。他弹出手枪的空弹夹，随后也扔下了武器。他的另一只拳套拿着一把长剑，在黑暗中闪闪发光，滴下钢铁战士的鲜血。

"你疯了吗，叛徒？"总指挥官说道，话语中含着贵族般的恶毒，"这场战争中我们还要争夺更重要的东西。"

"然而我却在这里发现了你，变态，"克伦德尔啐道，"看看你的囚犯。钢铁战士不会为你驻守这条银河，佩图拉波已经松开了他子嗣的缰绳。"

"我们的原体是盟友。"勒兰修斯怒火中烧，随后他的愤怒再次减弱，化作欢乐的幻觉，"我们的军团同是为战帅荷鲁斯效劳的兄弟。你觉得你是谁，能让我们洒下流淌在每位帝皇之子战士血脉中弗格瑞姆的珍贵血液？"

"现在流淌在你血脉中的似乎完全是别的东西，总指挥官……"

勒兰修斯举起了剃刀般锋利的军刀。"你应该看看你自己的血脉中流淌着什么，钢铁战士。"他警告克伦德尔，"因为你很快就能在我的地牢地板上看到。"

"住手。"

克伦德尔的命令声怀着强烈的信心，难以置信的是，总指挥官居然遵从了。两位军官停在那里，他们的战士在周围的黑暗中相互残杀。

"除灭号？毁灭号？"

"正在待命，战争铁匠。"

"你也许有意志也有能力杀死我，就像你手中的剑，剑客。"克伦德尔告诉勒兰修斯，"但只要我一句话，我的攻城炮就会再次朝这个位置开火。我已经准备好回到铁火之中。你呢，总指挥官？"

勒兰修斯面容扭曲，满腹狐疑。"我不相信你。"他啐道。

一把爆矢手枪从邻近的通道掩体中伸出，抵在了总指挥官的太阳穴上。勒兰修斯僵住了，目光瞥向一侧。

"相信我，"攻城连长克鲁格兰说道，"他会的。"

爆矢手枪响了，那个变态军团战士倒下了。克鲁格兰蹒跚着走到角落。他的腹部中了一颗爆矢弹，头盔也被剑刃劈开了。伊德里斯·克伦德尔点头致谢，两位军官在烟雾和死亡的恶臭中等候着，最后的同室相残在阴暗地牢中展开。最终，只有钢铁战士从黑暗中蹒跚而出，来到了攻城连长和战争铁匠的面前。

数千宫殿卫兵正涌入楼梯和大道，试图包围入侵的钢铁战士。维克特鲁斯·克鲁格兰再次来到了克伦德尔身旁，两人一同走向斯巴达坦克。

"你可以派出雷鹰来撤离你的战士，"克伦德尔说道，"还有轨道运输机，运送攻城炮。"

"实弹模拟结束了？"克鲁格兰问道。

"结束了，铁火成功了。我们的父亲，或许战帅也能从中学到一些东西。攻城连长，也许你和我还能在遥远的泰拉再来一次。"

"依原体之意。"克鲁格兰低语道,但这听起来却并非他本意。

"与此同时,我还有别的任务给你,"战争铁匠说道,低头看向克鲁格兰的伤口,"在你恢复期间。"

"嗯,战争铁匠?"

克伦德尔把数据板递给攻城连长。"把这个带给佩图拉波大人。向原体亲自评估铁火的成功。告诉他,这项策略是个礼物,为我过去的失败赎罪。"他说。

"你不去吗?"

"不了。"伊德里斯·克伦德尔说道,看向攻城连长的伤口,"你知道,我们的父亲厌恶残废。"

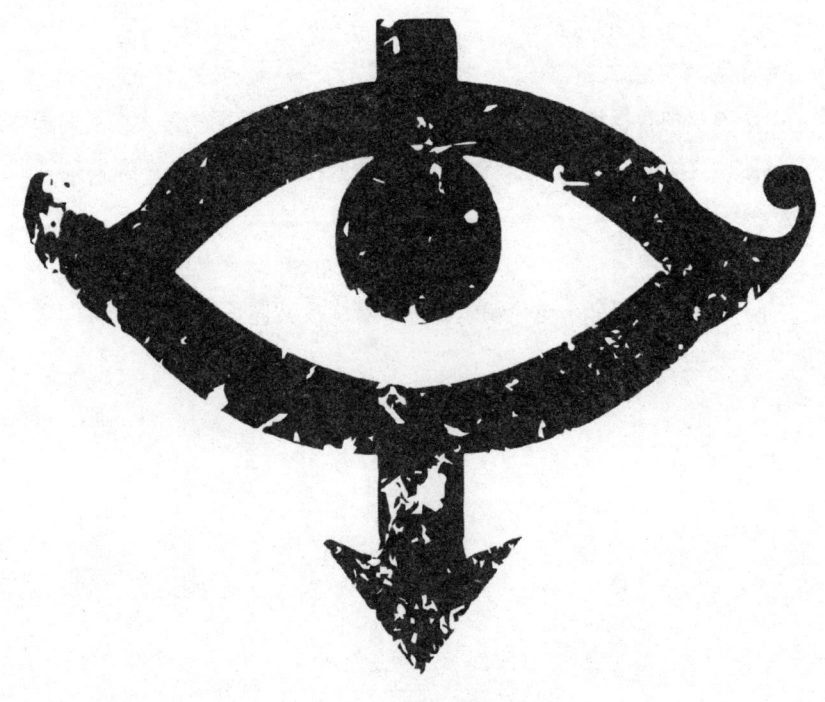

红印者

尼克·基姆

基里曼撒谎。

他欺骗自己，不愿面对真相。他说奥特拉玛不再燃烧，他说我们赢得了战争，并击退了暗影远征。他说我们必须缔造第二个帝国。

基里曼错了，这一切都是假的。

在马库拉格，他相信秩序仍存。他也错了，不愿面对又一个真相。因为在边疆，在失去光明的远方，仅有两个真相。

乱世依旧。

奥特拉玛的战争也并未结束。

一阵爆炸照亮了黑暗，映射出希尔手下焦黑的盔甲轮廓。每个人的蓝甲上都带着斑驳的灰色。酸液已经烧穿了裸露的陶钢。燃烧弹的烟云充斥着普罗图斯监听哨周围的空气，雨已经化作了含硫的雾霭。这股臭气相当酸涩，让人有种烧灼感。

枪口火光刺穿了爆炸所产生的焦黑烟尘。弹药燃爆，附近的两个地堡炸开了花，空气隆隆作响。炮火击打着平坦的军械库塔楼。那座塔楼在朦胧的雾气中耸立在希尔头上。爆矢子弹击打着墙壁。

他们被困在这个鬼门关里了。

他们必须前进。为了活下去，他们必须前进。

由灰色的发射井、地堡和弹药库组成的密集巢穴让艾恩尼德·希尔想起了考斯。这些建筑挨得十分紧密，形成了一片迷宫般的死亡区。咽喉要道和阻塞点……残酷无情。

但这不正是他们想要的吗？离开考斯，做一些有意义的事情？希尔举起了动力剑，剑刃像灯塔一样闪着光。

"前进！"他喊道，"跟随我！散开。继续战斗，该死——"

一发狙击手的子弹打在了他的肩甲上，但他没有退缩。随后那把剑再次挥下，他带领了冲锋。

他麾下的军团战士开始行动，弹药从钢板箱后射出，爆矢枪在黑暗中咆哮。

一个目标符号闪现在他的视网膜显示系统上，就在塔楼上。那里布满了铁丝网和强化的防烧蚀外装甲，挡住了希尔手下的齐射。"因维格里奥，我需要那些重武器——快！"

"明白。"因维格里奥回答道。

希尔切换了通信传输。"撒迪厄斯？"

因维格里奥摇了摇头。枪火在弹药场中闪烁，距离之近，连子弹掠过的热量都能感觉到。极限战士们继续前进，紧贴着墙壁，尽可能地弓着腰。

一声遥远的尖叫在战斗的噪声中回响着。战术传输系统上的两个身份标记从绿色变成了红色。哈尔杜斯和科诺斯，算上其他人，总共有六个。希尔短暂地瞥到上方有瞄准镜的反光，随后再次消失了。

"快取得回应！那个窝点里面有个侦察兵。让撒迪厄斯干掉他们，否则就都结束了。"

实弹和质量反应子弹从附近的地堡墙上弹开，因维格里奥再次尝试。"撒迪厄斯，你还在吗？"他问。

传输系统中一片死寂，随后传来一阵噼啪声，断断续续的回答声传了过来。

"抱歉……压制住了……这里是佩特罗尼乌斯。撒迪厄斯死了……前往……支援……"

希尔紧咬牙关，感觉套索更紧了。"要多久？"

"……三分钟……"

"我们能坚持那么久吗？"因维格里奥问道，"我们要不后撤，找另一个入口？"

希尔摇摇头说："如果我们后撤，那个狙击手小队就会把我们切碎。我们唯一的机会是前进。"

前方，烟雾散开，露出了几个穿着动力盔甲的形体，正一齐前进，爆矢枪抵在肩上，保持着射击姿态。

子弹声传来，迫使希尔趴下。"还击！"

空气因激烈的武器交火而烧灼，连沙尘也在燃烧。

"击溃他们，离开杀戮区！出去，出去！"他催促着他的战士，"扔手榴弹，然后随我强攻！"

他们从迅速瓦解的路障后三连点射。菲尼乌斯等候着，在混乱的间隙扔出了一枚手榴弹。

手榴弹在敌军队列中爆炸了。埃隆修斯在起身时被击中了，随后他的喉咙被一颗爆矢流弹撕开，血流如注。他的颈甲裂开来，仿佛断掉的铰链垂挂着。

他倒在了地上，仍拿着拉了引信的手榴弹。

希尔在喧嚣声中吼道："趴下——"

希尔的警告声被爆炸所淹没，离埃隆修斯最近的两个军团战士也是。随后便是一片沉寂。

白光，白色的痛感，视网膜显示器超载。

思绪化作了直觉感受，在接下来的几秒钟里，希尔的世界充斥着镁光照耀的灼人疼痛。

随后止痛剂输入，让他得以再次行动。他的音频系统失效了，但视网膜显示器仍在运作，让他看到了尸体。他们的盔甲上布满了鲜血。火药和高温潮湿的铜臭味充斥着他的鼻子。

随后声音传来了，但很遥远，仿佛没入了水中，空洞地回荡在他的脑袋里。

因维格里奥正在喊叫。他离爆炸够远，免于最糟糕的冲击。他的话起初很遥远。"起来，士官兄弟！他们来了！"他说。

从烟雾和黑暗中现身的战士正在奔跑，希尔数出了二十个数字。他受了伤，快要失去意识，视线也很模糊，但他看得很清楚。钴蓝色和金色，肩甲上是新涂上的极限标志。

极限战士。对于此等疯狂，他想要放声大笑，但接下来的爆炸炸飞了希尔，飞跃、燃烧。就在他临死前，他想起了利凯恩连长在奥兰跟他说的话。

奥特拉玛没有战争。

"请求拒绝。"利凯恩断然说道，随后回头看向他桌上正在审阅的一堆数据板。办公室里很黑，但阴影并不能掩盖连长紧绷的下巴线条。

片刻后，他再次开口道："你还有什么想要说的吗，士官兄弟？你刚从考斯返回不久。在光明和秩序中行动对你来说有些困难吗？"

希尔直直盯着前方。他的手臂背在身后，出于尊敬，他露出了头。"我想了解一些事情，长官。"他说。

不像是奥兰上的许多军官，利凯恩是个战争老兵。他的战斗伤疤便是他经历的证明，还有组成他部分下巴的义体。他的怒气源于本身。

"嗯？"

"我们的目标，长官。"

利凯恩并未抬头。他也没有在关注他的货物清单、基地报告和任务日志。"在奥兰，我们是一支驻军。我们的目标是守卫，并做好战备。你到的时候没告诉你吗？"

"为了什么做好战备，长官？"

"为了原体认为必要的一切。这就是成为第十三军团一员、成为极限战士的意义。职责，荣誉，尊敬。你要在这里待到有船来载你，以及你那破损的战甲去马库拉格。在那以前，你听我差遣。"

"我明白，长官。"希尔回答道，"但任何威胁，无论有多遥远，都应该得到调查。"

利凯恩放下触笔，浓厚黑眉下的眼睛严厉地盯着希尔。他的双眼有着铁一般的颜色，坚定不移。

"奥特拉玛没有战争。"他吼道，"除了我们解放考斯的战斗。你在那个地下世界待了太久了。你深陷其中，身上留下了印记。我早该知道。"

希尔最终迎上了连长的目光。"我不适合守卫任务，长官。"他说。

"你是要训导我如何部署这个基地中的战士，希尔？"

"不，长官。"

"你要按照我的命令去做，除非我下达别的命令，或者那艘该死的船把你带走。"利凯恩叹了口气道，"你的服役记录让你有了些自由空间，希尔，还有来自沃尔修斯连长的推荐。但你不要觉得我会容忍抗命，奥兰由我管控。依照原体的命令，我们是驻军。我不会批准一项有违指令的任务，你不会是特例，这不行。这是第二帝国，士官。你得慢慢习惯。"

希尔简单点点头，敬了个礼，转身离开。利凯恩回头看向他的报告，但希尔的声音却令他踌躇。

"夜庙是什么？"

尽管很微弱，但希尔听到了利凯恩的一丝叹息。当连长抬起头时，他满脸怒容。"关于那个词你知道什么？"他问。

"只是通信交流。"希尔朝着报告示意，"那些数据板信息中有多少是与过去几个月中我们辖区内失去联系的监听哨或警戒站有关的，连长？是他们其中一人向我们发送了'夜庙'吗？"

"你真的觉得我会容忍这行为吗，士官？我知道你和其他老兵很难融入新兵，但我不会——"

"我很乐意让自己再次接受责罚，如果你能给予我这一次让步的话，长官。"

利凯恩咬紧牙关，但保持着冷静："我怀疑你对责罚已经不在乎了，士官。"

希尔扬起了一只眼眉说："所以……是监听哨？"

"你想要目标？职责，希尔？"利凯恩说，他满脸怒容，那层薄弱的镇定已经崩塌，"你对这两者毫无概念。我看着你，希尔，知道我看到了什么吗？军团中的错误。伟大远征的需求很大，需要人力，需要许多。然而，我们的标准，无论有多么严格，都下滑了。我想让次等的候选者通过教化是不可避免的。"

"你是说我不应该在这儿，长官？"

"是的。"

"那么我们对于一件事达成了一致。"

利凯恩摇了摇头。他在微笑，但是口中却说出有些厌恶情绪的话。"不只如此，希尔。不仅如此。你让我们，让军团蒙羞。你不是个极限战士——你是个错误。"

希尔点点头，但仍不动声色："那么监听哨，长官？"

连长攥紧了拳，但他的声音并不愤怒，而是显得无奈。

"你很幸运，我不会亲自惩罚你。我倒是想那样，但这样我也会带上那个印记。但我现在警告你，你只是得到批准去执行一项侦察任务。只能带志愿者，不要带走执勤的人。"

"那可寥寥无几，长官。"希尔低语道。

"没错。你应该会很自在的。现在，出去。"

烟雾刺痛了他的双眼。他的喉咙感到烧痛，头盔也丢了。几秒钟后希尔才意识到自己没有死。他的爆矢手枪着了火，在他抓住握把时，拳套的陶钢被烧焦了。

塔楼倒下了，化作废墟。躯体被困在了废墟中——那是敌人的尸体，但有一些仍在动。他们头晕目眩，踉踉跄跄走过积聚的尘埃黑雾。希尔趴在地上，将他们射杀。

因维格里奥在他身旁，维纳托和布拉奇乌斯也在。希尔听到维纳托在朝着通信器喊坐标，便意识到发生了什么。

第二轮导弹齐射击中了塔楼的废墟。爆炸震撼着大地，光芒四射，随后黑烟笼罩了光芒。几声爆矢枪点射声回荡着，枪口闪光如同火星，随后一切结束了。

因维格里奥向希尔伸出一只手，布拉奇乌斯保持着戒备："你能走吗，士官？"

"召回……所有人……"

希尔的声音低沉沙哑，听起来连自己都觉得陌生。维纳托转身扫视废墟。

"佩特罗尼乌斯说我们安全了，他正在路上。"

希尔放声大笑，伤口很痛，但他还活着。

因维格里奥拉起他的士官，说："至少那些混蛋都死了。"

希尔面露怪相，取回了他的剑刃，然后回头看向因维格里奥。"我们得确定。你有刀吗？"他问。

"当然，士官。"他歪歪头说，"你想要刺死他们？"

希尔一瘸一拐地走向塔楼废墟。"不，我想要看看他们那该死的头盔下是谁。"他说。

在他走进他指示新兵集合的营房时，希尔意识到利凯恩想要他失败。奥兰上驻扎有两千多军团战士，连长只给他提供了二十二个人手。

对于极限战士而言，他们看起来并没有那么卓越。希尔认识因维格里奥和布拉奇乌斯，都是考斯的老兵。其他的都是陌生人，并且都带有责罚的标记。在希尔看来，狭隘已经成为军团突出的弱点——一切违规、任何偏差，无论多么小，都会被打上红印。这并非恢复名誉乃至惩罚的工具，这是扼杀第十三军团的绞索。

因维格里奥在门口与他碰面。"我想利凯恩是搜刮了下禁闭室……"他低语道。

"我看到的是战士。"希尔低声回答道，"他遵守了诺言，至少某种程度上是。"

"八个小时，这就是我们能用的时间？"

布拉奇乌斯靠近他们，点头致意道："你听起来很担忧，兄弟。身处逆境并不耻辱。"

因维格里奥皱起眉道:"我没有。"

希尔并没有理会他们。相反,他的目光扫过营房。"并非完全如我心中所想,但他们会效力的。"他说。

他提高了嗓门。

"你们知道我是谁,你们也知道连长兄弟利凯恩是怎么看待你们的。我需要拥有目标和技能的战士。"

"为了什么,士官兄弟?"一位黑胡子拉碴的军团战士问道。他站立着,双臂交叉。他身上有炮弹的烧痕,希尔怀疑药剂师在挖出弹片时剃掉了那位战士的头发。他点了点头,但并未敬礼。

"德伦尼乌斯。"

希尔注意到德伦尼乌斯也拥有士官的军衔,而他的整个小队都戴着红印。

"一个叫作特里图斯的遥远监听站失去了联络。"他回答道,"我想要知道原因。我无法穿着锃亮的盔甲守在奥兰的城墙上,等候着战争的召唤。我相信你们也一样,否则你们现在就不会站在我面前了,你们的头盔都被涂红了。"

屋后一个身形庞大的军团战士提高了嗓门。

"站在城墙上和坐在牢房里无异。"他说,他戴着红印,对此要么很自豪,要么不屑一顾,"所以这是什么情况?"

"目标。"希尔走过房间,站在了那人的面前,两人并非那么投机。一个拳击手的脸庞低头看着士官,但眼中闪着智慧的光芒,那人脸上画着的红十字像个字母"X"。"你的名字是什么,极限战士?"

"佩特罗尼乌斯。"

因维格里奥压不住怒火了。"士官军衔比你高,军团战士!"他说。

"我看到标记了,"佩特罗尼乌斯低吼道,"你看到我的了吗?"

"抗命的杂种!我——"

希尔抬起一只手,阻止了进一步的训斥:"你想要离开奥兰?我可以办到。今天有人告诉我,我不该成为极限战士。我想你之前也得到过类似的评价,兄弟。不过,别搞错,我们都是兄弟。"

他再次看向房间四周。

"我们全都是。这是我们摆脱耻辱的机会——无论我们是否拒绝,无论我们是否在乎。我相信我们正遭到攻击,只是还没人意识到。我希望我是错的,但我不这么认为,攻击始于特里图斯。"

"那如果我们在那里发现了什么呢?"德伦尼乌斯士官问道。

希尔转向他,看到他眼中赎罪的渴望。

"我们将其消灭,兄弟。但在那之前,我们得确保知道敌人藏在哪里。"

那个死去的军团战士脸上的楔形文字是寇其斯文。布拉奇乌斯流露出厌恶的面容。

"用他自己的刀刻的。"

因维格里奥观察着。"他们在考斯就是这么干的……"他说。

希尔的面容满含冷酷的愤怒。他用靴子踢了踢死去怀言者的盔甲。

"他们都计划好了,等着我们来。"

"极限战士不会朝自己人开火,"布拉奇乌斯说道,"还有假冒的盔甲涂装。"

他们受的伤都很新。这场背叛,真是损失惨重。

"在阴影中,面具下战斗。"因维格里奥啐道,扔下那个怀言者的头盔,"我们犹豫了,结果九个战士因此丧命。"

布拉奇乌斯转身面对他,说道:"那要是有怀疑呢?如果这里还有其他极限战士呢?我们要先开火再提问吗?"

"不,"希尔低语道,"我们见机行事。"

"那么,弄个呼叫信号?我们能够用来——"

希尔摇了摇头。

"太不明确了。而且如果我们已经交战,就不可行了。必须是即刻有效的,目视识别。"

他的目光落到了他在奥兰驻军所获得的头盔上——它躺在地上,裂开了,责罚的红印涂在陶钢上。他露出了微笑,却也面带苦涩。

"必须是象征性的。我们必须做好准备。"

一架炮艇停在部署舱中,周围是一群奴仆和机仆。希尔在一个龙门架上一边注视着准备工作,也陷入了自己的思绪中,此时他注意到因维格里奥走了过来。

"韦瑞迪亚之魂号。"

"长官?"

希尔朝下面的那架雷鹰示意道:"以考斯的孤星命名的。它的燃烧是多么……"

"我们会在几小时内升空。"因维格里奥说道,他显然觉得那段记忆令人不安。

希尔点点头说:"嗯,那么我们走着瞧。"

"瞧什么,士官兄弟?"

"瞧瞧何者更重要——是红印,还是蓝甲。"

两人沉默了片刻,只剩下下方作业的嗡嗡声。导弹和弹药箱已经准备好了。

"是利凯恩,对吧?"因维格里奥说道。

"还有谁会说我不是个极限战士呢?当然是他。"

"他错了。"

"我知道,"希尔朝着集结甲板上正在进行武器操练的军团战士们示意,"但他们中有些人不是。"

布拉奇乌斯在组织他们,就像希尔认识的任何教官一样严厉——也许除了马瑞乌斯·盖奇。佩特罗尼乌斯极具攻击性地挥舞着链锯剑,他更偏好双手紧握的力量,而非技巧。

德伦尼乌斯则因别的原因而显得突出。他的剑术极具水准,希尔看不出他的动作和力量有一丝缺点。布拉奇乌斯朝着其他军团战士哄骗吼叫,但唯独对德伦尼乌斯点了点头,赞赏他的技艺。

"谁能说他不是个战士呢?不是个极限战士?"因维格里奥观察着说,"德伦尼乌斯士官为了遗忘而战。"

"我们都为了某些事物而战,兄弟。"

"那假如……假如那里什么也没有,我们的边疆内没有什么大威胁呢?那么我们的目标还有什么?"

希尔靠近因维格里奥,放低了声音。

"你听说过夜庙吗?"

因维格里奥摇了摇头说:"那是什么?"

"我不知道,兄弟,但这个词源自其中一个基地。我觉得他们并非自行失联的。我觉得他们是被灭了。"

在部署舱内，机仆纷纷退后，发出就绪的信号。希尔朝着布拉奇乌斯点点头，表明他们的练习结束了。

现在要来真的了。他们前往特里图斯。

"希望利凯恩是对的，那些失联的基地单纯只是失联而已。"因维格里奥说道，叹了口气。

"我们会搞清楚的，兄弟。"

炮艇猛然倾斜。缕缕烟雾正从左舷推进器流出，飞溅的弹片在机身上开了个口子。希尔能感觉到空气正从雷鹰结构完整性遭到破坏的地方涌出。

"刚离开战争就来这么激烈的！"因维格里奥笑道。

"我们仍在战争中，兄弟！"希尔喊道。他们刚刚离开奥兰，就已经遭到了攻击，那是特里图斯的自动防御系统，被设置了防空模式——出师不利，"我们离不开战争了，兄弟。我听说，现在只有战争。"

炮艇中的空气正从破裂的机体流出，湍流冲击着军团战士们，尖啸不止。希尔的靴子利用磁力锁定住，他双脚分立在甲板上。

货舱对面的佩特罗尼乌斯插话道："就我而言，很高兴。"

他坐着，手里紧紧地握着链锯剑，永远一副好斗的模样。

精准的射手维纳托坐在他身旁。和因维格里奥一样，他来自康诺，他那高贵的出身就是他骄傲的象征。"我们很了解你，我好斗的兄弟。对于你而言，耐心可不是美德，对吧？"

"没错，但愤怒是美德。"

佩特罗尼乌斯正准备起身，但希尔的目光阻止了他。也许利凯恩的那番关于征兵的需求胜过了高标准要求的话是有些道理的，这些人大部分遭到责罚的原因就是这个。

他们因抗命、挑衅、不服从而蒙受耻辱。

"安静点。待我们到达地面，我要你们把注意力放在任务上，而不是彼此身上。那个炮塔也许并非特里图斯上唯一的敌对目标。"

"全员准备。"飞行员的声音通过通信系统传来，噼啪作响，打断了谈话，"硬着陆，五、四、三……"

引擎的尖啸声达到了顶峰，随后金属猛烈摇晃。着陆杆已经从船腹的外罩中脱落。希尔听到他们撞在了地上，机身一阵震颤，人和金属摇晃着。

出口的警告灯从红色闪为了绿色。气压释放的声音传了出来，随着跳板降下，自然光照进了乘员舱。

"武器准备。"希尔下令，"听我命令出发。"

他有二十二个人——三支小队，包括装备着重型武器的支援小队，有导弹发射器，还有人携带着喷火枪，同组人肩并肩而立。

这便是阿斯塔特军团的作风。

张开的后舱门外展示着一张伤痕累累的建筑网络。无论那里有什么，希尔希望二十二个人能够用。

走廊中遍布临时路障的残骸。军团战士盔甲灯发出的暗光照亮了墙上的弹孔和弹坑。一根灯带悬挂在外罩上，在头顶闪烁着。

德伦尼乌斯士官切开一根铁丝网。

"这里一定就是他们最后一战的地方。"

希尔点点头。特里图斯这个遭到毁坏的设施出奇地安静，讲太多话似乎是对死者的不敬。脚下有什么东西碎了，他低下头，看到散落在地板上的厚厚一堆黄铜弹壳。

他和德伦尼乌斯的小队正在两条通往监听哨中心的运输走廊中前进。整个基地都爆发了激烈的战斗，但这里是最惨烈的。密集的炮弹、手榴弹和燃烧弹摧毁了运输通道之间的大部分内部隔墙。希尔和德伦尼乌斯的手下透过参差不齐的缺口能看到彼此，并相互交流。

希尔队伍中的另一个士官是撒迪厄斯，他正位于后方炮艇处。他的导弹发射器是唯一的后援。

可是他们不需要了。这里的战斗已经结束了，特里图斯的人都没了。严重损毁的尸体乱七八糟地躺在这里，被用过的弹壳所淹没。他们是基地人员，包括人类安保军官。

"链锯剑造成的伤口。"德伦尼乌斯注意到。

"他们面对的是军团战士。"希尔说，他看到了刻在一个死人脸上的粗糙符文，满脸怒容，"怀言者。"

因维格里奥站在队列中的第二排，他悲伤地摇了摇头："所以你是对的，士官。洛加的暗影远征并未结束。"

"我不是这么说的，兄弟。这根本不是暗影远征。"

通往主中心的大门就在前方，支架上的大门脱落了一半。德伦尼乌斯指着他那一侧的门说："我们也许会在那里面找到一些答案。"

"我们一定会找到一件东西。"希尔说道。

"什么，士官？"

"死者。"

希尔是对的。随着极限战士突入主中心，他们进入了一间屠宰房。那里有更多特里图斯的死者，这里是他们最后一战的地方。

这里不只有临时拼凑的路障，防御者们还利用监听站的重型金属作为掩体。整个中心是一个巨大的八边形房间，遍布硕大的通信设备。办公桌和地图桌被翻倒在地，一堆堆数据盒像沙包一样堆在一起。

这一切都无法阻止那场攻势，大部分设备都被摧毁了。

地板上是破碎的塑料。电缆和被切断的电线悬在天花板上的线圈中，但倾泻而下的火星表明发电机或是备用电源仍在运作。全息仪阵列、大型数据记录器，以及一排排通信应答器支离破碎，就像是特里图斯的那些工程师、通信官和武装兵。

这里没有其他尸体。他们的杀手要么带走了自己的死者，要么在突击中没有遭受伤亡。因维格里奥低声咒骂道："你见过这样的屠杀吗？"

"参与过更糟糕的。"德伦尼乌斯回答道，盯着那些尸体，"我以我剩下的名誉打赌，是第十二军团。"

因维格里奥转向他，期待进一步解释。那位士官摘下了他的头盔。

"我们奉命行事，在远征末期与第十二军团联合作战。他们打得很猛，攻破了敌军的防线，过关斩将，我们则跟随其后。发号施令的是一个名叫哈拉康·斯库恩的执政官。"

德伦尼乌斯露出微笑，但其中并无幽默。

"哈拉康·斯库恩。有着这样的名字，我们怎会不知道他们是怎样的人？我是说，他们的本性是怎样的？"

"发生了什么？"因维格里奥问道。

德伦尼乌斯那战痕累累的脸庞因回忆而显得阴沉。

"他们继续前进，冲进了平民营地。你知道，在战役早期会进行分布广泛的猛烈炮击，当地人将他们的人民移到了加固的场地中，以期保护。吞世者分不清区别，他们本性如此，也许他们并不想如此。不管怎样，斯库恩放任不管——他说他们得把鲜血中的那东西烧掉之类的。"

因维格里奥点点头："你违抗了命令，介入了。这就是你和你的小队遭到责罚的原因。"

德伦尼乌斯摇了摇头。他的声音几乎化作了低语。

"不，兄弟。实际上，我们没有。我们遵守了命令，什么也没做。这就是我们得到这红印的原因。"

因维格里奥无言以对，德伦尼乌斯也不愿接受进一步的疑问或是安抚。他走开了，但希尔正看着因维格里奥。

"德伦尼乌斯士官背负着比大多数人还要沉重的负担。"他说道。

"你知道？"

"我知道。我从利凯恩连长那里拿到了这支部队中每位军团战士的数据板信息。"

"所以这就是意义所在？恢复名誉？"因维格里奥问道。

"不，兄弟。是为了做一些真正重要的事情。德伦尼乌斯每次拿起他的爆矢枪的时候，我都能在他的眼中看到耻辱，他应该用它来保卫那些平民。他的红印饱含悲伤，他需要另一个目标。佩特罗尼乌斯、维纳托和菲尼乌斯也一样，还有你和布拉奇乌斯，还有我。你坦诚地告诉我，你觉得你能在考斯上有所作为吗？我们能吗？"

因维格里奥僵住了，说："考斯是个明珠——"

"考斯是个遍布辐射的地狱，尽是地下洞穴和凛冽的黑暗。那里只适合鬼魂。"

"我从没想到你是个追求荣耀的猎手，艾恩尼德。"因维格里奥低语道。他摇了摇头，很失望。

"我不是，维图斯，但我想要在宣传之外有所作为。我对政治没兴趣，我是个士兵。"

维纳托在因维格里奥回答前插嘴道："抱歉，士官兄弟，但你们俩应该想要看看这个。"

他把他俩带到了一个溅着鲜血的控制台前。

"这个仍能运转。"

他指着破裂的数据屏幕——上面带着静电画面,但仍有个图像在闪烁。希尔走到屏幕前。

"数据文字,某种清单?"

"来自其他连接着特里图斯的监听站所收集的音频日志、报告和交流信息。"

希尔瞥向他,说:"你觉得他们漏掉了这个?"

"那些神出鬼没的叛徒?我想是的。"

希尔调出了一个三星星系地图,屏幕上显示出了另外两个监听站。奥兰清晰地标记在银河东南部,由位于阔鲁斯、普罗图斯和特里图斯的偏远基地保卫着。三个基地组成了一个半镰弧,为第二帝国核心方向的一小片区域服务。

它们是遥远的护卫、预警站、哨兵。有的人仍然称其为"古老的奥特拉玛守夜人",因为它们在军团到来前便已屹立了数十年。

"他们接下来的目标。"因维格里奥阴沉地说道。

希尔的目光并未离开屏幕,他说:"通知撒迪厄斯。我们行动,快!"

他们在看到成堆的尸体前,就已经闻到了柴堆的味道。

至少这次,叛徒们在他们屠戮之后烧掉了死者。因维格里奥只看到了进一步的侮辱,既是对这些可怜的灵魂,也是对他受伤的自尊。他的拳头紧紧地握住了爆矢枪,几乎要捏碎握把。

"又迟了。"

布拉奇乌斯站在因维格里奥肩旁说:"放轻松,兄弟。"

风向改变了,燃烧的肉体产生的臭烟飘向极限战士。因维格里奥摇了摇头。

"我们得终结这次杀戮,终结他们。"

"我们会的。"希尔安慰他。士官站在一个低矮的山脊上,从一个破碎的废塔上扫视着这片狼藉。阔鲁斯已不在了,剩下的只有燃烧的空壳。外墙已化作废墟,大道遍布着弹坑,烟雾弥漫着空中,遮蔽了最可怕的惨状。

但尸体还在,几百具。烧焦的骷髅遗骸,渐渐化为灰烬。

没有礼节,没有仪式,没有光荣的最后一战,只有死亡。这是……这曾经是一个小型设施,拥有人工大气。发电机仍在燃烧,但如今没有活人需要呼吸空气了。

维纳托蹲在浸满鲜血的土地上，看向焦黑的地平线。

"他们有装甲部队——重型车辆，我猜，这就像是用链锯剑撕碎羊皮纸。"

希尔爬了下来，加入其他人。"他们在收集物资，武器、爆炸物……乃至坦克。"他说。

"还有其他东西，"布拉奇乌斯说道，"一座武器库，士官兄弟。"

希尔点点头，转向维纳托："那么，兄弟？"

维纳托尝了尝一个柴堆中的灰烬。几秒钟后，在他连接的那一刻，不属于他的一刻记忆令他左眼下的神经一阵震颤。"不久之前的事情，我尝到了新鲜的痛苦。"他说。

希尔转身离开这幅惨象，摘下了他的头盔，走向停机坪废墟上空转的雷鹰。"回炮艇。"

"那如果他们在武装自己呢？"因维格里奥说道，挡住了行进的希尔，"我们要对此做好准备吗？"

布拉奇乌斯走了过来，说道："我们应该警告利凯恩连长，让他派来援军。"

"我已经发送了请求。"希尔说道，"但我们不知道他要多久之后才能收到，也不知道我们的兄弟是否会来。依王座之愿，他们也许能在我们之前赶到普罗图斯。"

德伦尼乌斯耸耸肩。"如果他们没有呢？"他问。

希尔垂下身，仍然背对着他的手下，说道："你觉得呢，佩特罗尼乌斯？如果我们遇到了撕碎这座基地的链锯剑，我们怎么做？"

佩特罗尼乌斯绷紧了下巴。他的内心燃起了之前缺失的热忱，表明他的愤怒有了用武之地。

"磨钝其刃齿。"

撒迪厄斯士官警惕地注视着那片密集的地堡和弹药仓。普罗图斯与他们在特里图斯和阔鲁斯上看到的监听站不同。这里更像是个武器仓库。

佩特罗尼乌斯将重型发射器扛上肩甲，固定在射击槽中。"这地方是个迷宫。"他嘀咕着。

撒迪厄斯并未理会这位好斗的军团战士。"去那儿，有高地。"他说。

在机库、龙门架和堆积的板条箱与弹药棚之间是一个宽阔的坡道，通往一个更宽的圆形平台。那里堆积着更多板条箱，还有系在钢板上的燃料桶和补给品。

这个十分拥挤的停机坪是使用重武器的完美制高点。

撒迪厄斯率领着小队前进，同时呼叫希尔。一如既往，他的语气很轻率，近乎不敬。

"正前往高地，等我们能掩护街道时会再次呼叫。"

他切断了通信，并未等候回答。他们两人一排走上坡道，发射器或是低垂着，或是扛在肩上。

撒迪厄斯在板条箱和桶子之间穿梭时，他注意到下方有动静。他正准备发出警告，却发现那些穿着盔甲的人是极限战士。

然而那既不是希尔的人，也不是德伦尼乌斯的。

他只分心了一刻，但停机坪顶部的空间相对狭小——待到撒迪厄斯看到第二组军团战士已经占据了他前方的高地时，他几乎已经走到了他们跟前。

撒迪厄斯再次看到了蓝色的盔甲，他松了口气，他的小队正准备掏出随身武器，撒迪厄斯则举起了他的手说："停下，利凯恩派来了援军。"

直到他走近了才意识到自己的错误，而对方的爆矢子弹已经将他撕成了碎片。

依照命令，他们将普罗图斯的指挥中心涂成了红色。这既是战争涂装，也是洗礼——标志着他们这崭新的兄弟会，以及敌人的鲜血。

希尔蹲下，凝视着用于门上的爆破炸药所留下的燃烧烟雾。"有多少？"他问。

军械库中的爆炸让他的声音仍然有点沙哑，但那已经过去了，下一个目标就在眼前：普罗图斯，第三个外围星系监听站，这个基地也失去了联系。至少现在，极限战士们知道原因所在了。

因维格里奥站在两步开外，和维纳托一起注视着身后的走廊。

"二十八个，"他喊道，"全都死了。"

倒在他们身后的大部分尸体都穿戴着极限战士的钴蓝色盔甲，只有两个穿戴的不是第十三军团。这次不只是怀言者——有些死者有着诺斯特拉莫的帮派文身，或是带着巴巴鲁斯的弯刀。

这并非新一轮暗影远征，并非如此。这些人是游击战士和叛乱分子，是新帝国的毒瘤。

如今，希尔发现了他们，他打算将其切除。

"有敌人！"佩特罗尼乌斯喊道。

爆矢枪声回荡在指挥中心两端。最后几个叛徒正躲在一个路障后面，在死前进行最后的抵抗。

若他们不是那么令人憎恶的叛徒，希尔也许会对这样的行为抱有敬意。可现在，他朝布拉奇乌斯喊道："烧死他们，军团战士！"

重整武装后，小队变得更加高效灵活。布拉奇乌斯发挥出了喷火枪的致命效果，他从突破口的一侧走入，将整个房间沐浴在超热的钸素中。

只有一个叛徒跪倒在了地上，被活活烧死在他的动力盔甲中。但那火焰并不是为了杀戮，只是为了分散注意力。

随着布拉奇乌斯退入掩体，希尔再次吼道："前进，前进！快速射击，干掉他们！"

希尔冲了进来，因维格里奥、佩特罗尼乌斯、菲尼乌斯和维纳托开火了。爆矢子弹发出尖啸，射入房间，撕碎了薄弱的路障。一个防御者试图起身，却被同时击中了脖子、胸膛和脑袋。

维纳托流畅地装填子弹。他精确地射中了第二个叛徒的眼睛。

敌人迅速发起了还击，一阵扫射，仅仅擦中了目标。只剩下两个敌人了，他们蹲下身等候莽撞的佩特罗尼乌斯。其中一人跃起，手中握着剑，但菲尼乌斯扔出了匕首，刺穿了那个战士的喉咙。

然而第二个军团战士来到了佩特罗尼乌斯跟前，嗡嗡作响的链锯斧砍向对手的爆矢枪。顷刻间便砍断了枪托。当他正准备切开佩特罗尼乌斯的躯干时，希尔用肩膀将他撞倒在地。

那个军团战士扯下他的头盔，露出了第十二军团吞世者那可悲的伤痕。"来吧，基里曼的小跟班！"他咆哮道。

希尔举起了手，没有人开火。

因维格里奥缓步向前，爆矢枪准备就绪。"你在干什么？你受伤了。"

"不，"希尔说道，"我很愤怒。"他打量着对手，将随身武器插回枪套，并拔出了剑鞘中的长剑。

佩特罗尼乌斯的面容露出了明显的担忧。"他会杀了你的，蠢货。"他说。

希尔抡了抡肩膀，放松自己持剑的手臂，他现在正盯着那个吞世者。

"我们得让他们看看，谁统治着奥特拉玛。有时候这意味着流血。"

因维格里奥并未被说服。"除了我们，还有谁会知道？"

希尔的回答声太小了，除了他自己，没有人听到。

"我会。"

他敬了个礼，对方凶狠地点了点头。

那个吞世者动作很快，气势汹汹。希尔在瞬间处于劣势，被迫进行仓促防御。一道猛击挥了过来，希尔的剑和他对手的链锯斧冒着火星。利刃的嗡嗡声盖过了希尔沉重的呼吸声。

他反复击打着那个浑身是血的屠夫，仿佛节拍器一般残酷无情。吞世者的每一道斧击都和上一次有所不同，探寻着可以利用的弱点。希尔并没有暴露任何弱点，但他并没有占上风——战局处在僵持中。

他意识到自己在被玩弄。佩特罗尼乌斯也意识到了，他正准备介入。

"退后！"希尔下令，"听命！"

佩特罗尼乌斯不情愿地遵命，其他人也是。

也许心怀愤怒，甚至不愿服从，但依然忠诚。

那个吞世者的话语很含糊，他陷入了某种血腥狂怒中。"小杂种……我要……用你……平息我的剑刃……"他目光如炬，瞳孔收缩成了小黑点，充满仇恨。希尔知道自己必须迅速了结这一切。

"你才是杂种……战犬。"

他向后退，让那个疯狂的战士冲向他，同时尽力迅速躲避格挡。这令那个吞世者受挫，也受到了刺激。希尔双手握剑，他的电磁长剑比任何链锯剑都要精良，这是拜他父亲的迁就所赐。

那个屠夫的攻击十分凶猛，但每一击都将弱点暴露无遗，并且渐渐失去了理智。这是纯粹的愤怒，渴望通过纯粹的攻击和坚持击溃敌人。希尔露出了微笑，尽管自己正在遭到猛攻。

"现在，我抓住你——"

随后希尔滑倒了。他单膝跪地，一击又一击向他攻来。他的兄弟们准备介入，但他再次朝他们吼道："停下！"

浑身是血，伤痕累累，希尔遭受了猛击。他挥出手臂，长剑也随之挥出，这令他露出了破绽。

那个吞世者举起了链锯斧，就像是献祭前的鲜血祭司，脸上的饥渴笑容就像是那武器鲜红的刃齿。电光石火间，希尔的剑刺穿了那个吞世者的胸膛。剑刃刺透了胸甲，洞穿了两颗心脏。

吞世者的喉咙中涌起了鲜血，他猛烈抽搐着，一阵骇人的鲜血喷涌而出。他发出咆哮，牙齿鲜血淋漓，很快变成了猩红色，斧子从他无力的手中落了下来。在那把武器落地前，四位极限战士同时开枪将他击杀。

希尔在佩特罗尼乌斯的帮助下站起身。"那可真是鲁莽，"这位军团战士说道，"但打得漂亮。"

"我以为你会赞同的。"希尔回答道，擦干剑刃上的鲜血。

因维格里奥在他走向那具尸体时拦住了他。"你是在向他或是你自己证明什么吗，士官？"他毫不掩饰自己的惊愕。

希尔也是。

"都是，也都不是。他死了，我活着——这是现在唯一重要的了。"他直直地盯着因维格里奥说，"可以吗？"

因维格里奥给他让开空间，任由他蹲在了那具尸体旁。那个死去的战士脸上有一个军衔文身，脑后有某种颅骨植入物。

"他是个军官，但我不知道——"

然后希尔的话停住了。那个吞世者没有死，他仍命悬一线，依靠愤怒维系着生命。他不会再构成威胁，但很坚忍。

他在喃喃细语，希尔伸长了脖子。因维格里奥缓步向前说："士官……"

希尔靠近身子，因那个将死军团战士的臭气而面露苦相。他在说一个词，一遍又一遍。那个词令希尔感到寒意彻骨。

"夜……庙……"

随后只剩下沉默。那个吞世者咬断的舌头靠在他丑陋的嘴中，但他是在微笑中死去的。维纳托眼中透露出忧虑的神色。"我此前从未见过他们微笑。"他喃喃着。

"那么你也从未见过他们热忱地杀戮。"希尔一边说，一边走向指挥中心的中央。

数据文字相当全面，在海量的细节中有一些晦涩的词句。

"这些人不是掠袭者，这是有组织的。"

菲尼乌斯、维纳托和佩特罗尼乌斯肃清了房间。因维格里奥跟着希尔来到了指挥主控台前。"又是'夜庙'……但那是什么？"他问。

希尔摇了摇头。

"我不知道。也许是一个地方，一位领袖？他们是从某个地方收到命令的。"

"我想我知道在哪儿了。"布拉奇乌斯叫道，他正站在另一具尸体旁，他等着希尔和因维格里奥过来，"看看这件盔甲。上面有制造厂的印戳，一个铸造殿。"

希尔看着那个标志说："这是来自弗瑞修斯的。"

他在数据中看到过这个名字。他想起来，那里曾经是这片区域远征行动的主要军火库，现在被标记为关闭废弃。情况似乎并非如此。

"他们在打造一条补给线，而那里是他们的行动基地。"

"什么行动？"布拉奇乌斯问道。

"夜庙。"

十四位军团战士沉默地坐在炮艇的机舱内，唯有视网膜目镜的光芒驱散了凄凉的黑暗，动力盔甲低沉的嗡嗡声勉强盖过了这场死亡空投湍流中的沉闷尖啸声。

弗瑞修斯正向他们冲来，或者说是他们正冲向弗瑞修斯。那只是个小型铸造殿，但它不仅得到了加固，还有驻军。探照灯刺破了黑暗，韦瑞迪亚之魂号直冲向地面，飞行员像是在驾驶滑翔机，涡轮开得很小，引擎也已冷却。

一道白光透过观察口照亮了希尔的脸庞，随后他戴上了新头盔。他紧绷着下巴，声音硬如铁。

"不成功，便成仁。"

没有人争论，没有人说话。

他们的打击很深入。炮艇穿过了一片片烟尘，如同箭一般坠落，直到警笛大作。在低热状态下飞行，传感器几乎探测不到炮艇，而烟尘则是在肉眼看到他们之前的最后一道伪装。在他们被发现后，需要迅速行动。

引擎骤然加力，仿佛锤子击中了机舱，若不是极限战士们都利用磁力锁定在了甲板上，他们定会被甩飞。

现在他们正高速下降，直冲敌人的咽喉。高射火力已经在击打着炮艇的外装甲，但防空炮反应都很慢，防御者们正匆忙奔向各自的战位。

此时此刻，奇袭便是希尔的王牌。

"起立，军团战士们！"

机舱中有两支五人小队，以及德伦尼乌斯的四人小队，每一支都拥有特殊武器和重型武器。摇晃的机舱让希尔的声音在发抖，但他的意志不可动摇。

"我们即将战斗。为了原体和帝皇，为了在考斯陨落的子嗣，以及在马库拉格尚未出生的子嗣。这是你们的时刻，兄弟们。洗刷耻辱，清除疑虑，平息愤怒。让这些叛徒看看，什么是真正的极限战士！"

侧舱门滑开，炽烈的激光和燃烧弹的臭气飘了进来。天空一片漆黑，但聚焦于炮艇的探照灯让人感觉就像是白天一样。

在离地三米的地方，希尔、佩特罗尼乌斯和其他九个人依次从机舱中跃出。

闪电般的炮火击中了他们，从肩甲和胸甲上弹开，激烈的跳弹溅起火星。由希尔和佩特罗尼乌斯率领的小队落到了一个龙门架上，佩特罗尼乌斯的手下冲向一个立着旗帜的广场，前去解决从营房中涌出的部队。

希尔继续前进，他的第一个目标是一个正在重新装填的拦截自动炮，那门自动炮之前曾试图摧毁他们的炮艇。他冲向那个炮台，引擎的噪声在他身后咆哮，雷鹰则载着德伦尼乌斯的小队奔赴天际。

一群穿着防弹背心的邋遢士兵前来拦住了他们的去路，一位军官站在惊慌的炮手旁，催促着。布拉奇乌斯的喷火枪开火了。

待到希尔冲入敌阵时，敌人已经在燃烧了。他将他们撞下龙门架，给予他们解脱。

那位军官正绝望地摸索着链锯剑。希尔一剑从肩膀切到髋部，将那个军官一分为二。炮手们已经装填好了火炮，并开始转向——第一个正在瞄准，第二个则在转动转轴，随后第三个拉下了扳机。

扳机手还没来得及射击，脑袋便爆炸了。维纳托又将两颗爆矢子弹射向其他炮手。因维格里奥毁掉了炮台，小队在破片手榴弹的爆炸声中继续前进，身后留下破碎的炮台。

在下方的广场上，一辆装甲载具正驶出入口大门。又一个邋遢的士兵坐在炮塔上，他的重型实弹枪枪口闪着火光。

一座营房已经陷入了火海，其侧面被一枚导弹炸毁了，尸体七零八落。佩特罗尼乌斯正朝着他的小队喊话。一个军团战士倒下了，但另一个将他拉起身，他们继续前进。

希尔用手指着冲向佩特罗尼乌斯及其手下的装甲载具说道："菲尼乌斯，重型支援！快！"

菲尼乌斯单膝下跪，靠在震颤的龙门架上，发射器开火了。导弹飞过，照亮了广场，击中了那辆装甲载具的侧面。整辆车在一道翻腾的火球中被炸飞了，随后摔在了地上。佩特罗尼乌斯散漫地敬了个礼，随后催促小队继续前进。

穿着破旧士兵制服的尸体四散在广场上，褐色的制服已经变成了黑色。龙门架上也挂着尸体——六十多具。极限战士在一分钟内便消灭了这些凡人叛军。

希尔的大脑在飞速运转，从一个战术决策到另一个战术决策，但脑海中仍然浮现出了一个想法。

他们的敌人并没有做好准备，没有准备好面对这样的攻势。

他们不可能对此做好准备的。

在大门上方，在一道装甲墙后方，第二支营队已经集结完毕。他们穿着同样邋遢的制服，但这些人划分为了重型武器小队。在这帮可悲的人群中，希尔还看到了军团战士。这一次他们并未穿着虚假的制服——他们都穿着深红色甲、鲜血淋漓的白甲，以及阴暗的午夜蓝甲。

佩特罗尼乌斯已经把他们引了出来，现在希尔吸引了他们的注意。龙门架紧邻着门房，但其末端遍布铁丝网，坦克陷阱外部的刃齿也被用作步兵的拒止物。

极限战士迎面冲入枪林弹雨中。动力盔甲吸收了子弹和金属的猛烈打击。

"前进！"希尔朝着这股风暴吼道，"前进！"

在炮火轰鸣之中，他几乎是靠着直觉在前进。他的爆矢手枪咆哮还击，电磁长剑低垂在身旁。他们沿着残余的龙门架飞速奔跑，但依然感觉速度缓慢，仿佛在冲向一阵大风。

布拉奇乌斯中了一弹。这位军团战士的肩膀向下一垂，踉踉跄跄，但依然在奔跑。

希尔是第一个抵达那道残破路障的，冲过坦克陷阱扭曲的金属。他砍倒了一个身着闪电盔甲的叛徒军团战士，几乎将那个暗夜领主劈成了两半。人类炮手也被迅速歼灭。

在希尔甩掉剑刃上的鲜血时，第二个暗夜领主从门房塔楼中现身。他孤身一人，苍白的诺斯特拉莫皮肤看起来十分冰冷。他用一把带着锯齿的军刀指着希尔。

"展现你的荣誉吧。"他嘶声道，"与我决斗，军团战士！"

他的盔甲上满是刮痕和烧痕。希尔厌烦地看着他，随后举起手枪，将那个暗夜领主射杀。

"这里没有荣誉可言，只有复仇，只有正义。"

在下方，佩特罗尼乌斯已经肃清了庭院，并在主大门上安好了炸药。一阵沉闷的爆炸震动扬起了战痕累累的护墙城垛上的尘埃。

希尔激活了通信，与此同时，下方的装甲车辆正冲过破损的大门。"德伦尼乌斯，我们过来了。"他说。

几秒钟后，另一位士官的回答传来。

"前往东北方，穿过一排筒仓。"他说，他努力让自己的声音能够在通信传输的疾风声中被听到，听起来他正在空中，侧舱门已经打开，"沿着道路前往制造厂。那里有两门高射炮，我们保持着距离。"

"收到。我们会在郊区与你们会面，兄弟。在那里着陆，并与我们重组。"

希尔的战术显示器上亮起了一个图标。

"我放了个标记。"德伦尼乌斯说道，"那里固若金汤，希尔。他们会掘壕固守的，他们现在知道我们来了。"

希尔露出微笑道："这不重要，他们无法逃避死亡。"

"还有……"即便是通过通信系统，也能听出德伦尼乌斯的语气发生了变化，流露出一种尖锐的情绪，他说，"他们的军官。我看到他了，兄弟。我认识他。"

希尔猜到了德伦尼乌斯要说什么。

"哈拉康·斯库恩。"

"他是我的，希尔。"

希尔缓缓点点头。他了解想复仇的滋味，他还记得库尔萨·塞德。

"我会一路杀向他的咽喉，让血流成川。我会烧光他们，兄弟。"

高射炮在一阵绚丽的爆炸中被摧毁，韦瑞迪亚之魂号低飞掠过灰暗的天空，尾迹炽烈耀眼。轰鸣化作尖啸，导弹点燃，致命的弹头飞向了制造厂的墙壁。

连环爆炸在塑钢和速硬水泥组成的壁垒上划出一条线，留下了一道豁口。炮艇下降，毫无顾虑地对准了那道开口，毫不在意那些无力击打炮艇的火力。

德伦尼乌斯的声音通过通信器传来，噼啪作响："希尔，另一边见。"

希尔抬头看着雷鹰冲入制造厂建筑群那炽烈的黑暗中。"猎杀愉快，士官兄弟。"

"我感觉重生了，重铸了。"

"你听起来像个诺克顿人。"希尔大笑道。

"我是个极限战士。让我们亲手撕碎这些混蛋，再恢复我们在军团中的名誉。"

希尔已经在奔跑了。他认定德伦尼乌斯的破坏任务已经达成目标，他需要充分利用接下来必然的混乱局势。

极限战士计划从两侧发起攻击。佩特罗尼乌斯的领导意愿和他那克制的好斗心让他成为撒迪厄斯的完美继任者。他率领着前锋，前往右翼。希尔则前往左翼。

他们轻易又无情地杀过外围防御。制造厂的士兵装备很差，纪律涣散。许多人在看到复仇的军团战士冲向他们时便四散逃离。

一声低沉的轰鸣在头上回响着，希尔闻到了发热引擎的臭气，随后他看到了韦瑞迪亚之魂号从破口中呼啸而出。它的突击结束了。

龙门架和筒仓在熊熊燃烧，空气令人窒息，毁掉的车辆排列在装配场中，极限战士们则继续前进。战略导弹打击摧毁了大部分正在整修的装甲车辆。

一根高大的支柱占据了场地中央，充当着监工的巢穴。上方三分之二处是一个宽阔的观察环，环绕整个支柱。希尔用剑示意，指向在那暗淡的强化玻璃后移动的巨大身影。"到那里去。"

交错的坡道和楼梯通往巢穴内的一对防爆门。

"那就是我们的目标。无论夜庙是什么，答案都在里面。"

因维格里奥和布拉奇乌斯跟在希尔身后，走过燃烧的坦克残骸。地上遍布尸体，或是倚靠在战车的装甲板上，或是背对着战场七散八落。没有一个人穿着军团战士的战甲。鲜有凡人有勇气面对军团战士。

佩特罗尼乌斯的声音通过通信器传来："正前往右翼。"

希尔找寻着掩体，爆矢枪声在他周围回荡。

"收到，包围支柱。我需要一些空间实施突破。"

只剩下德伦尼乌斯了。在希尔右目镜的战术信息中，他看到那位士官停在了前方某处。

"维纳托，你看得到德伦尼乌斯吗？"

"不能。"那位精确射手说，他已经进入了一个前进位置，并占据了高地，"他的位置很深入，在巢穴后方。"

"他渴望鲜血……"因维格里奥低声自语。

"我们也一样。"希尔回答道，同时做出简短的作战手势，让他们前进。

防御者们在充斥着载具场的油黑烟云中移动。一团燃烧的钷素击中了他们，随后一发子弹射了出来。

"已清除。"布拉奇乌斯咧嘴而笑。

希尔向他致谢，同时仍在继续推进。"继续冲！无人能阻挡我们。不成功，便成仁！"他说。

希尔看向维纳托，他刚刚已经在战术信息中标记出了八个目标。

极限战士们再次寻找掩体，因维格里奥跪在了希尔身旁说："叛徒接近了。至少两支小队。"

"我们知道他们会集体出场的。"希尔说，他透过零星的火力看到了他们，怀言者和死亡守卫，"佩特罗尼乌斯，进攻。我们会前往首要目标。"

佩特罗尼乌斯的语气中有种狂野的情绪："乐意之至，长官。"

布拉奇乌斯大笑道："至少我们没有完全让他教化。"

希尔朝着防爆门点点头："我想要答案。"

就在支柱外，佩特罗尼乌斯向叛徒们发起了进攻。交火距离很近，但吸引住了敌人。道路畅通了。

"准备突破！"

在一阵冲击波中，强化玻璃向外爆开。希尔率领着小队冲入破口，毫不犹豫地击杀了动作太慢还没举起剑的哨兵。因维格里奥和维纳托射杀了其他人——两个目瞪口呆的怀言者，正准备拿起爆矢枪。

布拉奇乌斯守在毁坏的防爆门口，菲尼乌斯则拿着导弹发射器站在楼梯上的位置。

在这个圆形房间的中央，一个机仆正试图对设施的逻辑引擎进行侵略性的数据清除，用废代码将之污染。希尔将那个半机械人的脑袋劈成了两半，阻止了它。

那个机仆通过其损毁的通信格栅，结结巴巴地、一遍又一遍地重复着一个词。

"夜——夜——夜庙，夜庙——庙，夜——夜庙——庙，夜——"

维纳托最终用一发爆矢子弹终结了它。

希尔摘下头盔，走向逻辑引擎，检索他能找到的关于夜庙的所有信息。他找到了示意图、部分损坏的计划、舰艇清单和部队部署。

里面有许多他不认识的名字，马利格·莱斯提贡、狂怒深渊号、杰纳斯·赫勒斯庞特……

"这是入侵的前奏。这些失联的前哨站为我们的敌人提供了可利用的重要盲区。弗瑞修斯将会是他们的集结地。"

"入侵哪里？"因维格里奥问道。

"还能是哪里？马库拉格。"

"基里曼之血啊……"

"是啊，也许的确会这样。"

维纳托喊道："士官兄弟！"

维纳托正看向破碎的观察环外，希尔瞥了过去。那位精确射手示意着，希尔的目光跟了过去。

德伦尼乌斯士官从烟雾中现身。

他正与哈拉康·斯库恩在地狱烈火中决斗。那位吞世者与希尔曾对战过的那位战士一样凶猛，一样疯狂，但德伦尼乌斯凭借高超的剑术与之匹敌。

希尔对他感到钦佩——并不是对他的剑术，而是他的镇定。那个剥夺了他的荣誉,并让他蒙羞的人就站在他面前。然而德伦尼乌斯看起来却像是雕像一般平静。

维纳托的爆矢枪靠在破碎观察环的边缘,但希尔的一只手放在了枪托上。

"我可以从这里处决那个疯子。"这位军团战士坚持道。

"我知道。但我向德伦尼乌斯发了誓,斯库恩由他斩杀。"

"如果他死了呢?"

"那将会是荣誉的死亡。"

于是他们看着链锯刃齿火星四溅,相互摩擦。德伦尼乌斯闷声一呼,那个吞世者攻破了他的防御,利刃刺入极限战士的肩膀。

然而接下来还击却十分有力。即便被砍伤,德伦尼乌斯依然把他的链锯剑尖捅入了叛徒咆哮的嘴部格栅。鲜血四溅,洒到了剑刃上,刃齿迅速塞满了血块。

但那个吞世者的链锯刃齿仍在咆哮,武器的开关被那个叛徒死死地按着。刃齿咬穿了德伦尼乌斯的盔甲,撕碎了骨肉。

希尔大喊,同时咒骂着自己:"射击!该死的,维纳托——射击!"

一发爆矢弹击中了那个吞世者的胸膛,撕碎了他的躯干,但太迟了。德伦尼乌斯跪倒在地,将那把恐怖的链锯剑从他的胸口中扯出,同时仍紧握着他自己的武器,并将其用作拐杖支撑着身体。他血流如注,身陷火海。他向希尔发出通讯呼叫。

"结束了……兄弟……"

他气喘吁吁,语无伦次,但声音却很平静。

"我们能来救你,德伦尼乌斯!"希尔回答道。

那位士官摇了摇头:"我已经……完蛋了。谢谢你,希尔。为了我的……荣誉……为了……"

通信链接陷入了沉寂。希尔闭上了双眼,随后打开了小队通信。

"我们已经达成了目标,弗瑞修斯完蛋了。我们现在离开。"

他最后瞥了一眼德伦尼乌斯,看到他跪在地上,傲然面对死亡,随后烟雾再次席卷而来。

房间中央,十口棺材排成了两排,等候着药剂师。希尔在寒冷的空气中平缓地呼吸着。

"把你们带回来可不容易，兄弟们。"

他感觉到布拉奇乌斯的拳套放在了他的肩膀上。"他们的遗志将会传承下去。"他说。

"军团万岁。"希尔吟咏着，叹了口气，"他们为此牺牲了生命。如今我必须要求其他人也做出同样的牺牲。"他沉默片刻，随后转向因维格里奥，"我们准备好了？"

"他们正在等候，士官。"

一阵沉闷的喧嚣声从营房门中传出。希尔上一次在这里时，二十二位军团战士向他和他的任务宣誓效忠。他们阻止了一场入侵，但奥特拉玛内的毒瘤尚未被清除。这会需要很多人、更多人。

布拉奇乌斯和因维格里奥推开大门，让希尔走了进去。

两千多位军团战士立正待命，奥兰驻军的每位战士都已集结。希尔看到佩特罗尼乌斯朝着另一名战士点了点头。他看到了其他跟随他前往弗瑞修斯的战士，其中有维纳托和菲尼乌斯。

利凯恩连长也在这里，他的战盔夹在臂弯下，剑插在髋部的鞘中。

"我错怪了你，希尔。"他说道，"我言语有失，也认识到了自己的错误。"

"长官，我——"

"你是个领袖，艾恩尼德·希尔。两千极限战士准备听你号令，我便是其中之一。领导我们吧。我们不会在马库拉格和奥特拉玛遭到威胁时袖手旁观。因此，我们都将成为红印者。"利凯恩说，他朝着集结的战士们示意，"这就是你对你们自己的称呼，不是吗？"

希尔挖苦地笑了，并点点头。

"没错，你们可以加入我们。你们都能成为红印者……只要你们名副其实。"

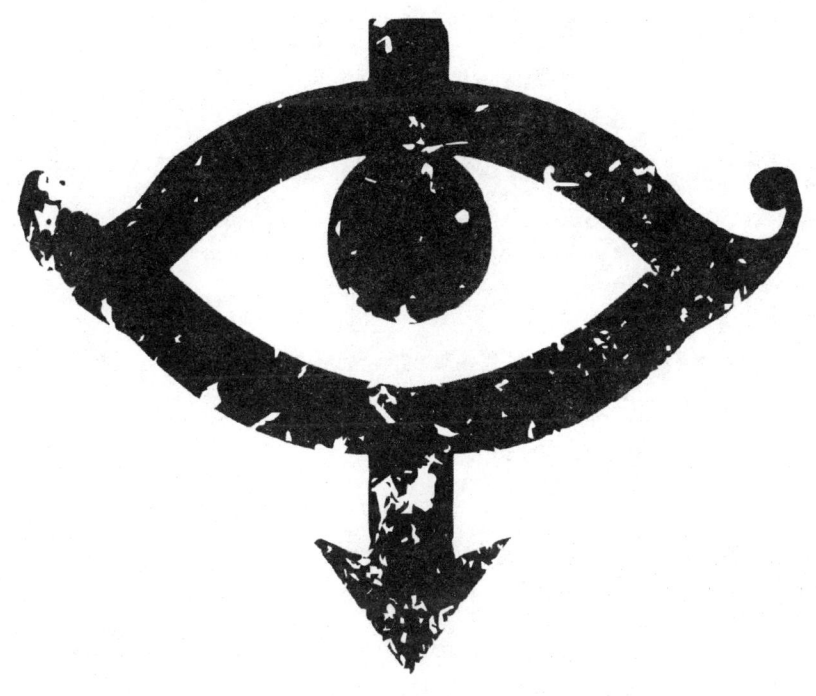

第一军团之帅

加夫·索普

新兵士官们的命令透过打开的窗户传来，十分刺耳，同时夹杂着酷暑的田园风声和昆虫的嗡鸣。靴子的步伐声几乎完美一致，但还差那么一点，士官们因此发出了更多呼喊。

如果阿斯特兰闭上眼睛，他几乎相信自己回到了出生的那个平原。他得闭上眼睛才能无视掉周围奥都鲁克那高耸的城墙，以及警卫指挥室中的通信面板和数据显示器。如果他闭上眼睛，将注意力集中在飞来飞去的昆虫和从狭窄的玻璃窗透入的炎热感，他便能够想象出白叶林间宽阔蜿蜒的第聂普里河，以及河岸上隐蔽居住营地的银色反光……

门外传来一道铃声，对许多年前那一天的记忆如同晨雾般消失了。

阿斯特兰打开了门锁。尽管军团为卡利班带来了帝国的许多科技奇迹，但奥都鲁克的大部分地方仍未改变，仍在使用帝国前的基础系统和机械。缺乏声控装置尤其令这位生于泰拉的战士感到烦恼。

随着齿轮发出顺畅的隆隆声，门滑开了，梅利安连长出现了，他是阿斯特兰麾下的一位连队指挥官。这位连长低头致意。

"战团长，您想要见我？"

"是前战团长，连长。我的军衔尚未恢复。我召你来，是为了回应你想要私下谈谈的请求。"阿斯特兰说，他朝着警卫室中毫无思想的表盘、屏幕和自动系统挥了挥手，"这里没人监视我们。"

梅利安警向打开的门。阿斯特兰按下门控，门嘎吱嘎吱地关上了。他示意梅利安开口。

"我……我不确定该如何表述我想要讨论的问题，我有些疑虑。"

"怀疑？"

"是的，怀疑，战团长。关于卡利班人。"

"现在已经没有泰拉人和卡利班人了，梅利安。我们都是暗黑天使。"

梅利安还没来得及回答，一个通信面板上便响起了一声警报，阿斯特兰转身接收了传来的信息。他默读着那条信息。

"嗯，有意思。"

"什么情况，战团长？"

"一次离场。是赛弗领主和智库兄弟扎哈瑞尔，一次计划外的穿梭机飞行，由卢瑟批准起飞的。"

"这正是我想说的。"梅利安叹了口气道,"卢瑟为什么还保留着'赛弗领主'这个多余的职位?这已经过时了。"

阿斯特兰审视着详细信息。那架穿梭机记录中的飞行计划是前往西边,但其轨迹却是朝着北方的运输线而去。他并未告诉梅利安,但想到扎哈瑞尔和赛弗在离废弃的北荒地生态城这么近的地方执行隐秘任务,他感到有些不安。

穿梭机的引擎声消散了,但那声音再次激起了阿斯特兰的回忆。梅利安笨拙地动了动。

"我打扰您了,大人。请原谅。"

"实际上,我在想帝皇的炮艇降临到人民之中的那天。我还记得链炮的咔嗒声和死者的尖叫声。我方巨象背上的防空炮轰鸣回击,击退了空袭,但很快地面部队便杀了过来。雷霆战士,梅利安,你见过他们吗?"

"没有。"

"与后来招募了年轻的梅里尔·阿斯特兰的阿斯塔特军团战士相比,他们很粗鄙,但远比那些可怜的锡布然游牧氏族所召集的科技蛮族更加强大。那是场屠杀。"

"您不为您的血亲感到哀伤吗?"

阿斯特兰露出了微笑道:"从我被招募进帝皇的军团之后便不再了。"

"第一军团。"

"唯一的军团。我是首批五千人中的一员。你绝不会知道,拥有如此荣耀是什么感觉。"

梅利安恭敬地点点头。暗黑天使的队伍中有许多泰拉人,但大部分都是在其他军团建立后才招募的。他们并非锐利的箭头,而是跟随箭头的箭杆。

阿斯特兰的注意力回到了他的下属身上。

"所以,你说卡利班人怎么了?"

梅利安的指控与缺点清单十分具体,表明他记录这些不当行为至少有一年了。

"您知道,大人,并非所有卡利班人都是暗黑天使。嗯,不是星际战士。"

"你是在说卢瑟大人,还有其他太老而无法成为真正军团战士的人?"

"没错。他们根本不应该成为军团的一员。"

"还有吗？"阿斯特兰问道，勉强抑制住了一声叹息。

"没有了。感谢您抽空，战团长——我很抱歉浪费了您的时间。我知道您不会感兴趣的。我本不想打扰您，而是对连长兄弟加勒丹吐露了我的忧虑。我得承认，他让我不要再担忧卢瑟，而是将注意力集中在让我的连队做好战备上。后来，他建议我跟您讲。"

阿斯特兰仔细审视着梅利安，假意用厌倦掩盖住他的兴趣。加勒丹让梅利安来找他们的战团长定有其原因。也许他希望阿斯特兰会批评这位连长，并劝他不要再妄加干涉。

或许不只如此？

"加勒丹让你来找我是对的。"他安慰梅利安说，"你提到了有摩擦和违规行为。但，总的来说，是什么让你担忧？"

"是新兵，大人。他们接受了阿斯塔特军团战争的训练，却被教以卡利班的旧文化。他们被塑造得更像是秩序骑士团的骑士。"

"秩序骑士团？年轻的雄狮曾经担任其大导师的那个团体？那个组织已经不存在了，只有些许头衔和仪式有所保留，以纪念原体的过去。"

梅利安越发焦虑不安，他大步走到窗户旁，望向外面，眉头紧锁，他正注视着下方的卡利班新兵。

"不只如此。新的奉献誓言中并没有提及帝皇。相反，这些新兵立誓保卫卡利班，抵御一切敌人。"

"雄狮让卢瑟回到卡利班，作为其保卫者。我们甚至都没有任何战舰——我们就是一支有名无实的防卫军。待到雄狮回来时，他会收到恰当的效忠誓言。"

"您同意这些改变？"

"我有些矛盾，梅利安。我们开诚布公地讲吧，我们的存在已经无关紧要了。雄狮派我们烂在这里，而卢瑟则在打造明日的军团，一支来自卡利班的军团。"

梅利安转过身，摇了摇头，并非表达否定，而是感到恼怒。

"但您知道银河系已经变了。最近一批补给船带来了消息——"

"这都不重要！那些补给船几年前就离开了。我们已经被遗忘了。"阿斯特兰叹了口气说，"你想从我这里得到什么？我应该坚持让卢瑟恢复旧的誓言？我应该把雄狮从以太中变出来，这样他便能让一切步入正轨？"

梅利安再次移开了目光，犹豫了。阿斯特兰正准备斥责他在浪费自己的时间，但某种直觉告诉他还得等等。这不只是一位连长因为被困在这个王座所遗忘的世界而感到懊恼。

"你谈到了加勒丹。你把这些想法告诉过其他人吗？其他和我们有着同样感受的人？"

"我们？所以您同意我的看法，大人？"

"同意你的担忧？当然。你知道我对卡利班人并无特别喜爱，我永远只忠于帝皇，这是第一位的。我们受困于这颗星球上便是这一点的证明。我常常好奇，关于卢瑟的归来，还有什么我们不知道的。但眼下这无关紧要。还有其他人与我们有同样的看法吗？"

"我很高兴地说，有不少。大部分都来自旧军团——来自泰拉，像我们一样。但也有一些卡利班老兵。我们尚未决定行动方法。"

"行动？"阿斯特兰回答道，瞥向四周，"小心点，梅利安——这是一条危险的道路。卢瑟现在是大导师了，地位仅次于雄狮。他有着无可争议的权力，即便不合道义，那也是合法的。"

"卢瑟不是问题。"梅利安说道，声音变成密谋似的低语，尽管并没有人偷听他们，"我们已经知道如何孤立他，并让他倒台。其他人才是问题，那些新兵和忠于卢瑟的人。他们人数太多了，而我们却太少，无法解决这个问题。"

阿斯特兰思忖了片刻，说道："那么我们需要一道命令才能行动。我们唯一能得到的命令便是来自这个世界之外的。也许是一条来自泰拉，甚至是原体本人的信息，终会让必要之事获得充分的理由。如果卢瑟不再有权力，那么他的追随者会支持你们罢免他所采取的任何行动。"

"您真的觉得我们能够做到？"

"我承认，我并不知道我们的观点能有广泛的支持。如果一位由帝皇任命，并在旧军团中备受尊敬的前战团长，能够成为领头人，那这将会有助于你们的事业。"

梅利安点点头："您的经验、您的声誉，对我们的行动将会有极大的助益，战团长。"

"那就定了。我需要你召集一场集会。不是所有人，只要那些有把握代表麾下部队的军官。细节交给你去办，你最了解这些忠诚的战士，我相信你会继续采取同样谨慎的方法。当前最好先别提出我的名字，直到我们知道谁能信任。"

"如您所愿。我衷心感谢您的理解与参与，大人。我知道我们正面临着困难时刻，但有了您的领导，我们将让军团回到正轨。"

"我相信，连长。"

待梅利安离开后，阿斯特兰用通信面板建立了一条无记录的安全通信链接。

"加勒丹，立刻向警卫室报告。"

随着军火库的舱门嘎吱打开，轻柔的交谈声陷入了沉寂。除了几个散落在金属架子上的盒子，房间中几乎没有存货。阿斯特兰踏过门槛，在黄色的人造灯光下，十几双探询的眼睛迎向他。他认得大部分面孔——其中一半人都曾与他并肩作战了近两个世纪。少数卡利班人他不认识，但他得相信梅利安的判断。他们全都是连长级别以上的军官。其中两人，涅瑞德斯和泰穆尔是战团长——和他一样，他们的指挥权因未知的原因而被暂停。

梅利安走向人群前方，举起双手。

"兄弟们，阿斯特兰战团长便是你们被带到此地的原因。他同情我们的事业，并且想要发言。"

没有人反对，阿斯特兰将之视为让他发言的暗示。

"我们聚集在此，是因为我们有着一个共同的观点——关于暗黑天使军团的本质，以及成为帝皇的忠仆意味着什么。过去这些年很艰难，但我们怀着坚忍与尊严忍受着对我们的贬谪，这正是第一军团的所有战士应做的。"

传来几声赞同的低语。他继续讲。

"但新的时代即将来临，如此坚忍克己已不足矣。转折点即将到来。那些相信帝皇所开创的一切之人，必须面对一个选择，否则将会被超出我们控制的事件所扫除。"

泰穆尔是一位经历了长年战火的泰拉军团战士，左臂是一条义肢，脸上伤痕累累。他走上前，通信格栅传来他的电子音。他的脸上带着抗拒的神情，这意在考验阿斯特兰的自信。

"而你就是那位带领我们走过这个转折点的人，梅里尔？"

"我不会强迫你们，那不是我的目的。我只是前来提出一个行动方法。如果你们接受,那我期待你们跟随我的领导,直到结束。"

"好吧,你有何提议?"

阿斯特兰将一根手指按在了耳朵中的通信珠上,说:"请进。"

舱门再次打开,明亮的光线刺入昏暗中,露出了一个矮小苗条女人的轮廓,她穿着自从帝国到来后便驻扎在卡利班的帝国军辅助部队的制服。

她摘下帽子,露出了灰褐色的寸头,并朝着星际战士们顺从地点点头,众人向她投来怀疑的目光。她的军用夹克上戴着高级别的徽章,还有几条功勋和作战奖章的绶带。

"大人们。"

阿斯特兰关上了那个女人身后的舱门,站在她身旁,姿态放松,那位女军官的体形与他的庞大身躯相形见绌。

"女侯爵上校贝莎琳·泰莱因,兄弟们。如果你们不知道她的话,她是卫戍部队的副指挥官。你们会觉得,在一个如今驻扎着三万多处于战备状态的军团战士的世界上,她很多余。但她也和我们一样,对于卢瑟的忠诚有所担忧。"

泰穆尔看起来无动于衷,说道:"卫戍部队并不足以让我方获得军事力量上的优势。她对我们有何用处?"

阿斯特兰并未开口,而是看向泰莱因夫人,点点头让她回答这个问题。

"卡利班防卫军是被打造用于维护内部和行星安全的,"她解释道,"让军团的战士们在知晓家园世界安全的情况下去实施他们自己的战争。正如战团长阿斯特兰所言,在卡利班上有如此多军团战士的情况下,这些职责已经变得多余。自从北荒地的动乱以来,我们和猎人军基本上已经成了仪式性部队,限制于守卫非军团设施。"

传来一阵不满的低语,阿斯特兰举起了一只手。

"安静,兄弟们。泰莱因夫人是帝国军的高级军官,值得你们关注和尊重。这样的行为是因我们在此长久驻扎而产生分歧和糟糕纪律的征兆。你们应当更好地以身作则。"

其中一些军官看起来有些懊恼,泰穆尔也是其中之一。一些人朝着阿斯特兰怒目而视,但并没有进一步反对,泰莱因夫人继续讲道:"暗黑天使在奥都鲁克的高墙内维护着他们自己的祈唱堂,而在离巨石不远处有另一个星语塔，供帝国人员和商界之类的人使用。自从北荒地行政官遭到意想不到的废弃后，雷德瓦克的塔楼便基本没怎么使用，也很可能被遗忘了。这个设施正由我麾下的一支防卫军守卫。"

阿斯特兰能够看到其他人眼中闪现出的理解，于是他作出了最后一部分解释。

"梅利安连长告诉我，你们已经有准备孤立并监禁卢瑟的计划。在那项计划进行的同时，由我的忠诚连队所组成的另一支特遣部队，将会夺取雷德瓦克的塔楼，并向泰拉和我们的原体发送信息。我们会寻求确认，在雄狮不在的情况下，恢复最初的军团协议和曾经的指挥架构，直到他返回。"

梅利安举起一只手，阿斯特兰点点头，允许他讲话："近几年来，亚空间通信很稀疏，几乎已不可能，大人。我相信这便是我们无法收到来自原体舰队消息的唯一原因。"

"这便是为何我们必须带着一支大规模部队夺取塔楼。随着卢瑟被罢免，他的高级军官中很少有人愿意挑起军团中不同队伍间的冲突。卡利班的日常防务和持续进行的征募流程会继续，不受影响，但我们得恢复外部通信。通信当前是由卢瑟和他来自秩序团的小圈子所掌控着。谁知道到现在为止，他们对我们隐瞒了多少信息？"

他的嘴唇露出一丝微笑，泰穆尔点头以示理解。

"抱歉，梅里尔——我想我中伤了你。原谅我此前的怀疑。你的计划似乎相当适用，避免了与卢瑟大部队的直接冲突，同时确保了我们自己的地位。但我还有一个意见。"

"请畅所欲言。"

"你提到我们会恢复标准的军团协议和架构，直到雄狮返回。如果我说错了，请纠正我，但卢瑟被罢免后，你不就成了军团中等级最高、服役最久的军官了吗？我想，你会成为军团长……"

众人鸦雀无声。阿斯特兰耸耸肩。

"坦率地说，我也有过这种想法。"他回答道，"在我们发现卡利班，并将旧军团的等级体系转变为翼军前，我是有望成为领袖的。为了减轻有关我野心的任何担忧，假如我们成功并改组了军团的话，我坚持，任何晋升都必须由战团长会议来批准。"

托库蒙看向其他人，尽管仍有些怀疑的面孔，但军团大部分人都点头同意："此时此刻，我看没有进一步反对了。我们会继续试探各自麾下的人，找出未来不能仰仗的人。在我们发起行动的时刻，我们会找到分散他们的合适职责。"

随着集会解散，星际战士们三三两两地离开了，泰莱因夫人转向阿斯特兰。

"看来我们达成了一致，大人。我承认我没有料到事情会进展得如此顺利。"

"说话要小心——未来仍然有许多机会让事态复杂化。记住我告诉你的。卢瑟一定不能对我们所做的事和原因有任何怀疑，奇袭至关重要。"

"噢，感谢您，战团长。"她不屑地说道，"也许您也愿意指导我如何现场拆解一把激光枪？"

阿斯特兰并未道歉，女侯爵上校也并未等候道歉。在她离开后，梅利安走了过来。

"她有时候有些油嘴滑舌，战团长。您不该接受如此傲慢无礼的行为。"

"我需要她的协助。"阿斯特兰回答道，"最好让她感受到她尽在掌控。至少，目前如此。"

梅利安靠过来，低声说道："原谅我，战团长，但我不禁注意到了加勒丹的缺席。"

"正如泰穆尔战团长所说，有的人也许不会同意我们今日的决定。我与加勒丹谈过，并且认为让他……接受别的命令会更谨慎些。"

"真是可惜，我喜欢加勒丹。"

"我相信他很快便会接受我们的想法。眼下，别再跟他提起你的担忧。让他认为我已经平息了这些担忧。"

"如您所愿。您还要我接下来做什么？"

阿斯特兰把一只手放在了梅利安的肩膀上，说道："没什么了，除了眼观四路，耳听八方。"

"那么你，战团长，你要做什么？"

"在离雷德瓦克很近的地方集结一支数量可观的武装军团战士会引起关注。我要组织一场演习，当然了，是实弹的。"

尽管卢瑟麾下拥有万千军团精锐，但只有五个人守卫着他在奥都鲁克城堡内的私人房间，也许这就是他越发自大的迹象。

面对着三位拔枪持剑的战团长和同样数量的连长，他们毫不意外没有选择反抗——除了一个人。阿斯特兰冷漠顺从地看着门外安保控制台前的那个战士拔出了剑。

他缩在后方，让泰穆尔带头。

"听你上级的命令，退下！"

那个战士跃过控制台，利剑劈向泰穆尔的脖子。"为了卡利班，为了秩序团！"他说。

这位战团长经历过百余场战役的淬炼，他轻易挡住了那一击，并同样轻而易举地扭转剑刃，抵在了那个军团战士的咽喉上。

"投降吗？"

在泰穆尔质问的同时，其他人则被涅瑞德斯等人解除了武装。那位军团战士唯一的回答便是一声无声的咆哮，同时挥来一只拳头。泰穆尔向后一退，那一拳擦过了他的胸甲。

一秒后，战团长那能量包裹的利剑便从那位战士的胸膛中捅了出来，蓝色的光环从下方照亮了他的脸庞，他的神情痛苦又惊讶。泰穆尔一脸真切地惋惜，同时抽出剑刃，让那具尸体哐当一声倒在了地上。涅瑞德斯和阿斯特兰不动声色地接受了那位星际战士的必要之死，但几位次级连长却面色苍白。他们到现在才意识到，这场政变必定会流血。

阿斯特兰注意到，这便是转折点。他们已经没有回头路了。

他挤到安保控制台前，同时剩下的俘虏则被戴上了电子手铐。

"没有拉响警报，也没有封锁。"

他的手指移过键盘，在他身后，门上的安全闩啪地打开了。

泰穆尔已热血沸腾，他一马当先，毫不犹豫地撞开了双开门。他们搜索过接待厅和卧室，但都空无一人，然而报告确认了卢瑟此刻会在房间里。只剩下一间房间——大导师的私室，位于楼上。

阿斯特兰是最后一个走上楼梯井的，动力剑和爆矢手枪做好了准备。当泰穆尔来到顶部的门口时，他并未犹豫，用肩膀冲入木门，撞碎了门框。门从铰链上脱落了。

卢瑟正站在一面高高的窗户前，望着南边奥都鲁克低矮的会堂和塔楼。即使是在军团的药剂师强化他之前，他也曾是一个高大的人，肩膀宽厚，脖颈粗实。他的皮肤很干，带有裂纹，他的肌肉绷紧了，人工强化的血脉在脖子上暴起。

秩序团的大导师拿着一本深红皮革包装的大书，一把小小的匕首在打开的书页上充当着书签。他猛地合上书，平静地转过身，望向闯入者，神色谨慎，同时扬起了一边的眼眉。

"这是什么进门方式？如果你们开口问，我会很乐意准许你们觐见。"

泰穆尔没心情跟卢瑟开玩笑，他举起爆矢手枪，对准了大导师的脑袋说："依人类帝皇的权力，我指控你滥用第一军团的指挥权，违抗原体的命令，还有其他事后再详述的指控。你要解除武装，并交出卡利班及其武装力量的一切指挥权。"

卢瑟的目光落到了站在门口的阿斯特兰身上。

"你也来了，梅里尔？我以为你会更明智些。你知道你正在造成怎样的祸患吗？你不会相信这场闹剧会成功吧。"

"我想你也许会对我的真诚怀有疑虑。"阿斯特兰回答道，"让我来打消你的疑虑。"他将一个小小的全息接收器放在了桌子上，并激活了他的通信器，"开始传输。"

泰莱因夫人的回答声传了过来："已建立连接，战团长。准备听您命令行动。"

全息仪启动了，一座细针般的塔楼从树林稀疏的山丘上升起。卢瑟仔细地看着那模糊的图像说："雷德瓦克？那个星语设施……"

"没错。"

阿斯特兰操控着显示器，聚焦在通往塔楼的主山谷。几千个军团战士正在向前进，穿过山丘，两侧伴随着来自防卫军的战斗坦克和步行机甲。即便是在全息仪的投射光线中，显然大部分星际战士都穿着原初泰拉战团的黑甲，但有些暗绿色的盔甲表明也有人来自卡利班。

卢瑟挺直了身子，表情难以捉摸。

"我明白了。"

"还没呢，继续看。"阿斯特兰说，他再次激活了链接，"女侯爵上校，请执行你的命令。这道指令不得撤销。"

"是的，战团长。所有单位已就位，立刻开始行动。希望我们名垂青史，

卢瑟的守卫被击败

否则就被历史所遗忘。"

就在星际战士叛军领头的队伍快要到位时，一连串闪光打破了树梢下的黑暗。片刻后，前进的战士中炸开了花，紧接着，通信链接中响起了炮弹撞击的声音。护送的装甲载具猛地停了下来，并将它们的炮塔转向暗黑天使。

喷气机从云层中呼啸而出，更多的坦克驶入视野，防卫军的士兵则从树林中跑了出来。随之而来的还有一整个星际战士战团，加勒丹连长的连旗飘扬在指挥组的上方。更多爆炸冲击着前进的叛军，炸弹和坦克炮洒下毁灭性的火力。

泰穆尔惊骇万分地说："该死，他们在干什么？"

他和私室内的其他叛军军官都因全息显示器里的画面呆住了，但卢瑟的目光猛地望向了阿斯特兰。在那一瞬间，两人目光相交，心领神会。

阿斯特兰的第一记砍击砍下了泰穆尔拿着手枪的那只手，盔甲破碎，肉体烧灼。卢瑟已经移向了涅瑞德斯，手中的那把匕首伸向前。在泰穆尔震惊地转向他的攻击者时，阿斯特兰的利剑已经切开了他的喉咙，第三击则刺穿了阿兹拉法尔连长的胸膛。卢瑟将匕首尖捅入了涅瑞德斯的左眼，深深刺入他的眼窝，同时将那个星际战士推倒在地上。

爆矢手枪的咆哮在房间内震耳欲聋，阿斯特兰向后一缩，感到左肩被击中了。他转身还击，近距离放倒了戈斯温连长。

奥尔恩连长后退远离阿斯特兰，准备用他的利剑击倒卢瑟。阿斯特兰并未犹豫，两轮急砍砍下了那位连长的脑袋。

他回头瞥向全息仪，看到叛军正在向加勒丹和泰莱因夫人投降。那些人被帝国的装甲师还有他们的军团兄弟包围，天上还有强大的空中力量，阿斯特兰并不责怪他们。

"我本希望能有更多人投降的……"他气喘吁吁地低语着。

卢瑟看着他们放下武器，整个纵队在阿斯特兰的部队面前耻辱地土崩瓦解。通信链接传来了泰莱因夫人的确认声。

"加勒丹连长已正式接受投降，战团长。叛军并不想与其他星际战士作战。我的部队会继续提供掩护和支援。"

"感谢，女侯爵上校。"阿斯特兰回答道，"你今日为我们提供了极大的帮助。把叛军带到奥都鲁克，接受卢瑟大人的审判。"

卢瑟轻蔑地咕哝着:"天杀的叛徒和懦夫。不过,我赞赏你的先见之明,没有下令将他们全部处决。"

"这可能有些浪费。他们也许能够接受教导,看清他们的错误之处。我听说秩序团……非常有说服力。"

"的确。不过我不确定哪里能关押这么多囚犯。"

"巨石下面有地牢。我建议您多挖些牢房。"

卢瑟转过头,冷酷地盯着阿斯特兰说道:"为什么不提前警告我这场暴动?要是你在第一次了解到这场叛乱时便通知我,这一切流血事件本可避免。"

"我引出了那些真心实意要你倒台的人。毫无疑问,公开对抗你的行动让这一切有了充分的理由。"

"那么你是在何时背叛他们的?"

"我更倾向于认为我始终都忠诚,大人。"阿斯特兰回答道,低下头。

"你并没有回答我的问题。"

"当然是从一开始。"

"我觉得这挺奇怪的。你是个泰拉人,你对卡利班及其人民的厌恶也是众所周知。这是出于忠诚吗?也许你从一开始就看到了这场叛乱注定失败,并想要借此讨好赢家。你想要的是权力吗,想要重获掌兵的荣耀……以及自身价值?"

"没那么阴险狡诈,大人。我支持您的原因很简单——我并不知道您和雄狮之间发生了什么事,但我能看出,您已不再效力于他的目标。"

阿斯特兰集中精神。

"当帝皇消灭我的人民时,我并未感到痛惜。我看到了,力量的运用可以是正义的,即便这会带来不幸。反抗毫无意义,而毫无意义的举动终会覆灭。当我被吸纳入军团时,我成了力量的一面——力量运用中的一分子。如今我看到了另一种力量正在冉冉升起,责难它同样徒劳无益。"他将剑尖置于地板上,"自从我们发现了你们这个愚昧的世界后,第一军团所遭遇的一切都是源于他那错误的影响。要反抗他,反抗他对我们造成的不幸,我要效忠于一位更加相配的上司。如果你告诉我,我是错的,你全心全意忠诚于原体,那我立刻就加入那些囚犯之中。"

卢瑟那若有所思的沉默所蕴含的意义比任何话语都要清晰。

反叛的军团战士被关在了兵营和警卫室，由卢瑟的部队看守着，而大部分高级别的异议者都被护送到了奥都鲁克下的牢房。阿斯特兰在大门前和加勒丹等候着，看着那些沮丧的战士们列队经过。

　　"所以，卢瑟批准了将你晋升为战团长。"

　　"没错，"加勒丹回答道，"出自我们新主君之手的第一个恩惠？"

　　"不。是认可他和我一样对你怀有信念。"

　　阿斯特兰看到了梅利安，但那位连长厌恶地转过了头，并不愿意看到他曾经的上司。阿斯特兰回头看向加勒丹。

　　"我很高兴他活了下来。"

　　"梅利安？是啊，他是个好连长。可惜他陷入了这场乱局，他之后会有用的。"

　　"之后？你是什么意思？"

　　"你糊弄不了我，兄弟。我知道卢瑟只是我们暂时的盟友，但别以为我会相信你真的觉得他是你的长官。"

　　"我对这想法感到震惊。"阿斯特兰回答道，"第一军团只能有一位主帅。我不会再忍受雄狮，所以我们就只剩卢瑟了。"

　　加勒丹看起来并不相信，阿斯特兰与他四目相对，露出了微笑。

　　"至少，目前如此。"

策略

尼克·基姆

脚步声回荡在肃穆的门廊中，预示着他的到来。磷光灯在闪烁，光线暗淡，打破了黑暗。

这是他第二次走在这条通往内廷的公共长廊，至少他是这么被告知的。他第一次走的时候伴随着一支小队，另外九个人穿着钴蓝色的甲胄。如今，他孤身独行，盔甲不再伤痕累累。那套盔甲在他回到马库拉格之后便不见了。在他抵达的那一刻盔甲便被机仆拿走了，他想要将其作为一件礼物，但却因某些执掌奥特拉玛的小官僚而遗失了。

一双双眼睛望向他，他们的面容如同大理石，隐藏在壁龛中。他不可避免地感受了他们目光中的评判。他不会听从于自己的奇怪念头——这并不实际——但他好奇，他们是否会因为另一个声称是他的人而认出他。

一道大门高耸在前方，由钢铜打造。巨大木门上的金色雕刻描绘着最杰出的马库拉格战王。那是康诺，罗保特·基里曼之父。工匠在这幅作品中捕捉到了康诺威严又凶狠的一面，也许这便是在另一边等候着希尔的事物。

他感觉很奇特，这个地方仍然保留着马库拉格的旧文化传统。其他地方如今都有着更加广泛的美学艺术，仿佛石头和钢铁能够述说诸军团的联盟之道，让他们在第二帝国的统一理念下团结一致。

希尔很好奇，他在这里的原因是否就是·讨论他的地位，为他从考斯回来后的所作所为遭受责罚。

两个无敌铁卫守护着大门，让他的思绪回到了现实。

"交出你的武器，士官兄弟。"其中一人吼道。

他们的目的很明显，两人身着第十三军团的全套终结者战甲，面甲放下，带有利刃的长柄武器挡住了入口。他们是保护者，但他们动作中暗含的紧张，以及他们的语气，都暗示着过去的一场失败。

他们拿走了他夹在臂弯下的战盔，他毫不犹豫地交了出去。

他们让他留下了背在背后的长剑，这也很奇怪。在诸多疑问中又添加了一个疑问——他不应该这么紧张不安。

随着一道无形的信号，守卫退开，大门打开了。希尔迅速跨过门槛，随后大门在他身后再次关闭。

阴影仍然笼罩着内廷。留着这些阴影是为了掩盖这里的破坏。那场攻击所留下的伤痕却难以掩盖，少量碎片仍然嵌在木相框上，破碎的康诺半身像最近才得到修复。更多的伤痕在于，原体的自尊被错位的情感和傲慢所蒙蔽。

罗保特·基里曼身形伟岸，令人敬畏。原体站在他的书桌旁。从雄伟的赫拉之冠山脉新凿出的石头最近才运到了内廷。有些区域更明亮些，比其他地方更具光泽，新事物取代了旧事物。桌上有许多卷轴和文件——这是一项勤勉又全面的工作。

"希尔士官。"

原体的欢迎十分简要，但他眼睛散发出比它们评估计算时更加温暖的光芒。

仪式性的盔甲取代了原体的战甲，这是一种刻意的自信声明，而非为了保护。胸甲上都是军团极限符号，一对肩甲上夹着一身绯红色的披风。他既没有带爆矢手枪，也没有带剑刃。

那意味着：我并不害怕，这里永远都是我的领地。

"大人。"希尔说道，鞠了一躬。

基里曼露出了微笑，但他那强壮的下巴依然紧绷着。他的部分金发看起来颜色不均，伤口痊愈的地方看起来更亮些。

伤口能够痊愈，但伤疤不会。

另一个身着甲胄的人在阴影中观察着，但希尔假装没有注意到。可能是新的贴身警卫？他闻不到潮湿的犬味，所以不是法芬纳尔。也许德拉库斯·格洛德终于说服了基里曼，他需要一个影子。

"我能看看那把剑吗？"

希尔遵命，从背后拔出了剑，剑刃在暗淡的光线下闪闪发光。他短暂地激活了电磁剑刃。希尔看到原体并未退缩，但仍有一丝反应，颧骨略微一震。

"您想要我归还吗？"希尔问道。

基里曼摇了摇头说："插回鞘中吧，艾恩尼德。现在这把剑属于你了。"

希尔想要感谢基里曼，但感觉这样显得有些粗鲁，因为他一开始是窃取的这把武器。他点点头，礼貌地接受了这个赐礼。剑刃关闭的声音散去，在父与子之间留下了一阵短暂却又尴尬的沉寂。

"我能坦率直言吗，大人？"

"当然。你想坐吗？"基里曼给了希尔一把椅子，自己则坐在了桌后，表面上看起来很放松。

"我更愿意站着。"

基里曼耸了耸肩,仿佛这并不重要。

"那件事就是在这里发生的?"希尔问道。

"我想你已经知道答案了。"

"那么,为什么回来?为什么不采取更多预防措施?为什么要重温那一刻?"

"因为一位领袖必须在他自己的领地里自在安适。这是我的私人居所,我不会让这里成为一间牢房,让格洛德和尤顿来当我的看守人。"基里曼说,他双手合十,目光严厉,似能明辨万物,"当上一次一位声称是你的军团战士走进这个房间时,他是来杀我的。他并非孤身前来——他带着九位战友。我邀请他们进来,我活了下来。这是一种力量的体现,也发出了一条信息。我要这条信息继续回荡。"

原体向外展现出的自信和蔑视将会阻止而非鼓励新的刺杀尝试。这是非常实际的反应,让希尔意识到自己的父亲是多么聪慧,始终都在计算、评估、计划。想到这里,希尔还是有些难以置信。

基里曼指着俯瞰马库拉格城的大窗户。

"你看过窗户外面吗,艾恩尼德?"

现在是夜晚,这座壮丽城市的大部分地区都笼罩在黑暗之中,但一座建筑占据了视野,因其鲜明的地面照明而十分显眼。

"赫拉城堡。"

"没错。"基里曼低语,"一位皇帝的宝座,但他却不听从手下的忠告,坐上他的王座。"

"圣吉列斯大人。"

"要找到我的兄弟并非易事,我知道雄狮最近遇到了一些困难。"

原体露出了微笑,他的心思和意图难以揣摩,但希尔觉得自己察觉到了些许兄弟竞争,以及其对雄狮受挫的愉悦。

"我知道仍有敌人在五百世界逍遥法外,"原体继续说道,"但我只会向他们展现出我的蔑视和力量。"

又一丝震颤。这一次是愤怒,而非惊惶。基里曼那政治家的一面要求他巩固并建立起一个帝国,但他战士的一面仍要求他实施复仇。

希尔知道有些债一旦欠下就永远无法还清,然而这并不会阻止复仇的尝试。

"这就是我们仍在争夺考斯的原因吗，传递一条信息？"

基里曼把手掌平放在桌上，眯起了双眼。

"你我在这个问题上拥有不同的立场，我们都很清楚这一点。"他停顿了一下说，以强调自己的不耐烦，"你究竟想要问我什么，艾恩尼德？"

欺骗并非希尔的长处，因此他选择了坦诚。

"我为什么在这里？"

"因为我需要你帮我做一些事。"

"悉听尊便，大人。"

基里曼再次露出了微笑。这一次更加温暖，但也隐藏着某些更深刻的东西。好在，原体很快就透露了他的内心所想。"告诉我，希尔士官，什么是红印者？"

希尔露出了迁就的笑容："这就是他们对我们的称呼？"

"我们？所以你承认这个团体的存在？"

"没错。我组织了他们，大人。只有志愿者，那些能够抽出的人手——"

"该抽调谁难道不是我的决定吗，艾恩尼德？"

希尔低下了头，但又迅速抬了起来。他并不想长久地沉溺于懊悔。

"我看到了何事是必要的，并采取了行动。"

基里曼虽然有所尝试，但并未完全掩盖住自己对这位士官的鲁莽所感到的钦佩。正是这种品质让希尔成为一位如此卓越的战士。

"那么，在你的眼里，什么事情是必要的？"

希尔大胆地回答："保卫我们的国家和边疆。您亲口说过，大人——您有敌人。我同意。他们隐藏在我们昔日所拥有世界的废墟中，有些人拥有舰船，并集结成了战帮。若是不加阻拦，他们便会再次联合起来。红印者正是致力于根除这些叛徒。"

基里曼倾身向前说道："跟我说说红印者，艾恩尼德。他们是怎么行动的？"

一位常常给予答案的人提出问题，一位出类拔萃的领袖和谋士寻求知识，这很不同寻常。

尽管如此，希尔仍然作出了回答。

"小股部队。两到三支小队，有时更少。"

"这样行动更快吗？部署，反应能力？"

"没错，这样更具灵活性。一位军团战士在某些情形下能够完成许多人的任务。"

"由此去除了冗余性。"基里曼表示。

希尔再次点点头。

"他们的构成呢？"原体问道。

"可变的。战术小队能够提供几乎无限的可能。"希尔说道，"我为每个小队都分配了一位专业战士。"

"所以你打破了惯例，无视了《战争原理》中的教条。"

这句陈述仿佛指责，回荡在希尔的耳中。他预计到自己会遭到处罚。

"的确，大人。如果我错了，那么我——"

"不，希尔，"基里曼打断了他说，"你没有。我想要支持这项事业，带上红印者所需要的人，肃清我们那些毫无法纪的边疆，并且你会得到你所需要的权力。"

权力。

希尔瞥向房间内的另一个人，他一直无视了那个人。直到现在，自从他进入内廷后，那个人既没有动过，也没有说话。

"这就是这里并不只有我们的原因？"希尔说，他朝着那位沉默的战士示意，由一位更强大，更有经验——不，更不鲁莽——的人来掌舵，毫无疑问，"请引见一下，大人，并告诉我哪位值得尊敬的军团战士将会是我的上级。"

基里曼大笑道："你误解我的意思了，艾恩尼德。"

一个指向灯点亮了，光线照在了希尔以为是自己的接替者的那个军团战士身上。他认出了那身空空如也的盔甲，因为那身盔甲属于他——一件刻着希尔自己的战术暗语的战甲。

基里曼站起身说："你的礼物？"

"我以为我失去了它。"

"你知道这是什么吗？"基里曼说，他的手扫过桌上的大量卷轴和文件，"战术、教条……策略，艾恩尼德。"

他走向那身盔甲。

"这些标记……"基里曼的目光扫过它们，一边吸收一边思考。他抬起头，说出了一些希尔绝不会想到会从原体口中说出的话，"我认识这些标记所描述的战术，但我看到其中所显露出的方法论，是我此前没有考虑过的。将两种策略同时并列是否也有意义？我相信这与我的工作有关系。"

希尔对于原体能够从一套如此独特的指令系统中解读含义，甚至理解出新的意义感到困惑。他自己并没有想过战术教条间的相联关系会如何相互影响。他尽自己所能给出了回答。

"我将其用作红印者战术的基础。这是我从考斯上习得的一切实践可能。"

"一种更小更灵活的结构。专长者散布于班组间，而非师与连。"

希尔点点头，意识到自己只需提供少量信息就能激起基里曼那强大的逻辑思维。

"我们人数很少，打的是游击战。红印者也一样。实践中，这很合理。"

"效率呢？"

"超出了可以接受的平均值。"

"那就是最理想的了。"

"根据情况来讲，没错。"

基里曼对知识如饥似渴。他的智力和军事头脑已经发掘出了部分真相，而他则渴望将其接受、调整、打磨，并改造成完美的战略。

希尔意识到自己正是父亲那高深莫测的思维过程中这场量子跳跃的催化剂，不禁感到自愧不如。

"对于有几件事我一直都是错的……"基里曼回到了他的桌前，收拢那些卷轴和文件。他将之撕碎，这意在表达一种姿态，而非实际打算摧毁它们。

希尔的惊惧显而易见。

"您在做什么？那是您的学理、您的成果！"

"它有缺陷，艾恩尼德，正是你为我展示了其中的错误。"

"是吗？我是说……我有吗？"

"让我们臃肿的军团发挥作用已不再可行。我本以为这些教条不可侵犯，我曾相信这是在战斗中部署并结合我方兵力最有效的方法。然而在我的迂腐盲目中，我却对眼前的效用视而不见。"基里曼朝着希尔点头说，"你，艾恩尼德。"

希尔皱起了眉说："我没懂，大人。"

"我们已经不再像是旧式的军队了，一位将帅统领着追随他的大军。我们已不再是一支军团，不再是了。"基里曼微笑着说，眼中闪着战争的可能性，"我们是成千上万的单个军团战士，相互支援、调整、重塑，并非为了一个目标而打造，而是为了许多目标、任何目标、一切目标。"

希尔感到吃惊，他从未见过他的原体如此兴致勃勃。

基里曼还没说完。

"直到我看到这身盔甲，听闻了你的红印者，我曾以为我们是一把铁锤。我们的确是，也能够成为一把铁锤，但我们无须如此。"他握紧拳头，仿佛在施以一记重击，"精通运用一把铁锤需要耗费精力，需要力量。这样很低效，很浪费。"他再次张开手掌，伸直手指，宛若刀刃，"一把轻剑只需一刺便能致命。精确、高效、致命。"他说，他每个词都有所强调，仿佛在刺戳，"我们必须迅速致命，一剑穿心。"

基里曼走向希尔。他的一只手放在了希尔的肩膀上，低头看着他的儿子，对希尔给予的启示心怀感激。

"你便是这个理论可能的实践，艾恩尼德。"

基里曼松开了手，转过身，他的思绪向希尔打开。

"洛加曾经击败了我。我并没有考虑到他背叛的理论可能，也没有对此进行准备做出实践回应。这样的事不会再发生了。实践可能、理论可能……新思想必须取代这些过时的概念。我们必须变得更加战术化。"

希尔对此感到赞同，并问出了那个显而易见的问题："要怎样做呢？"

基里曼转过身，再次面对他。

"《圣典》，一切实践知识及其应用的总括。如果这场战争教会了我什么，那就是傲慢的危险。这是你的智慧，希尔。"

希尔低下头，单膝下跪，不知所措。他感到无比自豪。

"您的赞誉胜过一切。"

"很好，这是你应得的。现在起来吧。我们的工作即将紧张展开。我还有部《圣典》亟待完成。你的洞察力激发了我，军团未来可期。"

长夜

艾伦·邓布斯基-鲍登

"杰戈，"那个女孩的声音打破了沉寂，"你还活着吗？"

塞维塔背对着噼啪作响的力场屏障坐着，并未理会屏障那持续不断的抚摸。在他周围，唯有黑暗。并非无日的黑夜，而是绝对的黑暗，连他的眼睛也无法穿透这般帷幕。他们把他关在无光的牢笼中，每个日循环都会有十五分钟的时间，解除屏障，亮起照明灯。这便是他进食的时刻。他们给他带来富含营养的稀粥，尝起来有种平淡乏味的化学品的味道，就像是湿漉漉的木屑粘在他的舌头上。每次他都会对狱卒露出笑容，告诉他们这是他吃过最美妙的东西，每一顿餐都比上一顿更加美妙。

这间牢房的黑暗是种慰藉。就像是盖在他赤裸皮肤上的丝绸，这种黑暗安抚了他疼痛的双眼。不幸的是，这无法平息他脑袋中的阵阵抽痛。自从他被俘以来，只有那个女孩的声音能够减缓这种疼痛。然而这只是诸多声音中的一种——都是死者的声音，从他的潜意识中流出。

塞维塔已经梦见死者上百次了。在醒来的那一瞬间，他能在牢房的黑暗中看到他们那凝视的眼睛，听到他们的呐喊在脑中回荡。

这一切都不是真的，他知道这一点。

在漫长的守夜中，无聊是他唯一的真正伴侣。死者躺于墓冢中，沉默腐朽，得到了正义的制裁。当他在不得安宁的睡眠中听到他们的声音时，只感到一阵阵的苦楚。

"杰戈？你还活着吗？"

但她不是。她的声音是唯一在他醒着的时候也存在的事物，比其他任何回音都要强大。自从他上一次与这个鬼魂交谈已经过去很久了。他好奇，这个女孩是否就死在了这间牢房中，她阴魂如今是否就留在了这里的墙壁中。也许她是死在附近，而她如今来到塞维塔的身边是因为她的灵魂感觉到了他的诅咒。她依附着塞维塔，用一个好奇又古怪的孩子的回音，在黑暗中向一个杀人犯低语。塞维塔怀疑她有没有意识到自己已经死了。

"杰戈？"

"我在。"他朝着寒冷的空气说道，他的鼻子里有血，又热又浓，缓缓流下，他用手背将其擦去，"我在这儿，阿塔尼。"

"又感觉到疼痛了吗？"

开口讲话很困难，他的脑子承受着巨大的压力，但他强迫自己张开嘴，道出谎言："我经历过更糟的。"

"你感觉快要死了。"

对此他报之以嗤笑，却并未否认："我现在还在这儿。你想要什么？"

"就讲讲话。我很孤独。"

"对此我很抱歉，小家伙。"他犹豫了，心中感到了不安，希望她能在这儿待得更久些。这是她第四次来找塞维塔吗？第五次？他脑中的压力让他无法集中注意力，连像追踪流逝的时间这样的平常之事都做不到。"你是我唯一欢迎的声音，你知道吗？"

"我不明白。你还听到了其他声音？即便你在醒着的时候？我以为他们只会进入你的梦中。"

"是的，也不是。"他在黑暗中耸了耸肩，这是个毫无意义的举动，如果还有任何举动有意义的话。在他孩童时，他就总能听到声音：他人脑海中的渴望和愤怒的声音、翻腾低语的情绪，以及城市里的乌鸦在争夺食物时的刺耳鸣叫。

其中最糟糕的是死者的低语。在他瞥向阴沟中尸体的眼睛时，他人记忆燃过的瞬息；那些无形的恳求声，恳求他为他们复仇；在他经过一个公开悬挂着、惨遭开膛破肚的午夜游魂受害者时，他的喉咙中所感受到的血腥窒息之痛。

有时候，他们会和他讲话，在沉睡与清醒之间不可名状的状态中。

通灵术、死灵术、占卜术，对于这种灵能赐礼，一千个文化有一千种叫法，但这些叫法并不重要。一切感知思维的音乐他都能听到，直到军团将其封闭，让他陷入神圣的沉寂之中。

他再也无法听到他人的思绪。

他再也无法听到死者的动人渴求。

然而现在，死者又开始低语了。他精神的封印正被打破。

"杰戈？你在醒着的时候能听到其他声音吗？"

"我蒙受了一种赐福，却并非我想要。很久以前，我曾努力试图摆脱它。"

"这不是我所问的，杰戈。我知道你有此天赋，不然你觉得我们怎么能这样讲话？"

她那肯定的语气让塞维塔起了鸡皮疙瘩："什么样的孩子竟对这样的事有如此见识？"

"我观察，"她说道，始终平静如一，"我倾听。难怪你处于如此巨大的痛苦中。你真的尝试过驱逐你的天赋吗？"

"我试过，我成功了一段时间。"

"那是无法被驱逐的。这样的尝试会损害大脑、心脏和灵魂。"

"我愿意冒此风险，阿塔尼。"

"但为什么？"

"我兄弟中有着第六感的人都感到空洞和怨恨，身上永远流着忧苦的血液。他们并不领导暗夜领主军团。他们无法领导——他们的悲苦让他们太过忧伤，并不可靠。因此我埋葬了这份赐福，而非任其生长。我的父亲和他的辅臣助我将之封闭。我希望它能够在废弃中消亡。"

"我明白了。然而相反的是，那是在杀死你。"

"还有比这更糟糕的死亡。"他大声说道。

你应该知道的，他想，但并未道出这个想法。死者并不喜欢被提醒他们已经死了。

"今晚你听起来……有些不一样，杰戈。是疼痛加剧了吗？"

"是的，"他坦率承认，"但你的声音减缓了这种疼痛。你想要谈什么？"

"我有很多问题。谁是群鸦王子？"

塞维塔吸了口气，让她的声音拂过他的精神，就好像黑暗拂过他的肉体。阿塔尼的话语平息了他脑海中肆虐的熊熊烈火。他梦中的死者之声都无法做到这一点。没人能带来宽慰。

"你是从我的脑子里找出这个词的吗，小家伙？"

"不。是你上次讲出来的，在疼痛最剧烈的时候。你大声哀号着这个词。谁是群鸦王子？"

"我。那是我的兄弟们对我的称呼。"

"什么是鸦？"

"你问了个最奇怪的问题。"他闭上了双眼说，用血淋淋的指尖按了按疼痛的眼睑，"鸦是……嗯……你出生在哪个世界？"

"泰拉。但我在非常小的时候就被第一军团带走了。"

"啊，一个地球裔。我很荣幸。如果你来自泰拉，那我猜你知道鸟是什么。"

"知道。我在书里看到过。鸦是一种鸟吗？"

"黑色的羽毛，漆黑的眼睛。它以死者的尸体为食，发出原始的呱呱叫声。"

"为什么你是鸟儿的王子？"

他那干涸的喉咙又发出一声嗤笑。塞维塔将脑袋向后靠在力场上，感受着那愤怒的低鸣震荡着他的后脑。

"这是个头衔，是我和我兄弟们之间的笑话。乌鸦以尸体为食……而我能制造出许多尸体。"

那个死去的女孩沉默了片刻。塞维塔有时候能在脑海中感觉到她，即便是在她一言未发的时候。她的存在就像是无形的探照灯。塞维塔知道自己正等候着一个鬼魂无形的目光降临在自己身上。

"你在对我撒谎吗，杰戈？"

"没有，小家伙。这是真的，但并非完完全全的真相。"塞维塔说，他舔了舔自己裂开的嘴唇，尝到了其上的鲜血，"然而，眼下这些真相就足够了。"

她再次陷入沉默，尽管她的存在并未从塞维塔的脑海中退去。塞维塔能感受到她正在房间里那牢不可破的黑暗中注视着他。

"阿塔尼？"几分钟后他问道。

"你的家园世界在哪儿？"

他吸入肺中的空气带着自己的汗臭味，他没法洗澡。

"没了，死了，几年前被摧毁了。"

"那里叫什么？"

"诺斯特拉莫，一个毫无法纪、暗无天日的地方。它之所以被焚灭，不是因为它有罪，而是因为我们没能保持它的清白。我们的法律在我们驶向星辰之际便已失败，在绝望的困境中，我们的父亲焚毁了他失败的证据。"

"你们的父亲杀死了整个世界？"

"不只是他。我们的每一艘舰船都朝我们的家园世界开了火。我看着他在夜幕号上下达了命令。我们朝着我出生的城市降下了死亡之雨。你可曾见过一个世界死去，阿塔尼？"

"没有，从来没有。"

他现在几乎喘不过气来，迷失在了火热的记忆中："那很美，真的很美。我从未见过任何事物能像那天晚上我看着自己的家园世界燃烧一样令我激动。那是毁灭的具象，破坏宇宙的线条，撕碎了银河孕育创造的岩石、火焰和生命。

你能看到世界的燃烧之血在破碎的地壳裂口中流淌。"

回应他那异端言论的只有沉默。他是叛徒中的叛徒，他终于给出了自己的忏悔。

最终，那位死去的女孩开口了，她的声音现在变得更加轻柔了。

"杰戈，"她说道，"我不懂你。"

"那是因为我是这个复杂银河中唯一简单的人。如今帝国在燃烧，万亿生灵葬送于荷鲁斯的野心堑壕和帝皇的虚伪烈火，跟随他们坠入万丈深渊。我唾弃他们二人。他们称呼我们暗夜领主为黑暗中的贵族，那便是我们与生俱来的使命。我不是效忠一位主子的士兵。我是正义、我是审判、我是惩罚。"

"那不是你，那是你想要成为的人，你应该成为的人。"

"我不是来这里受审的。"

"但你现在在评判谁呢？惩罚谁呢？"

在塞维塔回答前，她做出最后一次试探——她自己的评判。

"杰戈，你站在哪一边？"

塞维塔将发痛的前额抵在寒冷的石地板上，无视了自己嘴角流下的鲜血。"我不站在任何人一边。"他说。

又一次，长长的沉默。

"你曾试图逃离。我想我知道你为何放弃了。"

塞维塔的笑容就像是一把刀。"你现在知道了？"他问。

"你觉得你应该在这儿。对于你的所作所为而言，这就是正义。所以你独自坐在黑暗中，你的大脑在颅骨中腐烂。你将其视为对自己的处决。"

他吞了吞口水，暂时难以开口。"就像我说的，我是个简单的人——"

"有人来了。"她打断了塞维塔，随着一道刺透颅骨的闪烁，她消失了。鲜血开始从塞维塔的耳朵和鼻子中流出，缓慢，浓厚。

上方传来一道机械声："照明。"

球形灯闪烁亮起。他知道该闭上双眼，即便是自己那基因层面上就得到了加强的视力，也会因那光亮而致盲。上一次他在这场日常仪式中拒绝闭眼，之后的几小时，他的视网膜上都是猩红的痛苦痕迹。

随着一道愤怒的噼啪声和循环引擎的嗡嗡声，能量场消散了。塞维塔抬起头，保持着泰然自若的坐姿，闭上了双眼，牢房门伴随着刺耳的滑道声打开了。

一定不能让他们看到自己的虚弱，一定不能让他们目睹他的痛苦。

"已经到进食时间了？"他说，他朝着狱卒露出了一副丑陋的微笑，如同生锈的刀刃，"多么殷勤好客啊。"

狱卒们早就不再搭理他了。他们沉默地站在门口，运作中的战甲嗡嗡作响，机械关节和机械神经随着他们的每一个动作而发出号叫。即便没有睁开双眼，他也知道站在那里的其中两个人用爆矢枪对准了他的脑袋，而第三个人——站在中间的——准备把稀粥桶放在牢房地板上。他能够闻到他们用来清洁武器的润滑油的味道，以及他们用于骑士礼拜的焚香的炭臭味。

"请向厨师传达我的赞美，"他对他们说道，"上一桶是迄今最美味的。"

他听到两支爆矢枪抵在肩甲上的嘎吱声，忍不住露出了笑容，即便他感到寒意彻骨。"好吧，这可新鲜了。你们瞄准我是有什么原因吗？"他问。

"我们在进来前听到你在讲话。疯狂这么快就攫取了身处囚禁煎熬中的伟大施虐者吗？"

"看起来似乎是的。"

"你在跟谁讲话，塞维塔？"

"与我共处一间牢房的鬼魂。当你孤身一人这么久之后，你会开始想象自己的同伴。"

"你意识到你又在流血了吗？"

"是吗？感谢你的关心，表兄。"

"我并不关心。"

"我知道。我想你们的原体给你们的军团定下了规矩。我现在可以吃我的营养液了吗，高贵的骑士？我一直都很饿。"

他试着睁开眼睛，刚好让一丝耀眼的光芒透入。三个模糊的人影站在他面前，如他所料。三个暗黑天使，身着他们军团的黑色战甲，这就是他那慷慨又充满关怀的狱卒。

但他不得不再次闭上眼睛，光线很刺目。

"我之前没见过你，"他对第一个狱卒说道，"我认得其他人，但不认得你。是何事让你来到了我的房间，表兄？"

"你觉得自己很有趣吗，叛徒？"

"你们一直这么叫我。放尊重点，天使。我的军阶比你高，你知道的。"

那位战士发出厌恶的咕哝声："我们一直在观察你，塞维塔。"

"就像是看关在笼中的珍贵宠物，我无法想象这是多么有趣的景象。你不应该在外面吗，进行你们的那场小战争？"

他们并未上钩，他也知道他们不会。暗黑天使把他的蛋白质糨糊盛器放在地上，随后退回了门口。塞维塔等候着能量场充能的嗡嗡声再次响起。只有到那时，他才会有所动作，用手掌捧起稀粥，像野兽一样进食。

他再次孤身一人，将营养稀粥塞入口中。这冰冷的化学物毫无口感可言。

"杰戈。"她的声音再次传来。她那温柔的语气所带来的慰藉十分绝妙，仿佛冰水浇灌在火热的伤口上。

"晚饭来了，"塞维塔告诉她，"你饿吗，小家伙？"他举起自己仍在滴水的手，朝着黑暗奉上营养液，"如果你想要的话，你可以来享用一下这美妙的饭菜。"

"不，杰戈。请听我说，第一军团的骑士们并不糊涂，他们担忧你的精神出了些问题。"

"我被告知我的精神有许多问题。"他说，露出了沾着稀粥的牙齿，邪魅一笑，"恐怕你得说得具体些。"

"因为这鲜血和痛苦，他们在怀疑你的秘密。他们其中一人是有天赋的，他知道你在隐藏些事情。"

平静却又骤然寒冷，他舔了舔嘴角边寡淡无味的灰色蛋白质糨糊。

"他们其中一人是个灵能者？你……怎么知道的？"

"我能感觉到他在这里，和我们在一起。他用他的精神探向了你，就和我一样。"

所以，第一军团现在在用智库监视他了。这是个意料之外的威胁，他现在不得不应付了。但让他寒意彻骨的不是暗黑天使。

"阿塔尼，"他谨慎地说道，这是他被第八军团带走并被重塑之后所感受到的最接近恐惧的感觉，"跟我说说，小鬼魂。你是怎么死的？"

"什么？"她说，语气充满震惊，"我没死，杰戈。"

塞维塔感到寒意彻骨，仿佛寒霜爬上了深空中失去了动力的舰船残骸，远离任何太阳的光芒。他咬紧牙关呼吸着，双手在颤抖，无助而不安。她在自己的脑子里。这个女孩、这个生物，挤进了他的脑子。

"你——是——谁——"

"阿塔尼。阿塔尼·谢度，灵唱团第二声乐手。"

灵唱团。仿佛黑冰之爪抓住了他一般，他领悟了。阿塔尼并不是什么徘徊在墓冢外的鬼魂。她不是曾死于暗黑天使旗舰上的灵魂。她是——

"星语者，你是个星语者。"

"我以为你知道的。不然我怎么能探知到你，如果我没有这样的天赋的话？"

在这场备受煎熬的折磨中，塞维塔第一次发出了笑声，在这场命运热衷玩弄的游戏中，他在有所缓和的痛苦中发出了笑声。

"你以为我死了？"她问道，在塞维塔的想象中，阿塔尼并没有面孔，但他几乎能想象出她那天真又目瞪口呆的神情，"是来自你梦中一个死者的声音？"

"这不重要了，阿塔尼。这一切都不重要。你不会因为这种接触而受罚吗？"

"会的，如果他们发现的话。但我是第二声乐手，是灵唱团中最强大的。等我长大了，我会成为第一声乐手的。"

一个能提升到第二声乐手等级的孩子，她的灵能力量想必不可估量。毫无疑问，对于她的主子们而言，她很珍贵，但塞维塔好奇，与被囚禁的敌人如此亲密地交流，她究竟有多安全。

"姑娘，你为什么冒着生命危险和我说话？"

"我看到了你的梦。我们所有人都感受到它们侵入了我们的工作——你的梦在摧毁我们灵唱团星语歌曲的韵律。其他人将其拒之门外，抵御着你精神的痛苦。只有我没有。"

"为什么？"

"因为我在你那鲜红的噩梦中看到了一些东西。我知道我能缓解你的痛苦。我无法教导你掌握这种天赋，但我能防止你因此死去。"

塞维塔的回答仿佛投入黑暗中的一把剑，因愤怒而充满恶意。

"这就是你与第一军团的囚犯玩的游戏？"他说，他感觉自己口中闪出的话语就像是扔出的匕首，伤害着她——无论她在哪儿，但愤怒夺走了他能够感受到的些许内疚，"这是某种可悲的尝试，试图让我的狱卒盟友心生感激。还是某种诡计，想用仁慈而非困苦击溃我？"

"不，不是的。不是这些原因。"

"那么，为什么？为什么你要这么做？"

面对塞维塔的愤怒她也没有崩溃，而是说："听听你自己都说了些什么，杰戈。无法心怀感激而不心生疑虑，甚至无法理解为什么有人会来帮助另一个痛苦的灵魂。你的家园世界已经毒害了你。"

"这根本就不是个回答。"

"对你来说不是。你的灵魂支离破碎，杰戈——总是在想着你自己，总是在审判你自己。你已经失去了审判他人的权利。"

她话语之中的力量给了他迎头一击。塞维塔盯着黑暗，仿佛他能够看到她，但她却从塞维塔的精神中向外退却。这一次，塞维塔第一次追逐着她，用自己发誓坚决不会使用的、未经训练的直觉感官向前试探。

但她已经不见了，塞维塔感受到的只有空洞的沉寂。

他在孤独中度过了好几天。痛苦十分强烈，他流着口水，低语着疯狂之词，唾沫从他的嘴角缓缓流下。塞维塔因脑中的压力而感到头晕目眩，躺在牢房中央，左手手指因一阵又一阵的肌肉痉挛而颤抖着。

痛苦超越了感觉——这种痛苦强烈到能够听到，他的脑中感到火热潮湿，仿佛在用指甲刮擦瓷器。

他唯一能看到的便是鲜红，他唯一能尝到的便是鲜血。

有时候，在他充斥着痛苦的梦中，他听到了那个女孩在尖叫。她从未回应塞维塔的呼喊。

房门打开又关上，关上又打开。他已经数不清有多少次了。他不再朝狱卒微笑，也不再伸手接过他们留下的稀粥桶。

"杰戈，你还活着吗？"

他并未起身。他有力量，但任何动作都会激起他脑中令人恶心的火热感。他的回答从嘴角流出。

"还活着，"他说道，"不过大不如前了。"

痛苦开始消散。塞维塔不知道她是不是有意识的，还是这只是她的声音在自己脑海中产生的一种回响。此时此刻，他并不在乎。

"他抓住我了，杰戈。"

塞维塔听到了她的声音中有种此前从未有过的紧张感，有种新的不安感。这让他集中起了注意力，他那游荡的思绪汇成了一把专注的剑刃。尽管仍感到恶心，但他平缓地坐直了身。

"谁抓住你了？"

"我的上司。灵唱团之主，第一声乐手。他感觉到了我们的交流。我以为我足够小心了……"

"现在，安静。"塞维塔轻声说道，他话语很迟缓，语气随着专注而变得冷酷，"他们惩罚了你，是吗？"

"是的，不是第一次了。但现在结束了。"

"告诉我。告诉我一切。"

"没时间了，他们来找你了。他们会把你和你幸存的兄弟带上一艘监狱运输船。"

"不。"

塞维塔站起了身，而自己都没有意识到。他那杀手般强有力的双手缩成了爪子。他想念他的长矛，但他也空手杀死过许多男男女女。

"不。我不会离开这艘船，直到你告诉我他们对你做了什么，阿塔尼。"

"没时间了！他们来了！"

他的声音化作某种凶残掠夺之物，就像是诺斯特拉莫黑暗深渊中的无眼白鲨一样饥渴。在他说出那句话，探向她的精神时——这个举动感觉与吸入香气或是记起回忆无异——他利用这种连接将自己的思绪投入了阿塔尼遥远的意识中。

+告诉我。+他朝她下令。

塞维塔感受到了她的肉体，在别处，那是一具支离破碎的躯壳。

在那一刻，他知道他们对她做了什么。

他感受到了在无助和黑暗中遭到毒打的完整的人类恐慌，无法举起手挡住接下来的打击；他感受到了闪着电涌的鞭子抽打在自己毫无防护的身体上；他感受到自己的脊柱嘎吱一声脱臼了，以及接下来的麻木……

他知道了一切。他们折磨了阿塔尼七天七夜。她已经无法走路，但即便是瘫痪，她也仍有用处——一个星语者不需要腿也能唱出亚空间之歌。面对如此真相，让塞维塔感觉一阵恶心。如此丑恶的处罚只适合火星机械神教的疯子，那些人正是因对抗命于他们的奴隶做那种事而闻名。

塞维塔放开了她的精神，面对着房门。他现在听到他们的声音了。他们的靴子回荡在钢铁甲板上，令地板微微颤动。

"让他们来吧。"

"你无法对抗他们所有人。"

"我无意对抗他们。你自己说的，姑娘。这是我应得的惩罚。"他的话中并无自我怜悯，既不忧郁，也不痛苦。

"照明。"熟悉的机械声响了起来。塞维塔闭上了双眼，抵御即将来临的刺目光芒。随着一阵能量下降的噼啪声，能量场关闭了。片刻后，轨道上的舱壁再次缓缓打开。

他仍然闭着眼，听见脚步声传入他的牢房。他闻到了动力盔甲关节中活动机械的金属味道，他的舌头尝到了战痕累累的陶钢的气息。

"表兄们。"他欢迎他们。

"跟我们来，塞维塔连长。"

"当然了。我能问问我们是要去哪儿吗？"

"监狱运输船兄弟会残余号。"

"多么夸张又完全相称的名字啊。"

"你能睁开眼吗，还是说你需要被拖着走？"

"塞维塔露出了微笑，眼睛睁开一条缝，准备抵御刺入视网膜的疼痛。他们有十个人。不，十二个。全都装备着剑刃和爆矢枪。

"我的眼睛需要适应一下。有点耐心，表兄。"

他们礼貌地让他调整视力。疼痛有所减轻，但并未消失。这足够让他独自行走，而不受被拖走的耻辱。

"走，囚犯。"

无敌理性号是一艘荣光女王级战列舰，一座太空中的城市。他们花了几乎一个小时的时间才走过门廊，穿过隧道和走廊。他们默不作声地行走着，只有装甲靴子的砰砰声伴随着众人。塞维塔看到护送队伍中并没有他的兄弟。看起来暗黑天使采取了预防措施。

奴隶、仆人全都无视了他，未看他一眼，也未从戴着兜帽的长袍中抬起头。

他不得不承认，第一军团把他们的奴才训练得非常好。然而他们能够在履行职责的同时把目光永远盯在地上，就像是在展示一种顺从的尊敬，这着实令人惊奇。

一段时间之后，他感觉到那个星语者孩子再次逼近了，和往常一样注视着他。注视着他……不只如此。

"杰戈。"离他最近的暗黑天使说道。

所有十二位战士同时停了下来，一动不动地站在红光照亮的支线通道中。他停在他们中央，轮流看向每个人。

"如果他们把你带上那艘监狱船，你会死的。"另一个军团战士说道，"我可以帮助你……"

"……但我无法像这样控制他们太久。"又一个人说道。

"你是怎么做到的？"塞维塔惊讶地低语道，"你到底有多强大，孩子？"

"他们其中一人是个智库。他无时无刻不在与我斗争，他的力量很强。"

塞维塔看向队列之首。领头战士的黑色盔甲上刻着精美的卡利班符文，他没有戴头盔，乳白色的布制兜帽在他的面孔上洒下阴影。

这位暗夜领主连长走上前去。他看到那个战士龇牙咧嘴，眯起的眼睛在颤抖，正奋力进行着一场无形的战斗，汗水在这位暗黑天使的眉毛上结成了菱形。

"你好，表兄。"塞维塔轻声低语，"别抗争了，很快就结束了。"

那位智库的眼睛颤抖缓慢地转了转，看向塞维塔。

"不……你——"

塞维塔从那位暗黑天使的髋部枪套中拔出手枪，一枪打中了他的眉心。这具身首异处的尸体仍然站着，但他感觉到阿塔尼在他的精神中松了口气。他将手枪扔在了甲板上。

"你没必要杀他的，杰戈。"另一个暗黑天使说道。

"没错，但这么做很符合我的风格。"

又一个战士转向他说："你快要到辅助机库甲板了。你能偷一艘在马库拉格锚点的舰船之间往来的货运船或是拖船。你能藏在一艘战舰上，准备——"

"够了，小家伙。我只需要知道一件事。"在他说话的同时，手伸向了最近的暗黑天使背上的链锯剑。

"什么？"那个战士问道，转向他。

塞维塔的手指握紧了那个军团战士战痕累累的剑刃手柄。他知道自己的未来就在穿过舰船维护管道那漫长幽闭的旅程中。

而阿塔尼必须尽力帮助他，这是应该的。

正义，审判，惩罚。

"只管告诉我你在哪儿，阿塔尼。我想要听你的灵唱团歌唱。"

星语灵唱团正在开会。二十位成员正在绝对的和谐中交心，他们身处一个巨大的强化穹顶之下，外面是繁星点点的天穹，这景象令人叹为观止。

通常这里平静如水。在二十个有着仪式性蚀刻、闭锁着的灵知仓中，一切依然平静如水。里面密不透风，也隔绝于如今正响彻鲜红甲板的呼啸警笛声。星语者们在沉睡，他们的精神在交联，准备照他们主子的吩咐行事——探出翻腾的风暴，将他们的能量花费于又一场徒劳的尝试，尝试将消息发送给遥远的泰拉。

沉睡的众人中只有一人在骚动，但她并未苏醒。她的意识停留在灵唱团那完美灵能乐曲的边缘，她让众人的声音拂过她，并将自己的和声加入合唱。

在灵知仓的墙壁外，一个侵入者在灵唱室的大堂中游荡。

数十位修士正在呼啸的警笛声中疯狂忙碌着。他们在操作房间里的神秘机器，准备缓解星语者们的疼痛，让灵唱团在歌声骤然中止时能够安然无恙。

他们还在奋力封闭内室。其中一人正朝着通信控制台尖叫，呼喊第一军团的战士立刻前来，如果有必要的话可以切穿大门。在这个星际战士从不被允许踏足的大堂，这是他们第一次被要求前往。

塞维塔奋勇冲过逃离的奴仆，并未用剑刃解决他们。他们对他而言只不过是虫子而已，无关紧要，仿佛并不存在。

塞维塔停在了她的灵知仓前。

他知道自己最多只有几秒钟的时间，站在她身旁的每时每刻都是在浪费时间，但他依旧岿然不动。

阿塔尼在里面沉睡：一个皮肤青紫的女孩，像胎儿一样被绑在放有垫子的灵知仓中。一眼望去，无数生物数据线、肌肉针和养料管刺入了她的太阳穴、脊椎和肢臂。蓬乱的头发遮住了她空洞的眼窝。

尽管她在拥有空气控制装置的维生仓中几乎一动不动，但潜心观察的塞维塔仍然注意到了她指尖的抽动。那柔软光滑的手指根本无法握住一把武器。

塞维塔差点就把自己的手按在了灵知仓的玻璃上，但一个叛徒的血手印只会进一步证明她的罪过。

+所以你长这样。+她在塞维塔的精神中说道。在阿塔尼将话语投射到塞维塔的精神中时，她仍在灵知仓中沉睡。她并未提及塞维塔苍白肉体上的千百伤痕，也没有提到他那漆黑得不自然的双眼。+你看起来很疲惫，杰戈。+

塞维塔唯一的回应是一副鲜血淋漓的笑容。

然后他走了，使命在召唤着他。

随着链锯剑砍入灵唱团的主灵知仓，氧气溢出，加压的气体和冷却液喷涌而出，嘶嘶作响。仓内是一个干瘪的灰发亡魂，叫作姆内默克，按泰拉标准有三十岁，但他的样貌看起来有五十岁，健康状况仿佛七十岁。

星语者是一份严苛的职业，一个精神燃烧得越旺盛，其肉体就越容易被侵蚀的职业。

这个身形残破的男人在盲目的恐慌中尖叫着，他被拉出了带垫的灵知仓。比从肌肉针和生物信息馈送中被扯出所产生的震惊更甚的，是他脱离灵唱团合唱时摧人心智的尖叫。烈焰肆虐于他的精神表面，烧入他的大脑血管，如同燃烧的油潮。

但即便因迷失而变得虚弱，因痛苦而震惊，他也并未完全失去本能。在他被一只极其强大的手拉到空中时，他伸向了髋部的鞭子……却发现鞭子不在那儿。

不像大部分星语者，这位监督的眼窝并不空洞。粗陋的义眼呼呼飞转，咔嗒作响，寻找着焦点。但他却看到一个他并不了解的高大巨人的扭曲图像，一双他并不认识的黑色眼眸盯着他的面孔，低声道出一句他从未听过的话。

"我来找你了。"

监督姆内默克在醒来后说出的一句话只是一个词。他问出了在他这个位置的人都会问的问题："为什么？"

他说出的第一句话也是他的最后一句话。塞维塔用姆内默克的鞭子缠住了他，绞住了这个无助的男人。这条鞭子正是姆内默克用来抽打灵唱团中最年轻的那位成员、并一直打到她脊柱断裂的。

　　杰戈·塞维塔是一位经验丰富的杀手，非常熟悉杀人的力道，也精通凡人所能想象的任何杀人方式。他缓慢爱抚般地扼杀了星语者之主，他的基因强化肌肉几乎没有绷紧，他的力度刚好能掐死人，却又不会压断那个灵能者的脖子。

　　那个监督的灵能十分慌乱，可悲地拍打着塞维塔的精神，就像他抓挠塞维塔那坚韧肉体的纤细手指一样毫无用处。

　　他睁圆了双眼，脸孔从红色变成紫色，最后变成了蓝色。他的挣扎变弱了，变成了抽搐，最后停息了。

　　塞维塔并未放手，还没到时候。

　　尽管他有诸多缺陷，但在履行职责时他依然细致缜密。

　　阻挡侵入的华丽大门最终打开了，进来了一群黑甲骑士。暗黑天使包围了他，下令让他趴在甲板上，同时举起了爆矢枪瞄准他。

　　"我即正义。"塞维塔朝他们喊道，随着最后一扭，他扭断了那具尸体的脖子，然后扔到了自己赤脚边的甲板上，"我即审判，我即惩罚，我投降。"

　　他孤身坐着，周围一片漆黑寂静，他倾听着自己缓慢的呼吸声。一阵宁静感笼罩了他，失去了数十载的冷酷专注感又回来了。

　　如今，他不再梦见死者，而是改为梦见诸多世界之间的无尽暗夜。深邃的虚空，飘着数千个威胁，远离忠诚的阳光。那是因伟大远征而被迫流亡的异形和怪物的领地，仍在呼唤着人类将其彻底灭绝。那是对人类真正的威胁。

　　"杰戈，"最终女孩的声音再次传来，"你还活着吗？"

　　在牢房的黑暗中，塞维塔露出了微笑。

父之罪

安迪·斯迈利

在我的至暗时刻，我并不爱我的儿子。

圣吉列斯岿然不动，在他周围，刀剑相交。他所负担的思绪仿佛时间的重压。这股思绪深植于他内心，在决斗石的中心岿然不动。与此同时，两位斗士正在交锋。

在这一时刻，我却在思索未来。

穿着简朴的长袍，身处赫拉城堡深处，他那优美的形体令房间边缘的许多雕塑都黯然失色。他是一位超然的天使，是对帝皇造物之美感与力量的颂歌。

除了他的父亲，没有人会注意到他眼眉中的皱纹。

我的儿子们永远不会拥有我的美德。他们将会是受到玷污的明镜，在伟大的暗淡反光中闪烁，而我的死亡将会剥夺这份伟大。他们没有勇气抵御自身血液中的诅咒。除了……

也许，除了这两人。

天使风暴是一场危险的仪式。圣吉列斯身处风暴眼，撕肉者和拯救者的剑锋在他周围飞旋。他追踪着决斗的进退起伏，评估着二人的力量和技艺，那二人则在相互咆哮怒叱。

我的父亲将我塑造成天使的模样。是神圣的保护者，还是愤怒的毁灭者，他从未说过。创造一个令他认知讶异的造物，正是他那古怪本性的体现。他让我来决定历史会怎样记录我的事迹。

圣吉列斯闭上了双眼，让思绪飘回到乌兰诺大捷。他总是感到孤独。即便是那时，即便身边有诸多兄弟在场。他看到了他们每个人的面容，捕捉到未来命运在他们的眼中闪烁。

我的兄弟们并未如此优柔寡断。马格努斯并非战士，安格隆也并非谋士。他们的道路已然决定，不容置疑。

两位斗士的剑刃再次交锋，火花闪过圣吉列斯的脸庞。两把巴尔剑因摩擦而炽烈无比。

毁灭者、保护者，我受到了诅咒，能看到这两条道路的终末，我知晓背离任意一条道路的痛苦。我的软弱让我同时走上了这两条道路。

他睁开了双眼。两位斗士几乎打到了他面前，他们那激烈的砍刺倒是让他的皮肤有些暖意。

但是这两人，我的这两个有缺陷的子嗣，走上的是同一条道路。

被刺杀的角色需求所驱使，一把剑直指圣吉列斯的咽喉。原体依旧岿然不动，并活了下来——撕肉者的致命一击被拯救者的剑刃挡了下来。

阿兹凯伦，圣血卫队长，是我最伟大的保护者。他的黄金青铜甲象征着他内心的纯洁。被职责与自尊所驱使，他是一位技艺精湛的剑客，他的剑招平衡、慎重、稳健。

阿兹凯伦咕哝一声，用肩部将他的对手从原体身旁撞开。

阿米特，第五连连长，天生的战士。他会战至群星燃尽。他的盔甲上携带着他人灵魂中的伤痕，鲜血淋漓，沾染了最深的红色。他是个毁灭者，拥有着狂战士的怒火。他那凶残的打击毫不在乎对方的防御。

阿米特低声咆哮，重新稳住身子，开始加强攻势。

他们的专注会让他们比我活得更久。这给予了他们力量，去做别人做不到的事情。

然而，我却预见到了一个没有天使的未来……

卡班达在胜利中咆哮着，我的身体躺在地上，支离破碎。满足于自己的复仇，它拍打着双翼，扑向一场遥远的混战。

我仍然躺在那里。

"不！"阿兹凯伦的呐喊充满了愤怒和痛苦。

他冲向我，无视了他麾下战士的呼喊，抛弃了他们。

"大——大人……"他语无伦次，跪在了地上。

他把我拉了过去，抱住我的身体。我的头靠在他覆有雕刻的胸甲上。我的面容现在和他们一样了——无瑕却又破碎。

"父亲，"阿兹凯伦摇了摇头，因悲痛而发狂，他搜寻着已不在我体内跳动的生命，"他死了……"他的目光转向天空，找寻着某个将会斥责他的神祇。

"我们的父亲圣吉列斯死了！"

在他周围，皇宫在垂死挣扎中熊熊燃烧。火焰吞噬了地面，烧灼着高大的城墙。布满脓水的肉体像油一样燃烧着，骨肉分离，却因毁灭诸神的力量而仍然活着。

"怎……怎么会这样？"阿兹凯伦摘下头盔，看向地面，仿佛用自己的目光看着这个世界就能够改变其面貌一样。现实却不然。

他身陷地狱。希望已然彻底丧失，这位圣血天使卧倒在地，剑刃从手中滑落。他的兄弟们正在死去。红皮恶魔们或是用带有倒刺的利爪将他们开膛破肚，或是用黑曜石剑刃将他们劈砍至死。敌人的速度如此之快，圣血天使们的战斗仿佛是慢动作，爆矢枪的咆哮被怪兽的号叫所淹没。

屠杀与疯狂纵横交错，梦魇化作现实。此乃万物之终。

"大人，阿兹凯伦大人，您必须战斗。"

阿兹凯伦瞥向站在他身旁的圣血天使。那个战士的盔甲已经被非自然的火焰烧得焦黑。

"大人，我们需要您的剑刃。"

愤怒与绝望相互交织，这位圣血天使的面孔扭曲得龇牙咧嘴。

"他……他走了。我们完蛋了。"阿兹凯伦的声音很空洞，被绝望剥夺了感情。

"指挥官阿兹凯伦，我们需要你！我们无法——"

这位圣血天使的脑袋和躯干消失在了一片猩红色的闪电中，被敌人的某种魔法武器所蒸发。

阿兹凯伦低头看向那位圣血天使的遗骸，迷失在地上扩散开来的血泊中。

"我们输了……"

阿米特跌跌撞撞地往前走。他孑然一身，身处广阔的沙漠，迷失在了向四面八方延伸出去的红色沙丘中，唯有内心的怒火支撑着他。他跟随他的猎物来到此地，自己的战士皆因此流血致死。他脚下的沙土并非来自碎裂的岩石，而是来自那场鲜血淋漓的战斗。他正行于死者的尘埃与鲜血凝结的山丘之上，八颗高照的烈日将鲜血烤干硬化。

"我会找到你的。"

阿米特的声音仿佛刺耳的咆哮，让他的话显得十分粗犷。

那个恶魔大笑着回应。那是嘲弄的咆哮、蔑视的低吼，仿佛原始的雷鸣回荡在周围。

阿米特将他的剑刃刺向天空，说道："你躲不过我的剑刃的，恶魔。躲不过一世的。我会找到你，然后杀了你。"

猩红的天空冒出了火焰。那个恶魔凭借一道意识撕裂了天际，在苍穹中打开了一个参差的裂口。鲜血、猩红与黑暗在复仇中倾泻而下。

"这也不会阻止我。"阿米特咆哮道。

他错了。

血雨倾盆，冲倒了阿米特，他脚下的沙丘化作厚厚的淤泥。

"面对我，恶魔。"阿米特啐道，咕哝着，挣扎向前，徒劳地抗争着，避免自己的庞大身躯陷入泥潭中，"懦夫！与我战斗！"

挫败感如同剑刃般刺透了他，大地吞咽，化作海洋。撕肉者之主无助地陷入了猩红的深渊。

"不！"

阿米特的呐喊几乎不可闻，被咆哮的鲜血波涛所淹没。

他试着向上游向表面，但鲜血太过浓厚，他的盔甲太过沉重。他沉了下去，陷入了形成这个世界的杀戮深渊。

"不……"

浓厚的血液充斥着他的肺部，将他向下拖，直到他撞在了海床上——那是一片由锃亮颅骨组成的连绵起伏的大地。成千上万个颅骨塞满了基岩。

然而，其中还留有一个颅骨的空间。

"停。"

阿米特和阿兹凯伦听从圣吉列斯的命令，都举起了剑刃。

"换位置。"

"大人？"阿兹凯伦皱起眉，迷惑不解。

"阿兹凯伦，你进攻。阿米特，你保护我。"

"大人，我没有这种性——"

"对，阿米特，你没有。"圣吉列斯说，他的声音很冷酷，但目光中并无恶意，"你的战斗只为杀戮，毫不在乎生存。而你，阿兹凯伦，"圣吉列斯的目光移向另一位圣血天使，继续说，"你的战斗只为保护，而毫不考虑生存意味着什么。"

阿兹凯伦举起一只手以示抗议："我为军团而战，为帝皇的记忆而战，为过去的帝国而战。"

"不，你没有。"圣吉列斯摇了摇头说，"你为你自己的荣誉而战。你为我而战。"

阿兹凯伦看起来受到了伤害，仿佛被剑所刺中。"那么，还有什么比这些更加伟大呢？"他问。

"这并非罪过，而且也很适合你，但这还不够。当这个新帝国陨落，我们全都倒下时……待我已不在时，那你会为谁而战？"

阿兹凯伦的目光中闪着怒火，说道："大人，那不会——"

"你对连我父亲都不清楚的未来如此确信？"

"大人……原谅我。"阿兹凯伦低下头，以示顺从。

"而你，阿米特，你之所以战斗，是因为战斗的喧嚣能为你带来平静。"

阿米特移开了目光，无法迎上他主人的眼睛。

"有朝一日，你们所率领奔赴死亡之地的呐喊会淹没你们血脉中的咆哮；有朝一日，你们必须保卫我们剩下的所有。"

阿米特一言不发，下巴紧绷。

"现在……"圣吉列斯说，他回到了他位于决斗石中心的位置，"换位置。"

阿米特和阿兹凯伦沉默地交换了位置，各自准备好了剑刃。

"我的性命在你们的手上，儿子们。你们应有所成。"

鹰爪号

约翰·弗伦奇

/// 节取自鹰爪号的通信片段（Ⅶ）。///

/// 请在访问完整档案前检查并确认记录清晰度。///

TH-144：<< 防御点被攻破。他们正攻进来！ >>

GA-739：他们经过你还要多久？

AR-502：<< 指挥官伽姆斯，这里是阿卡德。他们的自动防御系统重新上线了。朝目标前进受阻。>>

TH-144：<< 这里是西奥芬————号防御点已失守，正朝二号防御点撤退。他们将会在六秒内进入主干道。>>

AR-502：<< 他们在我们后面！ >>

GA-739：所有单位，这里是伽姆斯。我正切断主干道。炸药爆炸倒计时，五、四、三、二……引爆。

TH-144：<< 爆炸效果很好，主干道已封闭。这应该能减缓他们的速度。>>

GA-739：西奥芬，他们绕过残骸要多久？

TH-144：<< 最佳预测————百秒到一百五十秒，指挥官。>>

GA-739：阿卡德，你在桥梁大气控制处吗？

AR-502：<< 我们遭遇了激烈抵抗，指挥官……我们……兄弟……我们…… >>

GA-739：阿卡德？

TH-144：<< 这里是西奥芬，已抵达二号防御点，正在坚守。>>

GA-739：阿卡德，你的兵力和状况如何？

AR-502：<< 指挥官，我们…… >> /// 传输中止。///

TH-144：<< 他们朝我们来了。多恩在上啊，他们人太多了！我们无法坚守这个位置！ >>

GA-739：阿卡德，你的兵力和目标状况如何？

TH-144：<< 指挥官，这里是西奥芬。防御点将会在三十秒内被侵占。>>

GA-739：阿卡德？

TH-144：<< 他没了，伽姆斯！你的命令是什么？ >>

GA-739：阿卡德！

TH-144：<< 我们要输了，兄弟！没别的选择了。如果要动手，那么必须现在就动手。>>

/// 记录清晰度已确认。继续。///

/// 访问名为"鹰爪"的完整记录。///
/// 授权已接受。///
/// 正在检索首个文件指令符号……///
/// 文件已访问。///
/// 赞美机械，赞美寻秘者。///

  从打响塔兰战役第一枪起的一百九十七天十小时十七分三十一秒，巨型运输船鹰爪号撞向了这颗行星的地表。这对于南部大陆当前的地面行动影响巨大，其他地方对此有大量记录。然而，这次事件在整个战斗过程中所产生的作用难以评判，塔兰战役仍然是这场持续进行的内战中的最新事件之一。

  当时，鹰爪号的坠落被认为是来自塔兰星系中忠诚帝国军战舰上的一支队伍——或多支队伍——的行动所产生的结果，或是舰船自己的协议发生了灾难性故障。

  两种推测都是错的。

  附于该记录中的通信文件包括了由鹰爪号上的一支第七军团打击部队在其进入大气层前捕获到的信号。该信号的捕获是个偶然，结果使得佩图拉波的军队被动采取了行动。该记录及其取得方式不为军团外的人所知。

  这支帝国之拳打击部队的兵力估计为三支小队，名字为伽姆斯、西奥芬和阿卡德。全部三支小队都是侦察配置，只有轻型武装。据信，它们是通过炮艇和微破口的方式渗透上了那艘船。打击部队的指挥任务由伽姆斯小队负责。

/// 访问鹰爪号事件，通信片段（Ⅰ）。///
/// 记录开始。赞美机械。///
TH-144：《西奥芬小队到达路径点一。没有抵抗，没有被发觉的迹象。》
GA-739：确认，西奥芬。
TH-144：《正前往主干道贝塔。》
GA-739：西奥芬，停止前进。

TH-144：<< 我们在这里会暴露，指挥官。地图并不准确。这个交叉口有四条岔路，标记的龙门架也被移除了。墙上和地板上有切割喷灯的痕迹。我们没有掩体，这艘船正活跃起来，准备将许多装甲部队投向地面。如果有东西经过这里，我们会暴露的。>>

GA-739：明白，西奥芬。命令不变，停止前进。

AR-502：<< 这里是阿卡德。运输井已突破，重力伞已启动，我们准备上升。>>

GA-739：上升，阿卡德。在路径点二停止前进。

AR-502：<< 为了多恩，为了帝皇。阿卡德小队已抵达路径点二。有大量舰员和机仆活动。没有抵抗，没有被发觉的迹象。>>

GA-739：确认，阿卡德。西奥芬，你可以前进了。

TH-144：<< 遵命，指挥官。>>

AR-502：<< 这艘船可真大。>>

GA-739：你应该熟悉一下布局，阿卡德。我希望你不会被其他细节惊到。

AR-502：<< "敬畏乃是耳目之礼，大脑与冰冷的数字无此感受。" >>

GA-739：嘿，我想我很难质疑原体的话语。这艘船属于其同类中排水量最大的舰级，但并非独一无二。

AR-502：<< 但依然令人印象深刻，即便是对你这样的人，指挥官。>>

GA-739：我这样的人，阿卡德？

TH-144：<< 我想阿卡德士官是想要礼貌地利用这个战术通信频道来暗示你……年纪大了，指挥官。>>

GA-739：我不接受下属的恭维，阿卡德。我们还要维系自己的声誉。

TH-144：<< 西奥芬小队现在正在进入主干道贝塔。这里正在被使用，指挥官。地板有震动。附近有履带式单位在移动，但看不见。>>

GA-739：在逼近还是在离开？

TH-144：<< 在离开，震动减轻了。>>

GA-739：你能抵达通往能量导管的舱门吗？

TH-144：<< 能。如果我们现在行动的话。>>

GA-739：前进，西奥芬。

TH-144：<< 我们需要这么做吗？我们可以放弃这个目标，朝主要目标前

进——>>

GA-739：前往能量导管，并安放炸药，西奥芬。

TH-144：<< 是，指挥官。西奥芬小队正朝次要目标伽玛前进。>>

GA-739：确认，西奥芬。阿卡德，保持不动。一次一步，兄弟们。

AR-502：<< 遵命，指挥官。>>

/// 正在进行记录访问。///

　　帝国之拳对鹰爪号的渗透与在塔兰南部大陆中心的一场无名的大型交战同时发生。这场交战主要发生在泰坦和骑士级战争机器之间，在当时，这是自忠诚派援军抵达星系内之后发生的最大的一次交战。考虑到其中涉及的部队兵力，如果一方取得了决定性胜利，那么他们很可能会取得总体战术优势，从而取得整个塔兰战役的胜利。

　　鹰爪号是朝南部大陆投送部队的最大一艘运输船。若是它成功，那么战斗的天平很可能会偏向叛军一边。

/// 访问鹰爪号事件，通信片段（Ⅱ）。///
/// 记录开始。机械已入梦。机械无所不晓。///

TH-144：/// 通信加密激活。///<< 西奥芬小队已抵达左舷能量导管，次要目标伽玛。没有抵抗，没有被发觉的迹象。>>

GA-739：你在使用直接链接，西奥芬。你的通信设备出什么问题了吗？

TH-144：<< 通信畅通，兄弟。>>

GA-739：那么继续完成目标，并切回已批准的任务频率。

TH-144：<< 我不想让阿卡德听见……>>

GA-739：讨论的时间已经过了，西奥芬。你已经表明了你的疑虑。我已经收到并理解你的担忧，并认为其不比这次行动的需求更重要。继续前往次要目标。这是我的命令。

TH-144：<< 如果主要任务失败……你会这么做吗？你会引爆炸药？ >>

GA-739：如果这艘船完成了向地表的全部战术部署，那下面的战斗便会输掉。

TH-144：<< 那如果这场战斗输了呢？ >>

GA-739：西奥芬，现在不是时候。

TH-144：<< 如果输了，那么会发生什么？塔兰的战争会结束吗？帝国会输吗？还是一切照旧？ >>

GA-739：胜利是由每一个细节、每一场或大或小的战斗决定的。永远别忘记，兄弟。没有任何战斗是无关紧要的，而我们也无法知道命运寄托于怎样的行为之上。我们所能做的便是战斗，无论任何时间，也无论任何情况。

TH-144：<< 如果我们引爆安放在这个能量导管上的炸药，那么这艘船的引擎将会被关闭，并使之坠向行星。这艘船会撞向地表。随即冲击波将会夷平半个南部大陆上的一切。我们在下方的盟友怎么办呢？他们的战斗怎么办呢？来自天空的火焰不会在乎燃烧的是谁。>>

GA-739：大部分忠于帝皇的军队都已经在地表下的避难所里了。

TH-144：<< 只要一个裂口，塔兰的有毒空气便会进入，然后……然后避难所中就只剩尸骨了。>>

GA-739：战争总会付出代价的，兄弟。

TH-144：<< 我知道，伽姆斯。我记得。法尔很遥远，但我没有忘记为了生存付出了怎样的代价。但承担这代价的应该是我们，而非凡人。这是我们的战争、军团的战争。是我们发起的这场战争，我们才应该为我们的胜利付出代价。>>

GA-739：这并非我意，兄弟。如果主要目标达成，那么这一切都可以避免。

TH-144：<< 那么如果主要目标失败了呢？ >>

GA-739：那么这艘船将会陨落。

TH-144：<< 那么下面的那些人呢？ >>

GA-739：塔兰已无生灵，兄弟。只有尚未步入坟墓的亡者。按计划安放炸药，西奥芬，并通过通信输入将引爆交由我控制。

TH-144：<< 遵命，指挥官。>>

/// 正在进行记录访问。///

夺取一艘大型太空飞船并非容易的任务。要成功控制或是清除上千——

乃至上万——人类舰员所需的部队数量和征服一座大都市差不多。再结合狭窄且极其恶劣的环境中作战的问题，执行跳帮任务的地方在帝国的军事教条中被称为死亡区——死亡之地。

夺取一艘舰船最常见的方法是攻击主要或次要舰桥。失去了有效的指挥队伍，一艘战舰就会变成漂浮在虚空中的一个金属块。正因其脆弱性，指挥点是一艘舰船上防守最严密的位置。要通过跳帮行动夺取或摧毁舰桥，往往需要拥有专门武装的部队进行缓慢消耗，或是由拥有压倒性兵力的精锐部队实施闪电般的快速打击。

通过渗透来尝试夺取一艘舰船是……不同寻常的。帝国之拳针对鹰爪号的行动表明他们缺乏数量可观的部队，但也表明多恩之子一定程度上拥有我们此前以为其没有的想象力。

假设是毁灭之种，万事万物皆然。

/// 访问鹰爪号事件，通信片段（Ⅲ）。///

/// 记录开始。机械即万物。万物即机械。///

AR-502：<< 指挥官伽姆斯，这里是阿卡德。>>

GA-739：你的情况如何，兄弟？

AR-502：<< 我们遇到麻烦了。我们正穿过后部舰脊层，但地图并不准确，指挥官。布局完全不一样。我们不得不绕道，唯一的选择便是使用上层舰员甲板的通风口。我们就在敌军正上方。>>

GA-739：敌军兵力如何？

AR-502：<< 不确定，但很多，他们正处于战备状态。他们也许只是普通人类，但其中许多都是海军武装兵，加上几百个正在集结的坦克组员。我们有三次都差点暴露。我们正原地不动，按原计划待在图上标记为 6-7- 伽玛 -2 的升降口梯上方的一个洞中。目前来看如此。>>

GA-739：那里有条……通往主要目标的次干道，离你当前的位置不到……十米。你能带着你的小队穿过通道吗？

AR-502：<< 敌军活动持续不断。他们的行动毫无规律，最长的间隔有六秒。>>

GA-739：你能回来选择另一条路吗？

AR-502：<< 我们无法回去。我们经过的上一个位置正在集结车组，以及……还有另一个问题。>>

GA-739：告诉我。

AR-502：<< 这片区域有机械神教的存在，至少是大队的规模。有萨拉克斯和忠仆军部队，还有智控军团中队。他们处于完全警戒状态，传感器都启动了。>>

GA-739：你的建议，士官？有话直说。

AR-502：<< 首先，我们需要转移视线，指挥官。需要有些东西吸引他们的注意力，但又不危及任务。一场严重的事故之类的。>>

TH-144：<< 我们可以炸掉主港口运输设备的起重机。将其扔下五十层甲板。很可能会造成大量损害，但在至少五十到七十分钟内他们都应该不会意识到那是刻意为之。>>

GA-739：我的小队可以从我们当前的位置抵达运输井。继续，阿卡德。下一步是什么？

AR-502：<< 即便有转移视线，我们也需要消灭两个舰员才能继续前进。>>

GA-739：那样风险很大。为什么？

AR-502：<< 因为离我们要降下的通风口五米范围内有武装兵站岗。>>

GA-739：你计划杀死那两人？

AR-502：<< 是的。第一个透过格栅进行狙击。我们同时会降下去。干掉第二个，捡起两具尸体，带走。>>

TH-144：<< 卫兵的失踪会被注意到的，即便击杀干净利落。>>

AR-502：<< 没错。我估计，在他们被发现失踪前，我们有不到七分钟的时间。>>

GA-739：你得在那段时间内抵达主要目标，并将其摧毁。能办到吗？

AR-502：<< 能。>>

GA-739：很好，阿卡德。我们按你的建议行动。

AR-502：<< 感谢你，指挥官。荣幸之至。>>

/// 正在进行记录访问。///

在当前局势下，许多军团对荣誉的关注只能被视为一个弱点。在伟大远征的时期，荣誉有其价值，它能将战士们凝聚在一个目标之下，维系着远征理应代表的理想。如今，在那些仍然怀有荣誉的人身上，这只能被视为一个缺点，而更重要的是，这是一个能被他人利用的优势。

荣誉有何用处，除了在应当果断行动时产生犹豫，在不该怀疑时产生疑虑？

以下便是这个缺点的一个鲜明例子。

/// 访问鹰爪号事件，通信片段（IV）。///

/// 记录开始。机械无所不知。机械之眼洞悉一切行为。///

TH-144：/// 通信加密激活。/// << 你在担心，兄弟。在阿卡德谈到荣誉之后，我能听到你沉默中的担忧。>>

GA-739：我们在执行任务中，你觉得这是使用私人通信频道的好时机吗？

TH-144：<< 我是你的手足兄弟，伽姆斯。我要列出我们并肩作战过的战斗，才能有权质疑我的指挥官是否心怀疑虑吗？我觉得我不需要请求拥有这样的权利。这就是我的权利。>>

GA-739：是啊，也许是吧。

TH-144：<< 你无须怀疑阿卡德，兄弟。他很年轻，仅此而已。>>

GA-739：他不年轻了。这场战争中，没人还是年轻的。

TH-144：<< 他从不了解伟大远征。他是我们第一批只认识内战的战士之一。有朝一日所有星际战士都会和阿卡德一样。在这样的时候，他仍想着荣誉，这应该给了你希望。>>

GA-739：我们的所作所为毫无荣誉可言。只是必要之事。

TH-144：<< 我知道军团中有些人觉得我们无权拥有荣誉。有的人称我们为阴影住客和刺客。>>

GA-739：我们在沉默中作战，并不耻辱。如果原体不这么认为，那么侦察小队永远也不会被采用。

TH-144：<< 你似乎在对你自己的忧虑辩驳，兄弟。>>

GA-739：我们都老了，朋友，在我们步入阴影作战时，我们就老了……

TH-144：<<但阿卡德并非候选者，兄弟。他曾在法尔浴血奋战。我很少看到这么优秀的小队长，即便是那些有着几十年丰富经验的人。>>

GA-739：但他正是从那场战斗中走过来并加入我们的——步入针对我们敌人的战争，而从不与敌人四目相对。这不应该是年轻人学习作战的摇篮，这应该是老兵逝去的地方。我们逝去的地方。

TH-144：<<我想不出更加忧郁的自我认知方式了。>>

GA-739：成功的机会很渺茫，兄弟。生存的机会更小。如果我们在此逝去，那么谁来将我们的名字带回誓言圣殿呢？还会有军团铭记我们吗？如果有的话，那他们会是怎样的战士？

TH-144：<<我不禁好奇，兄弟，你所忧虑的是否并非阿卡德的荣誉，而是你自己的。>>

/// 正在进行记录访问。///

我们能够推断，第七军团在鹰爪号上的行动专注于舰船的关键指挥控制系统之一，很有可能是连接舰桥和执行命令的战位的通信管道。如果这样庞大的一艘舰船的通信被切断，那么整艘船将会停止行动——舰桥无法下达命令，舰员和系统则没有命令执行。以生物作为类比的话，这就像是切断了连接大脑和身体的神经，让两者仍然存活，却瘫痪，意识被锁在了脑袋中。

这样一个计划需要高度的精确和勇气，但谈及帝国之拳时，这些品质从未遭到过质疑。然而毋庸置疑的是，越是精确细致的行动，就越容易出错。

但一旦受到干扰，任务失败的概率便会急速增加。众所周知，灾难与胜利之间的界线细如刀割。

/// 访问鹰爪号事件，通信片段（V）。///
/// 记录开始。机械即永恒。永恒乃机械之表达。///

GA-739：伽姆斯小队就位。所有单位确认准备状态和位置。

TH-144：<<西奥芬就位。正位于主干道防御点。>>

AR-502：<<阿卡德小队。我们已准备就绪。>>

GA-739：听你口令，阿卡德。

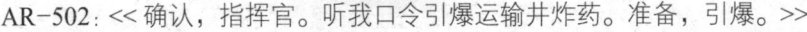

AR-502：<<确认，指挥官。听我口令引爆运输井炸药。准备，引爆。>>

TH-144：<<左舷甲板响起警报。>>

AR-502：<<我们位置下方的走廊已清空。小队准备交战，执行。目标消灭，正前往——>>

GA-739：阿卡德？

AR-502：<<萨拉克斯和机器人正在攻击我们。还击。>>

TH-144：<<全面警报已启动。我们这层的防爆门正在封闭！>>

AR-502：<<我们被压制在一个龙门架复合体上，位于……5-1-0-7交叉口。>>

TH-144：<<指挥官，请求关闭防御点？>>

GA-739：请求拒绝。

TH-144：<<舰船的自动武器正在激活。指挥官——>>

GA-739：阿卡德，朝主要目标前进。

AR-502：<<正遭受来自两个方向的射击。更正，三个方向。小队有生力量四人。>>

GA-739：前往目标。你必须抵达目标。

AR-502：<<我们无法抵达。自动炮塔正撕碎我们。>>

GA-739：不，你会抵达的。我会给你个机会。

AR-502：<<怎么可能？大半艘船都在试图杀死我们。>>

GA-739：因为我的小队即将攻击你所在区域的机仆控制处。

/// 正在进行记录访问。///

一支隐秘行动的部队在面对一支更加强大的敌军时优势并不多，但其中首要两个优势便是奇袭和迷惑。如果一个人能够于短时间内在一大片区域造成破坏，那么在敌人的脑海中这就不只是一个人——而是许多人。凭借计划和攻击性，他们能够显得无处不在。

尽管所附记录仅为音频记录，但能够很容易推断出的是，这支打击部队的三支小队散布在鹰爪号多层甲板的不同位置。遭受了攻击和伤亡的阿卡德小队仍在试图抵达任务的主要目标区域。该任务的指挥小队——伽姆斯小队位于更高层甲板的机器区域。西奥芬小队则准备着切断主干道，阻止敌军增援前往阿卡德的位置。

/// 访问鹰爪号事件，通信片段（Ⅵ）。///

/// 记录开始。知识与机械乃是一体。机械乃是知识之子。///

AR-502：<< 火力在增强，指挥官！ >>

GA-739：引爆！

TH-144：<< 报告，自动防御武器已关闭。>>

GA-739：阿卡德，现在行动！

AR-502：<< 阿卡德小队前——啊！ >>

GA-739：阿卡德！阿卡德，你的情况如何？

AR-502：<< 小队兵力现在只剩两人。>>

GA-739：你受伤了。

AR-502：<< 我没有左臂也能跑。敌军正紧跟着我们。>>

GA-739：预计抵达目标时间。

AR-502：<< 两分钟。但如果他们继续跟来，我们就无法成功。>>

GA-739：西奥芬，关闭防御点。

TH-144：<< 遵命。西奥芬小队现在交战。全部开火。干掉他们！ >>

AR-502：<< 目标进入视野。敌军正在追捕我们。回身交战。>>

GA-739：继续前进！

TH-144：<< 这里是西奥芬——敌军正穿过我们的火力线，正在逼近。>>

GA-739：兵力，方向？

TH-144：<< 所有人，四面八方！ >>

/// 正在进行记录访问。///

此时此刻，部队任务成功而没有损失的可能性为零。帝国之拳知道这个事实，但这并不会阻碍他们的行动能力。他们和我们所有人一样，通过我们父亲的基因种子培育而成，不会受到普通人的弱点的束缚。

他们知道自己不会幸存。唯一的问题是，他们是否能够成功。

/// 从上一次记录起时间过去了：00.00.24。///

/// 访问鹰爪号事件，通信片段（Ⅶ）。///

/// 记录开始。机械乃是始。机械乃是终。///

TH-144：<< 防御点被攻破。他们正攻进来！ >>

GA-739：他们经过你还要多久？

AR-502：<< 指挥官伽姆斯，这里是阿卡德。他们的自动防御系统重新上线了，朝目标前进受阻。>>

TH-144：<< 这里是西奥芬——一号防御点已失守。正朝二号防御点撤退。他们将会在六秒内进入主干道。>>

AR-502：<< 他们在我们后面！ >>

GA-739：所有单位，这里是伽姆斯。我正切断主干道。炸药爆炸倒计时五、四、三、二……引爆。

TH-144：<< 爆炸效果很好。主干道已封闭。这应该能减缓他们的速度。>>

GA-739：西奥芬，他们绕过残骸要多久？

TH-144：<< 最佳预测——一百秒到一百五十秒，指挥官。>>

GA-739：阿卡德，你在舰桥大气控制处吗？

AR-502：<< 我们遭遇了激烈抵抗，指挥官……我们……兄弟……我们……>>

GA-739：阿卡德？

TH-144：<< 这里是西奥芬，已抵达二号防御点，正在坚守。>>

GA-739：阿卡德，你的兵力和状况如何？

AR-502：<< 指挥官，我们……>> /// 传输中止。///

TH-144：<< 他们朝我们来了。多恩在上，他们人太多了！我们无法坚守这个位置！ >>

GA-739：阿卡德，你的兵力和目标状况如何？

TH-144：<< 指挥官，这里是西奥芬。防御点将会在三十秒内被侵占。>>

GA-739：阿卡德？

TH-144：<< 他没了，伽姆斯！你的命令是什么？ >>

GA-739：阿卡德！

TH-144：<< 我们要输了，兄弟！没别的选择了。如果要动手，那么必须

是现在。>>

　　GA-739：阿卡德，你能听到我吗？阿卡德，你得抵达目标。

　　TH-144：<< 二号防御点已被攻破。正撤回通风系统。就现在了，伽姆斯。主目标已失败。>>

　　GA-739：如果阿卡德能抵达目标——

　　TH-144：<< 阿卡德没了！如果你现在不炸掉能量导管，那么我们会失败的。>>

　　GA-739：我不会这么做的，西奥芬。你是对的。我们不会为了胜利而屠杀自己的盟友。我是罗格·多恩之子。我不会成为这场毁灭的始作俑者。

　　TH-144：<< 那么我们会死在这里，一败涂地。>>

　　GA-739：我们终会赴死。

　　TH-144：<< 不。我们本是为一个不同的时代而生，兄弟。对的不是我，是你。如果我们仅仅失败了一刻，失败得微不足道，那么我们就不会有未来了。>>

　　GA-739：没有未来，也好过背叛我们的初心。

　　TH-144：<< 这不是你所能抉择的了，伽姆斯。炸药并非与你的指令绑定。我想如果我们走到这一步，我会阻止你。但现在，将会是我来让这艘船坠落。>>

　　GA-739：兄弟，不！

　　TH-144：<< 而这不是胜利，也不是背叛。这是牺牲。>>

　　TH-144：/// 传输中止。///

　　GA-739：/// 传输中止。///

　　/// 文件错误。///

　　/// 通信捕获记录结束。///

　　鹰爪号从塔兰的天空陨落。最初撞击产生的冲击波传播了三百多公里。一千多公里每小时的大风卷起了地面上的残骸，并将其散入灼热的空气中。南部大陆的战斗瞬间结束了。地震撕裂了大地，积聚着淤泥的海洋涌起潮波。反应堆失灵产生的核放射性尘埃升起扩散到了大气层中。

　　在其他任何星球上，这样的事件将会令所有生物在一层灰烬下窒息而亡。但这是塔兰，一个死去的星球不会再次死去。

这次事件的后果很难判断。如果这小小的愚勇之举采取了另一种形式，那么这一系列事件会以不同的形式展开吗？

也许吧。

就我们的目的而言，了解它发生过便足够了。这种性格上的分歧会在帝国之拳中再现吗？是否能够从中获得优势？这些问题并没有答案，但有一件事可以确定——为了让这份情报能够对我们的军团有用，那就必须保密。

我向您提出建议，父亲大人，在您查阅完这份记录后，就立刻将其销毁。

/// 开始记录清除。///

/// 输入删除指令以继续。///

/// 清除程序完成。///

/// 寻找名为"鹰爪号"的所有档案记录……///

/// 没有找到记录。///

/// 机械无所不知。机械无所不晓。///

钢铁尸骸

戴维·安南代尔

那场爆炸有如暴风咆哮，震耳欲聋，惊天动地。这是场癫狂之战，甚至撕裂了沙场。

但这并未带来胜利，只有失败。眼前的胜利被攫取走了。战争铁匠看到了。科帕诺斯看到敌军正在溃败。

然后又一场坠落。一个巨大的形体从天而降。火焰点亮云层，阴影笼罩战场。

随后便是爆炸、咆哮。

咆哮之后便是狂风的尖啸，扫过这片屠戮大地，卷起厚厚的沙尘，日夜难分。五日五夜的狂风，五日五夜的无尽呼啸，战争溃为疯狂。

到第六天，狂风减弱了，刚好让白昼得以回归，笼罩在一片深沉憔悴的暮色之中。

是时候抛弃犀牛坦克。科帕诺斯是唯一的幸存者。运兵舱破裂了，他被封在驾驶舱里面很久了，但塔兰的毒素已经渗入进来。他的体温在上升，他的系统在努力抵挡已被削弱的病毒。犀牛坦克被炸毁的车体并非真正的掩体，待在这里只会等来更加漫长的终结。科帕诺斯能够透过装甲车体的缝隙听到大风的呼啸。

大风在奚落他，那是失败与死亡的声音。

大风持续的时间也会比他的生命持续得更久。

在那五天里，他曾与犀牛坦克的系统作斗争，试图唤醒它的引擎。他的努力是徒劳的。这辆坦克和他的兄弟们一样都死了。但在这几天夜里，他没有别的事情可以尝试。如今，他可以选择结局了。

他选择离开，明知这么做会加速他的死亡，但他的举动仿佛外面真的有寻得庇护的机会。他的战争尚未结束。

科帕诺斯滑开驾驶舱门，进入了运兵舱。他的钢铁战士兄弟坐在长凳上——他们所营造出的并非生命的假象，而是纪律。尽管他们的肉体已经化作烂泥，但他们的动力盔甲仍然保持着直立，仿佛他们的尸骸仍在待命，准备迈入沙场。

塔兰的沙尘缠绕着他们的靴子，积聚在他们的肩上。他们锃亮的钢铁盔甲已经化作了暗褐色的阴影。这幅剪影中有种力量，但正被缓缓埋葬。风会将尘埃吹进来，直到将其内部完全填满。

科帕诺斯爬出撕裂的侧面舱门，离开了这座坟墓。

呼啸的大风迎面而来。尘埃云席卷而过，时而揭露出远景，时而又将其隐藏。能见度上一刻还是零，下一刻便能看见一公里远，然后又成了零。他看到战场笼罩在了变幻莫测的帷幕中——充满苦难的巨大形体在灰幕上漆黑无比。

那些阴影是泰坦。

有些已经成了熔渣，如今就像是低矮崎岖的山丘。有的仍然矗立，僵在了战斗中。无论敌友，他们都在那声大咆哮中死去。坦克分布在这些岿然不动的巨像之间。冲击波将它们冲过平原，有的翻倒在地，有的侧立在地，有的则被撕开了。所以，科帕诺斯很幸运。没有多少车辆能完好无损地落地。

尘埃席卷过这幅静止的战争场面。科帕诺斯周围都是高耸的墓碑。这是钢铁的痛苦呐喊，存留已久，四散而出，恣意的风啸为其赋予了声音。

科帕诺斯的面甲显示器闪烁着警告符文。辐射等级极高。即便是有动力盔甲的保护，长时间的暴露也会是致命的。那场爆炸也同样杀死了这个世界上最强的病毒毒素，但污染仍然存在。污染仍在渗入他的呼吸器。他在发高烧，但身体正在坚持。毒素之间的斗争为他争取了些许时间，但并不久，他猜只有几分钟。

他每时每刻都在战斗，他会为了每时每刻战斗到底。

与他的军团曾经面对的任何一场自杀式战役相比，当前的情况并没有什么不同。正是那位邪恶的帝皇决定了钢铁战士的擅长之事。有多少次，科帕诺斯和他的战斗兄弟浴血于难以想象的攻城战，鏖战于死亡世界的大地上，身后留下自己的鲜血。然而，在事后，所有的功劳却被多恩、基里曼、或是其他养尊处优的宠儿乘虚而入夺走？如果科帕诺斯现在死去，他的终结将和他的余生一样无关紧要。

至少，他摆脱了帝皇的伪善。

"你称其为胜利？"他朝着并不存在的敌人呐喊，朝着一位遥远又虚伪的半神呐喊，"你选择将你自己的部队连同我们一同消灭？这是懦弱。这就是你会输掉的原因。"

他开始走动。他隐约感到右边不远处有个巨大的阴影。那是一个目的地，一个值得努力的目标，尽管也可能是徒劳无功的。即便他的器官正在渐渐衰弱，他也可以有一个目标。

他的靴子踢起缕缕灰烬，又在瞬间被大风卷走。他一边走，一边切换着通信频道。他已经这么做了好几天了，结果都是一样：一无所获，只有静电声，大风的电流回音。无论天上地下，无论是那庞大又扭曲的形体，还是远方的以太中，都是一片死寂。

狂风猛吹，嘲弄着他，朝他呐喊。他孤身一人，是这片残破沙场上的最后一个活物。

"看着我！"他发出呐喊，他的声音听起来十分厚重，他的呼吸中带着刺耳的声响。他的肺中充斥着液体，变得越发沉重，正开始溃烂，化作流体，快要把他呛死了。尽管说话很困难，但他会道出自己的蔑视，"看着我！我还活着，仍在战斗。你无法阻止我们，你把我们打造得太过强大。我们会一路进军，直到……直到我们碾碎你！"

他在咳嗽，盔甲过滤的空气供不上他的呼吸。他走得更快了。那个巨大的阴影变得清晰起来，也越发庞大。他能够分辨出那巨大的四肢和躯干。随后他前方的路暂时清晰了一些，显露出了泰坦。

那是一台战将级泰坦，名为悔悟圣体号。泰坦的背甲有三十多米高，宽与高几乎一样，这是一个庞然大物，岿然不动，极具毁灭性。它的手臂上装着巨炮，指向前方。科帕诺斯瞥向泰坦面对的方向，看见不远处有残骸。那是一个坦克营，是悔悟圣体号的最后击杀对象。

随着沙尘席卷而去，科帕诺斯看到了那台战将的头部观察窗中有一道微弱的红色闪光。仅仅一道微光便足够了。

有能量的迹象，科帕诺斯能够利用这一点。

如今他已不再怀有愤懑的蔑视。他正与死亡赛跑，有望生存。更重要的是，他怀有复仇的希望。

他来到了悔悟圣体号的左腿前。头顶上，在泰坦的腰部上方，低层入口舱门部分打开了。一个机械神教侍祭的残躯躺在入口处——略呈人形的长袍浸在黑色的器官液体中。一双机械义肢无力地垂在头的位置，仿佛正试着伸向想象中的拯救之处。死亡已经探入了泰坦，而这个蠢货在恐慌中以为外面仍能生存。

一阵剧痛从科帕诺斯的体内传遍他的肢臂，让他的行动变得迟缓。他的关节感到有些松动，酸痛无比。他没多少时间了。他爬上卡住的腿部活塞，朝着那个舱门爬去，尽力找寻着落脚点。

一进入泰坦，他就关上了舱门。这里的精金装甲比犀牛坦克的车体厚许多倍，现在他已经与外界的毒素隔离开了，接下来要做的便是清除内部的病毒污染。

他的头盔灯照亮了黑暗的区域。这里还有更多生物残骸。根据烂泥中有限的专业工具肢臂来看，他猜测这些是机仆。

远处是另一扇门。他抓住了门中心的转轮，将其转开。

他跨过门槛，进入了轮机甲板。这里有更多的机械神教死者，这些技术神甫在他们的岗位上待到了最后一刻。他们的伺服颅骨散落在地上，漆黑的双眼大睁着，仿佛处于震惊中。科帕诺斯踉踉跄跄地走到面对着泰坦核芯的一个工作站前。那个工作站就在一大堆连接战将反应堆屏障的导管旁。站台的屏幕很黑，其中一个已经液化的操作员的伺服臂仍然靠在键盘上。科帕诺斯将那个肢臂挪开，检查着控制台。

爆炸产生的脉冲令泰坦的系统停止了运作——也许神甫们正在尝试重启这台神之机械的心脏。有些程序已经开始了，或者说至少留存了下来，让泰坦的头部能够有光。

科帕诺斯找到了电路控制，发现其中一个已经打开了。他将其他的控制器一个个打开。悔悟圣体号发出一声低沉的呻吟。球形灯闪亮了，将周围笼罩在一片暗淡的猩红光芒中。甲板和墙壁在震颤，泰坦的心脏再次奋力跳动起来。

他将赋予泰坦生命，而泰坦也将给予他生命。

扬声器中传来机器那空洞的自动声，噼啪作响。

"主系统激活中。反应堆安全保障系统已启用。奥姆尼塞亚祝福我们。警告。警告。二级和三级节点发生故障。位置1-1-7到1-3-5……"

科帕诺斯检查着那个技术神甫的伺服臂，找到了一个等离子切割器，并将其启动。

他检查着导管，最终找到了一个正将动力装置的热量朝着背甲后部交换系统排放的导管。他关闭了安全保障系统，并开始切割，直到一股超热辐射蒸汽从管道中涌出。几秒内蒸汽便充满了轮机室。

"警告。警告。极度危险。侦测到热量激增。冷却系统即将失效。"

警报呼啸。科帕诺斯扔下切割器，开始脱掉盔甲。

"警告。警告。辐射等级超出工作最大值。建议所有生物人员撤离。"

"以毒……攻毒……"他喘息着，死亡正烧灼着他暴露的皮肤。

他站在云雾中，体内爆发了一阵新的痛苦感，他那基因强化的身体正在吸收辐射。他的黑素铬器官正在过载，皮肤颜色迅速变黑。他呼吸沉重，肺在燃烧。更加致命的痛苦正在驱赶他体内的缓慢腐败。

以毒攻毒。

他在致命的云雾中站了整整一分钟，随后毒素超出了他的处理能力。病毒是致命的，他开始以新的方式死去。

他跪倒在地，吐出黑色的恶臭物质，那物质开始侵蚀甲板。随后他再次站起了身，仅凭借着意志让自己保持清醒。蒸汽对他造成的损害远超他自己的治愈速度，但他又等了整整一分钟才再次穿上战甲。若是有一丝病毒残留，他就完蛋了。

他的汗腺改造器官开始进行保护他的最后尝试。一道蜡质的护盾从他的毛孔中渗出，将他与房间内致命的空气相隔离。他摸索着盔甲，手指变得黏滑。背甲、胸甲、动力包，一次一块，他获得了辐射防护。他的视野因为疲劳和痛苦而灰化，他关闭了手动定向阀门，改善了交换系统的渗漏。

待到他搞定之后，辐射雾仍然还在。他感觉这雾仿佛穿透了他的头颅，他的感官被剧烈的痛苦所淹没。他即将陷入假死昏迷，但他仍然坚挺着，试着将脑海中的黑暗逼退。

他的任务还未结束。他有庇护所了，但如果他无法战斗，那这庇护所就毫无意义……

"钢铁之心，钢铁之体。"他低语着。这两句话让他走到了此时此刻，也会见证他重返战场。忠诚派无疑认为他们已经将钢铁战士的胜利转变成了他们共同的失败。但他们所做的只是为军团送来更多的绝望而已，而几个世纪以来，他们都在与绝望作斗争，并将其战胜。

他将会揭露他们的错误，展现他的军团本色。

他立下了誓言，痛苦将他引入了黑夜。他倒下了，在他撞上冰冷的甲板之前便失去了意识。

"引擎先知梅里迪厄斯？"

噼啪声惊醒了他。他的耳中有种电子刮擦声。内部通信激活了。一阵急促的呼吸声传来，有人深吸了口气，随后才有力气再次说话。

"引擎先知梅里迪厄斯，我们又有能量了。你还好吗？"那个女人的声音仿佛来自一位受了致命伤的战士。

科帕诺斯一言不发地爬回工作站。他并非机械神教的技师，但他是个战争铁匠。尽管他并不知道泰坦最神秘的秘密，但他知道如何塑造战场，知道如何塑造战争。因此无论如何，他都会让悔悟圣体号响应他的意志。

"梅里迪厄斯？"那道声音再次传来。

科帕诺斯对那声音所蕴含的力量感到惊讶。说话的人行将死去。那股绝望与希望相交织的魔力维持着那声呐喊。

他会回答的，但还不是时候。

他成功对这台战将进行了粗略的诊断。大部分区域似乎都恢复了能量。移动和攻击的可能性仍存。这样就只剩下最重要的原动力了——机长。如果这个女人只是一个副机长，那么他也无能为力。他会被困在一个静止的避难所中，从长期来看，和待在犀牛坦克里面没什么两样。

他来到了背甲的上层。他找到了次席副机长的隔离舱。隔离舱关闭着，但并未隔绝病毒的污染，炮手们都死了。他们只剩下舱底部的一团恶臭烂泥和烂掉的制服。科帕诺斯排除了次级武器还可运转的可能性。

"梅里迪厄斯，你为何不回答？"

科帕诺斯来到了泰坦头部的强化舱门前。门外是另一个技术神甫的遗体，两只伺服臂靠在门上，金属上遍布刮痕和烧痕。又是无脑恐慌的迹象。这个技师希望实现什么呢？只要舱门不打开，机桥区域就是唯一的庇护所。

科帕诺斯转向舱门右边墙上的通信链接。

"梅里迪厄斯死了。"他说道。

起初只有沉默。随后那道声音再次响起："你是谁？"

"我是科帕诺斯，我是你唯一的希望。表明你的身份。"

"本拉特机长。"她毫不犹豫地回答道，认出了科帕诺斯那低沉的回音，"你是阿斯塔特军团战士。"

"首席副机长是否还活着？"科帕诺斯问道。

"我不确定。他们一小时前还活着，但从那时起就没说话了。他们不再回答。"

"你没法确认？"

"我动不了。"她说道，"当脉冲击中我们时，能量中断前发生了一阵电涌。神经反馈遭到了……破坏。我瘫痪了。"

"你与泰坦的连接呢？"

"我不确定。在能量恢复以前，我什么也连接不上。我现在能感受到它的生命力，但并没有感觉到机魂。悔悟圣体号和我一样瘫痪了。"

本拉特与机魂的连接被切断这个事实是可以预料的。科帕诺斯在诊断中看到了系统故障。机魂仍然活着，但被隔绝了。

"我之前看到驾驶舱中有光。"他说道。

"头部仍有足够的储备能量，能独立运行一段时间。"

"你并没有弹射。"

"那样做有什么用呢？"

"没什么用。"他同意。很好，本拉特完全清楚她的情况。将泰坦的头部和瘫痪的躯体相分离只会改变幸存者在这片焦土中的位置。根本不会有回收小队。无论这里发生什么事情，这颗星球的其他地方都无从知晓。

"机长，"科帕诺斯说道，"我可以结束你的瘫痪，让你重获目标。"

说出这番话并非自然而然。给予而非指挥，这违背他的训练和天性。但他需要机长的同意，以及首席副机长的同意，假设那两人仍然活着。如果他们已经濒临死亡，那么任何挣扎都会是致命的。

"你能将悔悟圣体号复还给我们？"她听起来很怀疑，可以理解。

"不太准确。我能将你们复还给它。"

他等候着本拉特推断他的言外之意，让她有一些时间来思索，来领会这个现实与可能的后果。他仍然一动不动地站在那里，但与此同时，他也在重塑这个战场。

"我们没有神经总线，也没有羊膜箱。"本拉特说道。所以，她知道这意味着什么，并且已经部分接受了。

"我知道。"

"你能在这样的情况下进行处理？"

"没错。"

"而这个过程是不可逆的？"

"你会对一个军团无畏机甲提出这样的问题吗,尊敬的机长?"

"不会,原谅我。我身体的羸弱并不意味着精神的懦弱。"

"那么我要开始了。要明白——泰坦内部具有高度放射性。"

"我明白。一旦我打开密封门,就没有回头路了。"

从来都没有,科帕诺斯想。一切都是无法改变的。

圆形舱门从中间分开,传来一阵金属哐当声和空气的嘶嘶声。舱门滑向两侧。留给战争铁匠进入的空间很狭小。

两位首席副机长坐在后方的王座上,位于泰坦头部区域前方中央的则是机长,装着防弹玻璃的眼部观察口眺望着破碎的大地。自从他进入泰坦,外面的大风减弱了一丝。遮天蔽日的沙尘云仍然席卷着沙场,但他现在能看得更远了。这片遍布巨型尸骸的坟场无边无际。一排排钢铁墓碑林立,依然保持着愤怒的状态。

但在这片死亡之地中,他也同样看到了遥远的炮火闪光。他并非唯一一个试图让这些尸骸复生的人。

他为自己争取了时间。他不再濒临死亡,但在他阻止了一个倒计时的同时,又开启了另一个倒计时。一场新的战斗即将展开。塔兰的战火余烬行将重燃。

他定会迎难而上。

他检查了一下副机长们。他们都失去了意识,呼吸很吃力,但仍有足够的生命力来实现他的计划。

"你还在吗?"本拉特问道。

科帕诺斯能够看到王座背上她那剃光的头顶,以及靠在华丽扶手上的双手。她一动也不动。她的瘫痪程度和她所说的一样。

"我在这儿。"科帕诺斯告诉她。

他开始动手了。这需要时间,而他却并没有太多。即便如此,他仍将内心的疑虑排除,专注于这项任务。他有能够开展工作的基础——将本拉特和副机长们连接上泰坦信息流的接口电缆仍然可用。

他在战将的头颅和轮机甲板的工作站间来回走动。他从未走过副机长的战位,也从未看到本拉特的脸。机长只是王座后的一道声音,正变得越发虚弱。然而,他需要机长再保持一会儿意识,并准备运行追踪神经数据流的诊断。机魂还在,沉默而又愤怒。要赋予其声音,他必须找到通信中断的位置。

"朝它讲话。"科帕诺斯做好了准备，并通过通信系统敦促本拉特。

"我不行。"

"我知道。你的失败会很有启发性的。"

"希望如此。"

她陷入了沉默。片刻后，能量启动，工作站的屏幕亮了起来。几秒钟后，本拉特发出喘息，屏幕暗了下来。

"机长？"科帕诺斯问道。

没有回答。她已经失去了意识，还没死——她的生命仍然显示在屏幕上，大脑皮层闪着微弱的脉冲。这股脉冲几乎难以察觉，其路径几乎顷刻间就遁入了黑暗中，但她的努力揭露出了问题所在。她的精神指令很强大，探入了头部一层下方的一个损坏的接口。

科帕诺斯找到了离那个接口位置不远的一个维护舱门。他打开它，本预料会找到一个难以让他容身的狭窄空间。相反，里面是一条狭小的步道，围绕着泰坦的反应堆外罩，扭曲成了裂口。科帕诺斯走了进去，周围都是柱子大小的活塞，以及和雷鹰战机的火炮一样粗的电缆。缆线伸入上方和下方的黑暗中。

"我来找你了。"他朝着愤怒的机魂喊道，"机长令你屈服于她的意志。我也会这么做的。你想要释放你的怒火？很好。你会按我的吩咐行事。"

损害之处并不难找。在他头上，步道的右边，是一团撕裂熔化的电缆。利用他从上方拿回的工具，尽力清理了路径。有些电缆已经撕裂得难以修复，有些电线已经熔成了一团，无法分开。

待到他回到主工作站时，他很满意，并检查着显示出来的新能量踪迹。他并未期待能将本拉特和机魂之间的所有路径都恢复原来的状态。他也并不想这么做。他只是创造了交流的可能性，现在这场对话的性质将由他决定。

他会决定整个战场形势。

他又花了一天时间完成准备工作。现在已经是自爆炸起的第七天了。在这一天，死者将不再安息。

在悔悟圣体号的头颅中，机长和首席副机长仍然处于昏迷状态。在科帕诺斯增强他们的生命支持系统并进行了简单插管后，他们仍未苏醒。维系他们生命的机械现在会继续保留他们体内的生命火花，只要泰坦仍然存活。但这也会让他们成为这具钢铁机器的囚徒。

他在对本拉特进行手术时分外小心。他不会使用"温和"这个词来描述这场手术。它是精确的，精心计算的。仓促而又不必要的休克很容易导致他的目标失败。他的方法和他曾领导过的任何一场攻城战一样高明又无情。

事实上，他所尝试的正是一场攻城战。

他正一点一点地将本拉特嵌入机器之中。他无法再在她的颅骨和脊柱上安装更多端口，但他将更多电缆插入了已有的端口中。如此产生对大脑的消耗会让躯体支离破碎，因此他在降低肉体需求的同时加大了能量负荷。

他在增强。

他将其切断。

他让机长与神之机械融为一体。

当他准备打开本拉特的精神与悔悟圣体号的机魂之间的连接时，本拉特苏醒了。他正站在本拉特和窗口之间，本拉特第一次看见了他。

她看到了科帕诺斯盔甲的颜色，睁大了双眼。"叛徒！"她嘶声道。

科帕诺斯倾身靠近，享受着从失败的地狱中重夺正义的这一刻。腐化一个忠诚派泰坦乃是重塑的壮举，是一场成功的攻城战。他想让机长知道。

他的胜利需要有见证者，一个永恒的见证者。

"你盲目信任。"他咆哮道，"我们也曾如此。但我们及时吸取了教训。你有吗？我想没有。"

她太过虚弱，无法挣扎。即便如此，她仍在尝试。深陷的眼圈周围的皮肤紧绷着，她的意志愤怒地抗拒着受到束缚的枯槁肉体。科帕诺斯静候着。他的任务即将完成，他现在的确有了奢侈的时间。他想要看着本拉特完全意识到自己的无力。他看重自己战胜一个忠诚派的意义，他的怒火和她一样，徒劳无益。

"你会被击败的。"本拉特低语道。

"击败我的不会是你，"科帕诺斯咕哝着，"不，不会是你。"他完成了最后的连接。"而我遵守了诺言。"他补充道，随后恢复了机长和机魂之间的神经连接。

本拉特发出了尖叫，她的意识卷入了信息流之中，意识与肉体相分离。肉体只是一具器官包裹，是让精神得以维系的燃料导管。她被包裹在了电缆中，消失在了王座的机械中，只露出了脸。

在她陷入求生不得求死不能的迟钝前，只剩下一副魂飞魄散的表情。

科帕诺斯知道原因为何。他无法体验本拉特正在经历的融合，也无法想象。但他完全明白自己的所作所为。在爆炸令泰坦关闭之前，机魂的怒火被机长的强大意志和纪律逼迫服从。但她已经被削弱了，并且科帕诺斯剥夺了信息流的防御机制，让本拉特在面对机魂时十分脆弱，这个机魂已因其伤势而变得狂怒无比，其唯一的目的便是永无止境、毫无差别的毁灭。然而，若是令其脱缰，悔悟圣体号将会像飓风一样横冲直撞，无法控制，无法预测。

无论她喜欢与否，本拉特如今已然不朽。她被困在了面对机器狂怒的永恒挣扎中。科帕诺斯已经将她的精神和首席副机长们的连接到了一起。副机长们仍然昏迷，但神经仍然可用。她保留了足够的力量来引导泰坦的能量。她能够指挥它行动，但她无法选择其目的或是目标。

科帕诺斯将这个权力留给了自己。

他站在机桥后方，透过强化玻璃观察窗，望向王座外。他所操控的控制机械很粗陋，只是一堆电棒，每一个都有不同的功用。但这足够了。

他按下了一个触发器，一阵突触冲击传向本拉特。他驱使着本拉特迈出步伐。

如此，悔悟圣体号迈步向前。

这台战将级泰坦蹒跚前行，发出震骨的咆哮，宛若行走的钢铁城市。七天来，这是第一次，泰坦那震撼天地的脚步声又回荡在了整个机器内。悔悟圣体号开始在这片尸骸遍野的大地上行进。在朦胧的远方，在沙尘的帷幕后，其他巨人也在移动，隐隐出现。科帕诺斯看到了巨炮的闪光。死亡在这片战场上仍然贪如饕餮。

他也是一样。

通信系统仍然充斥着静电声，但科帕诺斯有信心区分敌人和兄弟。他按下左右两侧的触发器，泰坦的巨臂抬了起来，武器开始充能。

他并未怀有幻想。他和本拉特一样完全困在了这台战将中。他永远也无法离开这个受诅咒的地方，但他的战争并未结束。雷霆怒火，握于掌中。

这是一种胜利，是他所寻求的胜利。

由此，他感到奇怪，一种新的恐惧感油然而生，一场本已结束的战斗如今已缓缓迈入了一种非生非死的梦魇状态。他感觉未来的阴影笼罩住了自己——一场战争的阴影，永无止境，徒劳无益。

塔兰的战争远未结束……

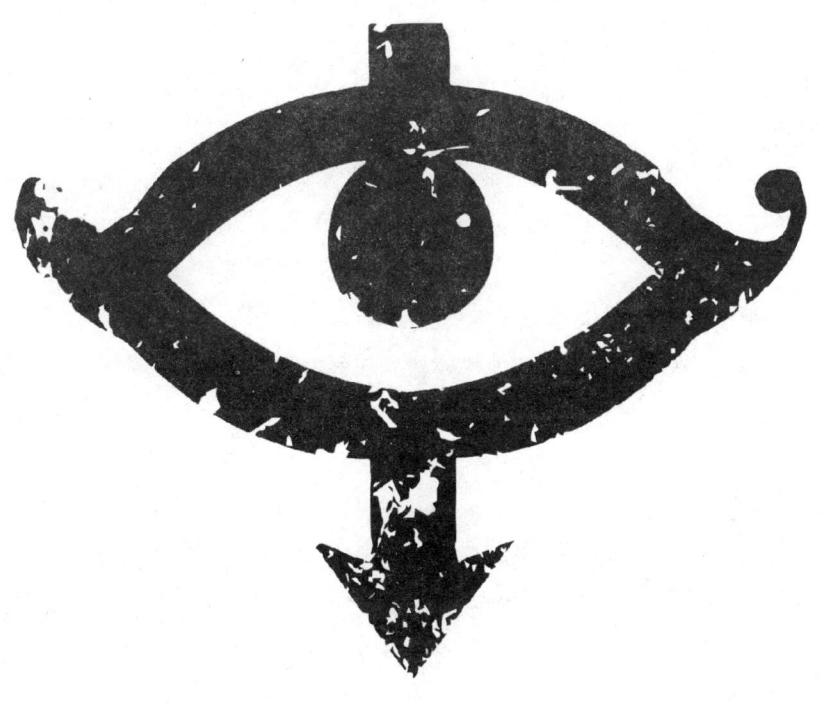

63-14 的最后归顺

盖伊·哈雷

"帝皇欺骗了你们。"

战帅的声音从这颗星球上的每一个公共演讲系统、通信喇叭和通信设备中传出。在摩星大楼侧面的巨大屏幕中，他的面容取代了规训和公告。他的声音饱含着理性，悦耳动听，具有说服力。荷鲁斯正在向整个古恒世界讲话，这里曾被称为 63-14。

"我请求你们效忠。我们并非反叛正义的权威，而是在反抗一位自私自利的暴君。加入我们吧，你们遭到了欺骗。放下武器，跟随我，作为和平使者，迈上真理的道路吧。宣誓效忠于我们的事业，摆脱这场大骗局吧。帝国真理是彻头彻尾的谎言，帝皇欺骗了你们。"

行星总督梅德·奥昆站在他的战利品陈列柜前，瞥向他的助理阿坦·斯珀尔说："没办法关掉那该死的嚷嚷声吗？"

"恐怕不能，长官。"斯珀尔遗憾地说道。

即便是在归顺三十六年后，他仍在叫他长官。有些习惯你永远改不掉。

"真是遗憾。"奥昆低语道。尽管他已很年迈，但他仍然挺立着身子，布满皱纹的双手扣在身后。他的制服——在执行公务时他仍穿着他的帝国军军礼服——展现出了一个军人惯常的整洁特征，他的胡子仍是黑色的，他那蓬乱的白发难以梳理，每天他都要努力将之抚平。陈列馆光照很亮，遍布镜子，墙壁颜色很淡，地板是闪光的大理石。如此一来，陈列柜中的物品便能得到完美的欣赏。如此光照会让衣着最整洁的人也显得衣衫不整，但奥昆不会。相反，这凸显出了他那一尘不染的外表。年纪令他满怀智慧，而非脆弱。

他的声音比过去更加粗哑，但仍然强大威严。

"选哪个呢，选哪个呢？"他喃喃着。

"长官？"斯珀尔问道。奥昆说的每一句话都像是一道命令，要求做出回应，无论他真正意图如何。

"嗯？噢，我想要选个东西带上。也许是给我们贵客的礼物，提醒他们我们曾有过共同的历史。"

"这真的有必要吗，长官？只不过，我们应该尽快给他们一个回答。"

"噢，有必要，斯珀尔！非常有必要。"

总督的目光扫过他的收藏品，这些物件来自十几个世界。有来自早已灭绝的文明的遗物，还有来自已经融入帝国的社会的文物。焦黑的纪念品则源自曾经的反抗者。

"……帝国真理是彻头彻尾的谎言……"战帅的声音重复道。

奥昆检查着每一件物品，它们在水晶玻璃柜中显得完美无瑕，这是他的骄傲与喜悦。像他这样的简朴之人并不喜好这些廉价的装饰玩意儿——这个宫殿的装饰都是出自他的臣民之手，完全不合他的喜好。这些收藏品是奥昆唯一的嗜好，是一场欣然效劳于高尚理想的人生的记忆。

"免得我忘记。"他总是这么说。斯珀尔已经听过许多次了，他完全知道奥昆是什么意思。

总督指着一个石制面具——由光玉髓雕刻而成，椭圆形，又长又丑，有着夸张的嘴唇和尖牙，以及圆睁的眼睛。

"我想，那个是我的最爱。"

"长官？"斯珀尔问道。

"巴斯拉宁战争面具。"奥昆解释道，尽管斯珀尔完全清楚那是什么，"那是在你来之前，斯珀尔。来自63-3的部落成员。"

斯珀尔越发紧张不安。他将手指按在耳中的通信珠上，倾听着，说道："长官，代表团越发不耐烦了，首相也是。议会坚持要在你离开之前知晓你要怎么答复战帅。我不该催促你的，长官，因为这不是我的分内——"

"并非出于美观原因，你知道的。"奥昆插嘴道，并未理会斯珀尔的忧虑，"我相信你和我一样能看出这东西有多么丑陋。"他摇了摇头，露出微笑，"你应该看看他们，成千上万，排列在我们面前，那石面具后的声音震耳欲聋。你能想象吗？某种程度上还是很吓人的。那是在我自己的世界加入帝国的伟大梦想之后我的第二次归顺行动。"他哼了一声，仿佛这是某个私下里的笑话，"我还只是个普通士兵，并不知道将会遇到什么。即便在见过军团和他们的原体之后，即便获得了泰拉的神奇武器，我也需要花点时间来克服这种震惊。涂着红泥的原始人，骑着他们的那群野兽。毫无希望，真的。尽管他们耀武扬威，但他们毫无机会。巴斯拉宁人勇敢又自豪，他们不会投降，所以我们将他们屠杀殆尽。残酷血腥的生活，某种程度上也令人悲伤——他们毕竟只是蛮子，懂的也有限。"奥昆的目光望向天花板，仿佛他能够看穿那灰浆，看到天空中战争舰队的光芒，"人类大一统。无论是愚昧还是勇敢，都无法阻挡如此荣耀的事业。"

斯珀尔清了清喉咙说道："长官，我无意催促您，但我们得给出回答。他们已经在外面待了一刻钟了。"

"那么他们可以再等五分钟！"奥昆喊道，"这是我的世界，由荷鲁斯亲自交予我统治！"他的手猛地挥向空中，仿佛在把一只苍蝇拍离他的耳朵，"如果他那么想要我们宣誓效忠，他可以下到这儿来，而不是派来他的走狗。我可不是个忘了自己使命的老头子。我是一颗帝国星球的司令官！明白吗，斯珀尔？"

"非常明白，长官。"

"很好。"奥昆说道，平静了下来，"关掉你的通信珠，我也关掉了。"

一支重型炮艇联队从总督府上方低空掠过，暂时盖过了荷鲁斯的讲话回音。随之产生的震动令玻璃架上的战利收藏品叮当作响。奥昆发出啧啧声，抚平他的夹克衫。这是实实在在的威胁，一向如此。

奥昆上一次检查时，轨道上有十四艘战舰。那便是足够的威胁了。除了定居在此的年迈老兵，63-14只有少得可怜的常备军——没有舰队，只有少量轨道平台。荷鲁斯已经变得不再那么精细了，有些粗手粗脚。

他接着看向一身来自63-6的银色锁子甲，这件衣服由珍贵金属所打造的小环构成，相互的连接十分巧妙。这并非盔甲，而是在归顺时期首都所流行的时装。他很喜欢自己的妻子穿着这身衣服。她现在已经不在了，得了病。战争虽已结束，但危险仍然存在。建设一个世界也自有其麻烦。

她没有活到今天是一大幸事。

"真美。"他在回忆中说道。

斯珀尔循着他主人的目光。"是的，长官。"他同意道。

奥昆点点头。斯珀尔从63-6时起就跟着他了，一开始是个中士，然后升到了中尉，然后是上尉，跟着他一同向上爬，总是落后一步。奥昆很难说他喜欢斯帕尔。两人从来都不是朋友，但斯帕尔很可靠。这就是奥昆能够成为如此优秀的领袖的原因——他能够透过个人喜好看到一个人真正的品质。他仍然觉得自己因此而备受尊敬。他想得没错。

在这件银色锁子甲旁边是来自63-10的科技臂环，当然了，它们都处于未激活的状态。奥昆亲自确保了这一点。臂环旁边则是破旧的金属片，那是从63-13之外的那些几乎无法居住的世界上的森林土壤中挖出来的。这些金属片上覆盖着难以辨认的象形文字。其起源之谜很吸引人，但真正有趣的是，根据其起源世界的太阳周期，在每一年的同一天，上面的标记会滚动改变。

"有趣，"奥昆说道，往旁边迈了一步，"非常有趣。"

展示在他面前的是一个特意打造的长架子，上面放了一堆常见的工艺品：玻璃制品、金属制品，以及技术设备，尽管简单朴素，但其设计仍然很美。

"63-7，"他说道，敲了敲玻璃，露出了微笑，"那时我的品位还没有那么高雅。我的个人仓库看起来比我副官的宿舍还要宽敞。你还记得吗？正是在那里，他们把我晋升为上尉的。"他那天相当自豪，现在也是，"多么美妙的夜晚！多么快乐。首战之后，民众们张开双臂欢迎我们。他们很明智。"

"是的，长官。"斯珀尔说道，"我记得。"他已经没那么焦虑了，被这位前总司令的怀旧情绪所吸引，"还有鲜花和池塘。"

"还有女人，嗯？"奥昆补充道，露出了一丝微笑。

"我觉得这么说有些无礼，长官。"

奥昆笑了。他弯下腰检查着一套从64-7上换来的黏土塑像。"我们老了。"他说道。

"是的，长官。"

"别觉得我在抱怨。"奥昆说道，再次直起身，"一个多世纪的生命远比我所期待的要美好。多么美好的一个世纪啊。在我还是个孩子的时候，我总是好奇，太空中是怎么样的。你有吗？"

"有的，长官。"斯珀尔回答道，"每晚都是，长官。"

奥昆朝着他的助理点点头。他当然知道，对方肯定有过这样的想像。

"无论他在那上面的哪个地方，我打赌，荷鲁斯一点也没变老。我们在他看来定是像虫豸一般，我们的生命有如夏日一般转瞬即逝。那根本不正常。人不应该永生——即便是像他那样的人也不行。"

"长官？"斯珀尔小心翼翼地问道。

"当伟人能长生不老时，就会发生这样的事，斯珀尔。我想这是不可避免的。野心终归是忠心的毒药。"

"长官。"

奥昆用他那长长的食指敲了敲他的上嘴唇。"不，"他断然说道，"有时候，63-9的歌唱石是我的最爱，但今天，巴斯拉宁才是。"

"所以你要选它了，长官？"

奥昆停在了最中间的那个收藏品前。在一个和人一样高的箱子里，放着总督的武器和盔甲，它们被维护得相当好。青铜色的胸甲上附着护腰片和护肩，饰有征服者桂冠的头盔挂在一根支架上，仿佛由一个看不见的战士戴着。前方一个华丽的木架上是一把激光手枪，一把63-11战后由第63远征队的机械神教人员送给他的爆燃长炮，还有一把动力剑。枪套和剑鞘挂在缠绕着胸甲的一根腰带上。奥昆的手拂过隐藏的锁定装置。

"今天不选，斯珀尔。我会像我离开他们时一样欢迎他们，像一位帝国英雄一样。帮我穿上好吗？"

"长官……我……"

"别站在那儿扭扭捏捏的，伙计。来帮我。这身盔甲很重，我也不再年轻了。"

斯珀尔犹豫地帮助着他的司令官。他们一起拿下了那身盔甲，套在了总督的头上，斯珀尔系紧了扣子。

奥昆露出了狂野的笑容。"这真沉！比我记忆中的还要沉。我想我变虚弱了。但是……"他说，他在房间中的一面镜子前欣赏着自己，"它仍然合身。"斯珀尔把头盔递给他，奥昆小心翼翼地将其戴上，他左顾右盼。"哈！要是我眯起眼睛，我仍然是四十年前的那个远征战士。好看吗，斯珀尔？"

"是的，长官。"

"把手套和武器递给我。只拿手枪和剑，麻烦了。"

斯珀尔遵命照办。奥昆上下打量着那把剑，布满皱纹的脸上露出惊奇的神情，仿佛这是他第一次拿起这把剑。斯珀尔往后退，内心分外焦虑。正如他所忧虑的，奥昆并没有将他的剑插入鞘中，也没有把手枪放入枪套。相反，他按下了枪上的激活钉，充能指示器闪起绿光。利剑的裂解场也启动了，嘶嘶作响，空气在其周围微微爆裂，散发出臭氧的气味。

"长官，你打算怎么回复他们？"

奥昆直直地盯着他。

"帝皇欺骗了你们，"荷鲁斯那动听的记录声仍在述说，声音平和，"我请求你们效忠……"

"忠诚，斯珀尔。我曾为战帅而战。他提拔了我，他信任过我，我也爱戴过他。但我的忠诚属于帝皇。帝国真理是唯一的真理。"

斯珀尔缓缓拔出了他的激光手枪。他拔出时金属与皮革的摩擦声似乎相当大，甚至压过了荷鲁斯的那条循环信息。他颤抖着举起了枪，对准了他的主人。他泪如泉涌。奥昆并未阻止他。

"拜托了，长官。他们会杀死我们所有人的。"他说道，声音沙哑。

"是的，我想他们会的。"奥昆说，他露出悲伤的笑容，"当做出拒绝时，便会得到严厉的反应，但在归顺行动中这也很正常。没错，就是这样，这是战帅新帝国的归顺行动。"奥昆从容不迫地转过身，背对着斯珀尔，"但在我参与对巴斯拉宁人的屠杀时，我明白了，有些东西比生命还要重要，斯珀尔。也许比一整个世界的生命还要重要。"

"现在，我要走出那扇门，给他们答复，要射杀我就请便吧。我相信你不会的，只要你还记得我们曾为何而战。"

奥昆迈步走过陈列馆，举步豪迈。斯珀尔的喉咙发出哽咽声。在整个过程中，他的枪一直对着总督，武器摇晃不已。他的瞄准视野因眼泪而模糊。

他做不到。

梅德·奥昆消失在了门外。

斯珀尔仍无言地盯着自己的武器，府邸的大厅中则响起了爆矢枪的喧嚣声。

63-14给出了回答。

圣吉列斯的传令官

安迪·斯迈利

保守一个秘密，需要两个人的牺牲。

这真理如同时间本身一样久远，且更加残酷无情。正是这真理将见证我打破一个军团的纽带。正是为这真理，我伫立于此，剑刃置于我兄弟的咽喉之上。

他的名字是哈凯尔，而这将是我最后一次提及他的名字。

他是圣血卫队的一位光荣老兵、巴尔的坚强勇士，然而命运将会夺走他所为之奋斗的一切。他的一切事迹、他的胜利与荣光，都将被遗忘。他不会拥有葬礼，他的名字不会记录在英雄连祷文之中。他会葬身于此，彻底死灭，如同久远的过去。他将无人铭记，无人悼念。

令人尊敬的是，他欣然接受这样的命运。他站在我面前，抬起下巴，露出咽喉，双手垂于身侧。但他的双眼满怀坚定的信念，他的瞳孔显露着无怨接受的纯黑色。

他感觉到了我的踌躇。

"此乃职责之所在，阿兹凯伦。"他敦促我，"不要因怜悯或是懊悔而令我蒙羞。"

我点点头说："圣血永佑。"

我的剑刃一击斩下了他的头颅。他在倒地之前便已殒命。

我强忍着喉咙中涌起的悲痛，转身面对着房间内的另一个人——阿拉特龙，我的另一位圣血卫士。他下巴紧绷，双眼盯着手中短短的火柴。

"让命运来决定谁生谁死似乎并不合适。"他低语着，有所犹豫，"要是我们以剑刃来决定生死，那躺在那里的会是我……"

我将利剑插入剑鞘。"你的功绩让你来到了这个房间，他也一样。"我提醒他，"但最终，阿拉特龙，我们的技艺与热忱只能带我们走这么远。我们皆受命运的支配。"

阿拉特龙面色冷峻，不过他并未再开口。一位战士很难承认他的生命并非由他所掌控，但我们已见过太多流弹在无意间夺走生命。我不再给他时间思考那样的可能性。

"别误会——自此开始，你同他一样都已死去。你的名字将永远不会被提及或是听闻，你的生命已终结。尽管我的剑刃不会割开你的肉体，但你的命运已由一位技师之锤的起落而被确定。"

我走向在角落燃烧着的火盆,伸向火中的那个头盔。在我拿起它的时候,火焰舔舐着我的手套——那头盔微弱地阴燃着,仿佛对我的触碰感到愤怒。其面甲是个复杂精细的面具,完美复刻了我们的父亲圣吉列斯所戴的那个面具。我凝视了它片刻,因其工艺而敬畏。这可是原体亲自打造的。

"准备好了吗?"我问道,转向阿拉特龙。

阿拉特龙点点头,随后跪在我的面前。我用另一只空手紧紧抓着他的后脑。

"圣血给予你忍耐之力。"我庄严地补充道,随后将一张面具按压在他的面容上。

气氛极度紧张,情绪行将爆炸,战斗一触即发。也许会发生流血,而这并不稳定的兄弟联盟也会随之破裂。这座要塞的围墙会崩塌,第二帝国将会崩溃,而帝皇国度的残余也将随之陨落。

我走上前拦住萨尔顿·卡拉辛松,他正试图强行穿过内里亚和瓦尔。他那发光的目镜中充满愤怒。

"别挡我的道,天使。"他啐道,"我不会再说第二次。"

我走近他,压低声音问:"你要让自己成为我们毁灭的导火索吗,兄弟?"

"什么?有话直说,阿兹凯伦。"

我朝着环绕整个房室的圣血卫队警戒线示意道:"看看你周围,先生。"

金色盔甲组成的稀疏阵线艰难维系着,我的战士正努力控制着其他军团战士的挤压,他们疾呼着要求觐见皇帝圣吉列斯。

"我们当前形势未卜。犹疑、沮丧和不信任是我们尚无法击败的敌人。基里曼大人在此建立的是一个脆弱的王国,因你的愤怒而从其基底上敲下的一块砖将令整个王国倾覆。"

这位钢铁之手开始领会到了我的意思——一场新的战争正在酝酿。

我伸出一只手搭在他的肩上说:"你真的要让荷鲁斯称心如意吗?"

他退后,羞愧令他低下了眼。他的愤怒已全然消散。"我们已经在此等候了一天,却未得到接见。圣吉列斯大人不能忽视第十军团。"他说。

"他不会的。"我向他保证,"你们会得到接见,但不是现在。"

"何时?"

"我会确保——"

一道威严的声音响彻整个喧闹的房室，我的话也被打断："告诉我的兄弟圣吉列斯，我要同他谈话。"

我立刻认出了那位讲话者。他语调中那轻柔的威胁，我十分熟悉。我做好准备，转身面对雄狮。暗黑天使的原体甲胄覆身———只手抱着他的头盔，另一只手置于其利剑的圆柄上。在他周围，他的十位老兵战士全都穿戴着巨大的终结者盔甲。

在向另一个军团的领袖讲话时，我的声音带着较为恰当的权威："其他事务需要皇帝圣吉列斯的关注。待他方便之时我——"

"就现在，指挥官。"

雄狮的头和双肩耸立在我面前。如同所有原体一样，在任何意义上，他都可谓是战士之神。尽管如此，我仍努力克制着拔剑的冲动。他那鲁莽的力量展示危及我们所有人。

最终，是职责而非恐惧抑制住了我的情绪："恕我冒昧，大人，您知道规矩的。一次只能有一批人进入王座室，除非是来自圣吉列斯大人的直接指示。而我并未收到这样的指示。"

原体那沸腾的怒火几近原始："不要违抗我。"

数周以来的第一次，现场鸦雀无声。我不用看也知道，现在所有人的目光都落在了我们身上。我必须谨慎地选择我的下一步——如果我退让的话，那此地所有的秩序都将尽失。

如果我违抗雄狮的话，那我会冒着进一步分裂这联盟的危险。

"我不能违抗我的父亲。在此等候，大人，我会请求他接见你。"

"不要拖沓……"他冷笑道。

我从雄狮面前转过身，走向后面的拱门，在人群中的低语声再次响起时，我打开了圣血卫队的通信频道说："让他们待在此处，任何人都不能越过警戒线，任何人都不能。"

.

我离开接待厅，进入前厅。这里只有十几步远，两侧的墙壁上是高耸的透明玻璃窗。这块空间的中央耸立着帝皇的大理石雕像——原本的帝皇。这并非我所见过的对人类之主最优秀的演绎，但这不仅仅是个装饰品。

融入大理石中的，是静待引爆的高质爆炸珠。我再次看向窗户，想象着因某些看不见的触发装置而导致雕像爆炸时破碎的窗户玻璃。我设想着致命的碎片射入空中，切断四肢，结束所有入侵者的性命。我感到一丝震颤摄入脊梁。

"愿圣血令我们免遭此般绝望之境……"我朝着阴影低语着。

这个房间，如同赫拉城堡要塞的所有房间一样，反映出了基里曼的喜好——寒冷、精确、实用。这里覆盖着适当的华丽装扮，令客人放松警惕。我让自己游荡了片刻，享受着短暂的慰藉，随后走进前方更为沉重的大门，步入了王座室。

我在进入时向父亲致敬，在跨过门槛时鞠躬。

"圣吉列斯大人。"

这是赫拉城堡第二大的王座室。这是一个狭长的房间，天花板由一排排密集的花岗岩石柱高高撑起，中间铺着长长的深红地毯。主王座室仍属于基里曼，因为他是奥特拉玛之主。即便是身为新皇帝，我的父亲也不会无礼占据那个王座。

不，这不只是尊重。这个位置令圣吉列斯感到不安。待在此处，是他在表达抗议，是对他别无选择唯有接受的角色的无声反对。

我的父亲在房间的另一端，安坐于他的王座上。他的双翼紧收在身后，埋入椅座上的凹处。"我之前就已告诉过你了，阿兹凯伦。你不需要在此鞠躬。"

我直起身说："我会试着克制我抗命的冲动，大人。"

圣吉列斯起身走下大理石台阶来会见我。他的战甲闪着金光，双翼如同初雪之幕一般在他身后展开。我低下双眼，因他的庄严而感到卑微。若希望是个有形之物，那他无疑是希望的化身。

"这次你为我带来了什么麻烦？"他问道。他的面容难以捉摸，然而我十分了解他，能感觉到他语调中的疲惫。

"聚集在此的各个军团焦躁不安。"我汇报道，"钢铁之手的萨尔顿·卡拉辛松要求觐见。还有第七军团的拉恩士官和可汗之子们，以及基里曼大人自己的极限战士和官员。然而出于良心，我不能让他们任何人接近您。他们任何人都可能会造成某些卑劣的威胁，而我们难以察觉。"

他叹了口气说："但我无法在一堵不信任之墙后实施统治。"

"那就让我们小心谨慎些。让圣血卫队代替您承担危险。让我们充当您的传令官。"

圣吉列斯对此思考良久。

"好吧。"

我点点头，准备转身。

"等等，"他喊道，"还有别的事，阿兹凯伦。坦率直言吧。"

我向巴尔祈愿，我该戴上头盔——如此我的面容便不会出卖我。"雄狮……"

我停下来，谨慎选择我的措辞。

"科尔兹的逃脱……令他备感煎熬。"我努力咽了咽口水，从口中挤出剩下的话，"他的手离剑刃很近……"

圣吉列斯面色阴沉地说："我兄弟的忠诚不容置疑。他是第一军团之主，不容责难。"

"我并非怀疑他的意图，大人。但他的判断力呢？"

"别管这事，阿兹凯伦。"

圣吉列斯跃向空中，双翼奋力一拍，带他飞向高处房间阳台的黑暗中。他离开后，我将拳头置于胸甲上，向王座致敬。

此刻我才注意到，在我进来时放置于王座的长剑，不见了。

"这项荣誉应当属于你，阿兹凯伦。只有你才适合——"

"不，阿拉特龙。"我坚定地说道，摇摇头，"我无法同时担任我们父亲的传令官和护卫。你们十人是最杰出的圣血卫士。巴尔传承的典范，圣吉列斯军团的佼佼者。这项荣誉属于你们其中之一。"

我的双眼扫过房间内与我站在一起的十位圣血天使。我与他们每一个人都曾并肩作战过。我们曾一同流血，面对难以想象的恐怖之物。他们是我的兄弟、我的朋友，而我会不假思索地将他们送入危境。

然而我如今向他们请求之事令我的灵魂深感重压，如同一只装甲铁靴踏在我的咽喉上。

哈凯尔带着一丝严肃的顺从点点头说道："那么，让我们决定吧。"

他是第一个踏出来的，这是他的典型作风。他的双眼与我对视，但我们一言未发。他从我手中抽出一长捆羊皮纸。展开羊皮纸，他举起来让他的兄弟们看见。羊皮纸上染着一滴血。

其他人一个接一个照做，直到阿拉特龙抽出另一个被标记的纸签。他沉默地点点头，站到了哈凯尔身旁。

我从他们手中取回一张张羊皮纸，走向讲台。讲台上放着一块金属小墨砚、一支细长的羽毛笔和一个金色的圣杯。那支羽毛笔十分华丽，那一根最为纯白的羽毛，取自圣吉列斯本人的羽翼。

"以父亲之躯体记录真相，"我吟诵着，"以其鲜血铭记真相。"

砚台很温暖，其中的鲜血得到加热以防止其变干。我摘下铁手套，拿起羽毛笔，浸入砚台。随着长长的笔画被书写，我将阿拉特龙和哈凯尔的名字写在了羊皮纸上。

"以我等之鲜血荣耀真相。"

我将羊皮纸放入圣杯中，并抽出一把刀划过手掌。我紧握拳头，挤出一滴浓厚的鲜血，落入杯中。

那八位将要离开房间的圣血卫队也做出同样的举动，把他们的鲜血加入其中。我等候着，直到他们完成，随后将一小块点燃的木片投入圣杯中。蓝色的火焰燃烧起来，将羊皮纸烧成灰烬。我用手指舀起混杂的灰烬和鲜血，送入口中，紧闭嘴唇，尝到了刺激的味道。这些混合物并不美味，但也并非完全不能下咽。

这想法令我更加坚定。

由我来承受这悲痛之味再好不过了。

我努力吞咽着，用舌头将这混合物吞入喉咙中。

"好了。"我说道，"愿圣吉列斯大人给予我们忍耐之力。"

"荣耀巴尔。"其他人齐声高呼。

八位圣血卫士敬礼，随后离开了房间，留下了我、阿拉特龙和哈凯尔。

我驻足片刻，一动不动，沉思着诸多问题。我怎会在此击倒自己的两个兄弟呢？我的行为是出于必要还是偏执？我将要洒下的鲜血是否正当？我审视自己的内心，寻求答案，却只发现一阵空洞的怀疑。

我思忖着，也许，当我逝去之时，当我的鲜血和骨骸化为乌有，风中唯有尘埃之时，历史会再次问起这些问题。若是如此，那么我希望届时将会有答案。

我伸出我的手，将两根火柴递给阿拉特龙和哈凯尔。

"愿圣血指引你们。"

雄狮绕着我，眯起双眼。"这是什么诡计？"他质问道，一根手指指向王座上的那位金甲人物，"那不是圣吉列斯。"

在他身旁，死翼荣誉卫队紧握着他们的武器。我摊开双手以示安抚，冷静清晰地说道。

"您是对的。我们并未试图用谎言掩饰自己。他与我们父亲相似的外表只是出于敬意。"

雄狮在懊恼中捶打着他的铁拳手掌。"我的……兄弟……在……哪里？"他质问道。

"恕我冒昧，若皇帝圣吉列斯想要您知道，他会告诉您的。"

"你得告诉我。"

他的双眼如同炽热的烙印。我顶着他的目光说："我不会。"

他靠近我，怒火中烧。"你心如钢铁，天使。"他说，深切的怒火夹带着人身威胁，"但我的剑刃会刺穿你的铁心，正如其他千余铁心一样。"

他的脸庞因愤怒而皱起，一道擦破皮的口子引起了我的注意。那伤口很轻微，极细的一条裂痕。那是——

不。我感到自己双眼大睁，意识到那不仅仅是个伤口。

那是个冒犯，一道刃尖留下的侮辱。仅靠军团战士是无法以那样的方式在雄狮身上留下痕迹的。

我礼貌地停顿了一下，缓缓呼吸道："我并不惧怕死亡，大人——无论是死于您之手，还是别的任何人之手。我会做出远甚于投身毁灭的事情，此乃职责所在。"

他冷酷地凝视着我，那是我一生中最漫长的时刻。随后他点点头，仿佛流露出一丝勉强的敬意。

"只有我的兄弟才会如此明白何为职责……"

他擦身走过我，迈向王座基底。

"那么我该如何称呼这位……传令官？"

我掩盖住了一丝微笑。

"若您愿意的话，大人，您可以称他为圣吉列诺。"

后　记

你找到引文出处了吗？如果没有，那也是可以理解的。

对于从第一部小说《荷鲁斯崛起》开始追随这个系列的读者来说，是绝对能找到的。把你的记忆回溯到加维尔·洛肯荣升四王议会之时，他在复仇之魂号的战略室中所观察到的：

影月苍狼和帝国之拳的战旗悬挂在拱顶两侧，位列中央的战帅旗帜上绘有一只投来凝视的眼睛。那面宏伟旌旗上用金线绣以如下宣言：

"吾乃帝皇戒卫，泰拉之眼。"

洛肯自豪地回忆起，这枚尊贵徽记是在乌兰诺大捷中授予战帅的……

所以这部选集回顾了那些辉煌的日子，那些日子则不幸成为伟大远征的终末，成为帝国之终的开始。《泰拉之眼》以事后视角展现了荷鲁斯之乱这场银河悲剧中曾经发生的一切。

正如这本书挑选的故事所展现的一样，回到伊始，甚至更早，来为后来的事件给予新的启迪，这通常是一种卓有成效的叙事技巧。例如，我们从一开始就知道上面提及的乌兰诺大捷，以及帝皇如何退出远征，专注于别的事务。但是现在，有了格雷厄姆·麦克尼尔的《焚尘之狼》，我们得以回溯到更久远的时刻，亲眼见证许多人物在后来所回忆起的传奇战斗。在内战的大部分时间里，帝皇都待在泰拉的地下墓穴中，干着他自己的事情——所以这是我们为数不多的机会，能在战帅的大军抵达帝国皇宫的城墙前，一睹这位并不情愿的半神奔赴沙场。这值得放在封面上，不是吗？

这部选集，既在回顾，也在展望，我认为也是将艾伦·邓布斯基－鲍登的经典中篇小说《奥瑞利安》囊括进来的完美之地。这部作品的原标题是《当洛加凝视亚空间时看到了什么》，指的是艾伦之前的小说《异端之首》中的一段情节。这又是一个例子，我们喜欢在之后为已经相当精彩的故事添砖加瓦。

事实上，这不就是荷鲁斯之乱系列正在做的吗？

这些故事情节是整个战锤40000设定的基础，并且已经以各种形式存在了二十多年。我们只是通过每一部新的荷鲁斯之乱长篇小说、短篇小说和游戏补充书来增添更多激动人心的细节，并给予读者们凭其喜好深入沉浸其中的机会。

收录这部选集时，我再次想到，有的人仍然错失了黑图书馆的另一整套系列——制作精良的广播剧。这本书中有一半作品曾以音频的形式发行，但一想到音频版和印刷文字版之间的区别又令我犹豫。

在《背叛之遗》的后记中，我曾提及，短篇小说常常要做些小修小改才能变成剧本。当编辑们开始着手编写黑图书馆的第一批广播剧时，他们只能在已经完成的短篇小说上进行修改，最终得以让演员阅读。如今，我们能让作者们在脑海中想象录音过程的同时来进行撰写，把注意力更多地放在将广播剧"转回"文字版上。

两种方法的确都是可行的，但如果这些故事先写成了广播剧，那么它们的确感觉更像电影了（出乎意料的是，也更加生动了）。

不过，这个过程也产生了一些有趣又意外的结果。以《第一军团之帅》和《长夜》为例，两者都是十分激动人心的故事，有许多戏剧性的表演效果。然而，当混录初版从音效设计师那里返回来时，它们的时间长到难以刻入一个CD中。我们说的是七八分钟，而不是三十秒。

因此，在这种情况下，我得拿起红笔重归剧本，并与加夫·索普和艾伦谈了谈，砍掉对每一个场景结构并不绝对重要的部分。

如果你有的话，看看CD额外内容中的剧本——台词写下，录音，然后又因为时长而被删除。

然而，这些多余的旁白和对话虽然并非广播剧的必需，但仍然是极具感染力的文字。在这部选集里将它们恢复到文字版中，也将其提升到了一个新层次，并再一次表明，我们能为已知的时间增添乐趣。这里面也有一些别的小彩蛋，供追随这些事件的读者去发现……

最后，我相信任何人都很难错过这一点！这部书的书名《泰拉之眼》也同样是这个知名系列丛书中略为人知的双关语和伏笔。忠诚的战帅被称为泰拉之眼，他那帮败北的叛徒子嗣后来却逃亡银河，来到了被称为恐惧之眼的地狱般的亚空间裂隙，这是多么贴切？丹·阿伯奈特告诉我，这是在十多年前荷鲁斯之乱系列作者的早期会议上想出的许多小点子之一。

我得相信他说的话。我当时不在场。

其中一些点子很早就形成了。在我们抵达战争终末之前，会有许多点子揭露出来。也许在那之后还有更多？

劳里·古尔丁
2015 年 11 月

作者简介

格雷厄姆·麦克尼尔撰写的荷鲁斯之乱系列小说多于黑图书馆的其他任何作者！他的经典作品包括《复仇之魂》和《纽约时报》畅销书《千子》，以及收录进《基因原体》选集的中篇小说《映像破碎》。格雷厄姆所写的描绘乌列·文特里斯连长的极限战士系列现在已经有六部之多，并且与他的钢铁战士故事有着紧密的联系，长篇小说《钢铁风暴》深受黑图书馆粉丝的喜爱。他也同样撰写了火星三部曲，描绘了机械修会。就战锤而言，他撰写了传奇时代三部曲西格玛传奇，其中第二卷赢得了2010年大卫·盖梅尔传奇奖。

艾伦·邓布斯基－鲍登是荷鲁斯之乱系列长篇小说《背叛者》和《异端之首》，以及中篇小说《奥瑞利安》和广播剧《屠夫之钉》的作者。他还撰写了《荷鲁斯之爪》、广受喜爱的暗夜领主系列、星际战士战斗系列长篇小说《海尔斯瑞奇》、灰骑士长篇小说《帝皇的赐礼》，以及许多短篇小说。他在北爱尔兰工作和生活。

克里斯·赖特是荷鲁斯之乱系列长篇小说《疤痕》、中篇小说《风暴兄弟会》和广播剧《掌印者》的作者。就战锤40000而言，他撰写了太空野狼长篇小说《阿萨海姆之血》和《呼风者》，短篇小说集《芬里斯之狼》，以及星际战士战斗系列长篇小说《钢铁之怒》和《狼牙堡之战》。此外，他名下还有许多战锤小说，包括传奇时代小说《龙之主》，该书是复仇战争系列的一部分。克里斯在英格兰西南部的布里斯托尔附近工作和生活。

加夫·索普是荷鲁斯之乱长篇小说《拯救之失》，以及中篇小说《科拉克斯：灵魂锻炉》《鸦王》《雄狮》的作者，其中后者是《纽约时报》畅销文集《基因原体》的一部分。他的暗黑天使故事尤为出众，包括卡利班之遗系列。他的战锤40000书目还包括灵族之道系列，荷鲁斯之乱广播剧《鸦之逃亡》《致敬逝者》《猛禽》，以及各种各样的短篇小说。就战锤而言，加夫撰写了终焉之时小说《凯恩的诅咒》、传奇时代三部曲《大分裂》，以及更多别的小说。他在英国诺丁汉工作和生活。

马修·法雷尔是收录于《萨巴特远征》的中篇小说《继承者之王》的作者。他还撰写了战锤40000的长篇小说《交叉火力》《遗产》《盲目》，以及许多短篇小说，包括萨巴特世界系列的《墓石与锤石之王》和荷鲁斯之乱系列的《德什亚之后》。他在澳大利亚工作和生活。

罗伯·桑德斯是《暗藏的毒蛇》的作者，这部中篇小说收录于《纽约时报》畅销书荷鲁斯之乱选集《基因原体》。他的其他黑图书馆作品包括战锤40000系列的《机械修会：护教军》《机械修会：技术神甫》《诅咒军团》《地狱地图》《救赎兵团》，以及广播剧《遗弃之道》。他还撰写了战锤的艾查恩二部曲《永世神选》和《混沌之主》，以及荷鲁斯之乱和战锤40000的许多短篇读物。他在英国林肯市生活。

尼克·基姆是荷鲁斯之乱长篇小说《死火》和《沃坎未亡》、中篇小说《普罗米修斯之阳》和《焦土》，以及广播剧《责罚》的作者。他的中篇小说《钢铁武艺》被收录进了《纽约时报》畅销书荷鲁斯之乱选集《基因原体》。尼克因他广受喜爱的火蜥蜴小说而闻名，包括《重生》、星际战士战斗系列长篇小说《达姆诺斯》，以及许多短篇小说。他还撰写了战锤世界背景中的小说，最著名的是传奇时代小说《大背叛》。他在英国诺丁汉工作和生活，还养了一只兔子。

安迪·斯迈利最出名的是他那鲜血淋漓的撕肉者中篇小说《愤怒之子》和《科瑞塔西亚之肉》，以及长篇小说《鲜血试炼》。他还撰写了关于这支凶残的星际战士战团的诸多短篇小说，以及许多广播剧，包括《空育》《机器之血》《死狼》《源自鲜血》。

约翰·弗伦奇撰写了好几部荷鲁斯之乱小说，包括中篇小说《塔兰：刽子手》和《猩红之拳》、长篇小说《塔兰：铁甲》，以及广播剧《圣殿骑士》和《战帅》。他是阿里曼系列的作者，该系列包括长篇小说《阿里曼：放逐》《阿里曼：巫师》《阿里曼：无变》，以及许多收录于《阿里曼：离去》中的相关短篇小说，包括《死神使》和《尘埃之手》。此外，他还为战锤40000宇宙撰写了星际战士战斗系列中篇小说《织命者》，以及许多短篇小说。他在英国诺丁汉工作和生活。

戴维·安南代尔是荷鲁斯之乱长篇小说《派索斯诅咒》的作者。他还撰写了雅瑞克系列，包括中篇小说《各各他之链》，以及长篇小说《帝国信条》和《哈米吉多顿的柴堆》。他为星际战士战斗系列撰写了《安塔戈尼斯之死》和《大魔王》。他的短篇小说作品丰富，包括中篇小说《墨菲斯顿：死亡之主》，以及许多以荷鲁斯之乱与战锤40000宇宙为背景的短篇小说。戴维在加拿大一所大学授课，课题范围包括英语文学、恐怖电影和电子游戏。

盖伊·哈雷是星际战士战斗长篇小说《正直之死》、战锤40000长篇小说《瓦勒多》和《毒刃》，以及中篇小说《永恒远征》《埃克特的最后时光》和收录于《达摩克利斯》的《破碎之剑》的作者。他对一切绿皮兽人事物的热情促使他写下了同名战锤小说《斯卡斯尼克》，以及终焉之时小说《角鼠的崛起》。他和他的妻儿生活在约克郡。

译者简介

丁旭巍，战锤40000小说爱好者，荷鲁斯之乱系列忠实书迷，黑图书馆热诚读者，醉心科幻，耽于悲剧，仰慕传奇，现旅居异乡。

版权所有　侵权必究

图书在版编目（CIP）数据

泰拉之眼 / (英) 艾伦·邓布斯基-鲍登等著；丁旭巍译. -- 杭州：浙江科学技术出版社, 2025.11.
ISBN 978-7-5739-1594-8
Ⅰ . I561.45
中国国家版本馆CIP数据核字第2024JC9906号

著作权合同登记号　图字：11-2020-224号

书　　名	泰拉之眼	
著　　者	[英] 艾伦·邓布斯基-鲍登　克里斯·赖特　尼克·基姆 加夫·索普　格雷厄姆·麦克尼尔 等著	
译　　者	丁旭巍	
出版发行	浙江科学技术出版社	
	地址：杭州市环城北路 177 号　　邮政编码：310006	
	办公室电话：0571-85176593	
	销售部电话：0571-85176040	
排　　版	浙江新华广告有限公司	
印　　刷	浙江海虹彩色印务有限公司	
开　　本	710 mm × 1000 mm　1/16	印　张　19
字　　数	375 千字	
版　　次	2025 年 11 月第 1 版	印　次　2025 年 11 月第 1 次印刷
书　　号	ISBN 978-7-5739-1594-8	定　价　60.00 元

责任编辑　吕路明　　　　　　责任校对　张　宁
责任美编　曹莞君　　　　　　责任印务　叶文炀